Matthias Speck

Schuld kennt kein Vergessen

Kriminal ROMAN

Für **Karla, Johanna, Sophia**

Matthias Speck wurde 1961 in Hannover geboren. Nach seinem Studium des Fachs Markscheidewesen an der TU Clausthal-Zellerfeld, arbeitete er zehn Jahre im Steinkohlenbergbau, bevor er 2000 mit seiner Frau und seinen beiden Töchtern ins Rheinland zog. Seitdem ist er als Immobilienmanager in einem Großkonzern der chemischen Industrie tätig. Er lebt mit seiner Frau im Bergischen Land.

Der Roman „*Schuld kennt kein Vergessen*" ist sein erster veröffentlichter Text. Eine Fortsetzung der Geschichte mit Tobias Kleinert und Victor Holzer ist in Arbeit.

Matthias Speck

Schuld kennt kein Vergessen

Kriminal ROMAN

Impressum
© 2024 Bücken & Sulzer Verlag
2. überarbeite Auflage

Lektorat: text-factory,
Korrektorat: Matthias Speck
Cover: atelier vladi
Coverbild: Karla Löwe

ISBN   3-947438-55-9
Druck und Bindung
Print Group Sp. zo.o; Szczecin, Poland

Prolog
September 2014

Er hatte seinen Beobachtungsposten bezogen. Der Jäger wartete auf seine Beute. Alle Macht dem Starken. Der Stärkere ist Jäger: Das Gesetz der menschlichen Entwicklung ist auch das Gesetz der heutigen Zivilisation. Der Jäger kann entscheiden, ob die Beute entkommen kann, oder nicht.

Seine ehernen Regeln: Vorbereiten. Beobachten. Zur Ruhe kommen. Zuschlagen. Und: Bleib bei deinem Beuteschema. Die Worte seines Vaters. Soldatenfamilienlehre seiner Jugend.

Er war früh genug gekommen, so konnte er geduldig auf einen Außensitzplatz in der Bar ‚Centrum' warten. Es war ein sonniger Tag, sodass alle Tische belegt waren. Er blickte sich um, sah nur junge Menschen. Das Lokal war beliebt bei Studenten. Er, der Jäger, fühlte sich alt.

Schließlich fand er den idealen Beobachtungsposten. Unsichtbar, untergegangen in den Körpern der Umgebung.

Er griff nach Zigaretten und Handschuh. Im Moment der Jagd durfte ihn nichts verraten. Kein Tabakgeruch seine Schwäche zeigen. Routiniert zog er sich den Latexhandschuh über seine rechte Hand. Die Hand, die die Zigarette zum Mund führt, den Geruch des Nikotins annimmt und wieder abgibt. Primitiv stinkt. Mit seinem Scott & Webber Sturmfeuerzeug entzündete er die Gauloises ohne Filter. Er inhalierte tief und ließ den Rauch genussvoll und befriedigt wieder in die Freiheit.

18.45 Uhr. Er hatte noch Zeit. Erst musste er wissen, ob das Objekt der Jagd seinem Beuteschema entsprach. Und er dachte an einen weiteren Rat seines Vaters: Gib einer Frau das Gefühl, dass sie alles in der Hand hat, entscheiden kann und das Geschehen bestimmt. Lass ihr den ersten Zug.

Er drückte die Zigarette aus, entledigte sich des Handschuhs und steckte ihn in seine Jackentasche, um ihn später zu entsorgen. Dann steckte er sich ein Fisherman's Friend extra strong in den Mund.

An der Straßenecke, wenige Meter vor dem Eingang des Lokals auf der gegenüberliegenden Seite, bemerkte er eine Frau. Sie sah gut aus, nicht zu groß, schlank, leicht gebräunte Haut.

Das Kleid, ein ‚Kleines Schwarzes‘, betonte ihre Attraktivität. Das Erscheinungsbild passte zu ihrer Personenbeschreibung. Wieso braucht eine solche Frau eine Kontaktbörse, fragte er sich.

Er beobachtete, wie sie auf den Eingang zuging, aber nicht das Restaurant betrat, sondern weiter bis zum nächsten Auto schlenderte, das dort am Straßenrand einen der begehrten Parkplätze gefunden hatte.

Was sollte das? Hatte er sich geirrt? Er widerstand dem Impuls, auf seine Uhr zu schauen, er wusste auch so, dass es noch nicht Zeit war, seinen Posten zu verlassen.

Mit spöttisch blickenden Augen und einem breiten Lächeln beobachtete er, wie sie ihre Handtasche von der Schulter nahm, sie öffnete und etwas herausholte, sich leicht hinab beugte, um ihr Gesicht und den korrekten Sitz ihrer zum Zopf gebundenen braunen, halblangen Haare im Autospiegel zu überprüfen.

Offensichtlich zufrieden, richtete sie sich wieder auf und steckte den Gegenstand zurück in die Handtasche.

Kein Zweifel, das war sie.

Sie entsprach exakt seinem Beuteschema.

Die Jagd war eröffnet.

*

Sie blickte auf ihre Uhr. 18.59 Uhr. Es wird Zeit, dachte sie. Ein letzter Blick in den Spiegel des Autos, heute war sie zufrieden mit ihrem Gesicht. Sie war es nicht gewohnt, mit sich einverstanden zu sein, sich attraktiv zu finden. Es gab in ihrem Leben keinen Menschen, der ihr die Sicherheit gegeben hatte, eins zu sein mit ihrem Körper. Bis jetzt.

Sie hatte sich vorbereitet, spulte in Gedanken die Fantasien ihrer Traumwelt noch einmal ab: Wie sie das Restaurant betritt, den Moment, wenn sie ihm begegnet. Versuchte die Sicherheit zu gewinnen, die sie brauchte.

Es war nicht ihr erstes Date, doch heute wollte sie sich das erste Mal zu erkennen geben und nicht wieder gehen.

Noch vor einer Stunde hätte sie die Verabredung beinahe wieder abgesagt. Sie widerstand dem Widerstand und nahm ihr Kleid aus dem Kleiderschrank, hielt es vor sich. Wie die verführerischen Frauen in den Filmen dies auch immer tun.

Sie sah sich im Spiegel, sah, dass dieses Kleid ihre sportliche Figur, ihre Brüste und den schlanken Bauch betonen würde. Der Ausschnitt würde den Blick freigeben auf die Perlenkette an ihrem schlanken Hals, die sie anlegen wollte. Die Perlenkette, das einzige wertvolle Erbe, den einzigen Schmuck, den sie an sich duldete.

Doch dann waren sie wieder da, die Zweifel. Kamen überfallartig, wie immer.

Schau Dich an, takelst Dich auf wie eine Hure.

Wirfst Dich einem Mann zum Fraß vor.

Du weißt doch, was dann passiert.

Die Stimme in ihr, die unausweichliche Begleiterin ihres Lebens gab keine Ruhe.

Würde sie heute in der Lage sein, ihm gegenüberzutreten?

Entschlossen zog sie das Kleid an, legte die Kette um. Fühlte die Kälte der Perlen auf ihrer Haut. Sie erschauerte. Heute würde sie die Schwelle übertreten. Wollte es mit allen Fasern ihres Körpers. Wollte endlich das Leben mit all seinen Unsicherheiten, Risiken, Freuden, Maßlosigkeiten leben.

Deshalb bin ich hier, hier in dieser fremden Stadt, die ich auch bald wieder verlassen werde. Was soll da schon passieren, dachte sie, als sich der Verschluss der Kette schloss. Die Stimme in ihr blieb anklagend stumm.

Sie war am Tag zuvor schon hier gewesen, hatte sich im Restaurant umgesehen, sich vertraut gemacht. Musste auf Nummer sicher gehen, wie sie es von klein auf gelernt hatte.

Kenne den Fluchtweg, bevor Du ihn brauchst', hatte ihre Mutter sie gelehrt, als sie zu alt geworden war, als das die Mutter sie weiter behüten konnte.

War er schon da? Würde er überhaupt kommen? Jetzt war sie hier, brauchte nur den letzten Schritt zu tun, musste nur das Restaurant betreten.

Mit zögerndem Schritt und mit leicht gesenktem Blick

betrat sie das Lokal. Immer bereit, umzukehren, zu flie-
hen. Abrupt blieb sie stehen, die Klinke noch in der
Hand.

*Was soll das, sei nicht so kindisch. Du bist stark. Du
bist das starke Ich. Ihr habt doch beschlossen, dass
heute die Starke von Euch ein Recht auf Leben hat.*

Sie sah die Blicke des Kellners, abschätzend, notgeil.
Bemerkte erstaunt, dass es ihr nicht unangenehm war. Sie
blickte dem schmierig grinsenden Kerl direkt ins Gesicht.

*Glotz nicht so, du kleiner Wicht, mach einfach nur
deinen Job.*

Sie schaute sich um. Aber sie konnte keinen Mann
entdecken, der seiner Beschreibung entsprach. Er war
noch nicht da. Sie spürte, wie rote Flecken auf ihrem
Hals den braunen Teint verdunkelten. Lächelte, versuchte, sich ihre aufkommende Nervosität nicht anmerken zu
lassen.

Der Kellner richtete den Blick erneut auf sie. „Kann
ich Ihnen helfen?" Er erinnerte sich an die Tischreservie-
rung. Ein Tisch für zwei Personen, etwas abseits, aber am
Fenster.

„Soll ich Sie schon zu ihrem Platz führen, oder wollen
Sie zunächst an der Theke auf ihre Begleitung warten?"

Sie lächelte, als sie ihn anblickte.

„Danke, das ist eine gute Idee, ich warte hier. Und
bringen Sie mir bitte einen Espresso."

Langsam verrührte sie zwei Stück Zucker in der dun-
kelbraunen Flüssigkeit mit einem kleinen Silberlöffel. Bemerkte, dass der Kellner ein Telefonat beendete, als ein
mittelgroßer, sportlich-elegant gekleideter Mann mit kurz
geschnittenem dunklem Haar das Lokal betrat.

Brunetti-Typ. Cool, eigentlich ein Hauch zu cool.

Sie beobachtete, wie der Kellner ihm den Tisch zeigte. Mit einem Zug trank sie den Kaffee aus.

Er war heiß, stark und süß.

*

Seine Verwunderung, dass sie noch nicht am Tisch saß, ließ er sich nicht anmerken. Es war auch nur eine kleine Abweichung von seinem Plan. Er setzte sich mit dem Rücken zum Lokal. Gab ihr das Gefühl, die bessere Position zu haben.

Er spürte sie kommen. Ein leiser Luftzug verriet sie. Auf der Jagd waren seine Sinne geschärft. Geschult, in solchen Momenten jede Veränderung wahrzunehmen, zu bewerten und wenn nötig zu reagieren.

Dann trat sie an seinen Tisch.

„Entschuldigung, kann es sein, dass wir hier verabredet sind?"

Lächelnd stand er auf und reichte ihr die Hand. „Ja, so ist es. Wollen wir uns nicht setzen, was möchtest du trinken? Zum Aperitif vielleicht einen Sherry oder einen Martini?"

„Gerne einen Sherry, trocken bitte."

Ihre Stimme klang angenehm, nicht zu hoch, unverbraucht und kein bisschen unsicher. Er hasste verrauchte oder verzerrte Stimmen bei Frauen. Aber nicht diese. Erregung überfiel ihn. Die Stimme, der feine Geruch des Parfums. Alles passte.

Er trat neben sie, rückte ihr den Stuhl. Alte Schule. Er nahm ihr gegenüber Platz. Sein Blick suchte den Kellner. Ein Fingerzeig genügte, und er kam zu ihrem Tisch, um die Bestellung aufzunehmen. Wie ein guter Jagdhund, dachte er, lässt der Bursche die Beute nicht aus dem Auge. Er musste schmunzeln.

„Warst du schon mal in diesem Lokal? Ich bin heute das erste Mal in dieser Stadt und konnte mich nur auf die Bewertungen der Internetseite verlassen. Aber ich liebe spanisches Essen", plauderte er und blickte ihr in die Augen. Augen wie Bernstein, eingefasst von dunklen Wimpern und natürlich gewachsenen Augenbrauen. Er konnte sein Glück kaum fassen, musste sich zusammenreißen, nicht zu stöhnen.

Der Kellner brachte die Getränke und reichte beiden die Speisekarte.

„Nein und ich auch", antwortete sie und erwiderte seinen Blick. Er registrierte ihren Wortwitz und musste lächeln.

„Auf einen schönen Abend. Ich bin ziemlich aufgeregt, ich habe mich noch nie auf diesem Wege mit einem Mann verabredet! Ich meine, über ein Dating-Portal." Sie legte ihre Hände auf den Tisch.

Kein Ring an einem der Ringfinger, registrierte sein schneller Blick. Schmale Finger, gepflegt. Augenblicklich spürte er eine Erregung, einen körperlichen Schmerz bei der Vorstellung, dass diese Hände seinen Körper berühren würden.

„Zum Wohl, auf einen spannenden Abend! Für mich ist es auch das erste Mal."

Über sein Glas hinweg sah er sie an. „Du siehst chic aus, so umwerfend habe ich mir dich nicht vorgestellt. Wenn ich das so sagen darf."

Bewundernd ließ er seinen Blick über sie gleiten.

Er wusste, dass er sich jetzt zurücknehmen musste, nicht zu schnell zu dominant werden durfte.

Die Jagd hatte gerade erst begonnen. Es gab für sie noch zu viele Fluchtmöglichkeiten.

Sie bestellten verschiedene Tapas und eine Flasche Rosé. Während des Essens plauderten sie zwanglos. Er wusste die Klaviatur des Balzgespräches zu spielen. Mal galant, mal konsequent, mal einfühlsam.

Der Köder wirkte, die Falle war offen. Er kannte die Signale: Ein Schweißfilm, kaum wahrnehmbar, legte sich auf ihr Gesicht, ihr wurde warm, ihr Gesicht rötete sich leicht.

Die Reaktionen waren doch immer gleich, langweilten ihn schon fast. Alles war so vorhersehbar: Ein paar einschmeichelnde Worte, Komplimente, und sie merken noch nicht einmal, dass es schon zu spät ist. Kein Weg führte mehr zum Ausgang. Er bestimmte die Richtung. Nur diesmal gefiel ihm die Frau.

Gib ihr Luft. Gib ihr noch eine Chance.

„Entschuldige mich bitte, ich muss mal kurz zur Toilette." Mit diesen Worten stand er auf, verbeugte sich leicht und berührte sanft ihre Schulter.

Wieder die alte Schule. Sie wirkte. Er empfand schon fast Mitleid mit ihr. Sie war so hungrig danach, jemanden kennenzulernen, der das Eis ihrer emotionalen Einsamkeit aufbrechen sollte.

*

Auf dem Weg zur Toilette stand der Kellner plötzlich vor ihm, er hatte ihn nicht bemerkt. Das war unachtsam, das durfte ihm nicht passieren. Noch dazu begann der Typ, ihm auf die Nerven zu gehen. Er beobachtete schon eine Weile, dass der Kerl immer wieder auf sie schaute.

Er grinste dem Mann unverhohlen ins Gesicht, ging nickend an ihm vorbei Richtung Toilette, zupfte den Latexhandschuh aus der Jackentasche und ließ ihn unauffällig in einem Papierkorb verschwinden.

Aus der Ferne beobachtete er den Hauch von Unsicherheit bei ihr. Fast schüchtern griff sie nach ihrem Glas und schwenkte es langsam beim Anheben an ihren Mund. Bediente seinen Sinn für Sinnlichkeit. Er fand sie außerordentlich erotisch.

Er sah, wie sie sich umschaute und ein junges Paar beobachtete, das am Tisch vor ihnen saß. Und sie lächelte, als sie den Blick von dem Pärchen wieder abwendete und auf ihre Uhr schaute.

Das war das Signal für den nächsten Akt. Er durfte jetzt keine Zeit mehr verlieren, sollte die Jagd erfolgreich enden. Bisher war alles nur Köder gewesen, jetzt musste das Treiben richtig losgehen.

Er spürte, wie das Blut in seinem Glied pulsierte.

*

Es war kurz nach halb zehn, Zeit für eine Entscheidung. Der Abend war unterhaltsam gewesen. Brunetti hatte sich als charmanter Unterhalter erwiesen. Seine Erregung war ihr nicht verborgen geblieben. Seine Blicke auf ihren Körper, auf ihre Hände. Verstohlen. Als ob sie es nicht bemerkt hätte. Abschätzend, ob sie gebunden war. Vorausschauend auf das Ende des Abends.

Erschrocken zuckte sie zusammen, als er plötzlich wieder neben ihr stand. Es war ihr unheimlich, wie leise er sich genähert hatte. Aber so war er schon den ganzen

Abend. Aufmerksam, ruhig, und unheimlich. Wie ein Jäger auf der Jagd.

Sie kannte die Regeln der Jagd. Dieser Jagd. Heute sollte sie die Beute sein. Ihre Mutter hatte ihr immer wieder die Regeln erklärt. Und sie war nicht dumm, nicht so einfältig, wie *Brunetti* wohl glaubte.

„Komm, lass uns zu mir gehen, da ist es gemütlicher. Ich habe hier eine kleine Wohnung gemietet und die ist nicht weit von hier." Sein leises Flüstern an ihrem Ohr. *Einmal nur, einfach so, weil ich es heute will. Nein sagen und gehen kann ich immer noch.* Sie schaute ihn mit einem leichten Nicken an.

*

Die Wohnung war gemütlich eingerichtet, offensichtlich wurde sie bewohnt, in Abwesenheit vermietet. Er half ihr aus der Jacke und führte sie ins Wohnzimmer.

„Möchtest du noch etwas trinken? Ich habe einen vorzüglichen Rotwein mitgebracht und bereits offen."

Er ging zur Stereoanlage und legt eine CD ein.

„Alles da", grinste er und reichte ihr ein Glas Rotwein. Im Hintergrund spielte leise Musik von Gregory Porter. Sein Blick fiel auf das Schwarz-Weiß-Foto an der Wand: eine Seenlandschaft, stille Wasserfläche, tief und dunkel. Gefahr aus der Dunkelheit.

Er grinste. Selbst die Bilder in der Wohnung passten zu ihm. Es war alles perfekt.

Sommer 1992

Entschlossen betrat die junge Frau den Gehweg, der auf die Eingangstür zuführte. Ihr Freund wohnte im Erdgeschoss, in einer WG im Kölner Stadtteil Nippes. Sie sah ihn hinter dem Küchenfenster stehen. Sie war freudig gespannt und nervös, schon den ganzen Morgen wollte sie es ihm sagen. Wollte Freude in seinem Blick sehen, in seiner Umarmung spüren. Neun Monate Liebe in eine gemeinsame Zukunft gebären.

Bestimmt wartet er schon auf mich, dachte sie und machte beschwingt den letzten Schritt zur Tür. Drückte den Klingelknopf. Hörte durch die Haustür den Ton.

„Was ist los, warum öffnest du nicht?", fragte sie die verschlossen gebliebene Eingangstür. Sie drückte den Klingelknopf ein weiteres Mal, diesmal ließ sie den Zeigefinger länger auf dem Metallknopf liegen.

Der Summer öffnete die Tür, sie trat ein. Der Entschlossenheit war Zögern gewichen. Irgendetwas stimmte nicht. Sonst war er doch immer sofort an der Tür.

„Komm rein, Tür ist offen." Selbstsicher wie immer.

Kein Lächeln, kein Kuss, keine Umarmung empfang sie. Nebel legte sich über sie. Sie sah nur seinen Rücken, der sich immer weiter von ihr entfernte. Dann drehte er sich um. Wenigstens schaut er mich an, dachte sie.

Sie ahnte, dass dies ihre letzte Begegnung sein würde.

Sie hörte nur gedämpft seine Worte, verstand sie nicht. Dann war es vorbei. Der Schleier blieb. Wie im Traum hörte sie ihre Stimme. War das wirklich ihre Stimme? „Warum?" Ihre Fassungslosigkeit ließ ihre Stimme sich überschlagen.

Der Mann, der bis eben ihr Freund gewesen war, der

Mann, der Vater ihres Kindes wurde, stand einfach nur da und zuckte die Achseln. So einfach war das für ihn.

„Das kannst du doch nicht ernst meinen?", es lag mehr ein Klagen, denn ein Fragen in ihrer Stimme. Sie sah seinen Blick. Entschlossen. Unnahbar. Kalt.

Sie hasste ihn. Jetzt, in diesem Moment. Ihre Brust schien sie zu erdrücken. Ein Gefühl, dass sie noch nie erleben musste. Ihre Zukunft, mit einem Achselzucken weggewischt wie ein lästiger Zigarettenqualm im Vorbeigehen. Sie drehte sich um, unfähig noch etwas zu sagen. Aber dann kam ein Gedanke aus ihrem tiefsten Inneren, den sie nicht bremsen konnte, bevor er ausgesprochen war.

„Was bist du für ein Scheißkerl. So nicht. Das wirst du bereuen", schleuderte sie ihm ihre Wut entgegen.

Sie drehte sich um und ging durch die offene Tür hinaus. Ließ das Grundstück und ihre Liebe hinter sich. Den Mann aus ihrem erträumten Leben. Und schwor sich, dass ihr so eine Demütigung nicht noch einmal widerfahren werde.

„Aber ich habe dich. Und der weiß nicht, was er verloren hat. Das wird er auch nie erfahren", flüsterte sie und strich mit ihrer rechten Hand langsam, ja zärtlich über ihren Bauch.

Eine junge Frau ging an ihr vorbei. Als sie sich umdrehte, sah sie, wie deren Zeigefinger denselben Klingelknopf berührte, den sie gerade berührt hatte.

IchbinDu.DubistIch@webmail.de stand im Brief. Und: Bitte antworte mir. Dann wirst du mehr erfahren. Unterschrieben mit IchbinDu.

Sie betrachtete den Umschlag, fand keinen Absender. Die Handschrift irritierte sie. Es war ihre.

Wie war das möglich? Habe ich den Brief selber geschrieben? Aber warum erinnere ich mich nicht daran? Das kann einfach nicht sein.

Aber wer ist dann die Absenderin, wenn nicht ich es bin?

Sie war verwirrt. Überlegte, den Brief zu zerreißen und zu vergessen. Dann festigte sich ein Gedanke: Vielleicht gab es da draußen tatsächlich jemand, der sie verstand.

Sie hatte sich genau das doch immer gewünscht, jemanden zu finden, der so dachte wie sie. Mit dem sie reden konnte. Jetzt hatte jemand sie gefunden, sie brauchte nicht mehr zu suchen.

In ihrem Kopf kreisten Gedanken, die sich wie in einem Strudel immer weiter zum Zentrum bewegten. Sie hatte schon immer das Gefühl gehabt, dass ein Teil von ihr fehlte. Gab es diese Person vielleicht doch? War das das Geheimnis, dass ihre Großmutter mit ins Grab genommen und in ihrer Lebensgeschichte nicht erzählt hatte? Aber warum?

Sie streichelte die Oberfläche des extravaganten Briefpapiers, fühlte die Struktur des Blattes und die Eindrücke des Stiftes. Mit Bleistift geschriebene Worte. Bleistift verläuft nicht, wenn Tränen auf das Geschriebene fallen.

Sie legte den Brief vorsichtig auf die Anrichte. Überlegte. Dann setzte sie sich an ihren Schreibtisch, öffnete behutsam ihren Laptop, startete das Mail-Programm und tippte die Mail-Adresse ein. Die Antwort kam sofort.

Schau in diesen Link.

Mehr stand nicht in der Mail. Als sie mit dem Cursor die Textzeile anklickte, öffnete sich eine Seite der Zeitung DIE WELT. Sofort sprang ihr die Überschrift ins Auge. *Die Polizei in Zeiten des Nationalsozialismus.* Dann kamen nur Fotos.

Sie las die Bildunterschrift unter dem ersten Bild: Das Deutsche Historische Museum in Berlin zeigt in der neuen Ausstellung ‚Ordnung und Vernichtung - Die Polizei im NS-Staat‘ (2011). Aufnahmen, Dokumentationen und auch Teile von Uniformen, die Polizeibeamte während der NS-Zeit in Deutschland trugen.

Erinnerungen kamen hoch, schlagartig. An das Gespräch mit der Großmutter.

Noch am selben Abend buchte sie eine Zugfahrkarte und ein Hotelzimmer.

Sommer 2011

Victor saß mit Clara im ICE 557 nach Berlin. Wagen 37, 1. Klasse. Ein Luxus, den er sich immer gönnte, wenn er mit dem Zug reiste. Erst recht, wenn die Fahrtkosten übernommen wurden.

Clara war eingeladen worden, auf einem Symposium einen Vortrag zu halten. Zu ihrem Spezialgebiet: Einsatz der Polizei im 3. Reich. Er begleitete sie nach Berlin, um mit ihr die Stadt zu erleben. Gemeinsam eine schöne Zeit zu verbringen. Und natürlich mit ihr die Ausstellung im Deutschen Historischen Museum zu besuchen. Er war zwar kein Historiker wie Clara, aber ihre Passion faszinierte auch ihn, sodass er sie begleitete, wann immer es sich ergab.

Clara saß neben ihm, versunken in das Manuskript ihres Vortrages, und er hatte so Zeit, Artikel in diversen Fachzeitschriften zu lesen, die schon lange auf eine solche Gelegenheit warteten. Vielleicht sollte er selber wieder mehr Artikel veröffentlichen. Denn häufig überfiel ihn die Einsicht, was die Kollegen und Kolleginnen so fabrizieren, kann ich schon lange', ohne dass er dies in den letzten Jahren tatsächlich umgesetzt hatte.

Im Nirgendwo zwischen Bielefeld und Hannover legte er die Zeitschriften zur Seite und begann, Menschen zu beobachten. Schamlos und unbemerkt, weil alle dies im Zug machten. Weil sie hier Zeit hatten. Oder gestresst waren, weil der Zug sich verspätete und sie eine Ablenkung brauchten.

Wie offensichtlich der Mann, der zwei Reihen weiter mit dem Gesicht zu ihnen saß. Der fuhr rückwärts, eine Sitzanordnung, die Victor immer vermied. Rückwärtsfahren im Zug war für ihn ähnlich destruktiv wie eine Zeitung vom Vortag.

Oder wie die Frau auf der anderen Gangseite. Victor kategorisierte Frauen nach ihrem Aussehen: interessant oder Mauerblümchen. Sie wirkte angestrengt, konzentriert. Victor schätzte sie auf um die 40. Ungeschminkt. Gekleidet mit einer erdfarbenen Hose und weißen Bluse. Victor schloss daraus, dass es ihr gleich war, ob andere Menschen sie attraktiv oder interessant fanden oder nicht. Braune, zum Zopf gebundene Haare.

Sie saß nahezu regungslos auf ihrem Platz und beobachtete die vorbeiziehende Landschaft.

Die Frau fiel in die Kategorie ‚interessant'. Und sie hatte Ähnlichkeiten mit Katharina, seiner früheren Freundin. Bis er Clara kennenlernte.

Katharina hätte ihm nie die Freiheit gegeben, sein Leben so zu leben, wie er es jetzt konnte. Clara und er hatten dem anderen immer einen Freiraum zugestanden. Genau das hatte sie zusammengehalten als Paar.

„Hey Victor, wovon träumst du?"

Victor blinzelte kurz, wandte sich Clara zu und blickte in ihr liebevolles Lächeln.

„Ich habe nicht geträumt, nur nachgedacht. Über eine eigene Veröffentlichung." Er zeigte auf den Tisch vor sich. Victor hatte mehre Ausgaben der Zeitschrift *Psychologie Heute* vor sich ausgebreitet.

Sein Handy klingelte. Er schaute aufs Display, blickte entschuldigend in die Runde, ohne jedoch deren Reaktionen zu beachten. Als Psychologe war er immer im Dienst.

„Ja, Victor Holzer hier, was kann ich für Sie tun?" Nach Sekunden dann: „Meine Praxis ist bis kommende Woche geschlossen, rufen Sie mich bitte Montag wieder an, dann vereinbaren wir einen Termin." Victor registrierte, dass er die Aufmerksamkeit der Nachbarin bekommen hatte.

Lächelnd hob er das Handy, drehte sich zu ihr und hob entschuldigend die Schultern.

*

Nachdem die Frau endlich dem Gewirr der Roll- und normalen Treppen des Berliner Hauptbahnhofs entflohen war, empfing sie Erleichterung und grelles Tageslicht. Die Sonne brannte auf den Platz. Heiße Luft drohte ihre Luftröhre zu verbrennen.

Sie war mit dem Zug gekommen. Natürlich. Denn sie fuhr nicht gerne Auto, erst recht nicht weite Strecken, und Fliegen kam für sie nicht in Frage. Der Klimawandel war für sie überall sicht- und spürbar, und den nicht zu unterstützen war für sie unabdingbar. Die Hitzewellen der vergangenen Sommer waren ein untrüglicher Beweis, dass die Menschheit mitten in der Katastrophe steckte.

Nervös und von den vielen Menschen gestresst, trat die Frau auf den Europaplatz. Der Platz öffnete den Blick auf Baukräne, Autos und Menschen. Im Gegensatz zum Breslauer Platz dominierte hier die Weite das Szenario, suggerierte Großzügigkeit. Nicht das Gewusel, die Enge des Kölner Hauptbahnhofs.

Sie entschloss sich, ein Taxi zu nehmen. Zum Glück hatte ihr Fahrer nicht das Sendungsbewusstsein, ihr die Stadt erklären zu müssen. Er blieb stumm, sie blieb stumm. Langsam beruhigte sie sich.

Den Abend verbrachte sie im Hotelzimmer, bestellte sich eine Pizza und trank den Rotwein aus der Minibar. Nicht lecker, aber dafür musste sie nicht raus.

*

Zögernd betrat sie das Gebäude. Die Eingangsarchitektur des Pei-Baus beeindruckte sie. Die moderne Glasfassade in Sichtachse konkurrierte mit der historischen Fassade des Hauptgebäudes und verlor.

IchbinDuDubistIch. Die Mail begleitet sie in ihren Gedanken, seit sie diese erhalten hatte.

Sie hatte noch immer keine Idee, wer der Absender oder die Absenderin sein konnte. Sie wusste nur eins, sie war nicht schizophren und hatte die Nachricht nicht selbst geschrieben.

Seit dem Tag verhielt sich ihr Körper, als wenn sie ständig zu viel zu starken Kaffee getrunken hätte. Dabei trank sie nur Rooibos-Tee. Das Gefühl, den Herzschlag pochen zu spüren, erschreckte sie, deshalb hatte sie schon vor Jahren jegliche Koffeinaufnahme eingestellt.

Sie fühlte sich unwohl wie immer in Menschenmengen. Setzte ihre Sonnenbrille auf, eine Ray-Ban, einen der wenigen Luxusartikel, die sie sich gönnte. Setzte ihre rote Kappe auf. Auf einem Foto würde sie so nicht erkannt. Der Vorplatz war videoüberwacht. Na und? Dennoch zog sie die Kappe tiefer ins Gesicht.

Fast bereute sie den Entschluss, hierher gefahren zu sein, um sich der Ausstellung zu stellen. Nein, es muss sein. Ich muss meine Geschichte kennenlernen. Muss wissen, was passiert ist. Nur dann kann ich meinem Leben einen Sinn geben.

Wie ein Mantra drehten sich diese Formulierungen in ihre Gedanken, immer tiefer, wie ein Bohrmeißel, der das Erdinnere erkunden will.

IchbinDuDubistIch.

Auf der Suche nach dem Ursprung. Vielleicht war das die Botschaft der anderen. War dies überhaupt eine Frau?

Dieser Zweifel kam ihr, als sie am Bahnhof Magdeburg bei einem Zwischenhalt des ICE ein junges Paar beobachtete, dass nicht voneinander lassen konnte.

Bis zur letzten Sekunde der Abfahrt des Zuges berührten sie sich, wollten oder konnten sich nicht loslassen.

Ein Liebesversprechen.

IchbinDuDubistIch?

*

Jetzt stand sie hier, war durch die Ausstellungshallen gewandert, hatte jedes Foto, jedes Ausstellungsstück betrachtet. Jedes Schriftstück gelesen. Dann gefunden, was sie befürchtet hatte.

Ihr Blick erstarrte, erkannte den Ort auf dem Foto.

Jenen Ort. Auf einem Foto ihrer Großmutter, die einzige verbliebene Erinnerung an ihre Herkunft. An ein Lebensende und Flucht. Eingeätzt auf Fotopapier. Vergilbt, aber unvergänglich.

Auf diesem Foto standen vier Männer in Wehrmachtsuniformen und blickten in triumphierender Pose in die Kamera. Hinter ihnen der Hof ihrer Großeltern. Im Zwinger ihr Schäferhund, der sich zur Abwehr der gespürten Gefahr zähnefletschend gebärdete.

Ein anderes Bild aus ihrer Kindheit drängte sich vor ihr inneres Auge. Sie blickte wieder in das weit aufgerissene Maul eines Schäferhundes, direkt vor ihrem Gesicht. Bereit zum Angriff. Spürte die gleiche Panik.

Sie zitterte vor Angst, wollte eigentlich weglaufen. Starrte stattdessen gebannt auf die Bedrohung, auf die jetzt auf sie gerichteten von Triumph erfüllten Augen der Männer.

Schweiß kroch ihr aus dem Körper, verfing sich im T-Shirt und färbte dieses dunkel. Ihr Herz schaltete höher, pumpte Blut rasend durch ihren Körper. Sie begann heftig zu atmen, stoßweise entwich die verbrauchte Luft ihrem Körper. Ihre Beine gaben nach, sie taumelte, konnte aber einen Sturz vermeiden. *Ich darf nicht ohnmächtig werden, muss mich konzentrieren. Atme ruhig, komm zu dir.*

Mechanisch griff sie in die rechte hintere Hosentasche, nahm ihr Handy und machte ein Foto des Fotos. Erst dann registrierte sie Datum, Ort und Namen:

13. Juli 1942, Józefów, Polen.

Karl Behring

Hans-Heinrich Becker

Georg Probst

Ernst Bekemeier

Vier Männer, vier Namen.

Dann war der Schäferhund verschwunden. Sie fühlte sich mit einem Male eingepackt in eine schützende Wolke aus Watte. Die sie umhüllte, sie abnabelte von ihrer Umgebung. Sie taub und blind machte für alles und jeden um sie herum. Bis ein Schatten sie ablenkte und ihre Aufmerksamkeit herausforderte. Jemand war neben sie getreten.

„Kann ich Ihnen helfen? Ist Ihnen nicht gut?"

Das Gesicht zu der Stimme bekam eine Kontur. Verdichtete sich, wurde lebendig. Erschreckte und erstaunte sie zugleich.

Was macht dieser Mann denn hier, der Psychologe aus dem Zug?

Nein, sie brauchte keine Hilfe. Nicht jetzt.

Weg, sie musste nur hier weg.

*

Müde saß sie auf dem Stuhl im trostlosen Hotelzimmer, irgendwo in Berlin. Das Zimmer austauschbar. Ein Einzelbett, Nachttisch, ein Schreibtisch, alles in Eichenfurnier. Das Zimmer blass wie sie. Sie hatte das Foto auf dem Handydisplay auf den Schreibtisch gestellt.

Tränen liefen ihr über das Gesicht, so geweint hatte sie schon lange nicht mehr. Eigentlich nicht mehr seit dem Tod ihrer Mutter. Und das war schon lange her.

Immer wieder wechselte ihr Blick auf das Foto. Als ihr Blick in der Ausstellung auf das Foto gefallen war, hatte sie den Familienhof sofort erkannt. Die charakteristische Eingangspforte im Hintergrund, den aus Naturstein gemauerten Torbogen mit den zwei gekreuzten Sicheln an der höchsten Stelle, rechts die Tür zum Haupthaus mit den zwei Stufen. Die Tür offen.

Durch den Torbogen mussten sie gekommen sein. Sie, die auf dem Foto abgebildet waren. Uniform und Waffen. Links neben den Männern das Auto, mit dem sie gekommen waren. Auf der Jagd nach Menschen. Menschen, die ihnen nichts getan hatten. Menschen, die für sie Tiere waren, die man jagen durfte, einfach abknallen.

Wieder und immer wieder schaute sie sich auch die Bildunterschriften an. 13. Juli 1942, Józefów. Und dann die Namen. Sie wusste, wer das Foto gemacht hatte.

Es war ihr gelungen, fast unbemerkt das Foto abzulichten. Strafende Blicke eines Aufsehers ignorierend, war sie zum Ausgang gerannt. Unter Schock. Raus, sie hatte raus gemusst. Die Luft war immer stickiger geworden.

Ein Irrlauf durch das Labyrinth der Stadt, bis sie das Hotel wiederfand.

Die Zuflucht in einer bedrohlichen Welt, nur für diesen Moment, aber für diesen Moment.

Ich muss sie aufschreiben. Ich darf sie nicht vergessen, die Namen der Männer, der Täter.

Jeden einzelnen schrie sie in den Raum. Es war ihr egal, ob andere Gäste sie hören konnten. Sie fühlte nur Trauer, Schmerz und unbändige Wut.

Erschöpft sank sie auf dem Sessel zusammen. Ihr Blick fiel auf die Zimmerbar. Sie stand wieder auf und öffnete sie. Der kleine Schrank war gut gefüllt. Sie nahm eine Mini-Flasche Whisky, Johnnie Walker Red Label, öffnete den Drehverschluss. Unvermittelt roch sie den strengen Alkohol. Sie setzt die Flasche an und ließ die ölfarbige Flüssigkeit in sich fließen. Der scharfe Alkoholgeschmack vermischt sich mit ihren Tränen.

Ihr Blick fiel auf die Flasche, auf das Etikett. Erinnerte sie an die Musik ihrer Jugend. Allein gehört, allein getrunken. Allein gesungen.

„Johnny Walker, jetzt bist du wieder da." Sie summt die Melodie und setzt singend wieder ein. „Kein Mensch hört mir so zu wie du. Johnny, du lachst mich auch nie aus."

Tränen tropften auf ihr Handy. Alles war wieder da. Die Zeit, als sie 16 war. Das Gefühl, das erste Mal verliebt zu sein. Erleben, was es hieß, wenn ihre Freundinnen erzählten, wie es war, wenn sie den Jungen ihrer Träume sahen, von ihnen träumten.

Sie hatte bis dahin noch nie von einem Jungen geträumt. Aber dann änderte sich alles. Sie konnte es körperlich spüren. Die Zärtlichkeit in ihren Gedanken. Gedanken, die sich ihr bisher verschlossen hatten, auf die sie niemand vorbereitet hatte.

Die Wärme, die durch ihren Körper geflossen war, ihr Gesicht erglühen ließ und dafür gesorgt hatte, dass ihr

Herzschlag aussetze, wenn sie ihn sah. Wenn sie ein Lächeln von ihm bekam. Mit einem Mal ahnte sie, dass Liebe auch eine körperliche Wirklichkeit hatte. Sie war verliebt. Dachte: *Ich werde glücklich sein. Auch ich habe ein Recht darauf.*

In ihren Gedanken hörte sie plötzlich die Stimme der Mutter, als wenn sie neben ihr sitzen würde. Der Mensch, der ihre Großmutter sein sollte, aber ihre Mutter wurde.

„Menschen fürchten sich nur vor Männern.

Vor Männern müssen wir uns schützen.

Schau, was sie uns angetan haben."

Worte, die schmerzten. Trotzdem ließ sie weitere zu.

„Kind, nimm Glücksgefühle nicht so ernst. Ernst war das, was wir durchmachen mussten, als wir so alt waren wie du."

Das erste Mal seit Jahren hatte die Mutter wieder die Nähe zu ihr gesucht, ihren Arm um sie gelegt. Wie Mütter Töchter umarmen, wenn sie Nähe und Hilfe brauchen. Die ihr die Mutter nicht geben konnte.

Aber was sollte sie tun? Sie wollte doch auch zu den Freunden gehören. Mit ihnen tanzen, Sangria trinken, aber keiner fragte sie. Und der Jürgen ignorierte sie, als wenn es sie nicht gäbe. Tränen der Erniedrigung rannen über ihr Gesicht.

Sie war schon damals eine Einzelgängerin in ihrem Eifel-Dorf gewesen, in dem jeder jeden kannte und jeder mit jedem vertraut war. Misstrauisch, zurückhaltend. Aber irgendwann wollte die Jugend raus, auch aus ihr. Sie wollte ihre eigenen Erfahrungen machen. Nicht mehr anders sein.

Aber dieses eine Mal war alles anders gewesen.

Der Blick der sonst so kalten Augen der Mutter wurde

weicher. Eine nie gesehene Sehnsucht hatte ihre blauen Augen getrübt. Wie ein Filter, der über die klare Farbe gelegt wurde. Sie hatte sich mit einem Mal unsicher gefühlt. War es richtig gewesen, sich der Mutter anzuvertrauen? Aber wem sonst? Sie hatte doch nur sie gehabt. Keine beste Freundin, keine Freundin, die eine beste Freundin hätte werden können.

„Pass auf, mein Kind", hatte die Mutter geraten. „Ich weiß, ich kann dir keinen richtigen Rat geben, ich bin zu alt für diese Zeit, für diese Gefühle. Aber wenn dir was wichtig ist, dann mach es. Wenn dir ein Mann wichtig ist, dann nimm ihn. Und wenn du ihn nicht mehr willst, lass ihn fallen. Nimm keine Rücksicht auf andere, denn die anderen nehmen auch keine Rücksicht auf dich. Der einzige Mensch, der zählt, bist du."

Ihre Mutter hatte mit einem Mal so klein, so zerbrechlich ausgesehen. Alt und grau. „Mama", hatte sie verängstigt gefragt, „ist was mit dir? Fühlst du dich nicht gut?"

„Nein, mein Kind, es ist alles in Ordnung. Ich bin nur müde. Lass mich bitte allein. Ich hab dich lieb."

Dann wie ein Wunder der Moment, als sie bei Jürgen im Auto saß. Einem Audi 80, weinrot mit weißen Ralley-Streifen. Er hatte sie registriert. Endlich.

„Willst du mit mir gehen?" Die Frage war überraschend gekommen. Hatte sie so verwirrt, dass sie fragte „Wohin?", bevor sie vor Scham errötet war und am liebsten davongelaufen wäre.

Er hatte so gelacht.

Das langsam das Zimmer erhellende Tageslicht ließ sie aufwachen, verdrängte die Trostlosigkeit der Nacht und die Dunkelheit ihrer Gedankenwelt. Langsam formten sich Gedanken, ein erster zarter Spross.

Trauer? Hass? Rache?

Sollten das die Gefühle sein, die von nun an ihr Leben bestimmen sollten?

Aber Hass auf wen? An wem sich rächen? Sie kannte ihre Namen, doch die Täter von damals waren tot. Sollte sie nicht lieber lernen zu vergeben, zu verzeihen, zu vergessen?

Aber, konnte man Schuld überhaupt vergessen?

Diese Männer hatten sicher Nachfahren. Kinder, Enkel in ihrem Alter. Waren die Leben dieser Kinder und Enkel auch vom Schatten der damaligen Ereignisse geprägt? Wussten sie überhaupt, was ihre Väter und Großväter damals getan hatten?

Frühjahr 2017

Kurz nach Zwanzig Uhr drückte Tobias Kleinert den Klingelknopf eines Mehrfamilienhauses in Köln Poll und wartete, dass der Summer die Tür freigab. Bepackt mit zwei Sixpacks gekühltem Kölsch stand er wenig später schnaufend vor der Wohnungstür im 8. Stock. ‚Aufzug außer Betrieb', fluchen hatte ihn nicht bewegt.

Seine Fitness war am Boden. Immer wieder nahm er sich vor, mehr Sport zu treiben, aber die Motivation dazu war verschwunden, seit er niemanden mehr hatte, der ihn dazu drängte. Seit Christine nicht mehr da war.

Die Wohnungstür war nur angelehnt, und als er den Wohnungsflur betrat, schallte ihm „Mir stan zu dir, EEF-ZEE Kölle!" aus unmusikalischen Kehlen entgegen.

Heute war Fußballtag. Der FC empfing Werder

Bremen zu einem entscheidenden Spiel, und die Stadt stand kopf. Zumindest derjenige Teil der Kölner, für den ein Geißbock ein Götze war und der bei der Farbkombination Rot und Weiß nicht an Ketchup und Mayo dachte. Das erste Mal seit fast einem Vierteljahrhundert besaß der Verein die Chance, im Rampenlicht des europäischen Fußballs zu stehen.

Geschmückt mit Schal und Trikot und Kappe betrat er das Wohnzimmer.

„Beeil dich, das Kölsch kannst du in den Kühlschrank stellen. Ach ja, und das ist Alex, ein alter Schulkumpel von mir. Hat gefragt, ob er heute mit gucken kann. Hast doch nichts dagegen?"

Mit einem Achselzucken und einem „Hey" beantwortete Tobias die eher rhetorisch gemeinte Begrüßung seines Freundes Victor Holzer. Sie kannten sich seit der gemeinsamen Bundeswehrzeit, hatten zusammen nach der Grundausbildung Ende der 70-iger auf einer Stube gelegen und gemeinsam die für sie beide entwürdigende Zeit erleben müssen. Überlebt, so hatte es sich damals für sie angefühlt. Damals, nach der wiedergewonnenen Freiheit.

Überlebt hatte auch ihre Freundschaft. Victor und er hatten sich nach der Bundeswehrzeit aus den Augen verloren, da beide unterschiedliche Ausbildungen begonnen hatten. Nachdem sie sich in Köln niedergelassen hatten, trafen sie sich wieder und von da an regelmäßig.

Tobias betrat die modern eingerichtete Küche des Gastgebers, öffnete den Kühlschrank und betrachtete die Häppchen, die von Clara zubereitet und unter Klarsichtfolie im Kühlschrank auf die Pause des Spieles warteten.

Er legte die Sixpacks in ein freies Fach und kehrte zurück ins Wohnzimmer.

Hier standen sie, Victor und sein Kumpel in voller Fan-Montur, Schal wedelnd, die 30 Minuten vor dem Spielanpfiff genauso zelebrierend wie die 46.195 Fans im Stadion. Inzwischen um geträumte eigene Fußballkarrieren und Illusionen beraubte Fünfziger.

Gemeinsam Spiele des FC schauen, war ihnen heilig, war zum Ritual geworden. Besonders wenn der FC Abendspiele hatte, Live-Spiele auf Sky wie heute. Mit Fingerfood und Bier. Gepflegtes Fußballschauen, Victor besorgte das Essen, Tobias das Kölsch. Clara ließ die Jungs gewähren, traf sich an diesen Abenden mit Freundinnen oder ging ins Kino.

An diesen Abenden konnte Tobias vergessen: seine Vorwürfe, seine Trauer, den Unfall von Christine. Doch fast jeden Abend nach einem dieser Events gestand er sich ein, dass nur sein Freund Victor und seine Arbeit als Kriminalhauptkommissar bei der Kölner Kripo ihn vor Vereinsamung und sozialer Verarmung retteten.

Der FC dominierte das Spiel, führte früh mit 1:0. Es lief die 25. Minute. Die Stimme des Reporters überschlug sich. Der FC schoss das 2:0 und die Stadt Köln in kollektive Ekstase. Die drei Männer sprangen auf und fielen sich in die Arme.

Bisher hatte Tobias nur wenig Notiz von Alex genommen. Er war an diesem Tag nur zufällig anwesend und würde morgen für ihn wieder vergessen sein.

27. Minute. Die Kamera schwenkte über die Zuschauerreihen.

„Aber das gibt es doch nicht!" Mit ausgestrecktem Arm wies Victor auf die Mattscheibe, als Tobias hinter ihn trat. „Was ist los? Ist was passiert?"

„Nein, aber da war der Mann, den ihr sucht.

Der mit Bild gestern in der Zeitung. Überfall auf einen Geldautomaten, aufgenommen von einer Videokamera."

Alex hob verblüfft den Blick. „Du willst doch nicht behaupten, dass du mal so mir nichts, dir nichts jemanden im vollen Stadion erkannt haben willst, von dem du ein Foto in der Zeitung gesehen hast?"

Victor hob nur den Daumen seiner rechten Hand und wandte sich wieder dem Bildschirm zu.

Tobias hatte bereits sein Handy gegriffen, wählte die Nummer der diensttuenden Kollegen. In knappen Sätzen berichtete er von ihrer Beobachtung.

„Besorgt das Bildmaterial, das gerade gesendet wurde, ruft die 25. bis 27. Minute auf und prüft die Schwenks in die Zuschauerränge. Beeilt euch, wir haben nicht viel Zeit", instruierte Tobias die Kollegen.

Tobias beendete das Gespräch und wandte sich Victor zu. „Alles klar."

„Was war das denn?" Fragend blickte Alex in die Runde. „Hast du tatsächlich diesen Jemand erkannt?"

„Ja."

„Das ist echt irre. Wusstest du, dass Vic so was kann?", wand er sich an Tobias.

„Ja, Victor ist ausgebildeter Super-Recognizer, wusstest du das nicht?" Ein klein wenig Arroganz schwang in seiner Stimme mit, denn er war sich ziemlich sicher, dass der Kumpel keine Ahnung hatte, was das bedeutete. Und prompt fragte der nach.

„Und was ist ein Super-Recognizer?"

Tobias verdrehte die Augen. Er kannte seinen Freund und wusste, dass dieser, stolz auf sein seltenes Können, gleich zu einem endlosen Monolog ansetzen würde, mit dem er seine Mitmenschen zu quälen pflegte, die eigentlich nur eine einfache Frage gestellt hatten.

Victor wollte gerade ansetzen, als ihm Tobias mit einem kurzen entnervten Seufzer zuvorkam und begann, Alex die ungewöhnliche Gehirnleistung zu erklären, zu der Victor und nicht viele weitere Menschen in der Lage waren. Nämlich Gesichter, die sie nur kurz und nicht einmal bewusst gesehen hatten, wiederzuerkennen. Auch dass sie Personen auf Bildern mit schlechter Auflösung erkennen, oder Verbindungen von Kinderfotos mit dem Aussehen derselben Person als Erwachsener herstellen konnten.

Super-Recognizer waren bereits seit Jahren sehr gefragt, weil ihre Fähigkeiten einer maschinellen Gesichtserkennung überlegen waren.

„Ist ja irre", war der einzige und einsilbige Kommentar und: „Tobi, kann ich noch ein Kölsch haben?"

Tobias registrierte den frettchenhaften Blick von Alex und den betont kölschen Singsang in seiner Stimme. Er mochte Victors Kumpel nicht, einfach so. Aus dem Bauch heraus. Schublade auf: Alex war einer, der einem am Samstagabend die Bundesligaergebnisse verriet, bevor die Sportschau begonnen hatte. Schublade zu. Alles an dem Typen erzeugte bei Tobias Abwehr. Er kannte das. Hatte er erst einmal diese Grundeinstellung gegenüber einem Gegenüber, hatte dieser eigentlich keine Chance mehr, Sympathien bei ihm zu wecken. Zwei Schubladen eben.

Umso mehr blieb für ihn unerklärlich, was Victor mit so einem Kerl zu tun hatte. Er zuckte die Schultern und wandte sich wieder dem Spiel zu, als sein Handy summte. Tobias hatte es nach seinem Telefonat mit den Kollegen auf dem Esstisch abgelegt. Er hob es auf und blickte auf das Display. Ein Lächeln stahl sich in seine Augen, er fühlte, wie ihn die beiden anderen ansahen.

„Sie haben ihn!"

*

„Soll ich dich mitnehmen?", fragte Alex Tobias am Ende des Abends, nachdem das Kölsch ausgetrunken und der FC auf dem Weg nach Europa einen entscheidenden Schritt weiter war. Die Stimmung bei den Dreien war entsprechend.

„Nein, danke, ich muss jetzt los und nehme die Bahn. Und du nimmst besser auch ein Taxi oder die Bahn." Alex hatte getrunken, und er wollte auch keine Zweisamkeit mit einem Menschen, den er einfach nicht mochte. Und außerdem wollte er eine rauchen. Ohne nervendes Gequatsche.

„Danke für den Abend, lass uns die Tage telefonieren. Und grüß Clara, das Essen war mal wieder richtig lecker." Mit diesen Worten verabschiedet sich Tobias.

Als er das Haus verließ, überquerte er zwischen zwei parkenden Autos, einem roten Volvo und einem schwarzen SUV, die Straße, um zu den Poller-Wiesen zu kommen. Er fand eine Bank, zog den Tabakbeutel aus der Jackentasche und drehte sich eine Zigarette.

Gedankenverloren betrachtete er die Glut. Jetzt rauchte er schon wieder fast ein Jahr. Er hatte wegen Christine aufgehört, sie hatte den Geruch gehasst. Sie hatte ihn vor die Wahl gestellt, mit ihr zusammenzuleben ohne Zigaretten, oder .... Also hatte er aufgehört.

Die erste Schachtel hatte er sich am Tag der Beerdigung von Christine gekauft, bevor er allein die Wohnung betreten musste. Wissend, dass dies jetzt endgültig war.

Er rauchte eine zweite Zigarette und genoss die Atmosphäre des Abends. Schiffe tuckerten auf dem Rhein, und einige Gruppen kampierten um tragbare Grills. Das Klackern von Flaschen und ein Sammelsurium von Stimmen zeugten von freundschaftlichem Betrinken.

Beschwingt vom Abend machte er sich auf den Weg zur S-Bahn-Haltestelle. Eine Wohngegend mit Potenzial, dachte Tobias, als der rote Volvo hupend vorbeifuhr.

Durch das geöffnete Seitenfenster konnte er erkennen, dass Alex am Steuer saß.

Der darf doch gar nicht mehr fahren!

Als Polizist griff er automatisch nach dem Handy. Auch wenn er nicht im Dienst war, blieb er ein strenger Verfechter der Nullprozent-Grenze am Steuer. Und er hatte ihn doch ermahnt, nicht mehr zu fahren.

Noch ehe er die Nummer komplett eingegeben hatte, fiel ihm auf, dass er sich das Kennzeichen nicht gemerkt hatte.

„Glück gehabt", brummte er missmutig, steckte das Handy wieder ein, vergaß die Begegnung mit Alex und ahnte nicht, dass sie einmal von Bedeutung sein würde.

August 2017

Es klingelte. Sie öffnete die Haustür über die elektronische Türanlage und wartete in der Wohnungstür.

Wenig später stand eine junge Frau vor ihr.

„Ich habe ein Einschreiben für Sie, würden Sie mir den Empfang bitte bestätigen?" In Eile ausgesprochene Routinesätze.

Sie quittierte den Empfang und trat zurück in die Wohnung. Der braune Umschlag war in sauberer Schrift adressiert, ohne Absender. Den hatte sie auch nicht erwartet. So war es verabredet: Anonymität.

Sie fragte sich manchmal schon, ob es wirklich normal war, so anonym, so einseitig anonym und doch so intim zu sein. Intim, alles von dem anderen zu wissen, fast alles und doch nur virtuell und schriftlich zu verkehren.

Aber so war die moderne Welt. Und das machte es auch so einfach. Keine umfangreichen Erklärungen, keine Erniedrigungen, kein Aussehen bestimmte die Sympathie. Ein Chat, nur schreiben. Und schreiben war so einfach. Einfacher als ein Gespräch. Das war ihr recht.

Sie hielt den Umschlag in Händen an ausgestreckten Armen. So, als wenn sie ihn noch eine Weile fern von sich halten wollte. Sie wusste nicht, wie lange sie so verharrte. Eine Minute, zwei.

Will ich wirklich wissen, was in dem Umschlag ist, will ich die Botschaft wirklich kennen und dann danach handeln?

Zweifel prägten ihre Gedanken, doch dann gab es für sie kein Zurück. Das wusste sie. Umkehren kam nicht in Frage. Noch nie in ihrem Leben. „Ja, ich will. Ja, ich werde die Botschaft empfangen und danach handeln."

Lange hatte sie auf diesen Moment gewartet, und nun hatte das Warten ein Ende. Langsam zog sie den Umschlag an die Brust, betrat die Küche und holte ein Messer aus der gesonderten Schublade für scharfe Messer.

Behutsam legte sie das Kuvert auf den Küchentisch.

Letzte Zweifel. Sie wusste, dass das, was sie gleich lesen, Folgen haben würde. Aber es war das, was sie wollte.

Sie setzte sich auf einen Stuhl, nahm den Umschlag und öffnete ihn mit dem Messer.

August 2017

Es war kurz nach 20.00 Uhr. Das Herkenrather Dorfgasthaus Ballhäuschen war wie jeden Montagabend spärlich gefüllt, nur Stammgäste standen an der Theke, warteten auf das nächste Kölsch. Und das kam so sicher wie das Amen in der nahen St. Antonius Abbas Kirche.

Peter Behring hatte seinen Platz im abgetrennten Speiseraum gewählt. Die Trennung war noch ein Relikt aus der Zeit, in der in Gaststätten der rauchfreie Speiseraum vom Rest der Gaststätte getrennt werden musste. Er war der einzige Speisegast. Die anderen drei Tische waren noch unbesetzt. Als er seine Bestellung bei der Kellnerin aufgegeben hatte, bemerkte er, dass er nicht mehr allein war.

„Darf ich mich zu Ihnen setzen? Dann bin ich nicht so allein hier und fühle ich mich nicht wie sonst heutzutage immer gleich angestarrt wie Freiwild, wenn ich alleine an einem Tisch in einem Restaurant sitze. Und außerdem ist mir heute Abend nach einer sympathischen Begleitung."

Peter Behring hatte keine Lust auf Unterhaltung, wollte seine Currywurst mit Pommes in Ruhe essen, sein Kölsch allein trinken, wollte nicht reden. Er verzog unwirsch sein Gesicht, blickte sie abschätzend an nach dem

Motto ‚lass mich in Ruhe' und senkte den Blick abwehrend auf sein Handy, das er auf den Tisch gelegt hatte.

Die Frau blieb stehen, ließ sich von seiner Unhöflichkeit nicht abschrecken, wartete auf eine Antwort.

Irritiert schaute er auf.

Was will die von mir? Die Frau sieht immerhin gut aus. Er zögerte. *Also warum nicht?*

Die Frau konnte seine Gedanken an dem veränderten Gesichtsausdruck des Mannes ablesen.

Er nickte. „Dann setzen Sie sich halt. Ist ja noch Platz genug hier."

„Ich habe Sie noch nie hier gesehen. Kommen Sie nicht von hier?"

„Nein, bin zufällig hier gelandet."

„Gute Wahl. Es sieht zwar nicht so aus, aber die Küche ist in Ordnung, gut bürgerlich. Die Schnitzel sind super und die Curry-Wurst auch, wenn man denn Fleisch mag." Peter Behring grinste. Die Frau gefiel ihm.

Die Kellnerin erschien, brachte zwei Kölsch und nahm ihre Bestellung auf.

„Ich heiße übrigens Peter, Peter Behring." Er bemerkte ihr Lächeln. Irgendetwas stimmt hier nicht, dachte er. Sie reagierte, als wenn sie seinen Namen kennen würde.

Sie nannte ihm ihren Namen.

Er hatte sie nicht erkannt.

Dabei hatte sie vergangene Woche nicht weit weg von ihm gesessen. Nähe Neumarkt. In einem Café mit Außenterrasse. Im Café Riese. Wenn er sie nicht dorthin geführt hätte, wäre sie nie auf die Idee gekommen, dort zu verweilen. Krankenwagen, kreischende Bremsen der Straßenbahnen, Stimmengewirr. Stille kannte der Ort nicht. Die Eindrücke überforderten ihre Sinnesorgane.

Ein Gedanke kam ihr, als sie den Platz betreten hatte: ‚So muss sich ein Tier fühlen, das in einer fremden Umgebung ausgesetzt wird.' Dabei war ihr Stadtleben nicht unbekannt, natürlich nicht. Aber eine solche Überlagerung von Bewegung, Farben, Licht und Lärm strapazierte sie. Sie war eine Freundin der Stille. In der Stille konnte sie sich finden, konnte Kraft tanken, ihr Leben zu leben.

Aber heute musste es sein. Sie hatte vor seiner Wohnung gewartet, wusste inzwischen, wann er Feierabend hatte. Seit zwei Wochen beobachtete sie sein Leben ab 17.00 Uhr.

In jenem Briefumschlag hatte sie seine Adresse und ein Dossier über ihn und seine Gewohnheiten bekommen.

Der Mann lebte allein, verließ die Wohnung am Abend nur zu regelmäßigen Terminen. Montagabends Schwimmen, Freitag Fußball in einer Kneipe nahe seiner Wohnung. Jeden vierten Donnerstag im Monat traf er sich mit anderen Männern bei einem AFD-Parteimitglied in dessen schicker Villa in Hoffnungsthal.

Hier lamentierten sie wahrscheinlich den ganzen Abend bei Schnittchen und frisch gezapften Kölsch wie schlecht es ihnen hier in Deutschland ging. Schuld an allem sowieso die Flüchtlinge waren, die ihnen Arbeit, Wohlstand und die Frauen raubten. Alles ginge den Bach runter. Es wurde Zeit, dass sie in Deutschland an die Macht kämen, um aufzuräumen.

Vergangene Woche war es das erste Mal gewesen, dass er nach Köln, in die Stadt gefahren war. Also war sie ihm gefolgt in der Hoffnung, mit ihm in Kontakt treten zu können.

Er hatte ganz links an einem der runden Esstische

gesessen. Sie hatte einen Platz drei Reihen hinter ihm gefunden. Zusammen mit einem älteren Ehepaar. Ein Kellner kam und probierte seine Englischunkenntnisse an dem älteren Ehepaar aus.

Immer wieder blickte er auf sein Handy, dann auf den Eingang des Bistros. Er wartete. Wenig geduldig. Heute war leider kein geeigneter Zeitpunkt für eine Kontaktaufnahme. So stand sie auf, schritt an ihm vorbei und überließ ihn seiner Verabredung.

*

Heute war sie ihm erneut gefolgt.

Sie lächelte, fühlte sich überlegen, genoss seine Unsicherheit. Weil er nicht wusste, wer neben ihm saß.

„Ich als Frau kann mich in unserem Land doch nicht mehr sicher fühlen. Überall werde ich von Fremden belästigt", nahm sie das Gespräch wieder auf und legte ihre Rechte wie zufällig auf seinen linken Unterarm.

Er nickte. „Stimmt."

Sie nickte zurück. Der Köder war ausgelegt.

„Wollen wir dieses brisante Thema", er hatte die Stimme gesenkt, „nicht lieber woanders diskutieren? In angenehmerer Umgebung. Ohne Zeitdruck. Wo man uns nicht zuhört? Schließlich bin ich derselben Meinung." Er schaute sich um, vorsichtig, zögernd.

„Gern, nur muss ich jetzt los." Sie sah ihn kokettierend an. „Sie sind mir sympathisch. Also du?" Sie wartete seine Überraschung nicht ab. „Und abgemacht, wir setzen unser Gespräch woanders fort. Ich melde mich."

„Wie denn?"

Sie schaute ihn belustigt an. „Du gibst mir deine Telefonnummer, und ich benutze sie."

Er lächelte, schien langsam zu begreifen, dass dies keine einmalige Bekanntschaft werden würde. Die Vorstellung, sie wieder zu treffen, erregte ihn.

Er schrieb seine Handynummer und seinen Namen auf einen Bierdeckel und gab ihn ihr. Nicht nur Steuererklärungen passen angeblich auf einen Bierdeckel, ging es ihm durch den Kopf, während sie ihn ansah, als habe sie das große Los gezogen, und nicht er.

Sie stand auf, streifte ihn wie unabsichtlich beim Weggehen, überließ ihm ihre Rechnung und verließ das Lokal. Bevor sie die Tür hinter sich schloss, sah sie sich noch einmal um, registrierte das selbstgefällige Grinsen von Peter Behring, als ihm die junge hübsche Bedienung noch ein Kölsch und die beiden Portionen Currywurst brachte.

Männer sind alle gleich, fasste sie für sich zusammen, Großmutter hatte recht, und zog dann mit sich zufrieden die Tür hinter sich zu.

2 Wochen danach

Sorgfältig packte Peter Behring seine Schwimmtasche: Badehose, Schwimmbrille, Handtuch, Duschzeug, Adiletten und die Dauerkarte. Bedächtig, als wäre es das letzte Mal.

Es war das letzte Mal.

Aber das wusste Peter Behring nicht. Auch nicht, dass er jemanden wiedertreffen würde. Was ihn in eine Erregung versetzen sollte, wie er sie seit der Trennung von seiner Frau vor zwei Jahren nicht mehr erlebt hatte.

Und auch nicht mehr erleben würde.

Acht Stunden später war Peter Behring tot.

*

Ein letzter Blick auf die Uhr. 18.30 Uhr. Peter Behring verließ seine Wohnung pünktlich wie jeden Montagabend.

Als er seinen blauen Golf TDI startete und losfuhr, bemerkte er den Kleinwagen nicht, der hinter ihm auf die Giselbertstraße abbog. Er würdigte dem Rückspiegel keines Blickes, legte eine Rammstein-CD ein und drehte die Musik laut, sehr laut.

Der Parkplatz am Splash in Kürten war wie immer um diese Zeit, vor allem von Saunagästen, gut gefüllt. Durch die Fenster konnte er ins Innere des Schwimmbads sehen und sah zu seiner Erleichterung, dass das Schwimmbecken angenehm leer war.

Eine Stunde Schwimmen, eine Stunde Sauna und auf dem Rückweg im Ballhäuschen eine Currywurst und Kölsch. Das war sein Plan wie jeden Montag.

Der Eingangsbereich des Freizeitbades war nicht attraktiv. Links verhinderte ein Drehkreuz den unbezahlten Zugang zum Umkleidebereich. Rechts grenzte eine Tür den Saunabereich von den Blicken der Gäste ab. Hinter dem Tresen erlaubte eine Panoramascheibe den Blick in den Schwimmbereich und zur Cafeteria. Der Geruch nach Chlor und Pommes hing in der Luft. In die Jahre gekommene Schwimmbadatmosphäre.

Peter Behring zeigte seine Dauerkarte und bekam ein Schlüsselband ausgehändigt.

„Eine Stunde Schwimmen und ein Saunabesuch, bitte! Wie lange haben Sie heute auf?", hörte er eine warme, angenehme Stimme fragen, bevor er das Drehkreuz zum Leben erweckte.

Die Stimme kenne ich, dachte er, drehte sich aber nicht um. Einen dezenten, anregenden Parfumgeruch, der ihn fast schwindlig werden ließ, registrierte er noch, als er das Drehkreuz passiert hatte.

Geruch intensiviert sich im Wasser tatsächlich, dachte er, als er zehn Bahnen später den Geruch erneut bemerkte.

„Können Sie nicht aufpassen? Hier ist doch genug Platz, warum müssen Sie gerade hier anschlagen?"

Prustend drehte Peter Behring den Kopf und schaute fassungslos in das attraktive Gesicht der Frau aus dem Ballhäuschen.

Der Frau, die sich melden wollte.

Am Morgen danach

Sie saß in der S-Bahn, hörte die vertrauten Worte „Bergisch Gladbach-Lustheide, Ausstieg links" mit immer derselben Stimme vom Band und fühlte sich sicher. Ihr Auto hatte sie auf dem Parkplatz in der Anonymität der vielen anderen Autos stehen lassen.

Aufgewühlt und unfähig, den Wagen zu starten, hatte sie lange im Auto ausgeharrt. Irgendwann begann das Leben um sie herum. Die ersten Bewohner der Siedlung suchten ihr Auto, um zur Arbeit zu fahren. Dann beschloss sie, die S-Bahn zu nehmen. Das Auto und ihr Gepäck konnte sie irgendwann später abholen.

Sie bemerkte, dass sie von einem Mann angestarrt wurde, und malte sich aus, was der Mann wohl bei ihrem Anblick dachte. Sie wusste, dass sie auf Männer wirkte, selbst morgens um 4.30 Uhr und selbst, wenn sie wie heute Morgen nicht geschminkt war.

Sie spürte wieder Wärme in sich aufsteigen, spürte noch einmal die Erregung des Mannes neben ihr im Bett. Fühlte sein Glied in ihr pulsieren, als sie sich über ihn beugte, ihm die Spraydose auf den Mund drückte und ihn mit geschicktem Druck auf den Kolben tötete.

Es war so leicht gewesen, leichter als gedacht. Sie hatte ihn nicht angerufen. Wusste ja, dass er jeden Montag ins Splash fuhr. Er war so durchschaubar, und alles in seinem Leben verlief genau nach Plan. Bis auf seinen Todestag.

Er hatte sie nicht bemerkt. Erst als sie ihn in seinen Bahnen gestört hatte, nahm er Notiz von ihr und erkannte sie. Die Saunagänge und die Kölsch im Ballhäuschen fielen aus. Sie waren direkt zu ihm gefahren.

Er war ein attraktiver Mann. Und hätte es verhindern können. Wäre er einsichtiger gewesen, hätte nur die Schuld seiner Vorfahren eingestehen müssen, vielleicht wäre dann alles ganz anders gekommen. Aber so.

Er hatte nichts kapiert, war verbohrt, wie die Alten es gewesen waren, und hatte angefangen zu versuchen, sie zur Teilnahme an seinem nächsten Treffen mit seinen rechten Freunden zu überreden. Der Idiot.

In Gedanken stand sie wieder im Badezimmer und sah sich um. Erlebte noch einmal, wie sie den Hammer aus ihrem Rucksack genommen und den Spiegel zertrümmert hatte. Und komisch. Er hatte gar nicht gefragt, warum sie überhaupt einen so großen Rucksack mitgenommen hatte.

Der Mann, der sie lange beobachtet hatte, stieg endlich aus. Sie hätte ihm folgen können. Und dann? Sie schüttelte ihr Haar, lehnte sich zurück und schloss die Augen. Ihre Gedanken lösten sich auf, wie Salzsäure eine erst durch Metamorphose entstandene feste Struktur eines Marmorsteins wieder auflöst. In Nichts.

*

Sie drückte die Wohnungstür ins Schloss und verriegelte die Tür. Heute würde sie die Wohnung nicht mehr verlassen.

Mit dem Rücken an der Wand hockte sie sich auf den kalten Fliesenfußboden und schloss die Augen. Fühlte sich, wie eigentlich, erschöpft, erleichtert?

Sagen konnte sie es nicht. Das Einzige, was sie wusste: Dass sie es ohne SIE nicht geschafft hätte, ihre Pläne tatsächlich in die Tat umzusetzen.

Diese Erkenntnis traf sie erbarmungslos.

Sie war also doch wieder nur ein willenloses Werkzeug gewesen? Doch froh, dass SIE ihr die Entscheidung abgenommen hatte?

Sie nur Opfer war?

Schon wieder?

Tränen nässten ihr Gesicht.

Seit SIE in ihr Leben getreten war, hatte sich alles verändert. Die Richtung ihres Lebens wurde korrigiert, ihre Lebenskompassnadel hatte eine völlig neue Richtung eingeschlagen, folgte nun einem anderen Magneten. Auch wenn sie noch nicht wusste, wer SIE war!

Dabei war SIE ihr doch so ähnlich.

Wie ein zweites Ich.

Wie eine Schwester.

Eine Schwester hatte sie immer vermisst in Zeiten der Einsamkeit. Obwohl ihre Großmutter für sie da gewesen war, damals, in der Zeit der Sehnsucht nach Verständnis. Einer Sehnsucht, die nie befriedigt werden konnte. Wie auch?

So war es eigentlich egal, wer SIE war. Hauptsache, SIE war jetzt da. Die Suche nach den Verantwortlichen für ihr Leben musste sie nun nicht mehr allein durchstehen.

Sie hatte ein Sabbatical-Jahr genommen, gegen den Widerstand ihres Chefs. Hatte sich durchsetzen können. Endlich mal, und ihre Wünsche, ihr Leben in den Vordergrund gestellt. Nur musste sie fest versprechen, zurückzukommen.

Dann war sie frei. Aber war sie wirklich frei?

Manchmal fühlte sie sich wie eine Marionette, geführt und bewegt an feinen Fäden. Und sie wusste: SIE hatte die Fäden in der Hand. SIE war die Spielerin und sie die Marionette.

Wie lange sie dort gekauert hatte, spielte keine Rolle in ihrem Lebenszeitvorrat. Trunken von Selbstmitleid robbte sie zum Schreibtisch und öffnete die obere Schublade. Obenauf lag das Dossier. Mit einer Klammer hatte sie das Foto auf der Mappe befestigt. Noch auf den Knien hockend, öffnete sie den Umschlag und betrachtet die Unterlagen, die sie bekommen hatte.

Die Kräfte in ihrem Körper kehrten zurück. Sie setzte

sich an ihren Schreibtisch und öffnete ihren Laptop. Sie hatte eine Nachricht empfangen. Im Chatroom Deutscher Chat. In diesem hatten sie sich, nachdem sie sich erst über E-Mails geschrieben hatten, verabredet. So konnten sie in ‚Echtzeit' kommunizieren.

IchbinDu: Der Anfang ist also gemacht. Ich bin stolz auf Dich. Denn jede Geschichte braucht einen Anfang. Auch Deine Geschichte der Schuld.

DubistIch: Ja. Die erste Schuld ist beglichen. Und ich fühle keine Reue, keine Schuld.

IchbinDu: Schuld? Was ist schon Schuld? Du weißt, wer die Schuld trägt. Wer Dir Schmerz und Leid zugefügt hat.

DubistIch: Mein Gehirn ist nicht mein Freund. Es lässt zu viele Gedanken in mir strömen, ich komme nicht zur Ruhe.

Ihr Blick fiel wieder auf das Foto. Konzentriert betrachtete sie jedes Detail. Wie schon Hunderte Male fragte sie sich, wie ihr Leben verlaufen wäre, wenn diese vier Männer nicht ihr Leben geprägt hätten. Nicht direkt, das war ihr klar. Die Männer waren längst tot, längst Geschichte ihrer Familien. Ihre Schuld ungesühnt. Aber nicht vergessen. SIE hatte recht.

Ella begriff, dass sie etwas Konkretes tun musste. Jetzt und hier, dass sie ihre Tat abschließen musste. Sie musste ein Ritual finden.

In der unteren Schreibtischschublade fand sie einen roten Buntstift, ein Relikt aus Kindertagen.

Sie nahm ihn in die linke Hand, umkreiste das Gesicht

von Karl Behring und malte den Kreis bis zur Unkenntlichkeit des Gesichtes aus.

Sie brauchte seinen Anblick nicht mehr.

Juli 1942

Das Dröhnen des Motors kündigte das Unheil an. In einer Nacht, die vorher so still gewesen war wie jede Nacht auf dem Gutshof, weitab von Nachbarn und der Gemeinschaft des Dorfes Józefów.

Die Gemeinschaft war sie, die Gutsherrenfamilie. Ruth und ihr Mann Georg mit seinen Eltern Gustav und Hermine. Georg und sie hatten sich im Sommer 1941 bei ihrer Tante kennengelernt und bald geheiratet. Sie liebte ihn, und er war ein guter Mann.

Sie hatten mit Politik und Glauben nichts zu schaffen, hatten das Land und sich. Sie waren gut zu ihren Knechten und Mägden, woher sie auch kamen und woran sie glaubten.

Sie wussten von den Polizeikommandos. Ihr Nachbar Erhard hatte ihnen von den Säuberungsaktionen in der Gemeinde erzählt, von den Trupps auf der Jagd nach Juden.

„Die Meisten sind zu jung für das Grauen, das auf sie zukommt, das sie selbst verursachen. Sie machen, was man ihnen sagt. Befehl und Gehorsam. Das macht es ihnen leicht, sich dahinter zu verstecken. Die, die jetzt unterwegs sind, müssen das nicht machen. Ich habe gehört, sie hätten ‚Nein' sagen können. Major Trapp hat es seinen Leuten freigestellt. Von über 400 Männern haben nur wenige, 10 oder 12, dem Befehl nicht folgen wollen. Aus Angst oder Überzeugung. Nehmt euch in Acht. Schickt eure Juden besser fort. Dahin, wo sie sicherer sind."

Georg hatte sie bereits selber gesehen: Trupps von vier Männern, deutschen Polizisten. Er und sein Vater wollten nicht wahrhaben, dass auch sie betroffen sein könnten. Und jetzt waren sie da.

Das Geräusch des näherkommenden Autos ließ Ruth aufwachen. Ihr Blick suchte den Wecker. Im Schein der Nachttischlampe konnte sie die Uhrzeit lesen. 3.13 Uhr.

„Georg, wach auf! Sie kommen!"

Sie fühlte, wie sie die Kontrolle über ihren Körper verlor, ihre Hände zitterten, kalter Schweiß ließ sie frieren. Fühlte pure, noch nie so heftig empfundene Angst.

„Bleib hier, ich wecke die Leute. Sie müssen verschwinden. Sich verstecken. Und mach das Licht aus!"

„Georg, sei vorsichtig!" Im Dunkeln ihr Flehen, ein verzweifelt gehauchter Abschied.

Hastig zog sich Georg die Hose über, es blieb ihm keine Zeit für sein letztes Aufwachen. Sie sah die Entschlossenheit in seinem Gesicht und ahnte die Katastrophe. Ein flüchtiger Kuss, und er war weg. Sie hörte die Schublade der Kommode im Flur.

„Lass sie hier, die bringen dich um, wenn du mit der Pistole erwischt wirst!"

Ein Flüstern nur, die Angst schnürte ihr die Kehle zu. Setzte sich wie ein schwerer Stein auf ihre Brust. Sie spürte Adrenalin durch ihren Körper schießen. Wusste, sie muss die Eltern wecken.

Scheinwerfer durchdrangen die Schwärze der Fenster ihres Schlafzimmers. Sie waren da.

Plötzlich erstarb das Scheinwerferlicht, es wurde still. Allgegenwärtige Angst erstickte jeden Laut. Alles Leben verharrte im Schweigen. Sekunden, Minuten verrannen. Sie wusste es nicht zu sagen.

Vier Türen wurden im Gleichklang geöffnet, zerstörten das trügerische Gefühl der Stille.

Ruth zog ihren Morgenmantel über, schlich sich im Dunkeln durch das Haus in den Schlaftrakt der Eltern. Sie waren schon wach. Der Vater schon auf dem Weg nach unten.

Scheinwerfer erhellten wieder den Hof.

Der Hund bellte in seinem Zwinger.

Dann bellte eine menschliche Stimme.

„Halt, stehen bleiben oder wir schießen!"

Sie hörte einen Schuss. Sie erstarrte, als wenn die Kugel ihrer Bewegung ein Ende gesetzt hätte.

Es wurde still. Totenstill. Das Leben machte Pause. Dann war es vorbei. Selbst der Hund gab keinen Laut von sich.

Ein Befehl beendete die Stille. „Karl und Hans-Heinrich, ihr durchsucht das große Gebäude dort. Holt alle raus. Wer sich wehrt ..."

Sie konnte es nicht mehr aushalten, eilte die beiden Treppen hinunter, die Tür zum Hof stand offen. Im Licht des Hoflichtes sah sie den Albtraum. Uniformen, Gewehre und einen großen Mann. Und Georg regungslos auf dem Boden.

„Georg!" Ein Schrei.

Der Mann hielt sie am Arm, grob und brutal.

„Zurück, sonst passiert dir dasselbe. Von euch wollen wir nichts. Wir suchen nur die Juden!"

Sie blickte ihm ins Gesicht.

Sah ein junges Gesicht und kalte Augen.

Sah die Erbarmungslosigkeit der Menschen in diesem Blick. Sie würde dieses Gesicht nie vergessen.

Georg rührte sich nicht. Sie wusste nicht, ob er noch lebte. Er wollte doch nur helfen. Sie riss sich von dem Soldaten in Polizeiuniform los und fiel neben Georg auf die Knie. Er lag in einer Blutlache. Sie hatten ihm in die Stirn geschossen.

„Du lieber Idiot. Warum? Warum?" Keine Antwort. Es umgab sie die unnatürliche Stille der Fassungslosigkeit. Ruth wusste in diesem Moment nicht, woher sie die Kraft zum Weiterleben nehme sollte. Am liebsten wollte sie sich neben Georg legen und nie wieder aufstehen. Hoffte, dass das alles nur ein Albtraum war, aus dem sie gleich erwachen würde. Dann begriff sie in ihrem Schmerz, dass sie ihr Leben nicht im Staub der Sinnlosigkeit liegen lassen durfte, sie wieder aufstehen musste. Für Georg, damit sein Tod einen Sinn bekam.

Ruth hob das Gesicht, wandte sich von ihrem toten Mann ab, nahm wie in Trance die Pistole und sah, wie ihre Leute aus dem Gesindehaus getrieben wurden. Acht Menschen. Das Vieh in den Ställen wurde unruhig. Einer der Henker bekam den Befehl, für Ruhe zu sorgen.

Eine eiskalte Nervosität flirrte in der kalten Nacht. Sie wusste nicht wie, aber der Henker schaffte es, die Tiere zu beruhigen. Nur der Hund tobte hinter seinem Gitter. Ihn ließen sie gewähren. Wahrscheinlich hatten sie alle ein Haustier zu Hause, das ließ sie tolerant sein gegenüber dem Beschützerinstinkt des Hundes.

In der Tür erblickte sie die Eltern. Erschrocken erstarrt, beobachteten sie die Gewalt. Sah Trauer in ihren

Augen. Unendliche Traurigkeit. Der Vater würde seinen Sohn begraben müssen. Hier auf dem Hof.

„Ihr da, alle rein ins Haus. Ich will keinen von euch hier sehen." Ein anderer Unmensch in Uniform zerrte Ruth an ihrem Morgenmantel ins Haus.

Junge Hände drückten sie im Flur an die Wand.

Sie roch seinen Mundgeruch. Ihr wurde übel.

„Ich komme gleich wieder", flüsterte er ihr ins Ohr. Das Haus, sonst so vertraut, bot jetzt keinen Schutz. Sie hörte undeutlich die Befehle draußen. Das Unausweichliche ahnend. Der dumpfe Schleier von Gefühlskälte ließ sie frieren.

Ihre Umgebung nahm sie nur gedämpft wahr, fühlte sich eingepackt in ein Wattepolster. Nur die Schüsse, die konnte sie hören. Unendlich viele Schüsse. Dann wurde es still. Selbst die Mörder hielten inne.

Der Hund fing an zu winseln, beendete diese Stille der Gewalt. Das Winseln ging über in ein Heulen, wie sie es noch nie von dem Tier gehört hatte.

Die Haustür wurde geöffnet. Das gewohnte Knarzen des oberen Scharniers, sonst die Gewissheit, dass jemand nach Hause kommt, kündigte jetzt Gefahr an.

Es waren zwei. Drängten sie ins Schlafzimmer, schlossen die Tür. Sie hörte, wie auch andere Zimmer durchsucht, Möbel umgestoßen und Türen aufgerissen wurden. Hörte Militärstiefel auf den Holzdielen, laute Rufe. Zerbrechendes Porzellan. Berstende Scheiben.

Die zwei Polizisten warfen wortlos ihre Uniformmäntel und ihre Mützen ab. Einer der beiden, der Anführer des Trupps, trat dicht an sie heran, hob mit seiner rechten Hand ihren Kopf und drückte ihn nach hinten an die Wand.

„Ich heiße Ernst und das ist Karl und du? Soviel gehört sich wohl", sagte er grinsend. Sie schüttelte den Kopf. Das Kommende durfte sich nicht vermenschlichen.

Der Anführer öffnete seine Hose und riss ihr das Nachthemd herunter, während der andere sie festhielt.

Ihre Augen sahen, wer ihr das antat. Diesen Stolz ließ sie sich nicht nehmen.

Die Schwingen der Wehrmachtsadler auf der Brust ihrer Vergewaltiger bewegten sich im Takt ihrer Stöße.

Auf und nieder.

Auf und nieder.

Auf und nieder.

Dicht vor ihren Augen, als sie nacheinander auf ihr lagen.

Dafür durften sie und die Eltern weiterleben.

Als die beiden Männer türenschlagend den Raum verlassen hatten, schloss sie die Augen. Sie konnte die Tränen nicht mehr aufhalten. Ihr Herz pumpte Adrenalin in ihren Körper, ließ ihr das Bewusstsein, betäubte ihre Schmerzen.

Minuten vergingen, sie lag regungslos auf dem Bett, unfähig nach den Eltern zu sehen, nach dem Chaos im Haus und auf dem Hof. Und voller Angst, denn sie waren noch da.

„Komm raus, wir brauchen dich!", hörte sie einen der Polizisten rufen.

Nein, sie wollte nicht raus.

Sie schämte sich. Schämte sich, dass sie sich nicht gewehrt hatte. Sie hatte Angst. Angst, das Ungeheuerliche sehen zu müssen.

„Zier dich nicht so. Oder sollen wir dich holen?", bellte die Stimme des Anführers über den Hof.

Gewohnt zu befehlen. Uniform und Abzeichen dulden keinen Widerspruch.

„Mach ein Foto von uns." Ein anderer Polizist gab ihr einen Apparat. AGFA konnte sie lesen.

Sie hatte mal das Bild eines Großwildjägers gesehen. Den Fuß auf dem Kopf eines Löwen, das Gewehr in der Hand, der ganze Körper die Ausstrahlung von Triumph.

Genauso standen die vier Männer vor ihr. Triumphierend unter dem Torbogen, stolz auf ihre Gräueltat. Der Anführer in der Mitte. Und dann waren sie weg.

Die Zeit blieb stehen. Zurück blieb nichts, was Ruth lebenswert erschien. Zurück blieben ihre Gesichter, ihre Namen. Namen, die überdauern werden. Weitergetragen. Geflüstert. Gebrüllt. In ihrem Gedächtnis vergraben. Ohne Entrinnen.

Zurück blieben zwei Gräber. Ein Massengrab für acht Juden. Ein Einzelgrab für Georg.

Neun Monate später gebar Ruth eine Tochter.

August 2017

Ein kurzer Blick nach oben, keine Zeit für einen Blick auf die bergische Landschaft.

Bleib am Hinterrad. Der Blick fokussiert sich, das Rad wird zu einem 2cm schmalen schwarzen Band.

Windschattenfahren.

Jetzt nur keinen Fehler machen.

Ein kurzer Augenaufschlag: 32 km/h.

Rhythmisch bewegt sich der Körper auf dem Rennrad

vor ihm. Er ruft: „Komm, Christine, lass dich fallen, du hast genug gezogen."

Das Auto ist laut, brüllend laut, schnell, sehr schnell. Es kommt näher. Jetzt ist es direkt hinter ihm. Er denkt, der muss uns doch sehen.

„Christine, fahr weiter, nicht umblicken!" Seine Stimme überschlägt sich, wird panisch. Sein Kopf hebt sich für einen Blick. „Christine, bleib rechts!"

Das Auto. Rot und schnell, es ist jetzt da.

Es ist doch Sonntag, rast es ihm durch den Kopf. Warum bist du so laut, so schnell, so dicht? Was machst du? Zieh nach links!

Bremsen. Knall. Stille.

Er kann die Stille hören. Denkt, warum ist es so ohrenbetäubend still? Eine Stille, die nicht auszuhalten ist. Eine Stille, die so laut ist, dass alle anderen Geräusche überblendet werden. Das Gefühl, als wenn ein Schmerz einen anderen Schmerz verdrängt.

Christine, wo bist du?

„CHRISTINE!"

*

Ein Brummen durchbrach die atemlose Stille des Jetzt. Der Klingelton seines Diensthandys erlöste Tobias Kleinert aus seinem fast jede Nacht wiederkehrenden Albtraum. Er blickte auf das erwachte Display des Telefons: 05:46.

Stöhnend drehte er sich zur Seite, um die Beine schwerfällig aus dem Bett zu wuchten und sich in sitzende Position zu bringen. Noch betäubt von der ruhelosen Nacht, senkte er den Kopf, legte die Hände vor die Augen und verharrte in dieser Stellung ein paar Sekunden.

Durch das offene Fenster drang die aufkommende

Helligkeit des beginnenden Tages. Sein Schlafzimmer, gerade groß genug für ein Doppelbett, einem Kleiderschrank und zwei Nachttische. Nur dass die eine Hälfte der Möbel seit 360 Nächten nicht mehr benutzt wurde.

Tobias nahm das noch immer klingelnde und vibrierende Handy und drückte mit dem rechten Zeigefinger auf das grüne Symbol. „Ja?", brummte er in das Telefon.

„Einsatzzentrale, wir haben einen Toten mit einer unnatürlichen Todesursache! Staatsanwalt Brehmer ist informiert. Alle Kollegen sind auf dem Weg."

Der Kollege nannte ihm die Adresse, und dann war die Leitung tot. Bis vor 360 Tagen hätte ihm der Anruf nichts ausgemacht. Seitdem war aber alles anders. Seitdem hat er Angst, Angst zu versagen. Angst, etwas nicht zu sehen. Angst, jemanden wieder nicht retten zu können. Angst, von der niemand wusste. Seit er wieder im Dienst war, spielte er nur noch den Kriminalpolizisten, der er mal war. So wie ihn die Kollegen und Kolleginnen kannten.

*

Einen Kaffee und 30 Minuten später parkte Tobias seinen weinroten Mazda MX 5 vor der angegebenen Adresse. Er öffnete die Fahrertür und stieg schwerfällig aus dem Sportwagen. Eigentlich mochte er das Auto nicht mehr, hatte es nur behalten, weil es Christines Auto gewesen war und sie es ,echt cool' gefunden hatte.

Zu ihm passte es nicht. War einfach nicht gemacht für Typen wie ihn, 1,90 Meter groß und breit gebaut. Wenn das Verdeck geschlossen war, stieß sein Kopf am Dach an. Er fühlte sich in dem Wagen eingezwängt, und das war ein Gefühl, dass er nicht mochte.

Er hatte den Wagen umgemeldet und behalten. Hatte zwar ein ungutes Gefühl dabei gehabt, denn eigentlich hätte er das Auto an Christines Eltern abgeben müssen. Aber er konnte sich nicht von dem Wagen trennen, schaffte es heute auch noch nicht.

Er verschloss den Mazda und ging auf den Eingang des Hochhauses zu. Seine ganze Energie galt jetzt dem Ort, an dem ein toter Mensch gefunden worden war.

Die Tür stand offen, den Kollegen, die wortlos aus dem Haus traten, schenkte er keine Beachtung. Das war früher anders gewesen. Da hatte er alle Kollegen gegrüßt, war freundlich und aufgeschlossen gewesen.

Noch gaben sie ihm seine Ignoranz nicht zurück, noch hatte er einen Mitleidsbonus. Deshalb machte ihm das jetzt auch nichts aus. Konnte es eh nicht ändern, wollte es im Augenblick auch nicht. Vielleicht später wieder, wenn er den Unfallverursacher gefunden hatte.

Sie hatten gewartet, bis auch er vor Ort war und sich einen Eindruck vom Tatort machen konnte. Sie alle kannten die Routine, wenn er eine Ermittlung leitete. Ohne zu ahnen, wie wichtig Routine inzwischen für ihn war. Er brauchte sie. Inzwischen mehr als in seinem ersten Polizistenleben. Das war vor dem Unfall. Vor seinem Versagen.

Danach war er lange krankgeschrieben gewesen, unfähig seinen Job zu machen. Erst nach fast einem halben Jahr kam er zurück. Am Anfang musste er keine Ermittlungen leiten. Dann die unkomplizierten, die mit Routine geleitet werden konnten. Körperverletzungen, Schlägereien, so was.

Vor einem Monat hatte er sich wieder voll einsatzfähig gemeldet, wollte wieder der Kommissar sein, der er vorher gewesen war. Aber das war er nicht. Seine engsten Kollegen und Kolleginnen sahen zum Glück noch darüber hinweg, nahmen ihn, wie er geworden war. Noch. Und er wusste das. Wusste, dass er erst recht in ein Loch fallen würde, aus dem er nicht mehr herauskommen würde, wenn die Kollegen sich von ihm abwenden würden.

Langsam stieg er die Treppen hoch in den 3. Stock. Auf jeder Ebene drei Türen. Links. Geradeaus. Rechts. Fußabtreter, vereinzelt Schuhe, Kinderstiefel, Roller.

Er ahnte, dass er durch Türspione beobachtet wurde, hatte sich daran gewöhnt. Die Kripo im Haus, Abwechslung in der Routine einer jahrelangen Nachbarschaft. Unglück war auf einmal greifbar, nicht mehr nur im Fernsehkrimi zu sehen.

Nur ein Name stand auf dem Klingelschild. Peter Behring. Also lebte er allein. Hatte allein gelebt. Die Tür stand offen, ein Kollege der Streifenpolizei überwachte den Zutritt. An der Wand stand der Koffer mit Schutzkleidung, Overall mit Kapuze, Überschuhe, Handschuhe. Tobias nickte dem Kollegen zu, wollte an ihm vorbei in die Wohnung. Der Kollege hielt ihn auf und zeigte auf den Koffer.

„Ich glaube, es ist besser, du ziehst dich um." Kein Grinsen, keine hämische Bemerkung. Einfach sachlich. Dafür war Tobias dem Kollegen dankbar.

Früher hatte er nie darüber nachgedacht, aber jetzt bot ihm der Anzug eine neue Schutzhaut. Am liebsten hätte er den Maleranzug, wie der Overall scherzhaft von allen genannt wurde, den ganzen Tag getragen.

Tobias betrat die Wohnung.

In Momenten wie diesem war er fokussiert, das Betreten einer Wohnung als Tatort für ihn ein Sakrileg. Ein Frevel gegenüber dem Bewohner. War eine Wohnung doch der Schutzraum eines jeden gegenüber der restlichen Gesellschaft. Die eigenen vier Wände ein Ausdruck der Individualität. Eine Gewalttat bereitete dem ein abruptes Ende. Machte aus einer individuellen Wohnung einen individuellen Tatort. Und für ihn einen gewöhnlichen Arbeitsplatz.

Gleich werden Degen und die Kollegen von der Technik die Räume auf den Kopf stellen. Werden alles fotografieren, jede Intimität dokumentieren und so in den Fokus anderer holen, die eigentlich ausgeschlossen sein sollten.

Er hatte den Tatort kurze Zeit für sich. Um ein erstes Gefühl dafür zu bekommen, was geschehen war. Er bewegte sich vorsichtig durch die Räume. Ein kleiner Flur, ein körperhoher Spiegel neben der Garderobe an der rechten Wand. Ein Mantel, ein Sakko auf einem Bügel, darunter zwei Paar Sportschuhe und Sneaker. Die Taschen der Jacken waren leer bis auf gebrauchte Taschentücher jeweils in der linken Tasche.

Er registrierte eine Ablage, auf der eine Sonnenbrille, eine Packung Zigaretten und ein Portemonnaie lagen. Ein Schlüsselbrett, an dem zwei Schlüsselbünde hingen. Wohnungsschlüssel an einem Schlüsselanhänger mit dem Logo und Schriftzug von Bayer 04 Leverkusen.

Sein Blick blieb an dem Autoschlüssel hängen. Ein schwarzer Schlüssel. Rechteckig, in der Mitte ein silberner Kreis mit einem nach zwei Uhr ausgerichteten Pfeil. Quer durch den Kreis ein blaues Rechteck mit dem Schriftzug VOLVO.

Das Auto! Rot und schnell.

Fetzen der Erinnerung vervollständigten sich. Er sah ihn deutlich vor sich. Den roten Wagen, den Unfallwagen. Es war ein Volvo gewesen.

Er riss den Schlüsselbund vom Haken. „Weiß einer, wo sein Auto steht?"

„Das Haus hat eine Tiefgarage", antwortete der Kollege.

Der Aufzug stand in der 3. Etage. Er drückte ungeduldig auf die Ebene P. Den Schlüssel hielt er fest in der rechten Hand. Bereit, das Symbol für Öffnen des Fahrzeugs zu drücken. Es war Vormittag, die Tiefgarage nur spärlich besetzt. Er brauchte keinen Fehlversuch, um Peter Behrings Auto zu finden.

Sein Volvo war schwarz!

Er wusste nicht, ob er erleichtert sein sollte, dass dieses Auto nicht das war, das Christine getötet hatte.

Der Fahrstuhl brachte ihn zurück.

Der Streifenpolizist stand noch immer da. Tobias nickte ihm erneut zu und betrat die Wohnung. Er machte drei Schritte durch den Flur und stand im Wohn-Essbereich, die Küche nur durch einen Tresen vom Hauptraum getrennt. Helles Licht fiel durch drei Fenster in den großen Raum. Ein runder Esstisch mit drei Stühlen, ein Sideboard mit Stereoanlage und ein Fach mit CDs, ein Laptop, ein überdimensionaler Fernseher und ein Sofa waren die gesamte Einrichtung. Junggesellenwohnung.

Keine Hinweise, dass irgendetwas durchsucht oder gestohlen wurde. Die Schubläden waren geschlossen, genauso wie die Schränke. Tobias öffnete die Tür zum Schlafzimmer. Diesmal blieb er in der Tür stehen.

Der Tote lag nackt auf dem Bett. Einem Doppelbett,

genutzt offensichtlich nur von einer Person. Was fehlte, fiel ihm erst auf den zweiten Blick auf. Das Bett war nicht bezogen: kein Bettbezug, kein Kissenbezug, kein Bettlaken. Er trat näher an das Bett heran, kein Blut.

Der Mann lag auf dem Rücken, sein Glied schlaff in die Schamhaare verdreht, Spuren von Samenflüssigkeit verklebten die Haare. Die erstarrten Gesichtszüge zeugten eher von Überraschung, als von Schmerz. Es musste ein schneller, unvorbereiteter Tod gewesen sein.

Der Kopf war nach rechts gedreht. Die Arme lagen verdreht zu beiden Seiten ausgestreckt, der rechte Unterarm noch oben, der linke nach unten gebeugt, die Füße nach links gedreht.

Arrangiert, dachte Tobias.

Er hatte schon viele beendete Leben gesehen, erstarrt in einer Pose, dass er sich manchmal fragte, ob er schon so abgestumpft war, kein Mitleid mehr zu empfinden für das Leid, was dieser Tod bei anderen Menschen hervorrufen würde. Auch bei den Tätern. Denn meistens waren die Täter keine professionellen Killer. Sie wurden es durch die Situation, durch Hilflosigkeit, Neid, Hass oder aus Rache. Und nein, er empfand schon lange kein Mitleid mehr mit ihnen. Denn am Ende konnten diese sich entscheiden, es nicht zu tun.

Tobias bemerkte Blutergüsse an den Handgelenken, richtete sich wieder auf. Ein kurzer stumpfer Schmerz im Rücken verirrte seine Gedanken. Ich lebe, spüre Schmerz. Der Mann hier wird dies nie wieder empfinden. Schmerz, Freude, Ekstase. Das Leben.

Sein Blick fiel auf Dr. Helen Kramer, die gerade mit Barbara Sieger neben ihn getreten war.

63

„Du solltest zum Arzt gehen", grüßte die Rechtsmedizinerin, auf sein schmerzverzerrtes Gesicht reagierend.

„Gib mir einen Termin." Helen Kramers Anwesenheit entlockte ihm ein kurzes Grinsen.

Sie kannten sich schon lange, hatten fast gleichzeitig vor fast 20 Jahren in Köln angefangen. Er im Kommissariat, sie in der Rechtsmedizin. Seitdem waren sie sich immer wieder bei Untersuchungen begegnet und sogar gelegentlich miteinander ausgegangen. Das war, bevor er Christine kennengelernt hatte.

Vielleicht sollten wir uns mal wieder treffen? Er verwarf den Gedanken gleich, wusste, dass Helen seit geraumer Zeit einen Lebensgefährten hatte. Es fühlte sich aber immer gut an, sie zu sehen. Eine der wenigen Freundschaften neben der mit Victor, die ihm geblieben war. Sie war eine der Kollegen, die mit ihm redeten, als wenn er noch der Alte wäre.

„Was meinst du, Suizid oder einen natürlichen Tod können wir ja wohl ausschließen, oder?", fragte er mit Blick auf die Leiche.

„Warte die Ergebnisse ab. Seit wann spekulierst du, bevor du alles gesehen hast?"

Barbaras Blick verharrte erstaunt bei den beiden. So hatte schon lange keiner gewagt, mit dem Chef zu sprechen. Sie waren alle keine Duckmäuser. Aber seit sich Tobias verändert hatte, achteten alle im Team darauf, was sie wie sagten.

„Warten wir also ab, was die Spurensicherung und deine Untersuchungen ergeben."

Kriminaltechniker Heinrich Degen trat zu ihnen. „Schau dir mal das Badezimmer an."

„Haben wir etwa noch einen Toten?"

„Zum Glück nicht, aber ..." Weiter kam er nicht, Tobias hatte sich schon weggedreht und die Tür geöffnet.

Der Raum war hell, jemand hatte das Licht brennen lassen. Von der Schwelle aus konnte Tobias sofort sehen, was der Kollege gemeint hatte. Der Spiegel. Oder besser das, was mal ein Spiegel gewesen war. Scherben lagen im Raum verteilt. Reststücke hingen noch im Rahmen.

Er blickte sich um, fand keine weiteren Besonderheiten, kein Werkzeug, das diese Zerstörung verursacht haben könnte.

„Fragt die Nachbarn, vielleicht hat jemand den Krach gehört, wurde neugierig und hat etwas gesehen."

Tobias betrat wieder das Wohnzimmer.

„Wer hat die Leiche gefunden?", fragte er. Die Kollegen der Spurensicherung waren eingetroffen.

„Um 2.05 Uhr ging ein anonymer Anruf ein. Der Mitschnitt wird schon bei den Technikkollegen untersucht. Aber wenn ich die richtig verstanden habe, können wir von einer Anruferin ausgehen", antwortete Heinrich Degen.

„Okay, wir treffen uns alle heute Nachmittag um 15.00 Uhr zur ersten Lagebesprechung. Die Staatsanwaltschaft informiere ich."

Mit diesen Worten wollte Tobias die Wohnung verlassen, als er sich noch einmal umdrehte und an Degen wandte: „Gibt es Hinweise auf Ehefrau, Kinder oder andere nähere Angehörige?"

„Ich habe nur die Adresse seiner Ehefrau, Birgit Behring gefunden. Giselbertstrasse 5, gleich hier in der Nähe", beantwortete Barbara Sieger statt Degen die Frage.

„Das ist wirklich nicht weit. Ist sie schon informiert?"

Degen nickte. „Gut, dann können wir sie gleich befragen. Barbara, du kommst bitte mit. Ich schaue mich draußen noch kurz um und melde mich, wenn es losgeht."

Diesmal nahm er die Treppe. Er brauchte einen Moment, um seine Gedanken zu ordnen, kehrte zu dem absurden Gedanken zurück, dass Peter Behring etwas mit Christines Tod zu tun haben könnte.

Er schüttelte den Kopf. Auch wenn er schon lange Polizist war und sich in seinen vielen Dienstjahren eine beinahe untrügerische Vorahnung erworben hatte, nein, dieses Hirngespinst sollte er sich dringend aus dem Kopf schlagen.

*

Inzwischen war es kurz vor 11 Uhr. Der Hunger nagte, die schlechte Laune hatte keine Chance, sich zu verflüchtigen. Wenigstens Tabak hatte er dabei. Aber das Feuerzeug lag im Auto.

Sein Blick fiel auf eine Gruppe Jugendlicher. 15 vielleicht 16 Jahre alt. Baseball-Kappen, Jeans auf halb acht, Turnschuhe, Möchtegern-Rapper. Fühlten sich bestimmt ultracool. *Die müssten doch eigentlich in der Schule sein?* Feuer hatten sie bestimmt und vielleicht etwas gesehen.

Er nickte seiner Kollegin zu und bat sie weiterzugehen. Dann trat er auf die Gruppe zu.

„Hat einer von euch Feuer für mich?"

„Wer?"

Fragender Blick. Die Antwort ein kollektives Grinsen.

„Wer ist das, der das wissen will?"

Eine Flamme direkt vor seinem Gesicht ließ Tobias zurückweichen.

„Willst du nun Feuer, Alter, oder nicht?"

Tobias bot den Tabak der Reihe nach an. Alle griffen zu, war für sie so gut wie Freibier. Schweigendes Betrachten der ersten ausgeatmeten Qualmwolken einten die ungleiche Gruppe.

Tobias zückte sein Smartphone und zeigt ein Foto des Toten in die Runde.

„Bist'n Bulle?"

Er ignorierte die Frage und schaute in die Runde. So würde seine Laune nicht besser. „Also, kennt jemand von euch den Mann?" Er atmete den nächsten Zug aus. Wartete.

„Und was, wenn ja? Bekommen wir dann eine Belohnung?" Offensichtlich der jüngste der Gruppe machte den Vorlauten, wollte sich wahrscheinlich profilieren, zeigen, wie besonders cool er war. Tobias musste grinsen.

„Ihr bekommt einen Euro für die nächste Parkuhr, die könnt ihr dann vollquatschen. Also, kennt ihr den Mann?"

Einer der Jungs schob sein Käppi zurück und musterte das Foto eingehender. „Na klar, das ist doch der Bayer-Hooligan. Krasser Typ, sonst völlig normal, aber wenn er seine Bayer-Uniform anhat, ist der echt cool drauf. Nur halt für den falschen Verein."

„Und der hört abgefahrene Mucke. Rammstein und so. Hab ihn mal im Auto gesehen, mit voll lauter Musik."

Sein Handy klingelte.

„Wir haben was gefunden." Stumm hörte Tobias dem Bericht seines Kollegen Heinrich Degen zu.

*

Barbara hatte am Ende der Hauszuwegung auf Tobias gewartet. Sie betrachtete das sich auftürmende Gebäude, aus dem sie gerade gekommen waren und das ein überdimensionales Kreuzfahrtschiff hätte sein können, das aus Versehen hier gestrandet war. Nur dass es hier in Bensberg keine Kreuzfahrtschiffe gab, sondern Dutzende Hochhäuser, bis zu 20 Stockwerken hoch, verkleidet mit grau patinierten, ehemals weißen Balkonbrüstungen und dahinter schwarz schimmernden Fensterfronten.

Irgendjemand hatte unzusammenhängende blaue Buchstaben an eine graue Garagenwand gesprüht. Die Antwort in Rot, wenige Meter daneben war ebenso wenig deutbar. Zumindest für sie nicht.

Tobias trat zu ihr. „Möchtest du hier wohnen?"

„Wie einsam kann man hier sein oder werden trotz der vielen Wohnungen?", sinnierte Barbara und zitierte einen Zeitungsartikel, den sie in der lokalen Presse gelesen hatte. „Individuen gehen in der Anonymität der Masse unter. Du musst dich nur lange genug normal in der Normalität einer Masse bewegen, nicht auffallen, dann bist du schnell Teil der Masse und gehst in ihr unter, wirst unsichtbar. Nicht zuletzt deshalb suchen Personen, die nicht gefunden werden wollen, solche Wohnanlagen als Unterschlupf."

Barbara erinnerte Tobias manchmal an sein jüngeres Ego, als er selber in den Kriminaldienst eingetreten war. So ähnlich waren häufig ihre Gedanken.

Aus diesem Grund hatte er sie ausgewählt, ihn zu begleiten. Zudem war sie jung, 24 Jahre alt, unverbraucht, noch nicht voller Zynismus, wie er und seine älteren Kollegen ihn sich im Laufe der Jahre angeeignet hatten.

Sie zu einer Witwe mitzunehmen war daher für ihn zielführend. Hier brauchte man einfühlsame Worte einer sympathischen jungen Frau. Sie musste auch Erfahrungen sammeln, sollte Fuß fassen im Job und in der Abteilung.

Sie war zwei Köpfe kleiner als er, trug ein erdfarbenes Kleid, das ihren zierlichen Körper eher vermuten ließ, als ihn zu betonen. Sie verband mit ihrem Äußeren keine Haltung, kleidete sich aber gerne modisch. Das Pistolenhalfter wirkte fremd an ihr, die über die Schulter geworfenen Strickjacke verdeckte es nicht.

Ihre Dreads hatte sie mit einem Zopfgummi gebunden. Dazu braune Augen und ein hellbrauner Teint. Sie strahlte die Entschlossenheit aus, die eine gute Polizistin haben musste. Sie würde eine gute Polizistin werden.

Als sie in seiner Abteilung anfing, hatte er sie auf ihre Frisur angesprochen. Ob sie damit eine politische Einstellung ausdrücken wolle.

„Selbst wenn, wäre das ein Problem?", hatte sie geantwortet. Damit war das Thema erledigt gewesen.

„Bezüglich der Siedlung irrst du dich gewaltig", erwiderte Tobias und erzählte ihr von seinem Bekannten, den er auf einem Lehrgang kennengelernt hatte und der in der Siedlung über 20 Jahre der Ortsteilbeamte gewesen war. Von ihm wusste er viel über ‚Klein Manhattan', wie der Gebäudekomplex im Volksmund hieß.

Die Ansiedlung wurde in den 70-iger Jahren gebaut. Sollte Luxusimmobilie werden und wurde das Vorzeigeprojekt für eine gelungene Hochhaussiedlung. 2.500 Menschen lebten hier in rund 1000 Wohnungen.

Ein Vorortdschungel wie Köln Chorweiler. Nur dass es hier funktionierte. Eine engagierte Stadtverwaltung und geschickte Kommunikation verhinderten, dass ein sozialer Brennpunkt entstand.

Im Gegenteil, Klein Manhattan war längst ein begehrter Adresszusatz. Hier lebten Akademiker, Künstler, Politiker neben Familien, deren Nachnamen Migrationshintergrund vermuten ließen.

Sie folgten der Reginharstraße. Vorbei an einem kleinen Supermarkt und Kiosk, einer DHL-Packstation und einem indischen Restaurant. Auf der gegenüberliegenden Seite hieß ein Kindergarten in acht Sprachen willkommen.

Wenn hier jemand jemanden beobachten wollte, fiel er nicht auf. Kein Mensch würde Anstoß an einem fremden Fahrzeug nehmen, dachte Tobias.

Sie näherten sich dem Hauseingang. Die Betonplatte der Vordachkonstruktion war gelb gestrichen, darauf bewies in brauner Farbe die Ziffer Fünf, dass sie richtig waren. Ansonsten ähnelte der Hauseingang dem, den sie vorhin betreten hatten: Sicherheitsglas in Alurahmen, einflügelig und weniger Klingelschilder als erwartet: 21 zählten sie in sieben Reihen zu jeweils drei Klingeln.

Alles wirkte sauber, selbst die Klingelanlage zeugte von einer intakten Hausverwaltung.

Edelstahlplatte, Gegensprechanlage, ordentlich bedruckte Namensschilder. Nicht, wie Tobias es von anderen Hochhaussiedlungen kannte.

Barbara drückte eine der Klingeln in der 4. Etage. Und als wenn auf sie gewartet worden wäre, summte das Türschloss sofort, und die Tür ließ sich öffnen.

Unvermittelt umfing sie der Geruch nach vielen

Kulturen, undefinierbaren Kochgerüchen. Gefliestes Treppenhaus, Fahrstuhlschacht. Abgestellte Fahrräder und Kinderwagen unter dem Schild: ‚Das Abstellen von Fahrrädern und Kinderwagen ist verboten. Der Hauswart'.

Wortlos deutete Tobias auf das Treppenhaus. Es gab zwar einen Fahrstuhl, aber er wollte den Moment hinauszögern, bevor er der Witwe gegenübertreten würde. Das empfand er auch nach vielen Malen immer noch schlimm. Tobias war froh, wenn eine Kollegin oder ein Kollege, die extra darin geschult waren, diese Aufgabe übernahm.

Tobias kam nicht umhin, sich einzugestehen, dass er seine körperliche Verfassung schon lange vernachlässigte; wie so vieles im letzten Jahr. Er unterdrückte ein Schnaufen, als sie endlich in der vierten Etage angekommen waren.

„Ich kenne eine Laufgruppe, die auch für Anfänger geeignet ist", bemerkte Barbara grinsend.

„Ich hatte Laufschuhe, aber die habe ich in den Müll geworfen. Ich hasse joggen", maulte ihr Vorgesetzter.

Vor drei Jahren hatte er Christine zuliebe angefangen zu laufen. Aber er hatte sich immer erbärmlich gefühlt. Laufen war einfach nichts für seine Größe und sein Gewicht. Er hatte Probleme mit den Knien bekommen und aufgehört.

„Sorry", lenkte Barbara ein, „ich wollte dir nicht zu nahe treten."

„Ist schon okay, grundsätzlich hast du ja recht, ich müsste mehr Sport machen, dann aber wieder Rennrad fahren. Das geht aber nicht, noch nicht."

Sie betraten einen Gang, von dem drei Wohnungstüren abgingen. An der zweiten Tür fanden sie das richtige Klingelschild.

Die Frau, die ihnen öffnete, war mittelgroß, etwa einen Kopf größer als Barbara, trug schwarze Jeans, eine schwarze Bluse verdeckte ihren schlanken Körper. Sie hatte ein rundes Gesicht mit blauen Augen, die rot unterlaufen waren, das Make-up ergab sich den Tränen.

Ihr langes, dichtes, dunkles Haar hatte sie zu einem Zopf zusammengebunden, einzelne Strähnen hingen ihr ins Gesicht. Die Arme hatte sie um den Leib geschlungen wie jemand, der niemanden sehen will, es jedoch hinnimmt, weil er weiß, dass es sich nicht vermeiden lässt. In der rechten Hand zerknüllte sie ein Taschentuch.

„Frau Behring?"

Sie nickte. Ohne weitere Nachfrage bat sie die beiden herein. Sie hatte sie erwartet.

„Darf ich Ihnen einen Kaffee anbieten?" Tobias zögerte kurz, und dann nickte er. Er hatte diese Frage erwartet. Die meisten Menschen brauchten eine kurze Zeit, sich zu sammeln, wenn die Polizei vor der Tür stand. Erst recht in so einer Situation, in der die Frau steckte.

Sie folgten Birgit Behring durch einen schmalen Flur ins Wohnzimmer. Ein heller Raum, eine große Fensterfront gab den Blick frei auf den Balkon. Die Einrichtung war geschmackvoll. Bücherregal und Sideboard mit weiß furnierten Oberflächen. Eine dunkle Vitrine kontrastierte das Bild. Kein Hinweis auf weitere Personen.

Birgit Behring war jünger als er, Mitte 40. Warum lebte diese durchaus attraktive Frau trotzdem allein, fragte sich Tobias und schämte sich der Gedanken im selben Moment.

Er blickte verstohlen zu Barbara, als erwartete er Hilfe

von der jüngeren Kollegin. Die sah sich immer noch um, betrachtete die Möbel und die Gegenstände im Raum. Gelegentlich runzelte sie die Stirn, die Einrichtung traf wohl nicht ihren Geschmack, vermutete Tobias. Dann setzten sie sich beide auf das große grüne Sofa.

Barbara holte ein Notebook aus ihrer Tasche, öffnete die Seite, die sie für Gesprächsnotizen nutzen wollte. Noch immer war es für Tobias befremdlich, dass jemand nicht Notizheft und Bleistift benutzte. Kein Kratzen eines Stiftes auf Papier, dafür das Geräusch klickender Tasten.

Er blickte auf, als Frau Behring aus der Küche kam. Sie stellte Kaffeetassen auf Untersetzern und Kaffeelöffeln auf den Tisch und ergänzte das Ensemble mit einer silbernen Milchkanne und Zuckerdose. Dann goss sie Kaffee ein und setzte sich in den freien Sessel.

„Was wollen Sie von mir?", eröffnete Birgit Behring das Gespräch. Ihre Stimme klang nicht aggressiv, sondern leise und verstört. Kein Blickkontakt mit Ihnen, der Blick war starr auf ihre Kaffeetasse gerichtet. Als wenn sie darin die Antworten auf die zu erwartenden Fragen finden könnte.

Sie erwartete, dass Tobias das Gespräch führen würde, umso überraschter war sie, als Barbara mit leiser, mitfühlender Stimme fragte: „Sie leben allein?"

Ein leichtes Nicken.

„Haben Sie jemanden, der jetzt bei Ihnen sein kann? Kinder, Freundin, Verwandte?"

Kopfschütteln. „Brauchen sie Hilfe, sollen wir jemanden herbei bitten? Diese Möglichkeit besteht."

„Nein, Danke."

Es entstand eine kleine Pause, ehe Tobias fragte: „Sie haben sich von Ihrem Mann getrennt, wann war das?"

„Peter ist vor zwei Jahren ausgezogen. Seitdem lebe ich allein hier, und das ist auch gut so." Das erste Mal registrierte Tobias einen anderen, resoluteren Tonfall.

Tobias ließ ihr einen Moment, ehe er die Frage stellte, die sie erwartet hatte: „Warum haben sie sich getrennt? Hat er Sie…?"

„Was fällt Ihnen ein? So war Peter nicht. Er hat mir nie etwas getan. Betrogen hat er mich auch nicht, falls Sie das vermuten." Ihre Stimme nahm an Sicherheit zu. „Nein, so war er nicht."

„Wie war er denn?", fragte Barbara.

„Er war Frauen gegenüber charmant, aufmerksam. Er war jemand, der einer Frau die Beifahrertür öffnete und erst dann einstieg. Er nahm mir den Mantel ab und half mir in die Jacke. Wir führten eine ganz normale Ehe."

„Warum haben Sie sich dann getrennt?"

„Weil Peter sich verändert hatte. Er verkehrte plötzlich in der rechten Szene, hörte ihre furchtbare Musik und traf sich mit komischen Freunden. Und er begann zu trinken. Immer wenn er mit seinen Kumpel unterwegs war, kam er betrunken nach Hause. Wir bekamen immer öfter Streit. Nicht nur wegen des Alkohols, sondern mehr wegen seiner neuen aggressiv rechten Gesinnung."

Tobias blickte auf die sich schnell über die Tastatur bewegenden Finger seiner Kollegin.

„Kennen Sie die Namen der Kumpel? Den Anführer?"

Achselzucken, starrer Blick, ein Kopfschütteln.

„Woher kannte Ihr Mann die Männer?"

„Ich glaube, die hat er bei den Ultras kennengelernt.

74

Aber so genau weiß ich das nicht. Es war halt nur ungefähr zur selben Zeit, als er sich so verändert hat."

„Ultras? Was muss ich darunter verstehen?", fragte Barbara.

„Fußball, Ultras der Fans von Bayer Leverkusen. Mehr weiß ich nicht. Ich habe nie etwas davon verstanden und wollte es auch nicht. Es kam immer häufiger vor, dass er sich auf irgendwelchen Demos oder im Stadion mit Gegnern prügelte. Nicht selten kam er blutend nach Hause."

„Und dann?"

„Als es immer schlimmer wurde, konnte ich es nicht mehr aushalten, und wir haben uns getrennt."

„Einfach so?", fragte Barbara.

„Ja, einfach so. Und jetzt gehen Sie bitte."

Fast gleichzeitig standen sie auf. Barbara dankte für den Kaffee, Tobias hatte, schon im Hinausgehen, noch eine Frage.

„Gehen Sie gerne schwimmen?"

Tobias bemerkte, dass beide Frauen ihre Augenbrauen synchron nach oben gezogen hatten. Genau wie bei Christine, wenn sie ihn mal wieder nicht verstanden hatte, dachte er. Dann war der Moment der Erinnerung vorbei und seine Gedanken konzentrierten sich wieder auf das Gespräch.

„Früher ja", antwortete Birgit Behring ungeduldig, „aber ich war schon seit Jahren nicht mehr."

„Und Ihr Mann?" Birgit Behring richtete den Blick auf Barbara, die ihr aufmunternd zunickte, und fuhr fort zu berichten, dass ihr ehemaliger Mann, seit sie ihn kannte, regelmäßig montags zum Schwimmen ging.

„Das war sein einziger Sport, und ich kann nicht

sagen, ob er allein gegangen ist oder sich gelegentlich mit jemanden getroffen hat."

„Frau Behring, können Sie uns noch sagen, wo Sie gestern Abend waren?", fragte Tobias.

„Hier, wie jeden Abend. Allein. Keine Zeugen. Ich kann Ihnen sagen, welche Zeitungsartikel ich gelesen und was ich im Fernsehen gesehen habe. Gegen 22.00 Uhr bin ich ins Bett. Vielleicht kann ein Gegenüber bezeugen, dass mein Licht tatsächlich um diese Zeit erlosch." Ihre Stimme hatte einen ironischen Unterton angenommen.

Als sie die Wohnung verließen, hörten sie, wie Birgit Behring ihre Wohnungstür von innen abschloss.

„Wovor hat sie Angst? Es ist doch helllichter Tag. Komisch." Nachdenklich schaute Barbara Tobias an.

„Dabei machte sie einen durchaus toughen Eindruck, findest du nicht? Ihren Mann zu verlassen wegen seiner unerträglichen politischen Einstellung, so konsequent muss man erst einmal sein", kommentierte Tobias das Gespräch. Birgit Behring hatte ihn beeindruckt.

„Jepp, sie hat alles auf Anfang gestellt", antwortete Barbara. Das war ihm auch aufgefallen. In der Wohnung erinnerte nichts Sichtbares an ihren Ehemann.

„Komm, jetzt fahren wir. Ist auch besser für die Gelenke." Während sie auf den Fahrstuhl warteten, nahm Tobias seinen Tabak aus der Tasche und begann, sich eine weitere Zigarette zu drehen.

Das Verziehen der Mundwinkel und das Zusammenziehen ihrer Stirnfalten signalisierten Tobias sofort, was Barbara jetzt dachte. Muss das sein? Schafft kaum die Treppen hoch, und Übergewicht hat er auch. Er sah förmlich die Wortblasen aus ihrem Mund entweichen.

„Drehst du mir auch eine?"

„Ich dachte, du rauchst nicht?"

Barbara zuckte kurz mit den Achseln. „Ist ja auch nur manchmal, kaufen tue ich mir keine. Aber heute ist eben manchmal."

Sie traten aus dem Haus und machten ein paar Schritte Richtung Parkplatz.

„Hast du Feuer?", fragte Tobias. Barbara grinste und gab ihm ein Feuerzeug. Er gab Barbara Feuer, zündete seine Zigarette an und inhalierte tief.

„Glaubst du, dass sie zu so einer Tat fähig wäre?" Barbara atmete Rauch aus. Genau dasselbe hatte Tobias sich auch gerade gefragt.

„Eher nein. Aber sie wirkte schon sehr verletzt. Und ihre Trauer kann auch gespielt gewesen sein. Wir haben nur einen ersten Eindruck."

„Nimm dir bitte den Laptop, das Handy, die Notizhefte und den Kalender von ihm vor und suche auch nach Hinweisen, ob er Kontakte zu anderen Frauen hatte. Welcher Art auch immer. Ich kann mir nicht vorstellen, dass der Typ enthaltsam gelebt hat. Und schau nach, ob du was über seine Kumpel findest."

Barbara nickte, zog ein letztes Mal an ihrer Zigarette und blickte sich unschlüssig um.

„Was ist?"

„Was machst du mit deiner Kippe?"

Wortlos ließ er die Kippe auf den Boden fallen, trat sie aus, hob sie wieder auf und zeigte auf einen Mülleimer.

Er blickte nach oben. „Bestell sie noch mal ins Präsidium. Lass sie ihre Aussage zu Protokoll geben. Und frag nach von wegen Fanklub, ob er Mitglied in einer Partei war und ob sie schon geschieden sind. Menschen sind in einem Polizeipräsidium lange nicht so selbstsicher wie in ihren eigenen vier Wänden."

Und was machst du? Dachte Barbara, sprach es aber nicht aus. Das traute sie sich nicht. So gut kannten sie sich noch nicht und er war halt ihr Vorgesetzter.

„Ich fahre ins Schwimmbad. Du wolltest doch wissen, was ich jetzt mache. Stimmt's?"

In einem Wäschekorb hatten sie in der Wohnung des Toten eine Badehose und ein feuchtes Handtuch gefunden und in einer Schublade im Flur eine Dauerkarte.

*

Ein Greifvogel kreiste über dem Bergischen Land auf der Suche nach Beute und ignorierte den roten MX 5 unter sich.

Der Fahrer dieses Autos sah ihm nur flüchtig nach und steuerte konzentriert durch die S-Kurven von Dürscheid. Autofahren war für Tobias eine Art Meditation, sein Gehirnyoga. Das Dahingleiten und das leichte Vibrieren des Motors beruhigten ihn.

Bei Ermittlungstiefs kam es häufiger vor, dass er sich in sein Auto setzte und einfach losfuhr. Allein. Denn er hasste Gespräche mit Beifahrern, vor allem, wenn er nachdenken wollte. Selbst Christine hatte das erst lernen müssen.

Christine.

Erinnerungsfetzen an den Unfallort stürzten auf ihn ein. Nicht an diese Strecke hier, sondern an eine weiter weg im Bergischen. Das Bergische Land, eigentlich ein Naherholungsgebiet vor den Toren Kölns, wurde jetzt für ihn mit jedem Kilometer mehr ein Landstrich der Qual.

Tobias drehte den Lautstärkeregler seines Radios auf. Die Bässe trieben ihn durch die Landschaft, dröhnten durch den nächsten Ortseingang. Ihre anonyme Aggressivität setzte hilflose Wut in ihm frei. Auf jenen Unfallfahrer, der unerkannt geflohen war.

Er bemerkte den Greifvogel, der voraus über ihm kreiste. Ungebunden. Frei. Wie wäre es, dachte er, einfach weiterzufahren? Auch frei entscheiden zu können, wohin er sich treiben ließ. Nicht zu seinem Zielort Kürten. Einfach immer weiter, gleich ob Osten oder Süden. Nur keine Schicksale, Lügen, Ermittlungen mehr und endlich wieder schlafen können.

Würde mich jemand vermissen? Victor. Aber sonst? Im Präsidium?

Zu schnell für die mäandernde Landstraße und die allgegenwärtigen Blitzgeräte, beschleunigte er den Berg Richtung Biesfeld hinauf. Blitz! Schon wieder.

Genau in diesem Moment hörte er die Stimme im Radio. Als wenn eine unsichtbare Macht sie bestellt hätte, klang Bonos Stimme aus dem Äther. Es war ihr Lied. Christines Lieblingslied. Und das Lied ihres Kennenlernens. Der erste Tanz auf einer Party, den würde er nie vergessen.

Er schaffte es nicht, das Radio auszuschalten. Wie hypnotisiert saß er hinter dem Lenkrad.

Through the storm we reach the shore.
You give it all but I want more
And I´m waiting for you.
With or without you.

With or without you.
I can´t live.

Liebe, Glück und Schmerz. Tränen verschleierten seinen Blick. Der Unfall vor einem Jahr hatte sein Leben aus den Fugen gerissen, ein Leben, das gerade erst wieder beginnen sollte. Völlig aus der Spur, ließen ihn der Schmerz und der immer gleiche Traum nicht mehr los.

Der Unfallfahrer war einfach weitergefahren. Erst Minuten später hielt ein anderes Fahrzeug. Sein Fahrer kümmerte sich um Notarzt und Polizei. Stumm weinend hatte Tobias den Kopf der leblos daliegenden Christine auf dem Schoß gestreichelt, unfähig, selber um Hilfe zu rufen. Erst der Notarzt konnte ihn von ihr trennen.

Und er, der Polizist, konnte keine Hinweise auf den Unfallverursacher geben. Kein Kennzeichen, keine näheren Angaben. Nur die Automarke und die rote Farbe, das war alles, was er angeben konnte. So konnte der Typ entkommen. Sein Schuldgefühl, Christines ‚Mörder‘ nicht gefunden zu haben, holte ihn jede Nacht ein.

Er und Christine hatten sich erst drei Jahren zuvor kennengelernt. Sie wollten zusammenziehen. Ihretwegen hatte Tobias sein verstaubtes, seit Jahren nicht benutztes Rennrad aus dem Keller geholt. Sein Leben hatte wieder einen Mittelpunkt, einen Sinn außerhalb seines Berufes als Kriminalhauptkommissar bei der Kripo Köln gehabt.

In dem Moment des Unfalls hatte sein Leben jäh das Tempo verloren. Von aufregender Lebenslust zu einer alles umhüllenden Lethargie.

Auf dem Parkplatz hinter dem Ortseingang des kleinen Ortes Eichhof stoppte er den Mazda. Er musste anhalten, Luft holen, runterkommen, wieder klare Gedanken fassen.

Er öffnete die Fahrertür und stieg aus. Das Drehen der Zigarette beruhigte ihn. Er lehnte sich an die warme Motorhaube, steckte die Zigarette an und spuckte einen Krümel aus.

Natürlich würde er nicht einfach so weiterfahren, abhauen, alle im Stich lassen. Was sollte er auch tun? Er war Polizist. Aus Überzeugung. Und er würde es immer bleiben.

War es Zufall, dass ihn die Gedanken an den Unfall gerade jetzt überfielen? Zufall, dass er überall rote Autos sah, nur Lieder im Radio wahrnahm, die ihn an Christine erinnerten?

War es vielleicht doch zu früh gewesen, wieder voll in den Job einzusteigen?

Zweifel konnte er nicht brauchen, musste eine Lösung finden. Aber es gab nur eine Lösung. Er musste den Schuldigen finden. Aber wie? Er konnte sich einfach nicht an das Kennzeichen, geschweige denn an den Fahrer erinnern. Konnte es auch nicht erzwingen. Er brauchte Hilfe, aber von wem?

Dann fiel es ihm ein, unvermittelt. Dabei war es so naheliegend gewesen.

Das musste warten. Jetzt brauchte er dringend etwas zu essen.

Der Parkplatz gehörte zu einem Schnellimbiss. Fritten mit Mayo und ein Champignon-Rahmschnitzel später, stand er wieder vor seinem Auto. Den Café to go stellte er auf das Dach und drehte sich eine neue Zigarette. Ein Blick auf die Uhr. Halb zwei, er musste sich beeilen.

Tobias betrat den Eingangsbereich des Freizeitbades.

Wann war ich das letzte Mal in einem Schwimmbad, fragte er sich. Mit 16 musste es das letzte Mal gewesen sein und nicht wegen des Schwimmens, sondern wegen der Mädels in Bikinis oder knappen Badeanzügen. Für ihn und seine Clique damals, neben der Bravo, die einzige Gelegenheit, solche Anblicke zu erhaschen.

Das Foyer sah aus wie ein Minikaufladen. Für Besucher, die Schwimmanzug, Badehose oder Taucherbrille vergessen hatten. Neben dem Zeitschriftenständer stand eine Frau und blätterte in einer Illustrierten. Der ärgerliche Blick auf die Uhr entlarvte sie als Mutter, die auf ihren Sprössling wartete, dessen Badezeit längst überschritten war.

Der Chlorgeruch, eine Kakofonie aus Kinderstimmen, Lautsprecherdurchsagen und ein in ein Telefonat versunkener Gast, der gerade den Saunabereich verließ, umgab ihn.

„Kann ich helfen?" Eine weibliche Stimme schreckte ihn aus seinen Gedanken. Hinter dem Tresen saß eine ihn freundlich und erwartungsvoll anblickende Frau. Auf ihrem Kittel leuchteten das Logo des Bades und der Name.

Tobias zeigte ihr seinen Ausweis. Er bemerkte aufflammende Nervosität. Wahrscheinlich begegnete sie zum ersten Mal einem Kommissar, der sich dann auch noch als Kommissar der Mordkommission entpuppte.

Endlich konnte sie im Mittelpunkt stehen, den Gesprächsstoff für das nächste Kaffeekränzchen mit den Dorffreundinnen liefern. Er schmunzelte über seine typischen Vorurteile eines Städters.

Er bemerkte, dass sie ihn taxierte und als groß gewachsenen Mann mit schwarzem Vollbart, vollem schwarzen und zu langem Haar offensichtlich für ihren Geschmack als zu ungepflegt empfand.

Er hatte Glück. Frau Helmes war zufällig die Frau, die auch am Vortag Dienst gehabt hatte. Auch kannte sie die Stammgäste mit Namen und erkannte Peter Behring auf dem Foto, das Tobias ihr auf dem Handy entgegenhielt.

„Und war Herr Behring auch gestern hier?"

„Ja, er kommt jeden Montagabend, immer pünktlich um 18.45 Uhr. Ist was passiert?"

Tobias ignorierte die neugierige Frage.

„Sind gestern zur selben Zeit noch andere Badegäste gekommen oder gegangen?"

Sie nickte nach kurzem Nachdenken und berichtete, dass außer Peter Behring noch ein Mann und eine Frau zum Schwimmen gekommen waren.

„Können Sie die beiden beschreiben? Waren diese Personen vielleicht mit Herrn Behring verabredet, oder kannten sie sich?"

„Herr Kommissar, hier ist zwar nicht so viel los wie im Neptunbad in Köln oder im Mediterana, aber trotzdem kann ich mir nicht jedes Gesicht merken. Ich bin hier zum Arbeiten, nicht zum Gesichtermerken."

Tobias hatte keine Lust auf Wortspielereien. „Bitte, versuchen Sie trotzdem, sich zu erinnern."

„Wenn Sie mir erzählen, weshalb Sie das wissen wollen." Tobias erkannte die wieder aufkommende Neugier in ihrem Gesicht. Was für eine einfältige Person. Immer wieder dieses Spiel. Die gucken alle zu viel Krimis im Fernsehen.

„Ich darf nicht darüber reden, aber es ist wirklich wichtig für unsere Ermittlungen", versuchte er es im vertraulichen Ton.

„Okay. Den Herrn Behring kenne ich länger, die beiden anderen hatte ich noch nie hier im Bad gesehen."

Er nickte der Frau aufmunternd zu.

„Die Frau war schlank, mittelgroß, für einen Schwimmbadbesuch zu gut gekleidet. Aufgefallen sind mir ihr cooles Parfum, und sie trug eine rote Kappe mit einem komischen Schriftzug." Kurzes Schweigen.

„Ich dachte noch, dass sie jemanden hier besucht und eine Runde Schwimmen wollte. Sie ist ungefähr zur selben Zeit wie Herr Behring wieder gegangen."

„Und er?"

„Der Mann war nach dem Schwimmen noch in der Sauna und einer der letzten Gäste. Ich hatte den Eindruck, dass er auf Geschäftsreise war und den freien Abend hier verbringen wollte."

Er glaubte der Frau, den Mann konnten sie als Täter ausschließen. Warum sollte der noch gemütlich in die Sauna gehen und erst zwei Stunden später seinem Opfer folgen und es umbringen. Das ergab keinen Sinn.

„Gibt es hier Überwachungskameras?"

„Nein, Kameras haben wir hier keine."

„Ist ihnen sonst irgendwas aufgefallen? Hat einer der beiden was im Spind oder in der Kabine vergessen?"

„Es wurde nichts abgegeben. Aber sie können gern selbst nachschauen. Sie hatte Spind 231, er war in der Sammelumkleide und hatte Nummer 23."

„Daran können sie sich so genau erinnern?"

„Ja, der 23. Januar ist mein Geburtstag."

Sie gab ihm die Schlüssel.

Tobias zog sich den letzten Latexhandschuh an, den er in der Hosentasche finden konnte. Sie öffnete das Eingangsdrehkreuz per Knopfdruck.

Er fand den Spind 231 und öffnete ihn vorsichtig, hatte keine Lust auf den Stress mit den Kollegen der Spurensicherung, fand aber nichts Vergessenes. Auch die umliegenden Kabinen waren leer. Der Umkleideraum für die Männer lag ebenfalls verlassen da, auch hier fand er nichts. Wenn es was gab, würden die Kollegen es finden.

„Die Spinde und die Kabinen muss ich sperren, bis die Spurensicherung da waren. Auch schicke ich einen Zeichner, mit dem Sie bitte versuchen, ein Porträt der Frau zu erstellen."

Frau Helmes wurde sichtlich kleinlaut. „Aber so genau gucke ich mir die Gesichter doch gar nicht an."

Auf dem Rückweg hielt er sich an die Geschwindigkeitsbegrenzung und winkte dem Blitzautomaten im Vorbeifahren grinsend zu.

*

„Also, was haben wir?" Der leitende Staatsanwalt Andreas Brehmer stellte die Routinefrage.

Inzwischen hatte Tobias einige Ermittlungen unter seiner Leitung abgeschlossen und kein Problem damit, dass der Staatsanwalt fast 20 Jahre jünger war als er. Brehmer war verbindlich, zuverlässig und akribisch.

Tobias erhob sich und trat an das Whiteboard im Besprechungsraum der SOKO. Auf der Oberfläche waren ein Lageplan der Wohnung, Fotos vom Tatort und das Konterfei vom Opfer angebracht. Außer dem Whiteboard gab es einen Besprechungstisch für zehn Personen, Beamer, Fernsehgerät, Telefonspinne, Videoanlage, Pinnwände und Moderationskoffer und ein Laptop. Eine Wand bestand aus einer übertapezierten Metallplatte, konnte somit für Magnete genutzt werden, die in ausreichender Anzahl vorhanden waren.

„Das Opfer heißt Peter Behring", begann Tobias, „ist 48 Jahre alt und lebte in Bensberg. Allein. Er hatte sich vor zwei Jahren von seiner Frau getrennt. Seinen Perso und Führerschein fanden wir in seinem Portemonnaie, darin noch 200 Euro, eine Kredit- und EC-Karte. Einen Raubmord können wir also ausschließen."

„Kennen wir den genauen Todeszeitpunkt? Und gibt es was Neues zu der anonymen Nachricht?", fragte Brehmer mit Blick in seine Notizen.

Kriminaltechniker Heinrich Degen antwortete: „Die bisherigen Untersuchungen weisen als Todeszeitpunkt auf ca. 1.00 Uhr am Dienstagmorgen hin. Zum Anruf und der Stimme gibt´s noch nichts Konkretes. Die Kollegen sind dran, sobald die was gefunden haben, melden die sich."

Brehmer quittierte die Information mit einem Nicken.

„Ich denke, wir können davon ausgehen", fuhr Tobias fort, „dass er in der Nacht Damenbesuch hatte. Wann, wo und wie sie sich getroffen haben, wissen wir noch nicht."

„Stopp!" Andreas Müllers unterbrach Tobias. Er war der Erfahrenste der Gruppe, stand kurz vor seiner Pensionierung. Müllers war schon in der Abteilung für Gewaltverbrechen gewesen, als Tobias dort anfing. Durch seine ruhige Art und seine natürliche Autorität hatte er in der Vergangenheit schon das eine oder andere Mal Tobias in brenzligen Situationen den Rücken freigehalten.

„Erstens wissen wir nicht, ob es tatsächlich eine Sie war, und zweitens haben wir bisher keinen Anhaltspunkt, ob diese Person wirklich dort übernachten wollte.

Im Bett finden sich keine Spuren, die darauf hindeuten, dass jemand überhaupt im Bett gelegen hat. Außer Behring natürlich."

„Stimmt", ergänzte Heinrich Degen, „das Bett wurde komplett abgezogen und das Bettzeug mitgenommen."

„Daraus ergibt sich die ganz andere Frage", fuhr Andreas Müllers fort. „Können wir einen Suizid ausschließen? Wir haben bis auf den anonymen Anruf keine Anhaltspunkte, dass überhaupt jemand bei Peter Behring war."

„Außer dem zertrümmerten Spiegel im Badezimmer", erinnerte Barbara.

Tobias nickte. „Warum macht man das? Wenn das die Täterin war, ich gehe nach den Auskünften im Splash und weil es keine Hinweise gibt, dass Behring schwul war, von einer Frau aus, warum diese Zerstörung? Soll das eine Botschaft sein? An uns?", fragte er mit Blick in die Runde, ohne eine Antwort zu erwarten. „Unsere Prämisse ist also, dass wir es mit einem gewaltsam herbeigeführten Tod zu tun haben", sagte er in Richtung Staatsanwalt.

„Einverstanden, sehe ich auch so", bestätigte Brehmer.

Tobias trat vom Whiteboard zurück und bat Degen, die Fotoaufnahmen hochzuladen und ein Übersichtsfoto des Schlafzimmers auf dem Bildschirm zu zeigen.

„Und schaut euch mal an, wie der Tote da liegt. Das sieht arrangiert aus." Tobias stand auf, nahm einen Stift und zeichnete einige Striche auf die Leiche.

„Nimm das Foto jetzt weg", wandte er sich an Degen, der das Gerät bediente.

„Voilá!" Auf dem Whiteboard waren die typischen

Strukturen eines Hakenkreuzes zu sehen. Das war kein Zufall. Das war mit Absicht so gemacht. Genau wie die Zerstörung des Spiegels. Die Täterin wollte also etwas sagen. Aber was?

„Peter Behring hatte Kontakte zur rechten Szene. Da hätten wir doch einen Bezug", bemerkte Tobias.

„Einen politisch motivierten Mord, meinen Sie das?", fragte Staatsanwalt Brehmer. „Ist das nicht zu einfach?"

Tobias zuckte mit den Achseln. „Wahrscheinlich haben Sie recht. Für den Moment jedenfalls. Lassen Sie uns erst mal weitermachen."

Für Tobias waren Momente wie diese wichtige Bausteine bei der Ermittlung. Sie waren zudem übereingekommen, dass ihre Besprechungen aufgezeichnet wurden und anschließend abgeschrieben. Und außerdem fütterte Müllers ViCLAS pedantisch. Diese zur Jahrtausendwende bundesweit eingeführte Datenbank zum Erkennen und Verknüpfen von Tatserien bei vor allem sexuell motivierten Gewaltstraftaten. Nicht ohne Stolz hatte er die Funktion der ViCLAS-Koordination übernommen.

„Warum wurde das Bett abgezogen?" Tobias blickte fragend in die Runde.

Barbara hob die Hand. „Je länger ich darüber nachdenke, desto weniger fällt mir dazu ein. Das Einzige ist, dass die Täterin ihre Anwesenheit ausradieren wollte. Und damit auch die ganze Nacht. Aber ihr muss doch klar sein, dass sie Spuren hinterlässt, wenn die beiden Körperkontakt miteinander hatten."

„Und wo ist das Bettzeug? In der ganzen Wohnung wurde keine schmutzige Wäsche gefunden", Tobias blickte zum Kriminaltechniker, und der nickte.

„Also hat die Mörderin den ganzen Schmutz mitgenommen." Tobias machte eine Pause, bevor er fortfuhr. „Wir gehen also von einer geplanten, vorsätzlichen, durch eine Frau begangenen Tat aus. Das passt auch zu der Stimme des Anrufes", resümierte er den aktuellen Ermittlungsstand. Alle nickten. Auch Staatsanwalt Brehmer.

Tobias stand auf. „Okay, Andreas, du organisierst bitte die Zeugenbefragungen im Umfeld, vielleicht hat ja jemand die beiden oder nur die Verdächtige gesehen.

Wir suchen nach einer Person, die entweder einen Rucksack oder eine Reisetasche dabeihatte und möglicherweise ein rotes Käppi trug. Oder ob jemand etwas gehört hat. Das Zerschlagen des Spiegels in der Nacht muss doch Krach gemacht haben." Andreas Müllers nickte.

„Und du Barbara, recherchierst im Internet nach dem Opfer. Leg ein Augenmerk auf seine Fanaktivitäten. Wir müssen alles über die Hooligan- und Ultra-Szene wissen. Wie wird man Ultra, gibt es da auch Frauen?"

„Hab ich was verpasst? Ultras, Fanszene? Wo kommt das denn her? Und wieso suchen wir nach einer Frau mit einer roten Schirmmütze?", reagierte Degen entrüstet.

Tobias fiel ein, dass er noch gar nicht über die Gespräche mit der Ehefrau und den Jugendlichen berichtet hatte. Das musste dringend nachgeholt werden. „Barbara, fasst du bitte die Gespräche zusammen?"

Nachdem Barbara alle auf denselben Wissenstand gebracht hatte, berichtete Tobias vom Besuch im Splash.

„Heinrich, schick bitte morgen einen Zeichner hin und nimm dir den Spind vor. Vielleicht findet sich etwas, was uns etwas über die Frau erzählt. Und prüf bitte alle Fotos der Blitzer zwischen Behrings Wohnort und dem Splash, die Montag zwischen 16.00 Uhr und 22.00 Uhr gemacht wurden. Ich selber fahre morgen früh noch einmal in die Wohnung, mich noch einmal umsehen, und komme später."

*

Geräuschlos fiel die Wohnungstür ins Schloss. Geräuschlos empfing ihn seine Wohnung, die hatte voller Leben sein sollen. Mit Christine.

Mit der rechten Fußspitze drückte er den Rand des linken Schuhs nach unten, sodass er ihn weg kicken konnte, des anderen entledigte er sich genauso. Dass er beim Anziehen erst die Schnürsenkel öffnen musste, um wieder in die Schuhe zu kommen, interessierte ihn jetzt nicht.

Es war noch hell, sodass der Flur durch Tageslicht aus der Küche und dem Wohnzimmer erhellt wurde. Der Blick in den Kühlschrank. Fast leer. Eigentlich wie immer. Er blickte auf die Uhr. 20.30 Uhr, die Geschäfte hatten noch geöffnet. Nein, die zwei Flaschen Bier mussten reichen.

Mit der ersten geöffneten Flasche betrat er das Wohnzimmer und fand in der Schale auf dem Tisch noch eine Tüte Chips. Pornoabendessen würden seine alten Kumpel diese Kombination nennen. Kumpel aus einer anderen Zeit, aus der ich gefallen bin, dachte Tobias, als er sich nach der Fernsehzeitung bückte.

Er stellte den Fernseher an und zappte unkonzentriert durch die Programme. Bereits laufende Sendungen oder Werbeabschnitte wechselten sich ab, ohne dass irgendetwas seinen Blick festhielt.

Erst kam der Frust, dann die Lust.

Er spürte eine animalische, schmerzende Lust in sich aufsteigen. Konnte nicht erklären, wo dieses körperliche Verlangen herkam. Es überfiel ihn. Wie ein Schlag ins Gesicht, den er nicht hatte, kommen sehen. Schutzlos. Das war neu.

Wohin jetzt? Ins Pascha? Ich als Polizist? No Way.

Das Internet? Google? Suche nach einem spontanen Date? Sein Puls pochte, seine Finger wurden schweißnass, als er den Deckel seines Laptops anhob.

Er begann zu tippen. Bekam Skrupel. *Ich als Polizist, Vorbild, darf ich das?* Kollegen hatten keine Skrupel. Das wusste er. Er wollte sich nicht abhängig machen, seine Position nicht aus zu nutzen auf Kosten Schwächerer.

Dagegen verstoßen, war ein ‚No-Go'. Hatte die Prinzipien von klein auf, quasi mit der Muttermilch aufgesogen. Seine Familie war die typische Ruhrgebietsfamilie: Urgroßvater, Großvater und sein Vater malochten auf dem Pütt und sie waren stolz darauf.

„Untertage wünschen sich alle, egal ob einer Steiger ist oder einfacher Hauer, immer Glückauf und achten aufeinander", hatte ihm sein Vater erklärt, als sein Sohn ihn fragte, warum er gerne zur Arbeit ging.

„Wir sind sozusagen eine Familie, so wie wir, nur viel größer." Vertraue, achte auf deinen Kumpel. Respekt, Attribute eines bodenständigen Lebens, vorgelebt und weitervererbt über Generationen.

Diese Kameradschaft war ein Grund, weshalb er Polizist geworden war. Das war seine Rebellion gegen den Vater gewesen, gegen die Familientradition. Nur nahm der Chorgeist in Uniform manchmal eine andere Ausprägung an. Davor hatte ihn sein Vater gewarnt. Und Tobias hatte es während seiner Zeit bei der Bundeswehr erlebt.

Insgeheim jedoch faszinierte ihn die Welt, die so einfach war. Kodex und Werte, Befehl und Gehorsam. Im Dienst für die Gesellschaft. Das war seine Überzeugung gewesen, damals. Sonst hätte er den Wehrdienst verweigert. Erleben musste er, dass die Menschen in dieser Organisationsstruktur nicht zu seinen Werten passten.

Sein Vater lebte seit zwei Jahren in einem Heim in seinem Heimatort. Viele seiner alten Kumpel lebten dort mit ihm. In einer Welt, in der sie ihre Erinnerungen nicht mehr miteinander teilen konnten. Demenz raubte immer mehr die gemeinsamen Zeiten und auch die Worte.

Suche für heute .... Er zögerte, den Suchbefehl abzusenden. Kurz nur, dann schlug er den Deckel des Laptops zu. Die Lust war ihm vergangen.

Er setzte sich auf das Sofa, nahm die Flasche Bier, schloss die Augen und lehnte sich in die Kissen zurück. Mit Christine war alles anders gewesen. Sie war zu Hause, wenn er nach Hause gekommen war. Konnte ihn auffangen, wenn er erschöpft und müde war. Aber sie war nicht mehr da.

Tobias wusste, er musste diese dunklen Gedanken abstellen. Sich wieder neu ordnen, sein Leben wieder in den Griff bekommen. Mal gelang es ihm, mal nicht.

Er dachte an die ersten Monate nach dem Unfall. Er war unfähig gewesen, irgendetwas zu tun. War krankgeschrieben gewesen. Victor hatte ihm sogar vorgeschlagen, ihm ein Antidepressivum zu verschreiben. Eher resigniert hatte er abgelehnt. Wollte von der ganzen Psychoscheiße nichts hören. Er brauchte keine Pillen. Er brauchte Christine, wollte sein gerade neugefundenes Leben zurück. Mehr nicht.

Dann kamen Weihnachten und Neujahr.

Aus dem Gefühl der Trauer wurde Wut. Kam Energie. Ich werde es schaffen, wurde sein Antrieb. Er begann wieder zu arbeiten. Fand seine Konzentration zurück. Arbeitete nach Dienstschluss weiter. Machte Überstunden auf der Suche nach dem Mörder von Christine.

Er war wie besessen. Verlor dabei fast den Kontakt zu seinen Kollegen. Aber nur fast. Denn sie hatten ihn gewähren lassen, nicht versucht, ihn loszuwerden. Dafür war er ihnen dankbar.

Seine Gedanken fokussierten sich auf den heutigen Tag, er brauchte Ablenkung von der Trostlosigkeit des Abends. Sie hatten tatsächlich eine erste Idee. Hatte die Frau im Schwimmbad etwas mit der Fan-Szene zu tun? Oder war sie einfach nur eine zufällige Bekanntschaft? Tobias glaubte nicht an Zufälle. Allerdings musste er selbst brutal erfahren, dass ein unwahrscheinlich vorkommendes Zusammenwirken von Zeit und Raum eine unscheinbare Situation in ein Chaos verwandeln konnte.

Klar, die Szene bediente das Vorurteil der Gewaltbereitschaft jede Woche wieder. Aber er konnte sich im Moment nicht vorstellen, dass es sich bei der Tat um einen eskalierenden Streit zwischen Fanklubs zweier rivalisierender Fußballvereine gehandelt hatte. Sie mussten die Ermittlungen von Barbara abwarten.

Die ersten Befragungen in der Nachbarschaft hatten nichts ergeben. Behring war ein unscheinbarer Nachbar gewesen, einer von vielen. Man grüßte sich, pflegte aber keine privaten Kontakte. Hausgemeinschaft, der Begriff outete sich hier als Floskel. Gemeinschaft gab es hier nicht. Man schaute neugierig weg, an Frauenbesuche konnten sich niemand erinnern. Andere Besuche bekam er auch nicht.

Bekomme ich ja auch nicht, schoss es ihm durch den Kopf. Wenn hier in der Gegend jemand nach ihm fragte, würde auch niemand eine Antwort wissen.

Das war der Moment, an dem sein Körper ihm die Rückmeldung gab, dass er den ganzen Abend keinen Nikotinnachschub bekommen hatte.

Vielleicht die Gelegenheit, dachte er skeptisch und doch hoffnungsvoll, einen ersten Schritt zu machen?

September 1942

Sie hatten sich sicher gefühlt. Dort, in einem der vielen Siedlungsgebiete im von Deutschland besetzten Polen. Sie sprachen die deutsche Sprache und lebten das deutsche Kulturgut. Sie, Georg, die Schwiegereltern und das Gesinde auf einem gesunden Hof.

Dann war alles anders gekommen. Sie hatten keine Knechte und Mägde mehr. Alle waren tot, ermordet von deutschen Polizisten. Allein konnten sie den Hof nicht bewirtschaften. Nur das Nötigste für ihr eigenes Leben und ein bisschen mehr hatte der Hof noch hergegeben. Zu mehr hatten sie keine Kraft.

Hilfe aus dem Dorf war nicht gekommen, obwohl sie in der Vergangenheit nie schlecht angesehen gewesen waren. Die Hilfsbereitschaft ihrer Gemeinschaft war ausgelöscht worden durch die Gräuel der Nazis.

Und jetzt, zwei Monate nach dem Überfall der deutschen Polizisten, den Morden auf ihrem Hof an den Juden, an ihrem Mann, ihrer brutalen Vergewaltigung, saß sie im Zug von Lublin nach Breslau. Weg aus Józefów, auf dem Weg zu Tante Martha. Ihrer einzigen verbliebenen Verwandten.

„Bitte verkauf mir eine Fahrkarte. Ich kann nicht hierbleiben", hatte sie ihre Freundin angefleht. Die Freundin, die bei der Reichsbahn Fahrkarten verkaufte. In einer Zeit, in der die Menschen nicht mehr mit dem Zug verreisen sollten.

Seit die Ostfront zurückweichen musste, sollte die Eisenbahn den Nachschub an Waffen, Munition und Soldaten sichern. Die Tageszeitungen wandten sich jeden Tag an die Bevölkerung und forderten den Verzicht auf Privatreisen. Aber sie wollte weg, weg von diesem Ort der Vernichtung.

Im Koffer über ihr im Gepäcknetz hatte sie alles verstaut, was sie mitnehmen konnte. Wintersachen, Bettzeug, zwei Fotos und eine Pistole. Eine Vis wz. 35, auch bekannt als Random-Pistole, eine polnische Dienstwaffe. Versteckt in einem doppelten Boden.

Ihr Schwiegervater hatte auf dem Schwarzmarkt zwei Waffen samt Munition gegen Eier, Hühner und Milch eingetauscht, als die Gerüchte immer lauter wurden, dass ein deutsches Reserve-Polizeibataillon im Distrikt Lublin stationiert werden sollte. Ein Juden-Erschießungskommando. Als ob diese Waffen ihn und seine Familie oder gar seine Helfer auf dem Hof schützen könnten.

Georg hatte die Pistole nicht schützen können. Sie hatten ihn erbarmungslos abgeknallt.

„Pass gut auf die Pistole auf und behalte sie immer bei dir. Gott möge dafür sorgen, dass du sie nie benutzen musst", hatte er ihr geraten. Und sie war dankbar dafür. Denn sie hatte sich eins geschworen in dieser Nacht:

Das sollte ihr nie mehr passieren. Diese Wehrlosigkeit, Hilflosigkeit, Ohnmacht und diese Erniedrigung.

Als sie sich wieder gefasst hatte, hatte sie ihre Tante Martha angerufen. Sie betrieb in Jätzdorf in Niederschlesien in der Nähe von Ohlau eine Poststation und verfügte deshalb über einen Telefonanschluss.

„Nein, mein Kind, wir können nicht mit. Was soll aus dem Hof werden, dem Vieh und allem, was uns hier gehört?", hatten ihre Schwiegereltern geantwortet, als sie die beiden über ihre Pläne informiert und ihnen vorgeschlagen hatte, mitzukommen; sich in Sicherheit zu bringen.

„Die Tante wird schon was finden, wo wir erst mal unterkommen können. Und Arbeit finden wir auch. In den Augen der Nazis seid ihr Judenunterstützer. Wer weiß, ob die Meute nicht wiederkommt. Ihr seid hier nicht sicher", hatte sie gefleht.

Am Tag ihrer Abreise umarmte sie die beiden zum letzten Mal. Sie hörte nie wieder von ihnen.

Mit ausdruckslosem Blick saß sie nun im Zug und ließ die Landschaft an sich vorbeiziehen. Jeden Kilometer, den die Dampflokomotive fuhr, ließ sie den Ort des Unheils und damit diesen Teil ihres Lebens hinter sich.

Die herbstlich nasskalte Landschaft rauschte am Fenster vorbei. Sie saß mit dem Rücken zur Fahrtrichtung, sah die Landschaft ihrer Träume, die der Ort des Todes, der Trauer und des Entsetzens geworden war, in immer weitere Entfernung verschwinden. Der Schleier ihrer Tränen überlagerte den Schleier des Qualmes, der beständig am Fenster vorbeizog.

Auf den übrigen Plätzen im Abteil saßen Soldaten. Junge Gesichter auf ihrem ersten Fronturlaub, gealterte

Gesichter mit starren Blicken, auf der Fahrt zu ihren Verlobten, zu ihren Frauen, zu ihren Familien.

Zu genau dem, was ihr genommen worden war.

Sie spürte die Blicke, die Frage, was eine junge Frau mit ihrem vollen Koffer in diesem Zug zu suchen hatte. Sah die Blicke und spürte die männliche Gier.

Sie schloss die Augen, durfte nicht einschlafen, musste sicher sein, dass ihr Koffer nicht gestohlen wurde.

In diesem Moment überfielen sie Zweifel, ob es richtig war, gegangen zu sein. Sie schüttelte ihren Kopf. Sie konnte nicht bleiben. Zu groß war das Risiko, dass ihr etwas passieren konnte. Sie musste jetzt weniger an sich, als an das Kind denken. Sie war sich sicher, dass es Georgs und ihr Kind war. Allein dieser Gedanke hatte sie nach der Nacht des Grauens weiterleben lassen.

Sie legte eine Hand auf den Bauch und streichelte ihn.

„Alles wird gut. Ich passe auf dich auf. Und Georg im Himmel wacht über uns, wo auch immer wir sind", flüsterte sie so leise, dass keiner sie hören konnte.

August 2017

Der Wecker klingelte um 6.30 Uhr. Aufstehen, Kaffeekochen, Morgenwäsche. Routinehandlungen im Trancezustand des erwachenden Arbeitstages. Schon lange trauerte Tobias der beendeten Nacht nicht mehr nach, misstraute schon lange nicht mehr den Geräuschen der Wohnung. Er war froh, überhaupt ein paar Stunden geschlafen zu haben. Es gab keinen Grund, das Aufstehen hinauszuzögern.

45 Minuten später stand er am Auto, empfand ein Gefühl von Triumph, auf Anhieb den richtigen Standort gefunden und damit die richtige Richtung von der Haustür aus eingeschlagen zu haben. Parken in Köln-Kalk war ein echtes Abenteuer, wie überhaupt in der Stadt.

Er zögerte kurz, ob er das Verdeck öffnen solle, denn dieser Sommer war kein Sommer für Cabriofahrer. Zu kühl und zu nass.

Er blickte nach oben. Heute schien einer der schöneren Tage zu werden. Mit wenigen Handgriffen hatte er das Dach geöffnet, startete den Wagen und bog auf die Kalker Straße Richtung Refrath ein. Nach nur kurzer Fahrt musste er bremsen, kam nur noch im Schritttempo vorwärts, wurde Teil der morgendlichen Schlange aus Metall.

Als er an der nächsten Ampel erneut halten musste, schaltete er das Radio ein. Noch zu früh für die modern gewordenen nervösen Sprecherduos, wählte er WDR 5.

Abgebogen auf die A4 kam ihm der Stau der Pendler aus dem Oberbergischen zu ihren Arbeitsplätzen in Köln oder Leverkusen entgegen. In diesem Moment war er froh, in Köln zu leben und nicht im Umfeld.

Er fuhr in Refrath ab, weiter in Richtung Giselbertstraße und fand sofort einen Parkplatz. Kurz vor acht saß Tobias in der Grünanlage auf einer Bank und beobachtete die Wohnburg vor sich. Selbst beobachtet von Hunderten Fensteraugen.

Eine Haustür öffnete sich, eine Frau mit zwei Kindern im Schlepptau trat aus dem Haus. Wie verabredet strömten aus einer anderen Haustür eine Horde Kinder, uniformiert mit bunten Schultornistern und aufgeregt plappernd.

Dann war wieder Ruhe.

Er blickte an der Fassade hoch. *Warum wurde Peter Behring in so einem Umfeld Opfer eines durchdachten Verbrechens? Was hatte ihn so interessant gemacht, dass er hier gesucht und gefunden worden war?*

Tobias spürte das Vibrieren seines Handys, zog es hervor und sah, dass Staatsanwalt Brehmer versuchte, ihn zu erreichen. Später. Stattdessen wählte er die Nummer von Degen und fragte, ob sie auffällige Fanutensilien gefunden hätten. Der verneinte dies.

„Auch nicht im Keller?", fragte Tobias.

„Von einem Keller weiß ich nichts, wir haben auch keinen Schlüssel gefunden."

„Shit, jede Wohnung in solchen Silos hat einen Keller. Ruf die Hausverwaltung an, die wissen das bestimmt." Verärgert beendete Tobias das Gespräch.

Die leuchtenden Ziffern seiner Handyuhr sagten ihm, dass er inzwischen eine Stunde hier gesessen hatte. Er erhob sich. Glaubte ein Ausatmen der Hausgemeinschaft spüren zu können, froh, ihn, den Eindringling wieder loszuwerden.

Pech gehabt, dachte Tobias und ging auf die Haustür zu. Blickte sich um. Er hörte das typische Geräusch eines zufallenden Briefkastendeckels. Im selben Moment eilte eine Gestalt mit Kapuzenpulli, Jeans und Turnschuhen an ihm vorbei. Er spürte sie mehr, als er sie sah. Bekam den Geruch eines feinen Parfums in die Nase. Er drehte sich um, aber die Gestalt war verschwunden. Tobias runzelte die Stirn.

Er nahm den Aufzug. Mit dem Wohnungsschlüssel zerschnitt er das Polizeisiegel und öffnete die Wohnung.

Atemlose Stille empfing ihn. Wie immer überfiel ihn

das Gefühl, die Privatsphäre eines anderen Menschen zu verletzen. Dabei war ihm klar, dass es niemanden mehr gab, der das empfinden konnte. Trotzdem fühlte er sich in dieser Situation so, als ob er damit rechnete, dass jeden Moment jemand von ihm Rechenschaft fordern würde.

Er betrat den Flur. Der Spiegel empfing ihn. Er betrachtete sein Spiegelbild. Dunkelblaue Jeans, hellblaues Poloshirt, hellblaue Sneaker. Sein Outfit fürs Büro. Sauber, ordentlich. Das hatte er sich bewahrt, trennte seine Trauer vom Alltag, seine Trauer führte zumindest äußerlich nicht zur Verwahrlosung.

Lange nicht mehr von einem Friseur gestutzte Haare und der schwarze Vollbart verdunkelten sein Gesicht.

Ein grünes Augenpaar schauten ihn an und erinnerte ihn an einen der ersten Abende mit Christine. Sie hatte ihm in die Augen geblickt und gesagt: „Die sind schuld, dass ich mich in dich verliebt habe." Und sie hatte ihm dann erklärt, dass Menschen mit grünen Augen nicht nur kreativer seien als andere, sondern ihnen auch mehr Vertrauen entgegengebracht würde. Jedenfalls hätten dies Wissenschaftler einer australischen Uni herausgefunden. Und nur ein ganz geringer Teil der Weltbevölkerung hätte überhaupt grüne Augen. Das war der Abend, an dem sie das erste Mal miteinander geschlafen hatten.

Tobias löste sich von seinem Spiegelbild.

„Irgendwo muss hier etwas sein", murmelte er vor sich hin. „Die Täterin hat nicht ohne Plan getötet. Vielleicht hat sie ein Zeichen hinterlassen. Ich muss es nur finden."

Er ging zur Stereoanlage und betrachtet die CD-Sammlung. Eine Null-Acht-Fünfzehn-Sammlung. Ein bisschen Jazz, ein bisschen 80-iger Jahre Musik der

Neuen Deutschen Welle, ein bisschen Mainstreamrock. Keine CD von Rammstein. Er nahm wahllos eine CD in die Hand. Ed Sheeran, Pop-Star am Soft-Rock-Himmel.

Könnte seine Sammlung sein, dachte Tobias. Bin ich auch so Mainstream? Bin ich auch ein langweiliger Mensch, unauffällig in der Masse? Seit Christines Tod bestimmt, seitdem ist es auch gut so.

Er stellte die CD wieder ins Regal. Die schwarze Mattscheibe des Fernsehers spiegelte das Sofa wider, die einzige Sitzgelegenheit. Außer den CDs und der Musikanlage war das Sideboard leer. Keine Video-CD, keine Zeitschriften, keine Bücher. Im Zeitalter von Netflix, YouTube und allzeit verfügbarem Alles, wurden die Hinweise auf ein Leben immer weniger, immer austauschbarer.

Er merkte auf. Gestern stand auf dem Sideboard unter dem Fernseher ein Laptop. Den hatten sie mitgenommen. Wenn dort etwas Außergewöhnliches zu finden war, würde Barbara es finden. An der Wand neben dem Esstisch hing ein Bayer 04-Trikot mit der Unterschrift von Ulf Kirsten.

Er betrat das Schlafzimmer, breites Doppelbett, verspiegelter Schrank, zwei Nachttische. Er zog die Schranktür auf. Anzüge, Hemden, Poloshirts, Jeans, alles im normalen Preisniveau. Sauber und gebügelt. Unterwäsche und Socken in zwei Schubläden. In einer dritten Schublade fand er noch eine Badehose und diverse Schwimmbrillen, Handtücher und Bettwäsche sauber gefaltet und gestapelt auf Regalböden. Auf dem obersten Boden lagen vier schwarze T-Shirts, daneben zwei schwarze Hoodies und zwei aufgerollte Schals. Auf den Schals eine schwarze Sturmmaske. Er nahm ein T-Shirt heraus. Auf der Brust war eine mit einem Ährenkranz umringte Fratze und das Wort ULTRAS in roten Buchstaben geschrieben.

So sah es auch in seinem Kleiderschrank aus, nur hatte er keine Anzüge und keine Schlägermaskerade. Es war die Garderobe alleinstehender oder alleingelassener Männer, die nicht ganz die Kontrolle über ihr Leben verlieren wollten.

Tobias hob den Deckel von der Wäschetruhe neben dem Schrank. Leer, den Inhalt hatten sie gestern auch mitgenommen. Wo war die Waschmaschine? Eine Fotografie des verhüllten Reichstages war das einzige Schmuckstück in diesem Raum. Gedankenlos an die Wand gehängt. Ein Foto von seiner Frau stand auf dem rechten Nachttisch.

Das war ihm gestern nicht aufgefallen. Hatte er sie noch geliebt? Was hatte ihn dazu gebracht, sich so zu verändern, dass die Frau es nicht mehr mit ihm ausgehalten hatte?

Er trat zurück in den Wohnbereich und öffnete die Tür zum Bad. Die Kriminaltechniker hatten die Scherben der Zerstörung und das Skelett des Spiegels mitgenommen. Shampoo, Seife in einem Drahtgestell bei der Badewanne, über der auch die Duschvorrichtung angebracht war. In einem kleinen Hängeschrank fand er einen Nassrasierer, Zahnbürste und Zahncreme und einen Deo-Roller.

Die Wohnung zeugte nicht von Gemütlichkeit, und es gab keinen Hinweis, dass noch vor wenigen Stunden eine zweite Person in diesen Räumen gewesen war. Bis auf den zerstörten Spiegel. Nichts, er hatte nichts gefunden.

Tobias stellte sich in die Mitte des Raumes und drehte sich langsam um seine Achse. Rundumscan.

Betrachtete den Kühlschrank. Auf der Tür waren mit

Magneten diverse Zettel und Postkarten befestigt. Einkaufslisten,

Erinnerungszettel. T. anrufen, großes rotes Ausrufezeichen, mit Textmarker notiert. Tobias machte mit seinem Handy ein Foto. Er würde Barbara bitten, den Laptop nach einem Namen mit T zu durchzusuchen.

Eine Lücke auf der Kühlschranktür ließ vermuten, dass ein DIN-A4-Blatt fehlte.

Sein Blick erfasste die Ecke eines Blatt Papiers unter der Küchenzeile. Das musste runtergefallen sein, als die Kollegen den Kühlschrank untersuchten.

Er hob es auf. Ein kitschiges Jahreskalenderblatt. Je Seite sechs Monate. Er betrachtete die Rückseite. Juli bis Dezember 2017. Säuberlich eingetragen die Bundesligaspiele von Bayer 04. Heim- und Auswärtsspiele gekennzeichnet mit H und A und Uhrzeiten. Jeden Montag fand er den Eintrag fürs Schwimmen und jeden ersten Mittwoch im Monat den Vermerk ‚Fanklub‘. An jedem vierten Donnerstag stand ‚AFD-Stammtisch‘. Ansonsten fand Tobias an einigen Tagen Einträge von Geburtstagen. Seine Frau hatte am 18. Oktober Geburtstag. Einen ‚Thomas‘ gab es auch. Er machte Fotos und heftete den Kalender wieder an seine dafür vorgesehene Stelle.

Jetzt blieb nur noch der Keller. Er rief Degen an, der hatte aber noch niemanden erreicht. Der Keller musste also noch warten, um den würden sich die Kollegen kümmern.

Bevor er das Haus verließ, schaute er aus einem Reflex heraus in den Briefkasten. Bei der ersten Untersuchung der Wohnung wurde der Briefkasten kontrolliert, da war er leer, jetzt nicht mehr. An dem Schlüsselbund zur Wohnung fand er den Briefkastenschlüssel.

Er öffnete den Briefkasten und nahm einen weißen kleinen Briefumschlag heraus. Auf der Vorderseite klebte in der rechten oberen Ecke eine Briefmarke mit dem Porträt eines Mannes. Mit weiblicher Handschrift war mit schwarzer Tinte ‚Peter Behring‘ geschrieben. Sonst nichts. Komisch, warum dann die Briefmarke?

Tobias drehte den Umschlag, die Rückseite war unbeschriftet, der Brief nicht zugeklebt.

Vorsichtig öffnete er den Umschlag und zog ein Blatt heraus. Auf der vorderen Seite stand in sauberer Handschrift ein Text:

> *Was als Ungeheuer erscheint,*
> *was als Ungeheuer benannt,*
> *was als Ungeheuer erkannt,*
> *entsteht aus dem Menschen selbst*
> *und verschwindet mit ihm auch wieder!*
> *(Milarepa)*

*

Als Barbara das Haus am Riehler Gürtel verließ, schien endlich mal wieder die Sonne. Sie wendete sich nach rechts und ging zur nächsten Haltestelle der Straßenbahn an der Amsterdamer Straße. Seit sie in Köln lebte, besaß sie kein Auto mehr. Den täglichen Stau und die nervige Parkplatzsuche vermisste sie jedenfalls nicht.

Nach ihrer Ausbildung hatte sie sich bei der Kripo in Köln beworben und war genommen worden. Sie liebte diese Stadt inzwischen. Gut, sie war groß, war laut und voller Touristen. Besonders in der Altstadt und den beiden Hauptfußgängerzonen der Stadt. Irgendwann hatte sie mal in einer Zeitung gelesen, dass diese Schlagadern zu den beliebtesten Shoppingmeilen Deutschlands zählten. Für Barbara ein Grund mehr, diese, wann immer es ging, zu vermeiden.

Glück und der Faszination anderer Menschen für ihren Beruf hatte sie es zu verdanken, dass sie in einer WG ein Zimmer bekommen hatte. Sie musste allerdings hoch und heilig versprechen, dass alles, was in der Wohnung geschah, auch in der Wohnung blieb.

In einer Gemeinschaft zu leben, machte ihr Spaß. Tim und Marius waren freundliche, lebenslustige Typen. Tim studierte im vierten Semester International Business, und Marius arbeitete als Controller bei einer Chemiefirma im Chemiepark Leverkusen. Den Namen Marius hatte er abbekommen als Reminiszenz an Marius Müller-Westernhagen. Inzwischen fand er den Namen auch cool.

So unterschiedliche Tagesabläufe die drei auch hatten, sie hatten sich gut aufeinander eingespielt. Putz- und Einkaufslisten, festgelegte Fächer in dem überdimensionalen Kühlschrank. Wert legten alle darauf, einen Abend in der Woche gemeinsam zu verbringen. Und inzwischen hatte sie gelernt, das Versprechen zu schätzen, denn es war schon ein komisches Gefühl, als Polizistin einen Joint mit zu rauchen.

Der Tag gestern war lang, die Nacht kurz und die Flasche Rosé ihre Notreserve für solche Abende gewesen.

Sie schmunzelte, als sie über diesen Gedanken fast das Öffnen der Straßenbahntür vergessen hatte.

„Versuch, so viel wie möglich über die Bayer 04 Ultraszene herauszubekommen. Über Streitigkeiten mit anderen Gruppen, Krach innerhalb der eigenen Szene, alles, was ein Motiv für einen Mord sein könnte.

Spielen auch Frauen eine Rolle in der Szene? Ich glaube, alle Profifußballvereine haben so etwas wie einen organisierten Fanklub. Nimm Kontakt mit denen auf", hatte ihr der Chef gestern noch mitgegeben, bevor sie Feierabend gemacht hatte.

Es war für Barbara das erste Mal, dass sie einen Einzelauftrag von Tobias bekommen hatte. Und den wollte sie nicht verderben. 24 Jahre alt und erst kurz dabei, fühlte sie sich noch immer als Nesthäkchen in der Gruppe um den Hauptkommissar, auch wenn keiner der allesamt älteren und erfahreneren Kollegen ihr dies je gezeigt hätten. Das hätte der Chef nicht geduldet.

Tobias verhielt sich ihr gegenüber noch immer distanzierter als zu den anderen, zumindest nahm sie es so wahr, doch hatte sie schnell bemerkt, welchen Respekt ihre Kollegen ihm entgegenbrachten. Erst recht nach dem tragischen Ereignis vor einem Jahr. Das fand sie schon bewundernswert, wie sehr die Kollegen ihren Chef unterstützt hatten und das eine oder andere Mal für ihn in die Bresche gesprungen waren.

„Das hätte Tobias für mich auch getan", lauteten unisono die Antworten der Kollegen, wenn sie die darauf angesprochen hatte.

„Schau doch auf die Homepage von Bayer 04. Die haben eine der ältesten Ultra-Szenen. Da kannst du anfangen."

Den Tipp bekam sie von Marius. Sie selbst hatte von Fußball keine Ahnung und kein Interesse an diesem Sport. Sie konnte die Menschen auch nicht verstehen, für die sich Samstag für Samstag das Leben nur um das eine Thema drehte. Die alles andere hinten anstellten, nur um für 90 Minuten hochgezüchtete junge Männer beim Sport zu beobachten und sich die Kehlen heiser zu brüllen. Was für ein Zirkus. Und nun sollte sie in dieser Szene ermitteln.

Vielleicht war sie ja genau deshalb die Richtige dafür? Wegen ihrer Distanz.

Ein Blick in die Homepage gab ihr die Adresse der Fanbetreuung in Leverkusen, sogar mit Öffnungszeiten.

Um 8.30 Uhr war sie an ihrem Arbeitsplatz, prüfte ihren Kalender, checkte den Maileingang. An der Kaffeemaschine traf sie Kollegen, ein wenig Smalltalk wie immer.

Als sie wieder am Platz war, versuchte sie, eine der angegebenen Rufnummern zu erreichen, und tatsächlich konnte sie sich für den Nachmittag mit dem Fan-Beauftragten verabreden.

Ein Blick in Google Maps zeigte ihr, dass die angegebene Adresse fußläufig vom Leverkusener Bahnhof erreichbar war. Mit der S-6 von Deutz aus, war sie im Zweifel schneller als mit einem Dienstwagen über die A3 und den Willy-Brandt-Ring am Bayer-Werk vorbei von einem stockenden Verkehr zum nächsten Stau.

Sie hatte noch Zeit bis zum Termin. So begann sie im Internet über das Thema zu recherchieren.

Mit wenigen Klicks tauchte sie immer tiefer ein in diese fremde Welt. Sie konnte eine wachsende Faszination nicht verhehlen. Es war ihr nicht bewusst gewesen, dass die Szene alle Gesellschaftsschichten anzog.

Voreingenommen hatte sie die Szene als Sammelbecken von Prolls und Asozialen abgestempelt. Weit gefehlt. Erstaunt registrierte sie, dass die Mitglieder der Ultragruppen im realen Leben auch Rechtsanwälte, Lehrer,

Handwerker, also normale Menschen waren, Frauen in der Regel nur Partnerinnen, die es zu beschützen galt.

In einem Interview las sie, dass Frauen Aktionen zwar filmen durften, sonst aber Abstand halten mussten. In wenigen Vereinen waren Frauen als Ultras geduldet oder bildeten sich erste Frauen-Ultra-Gruppen. Diese rekrutierten sich aus Kampfsportlerinnen und einer politisch radikalen Szene.

Ausnahmsweise pünktlich spuckte die S-Bahn sie auf einen der Bahnsteige des Bahnhofs Leverkusen aus. Die Stadt eines Weltkonzernes, eine Stadt mit mehr als 160tausend Einwohnern und dann so ein Bahnhof? Sie musste grinsen, kein Wunder, dass Leverkusen für die Kölner nur ein Vorort war.

Schnellen Schrittes überquerte sie die Rialto-Brücke und gelangte in das Zentrum der Stadt. Ein dem Leerstand ausgesetztes Hochhausensemble prägte den ersten Eindruck. Erst danach öffnete sich der Blick auf eine Gebäudefassade mit der allgegenwärtigen modernen Architektur eines urbanen Einkaufszentrums. Mittagspausen waren zu Ende, eilige Passanten hasteten durch die Fußgängerzone.

Einige Schlenker später, über Seitenstraßen durch das alte Leverkusen mit seinen Herrenhäusern und etwas heruntergekommenen Fassaden, engen Straßen, vielen Telekommunikationsshops und türkischen Restaurants stand sie vor der Tür der angegeben Adresse.

„Hey, ich bin Wolfgang. Was verschafft mir die Ehre, Besuch von der Kripo zu bekommen?" Sie hätte nicht sagen können, was sie erwartet hatte. Der Typ, der ihr die Tür öffnete, sah auf den ersten Blick jedenfalls nicht so aus, wie sie sich einen Fanbeauftragten eines Bundesligafußballklubs vorgestellt hatte. Jeans und Poloshirt, Turnschuhe. Gepflegtes Äußeres, keine mit Vereinssymbolen zugepflasterte Weste, kein Bierbauch. Wie schnell unterliegt man einem Vorurteil, dachte Barbara, als sie ihm die Hand gab.

„Kann ich dir etwas zu trinken anbieten? Kaltgetränk, Wasser, Cola?"

Der Mann führte sie in ein Büro und bot ihr Platz an einem Besprechungstisch an. Stellte ein Glas und eine große Flasche kaltes Mineralwasser auf den Tisch. Er goss ein. Sie nahm einen Schluck und merkte, wie durstig sie war. Es war heiß draußen, dankbar nahm sie noch einen Schluck.

„Kennen Sie einen Peter Behring?" Sie nahm das du nicht auf, fühlte sich immer wieder irritiert, wenn andere Menschen sie duzten, ohne sie zu kennen.

Der Fanbeauftragte zeigte keine Reaktion. Überlegte.

„Sollte ich?"

„Weiß nicht. Deshalb bin ich ja hier."

Er zuckte mit den Achseln. Seine Körpersprache signalisierte Barbara Entspanntheit. Er wusste offensichtlich mit dem Namen nichts anzufangen. Sackgasse, dachte Barbara. Sie zeigte ihm ein Foto von Peter Behring. Wolfgang betrachtete es ausführlich. Schließlich schüttelte er den Kopf. „Was ist mit ihm?"

„Er ist tot. Und er war Mitglied in einem ihrer Fanklubs."

„Das tut mir leid, aber ich kenne ihn nicht. Ich kenne nicht jedes Mitglied persönlich. Ich kann aber in unserer Mitgliederliste nachprüfen, ob er wirklich Mitglied war. Und wenn? Was hat das mit uns zu tun? Weshalb bist du hier?" Er zeigte nun doch Signale der Unsicherheit.

Unsicherheit, die aber normal war, wenn ein normaler Mensch Fragen von der Kripo gestellt bekommt.

„Gab es Vorfälle in der jüngsten Vergangenheit, Konflikte mit anderen Fanklubs?"

„Du meinst, ob unser Fanklub zum Beispiel eine Fahne eines anderen Fanklubs geklaut hat? Wie es die Fans vom FC bei den Borussen getan haben?"

„Ja, so etwas zum Beispiel."

Der Fanbeauftragte schloss die Augen. Wahrscheinlich überlegt er, wie viel er mir verraten darf, dachte Barbara.

„Einen solchen Vorfall gab es tatsächlich. Das war zum Ende der letzten Saison." Dann berichtete er ihr über einen Überfall auf das Fan-Depot vom FC.

„In ihrer Lagerhalle haben alle Kölner FC-Fanklubs ihre Utensilien, insbesondere die großen Fahnen. An den Spieltagen werden die ins Stadion gebracht und hinterher wieder eingelagert. Die Halle wird auch genutzt, um Choreografien vorzubereiten, Aktionen an speziellen Spieltagen. An jenem Dienstag nach dem letzten Punktspiel gab es einen Einbruch. Videoüberwacht konnten die Leute identifiziert werden. Es waren Leute aus der Ultra-Szene. Die Klubs regelten das untereinander, aber eine Fahne fehlt."

„Wäre das ein Motiv, falls Behring dabei und erkannt worden war?"

„Nein, ich glaube nicht, dass die so weit gehen würden. Es sei denn ...". Die Antwort kam zögerlich.

„Also ist das doch denkbar?"

„Zwar schwer vorstellbar, aber ..."

„Gibt es in der Kölner Fanszene aktive Frauen? Frauen, die durch Gewalt auffallen?"

„Ja, es gibt im Umfeld der Ultras aktive Frauen.

Die sind aber harmlos in dem Sinne, dass sie selbst nicht gewalttätig sind. Auch nicht sein dürfen. Ich denke, du hast dich schlaugemacht. Dann kennst du auch die Rituale und Kodexe der Szene. Und du musst unterscheiden zwischen der Ultraszene und den Hooligans. Auf die Hools haben auch wir keinen Einfluss. Die sind auch anders organisiert. Es tauchen immer wieder Gerüchte auf, dass sich inzwischen auch Mädels organisieren. Wenn es in diesem Umfeld zu Stress kommt, bekommen wir das aber nicht unbedingt mit. Wollen wir auch nicht."

„Was sind das für Gerüchte?"

„Einige Mädels haben sich zusammengetan und wollen genauso akzeptiert werden wie die Jungs. Wollen genauso hart sein und auch so auftreten. Wie gesagt, die sind noch nicht öffentlich in Erscheinung getreten, aber …"

„Aber, es könnte sein, dass ein männlicher Klub dies nicht akzeptieren will und es zum Stress zwischen den beiden Klubs gekommen ist?"

„Das könnte sein." Wolfgang stimmte zögerlich zu.

„Dann könnten die Frauen ein Zeichen setzen wollen, oder? Und dann ist etwas aus dem Ruder gelaufen?"

Achselzucken. „Klar, vieles, was in den Köpfen von radikalisierten Typen vor sich geht, ist rational nicht erklärbar. Selbst für mich nicht. Und ich habe schon einiges erlebt. Und glaube mir, da gibt es keine gesellschaftlichen Grenzen. Wenn es bei denen Klick macht im Gehirn, ist es egal, ob es sich um einen Bankangestellten, Arbeitslosen oder Lehrer handelt. Und jetzt vielleicht auch Frauen."

„Haben Sie Namen?"

„Aktuell nicht, aber ich höre mich um. Und melde mich."

Barbara gab ihm ihre Visitenkarte.

„Warst du schon einmal im Stadion?"

Barbara schüttelte den Kopf. „Fußball interessiert mich nicht."

„Wenn du Lust hast, nehme ich dich mit zu einem Spiel. Einmal musst du das erleben. Dann bekommst du Verständnis für die Begeisterung, für das Fanleben. Natürlich ohne Gewalt. Denn auch dafür stehen wir als Fanklub des Vereins: keine Gewalt."

„Rufen Sie mich an, dann sehen wir weiter."

Eigentlich hat er recht, dachte sie. Wie konnte sie sich ein Urteil erlauben, ohne die Szene kennengelernt und selbst je ein Spiel inmitten der Fans miterlebt zu haben?

Januar 1945

Mit dem Ratschen des Zündholzes an der Schachtel kam das Licht. Mit dem Licht kam die Wärme. Ruth legte neue Holzscheite auf, bis der Ofen richtig bollerte und die eisige Kälte vertrieb, die durch die Räume des Posthauses zog. Sie hatte diese Aufgabe übernommen, wollte sich nützlich machen und ihre Dankbarkeit zeigen.

Die knarrende Diele im Flur, es war die 15. direkt vor der Zimmertür zum Postraum, kündigte Tante Martha an. Es war die einzige Diele, die knarrte und auf die Tante Martha immer trat, bevor sie den Postraum betrat.

Mit steifen Schritten betrat Ruth den Raum, Elisabeth in eine warme Decke gewickelt, fest an ihren zarten

Oberkörper gedrückt. Ruth musste lächeln, denn es überfiel sie das Gefühl der Sicherheit, wieder ein Zuhause zu haben. Zuversicht für sich und ihre Tochter.

„Guten Morgen Kindchen, danke, dass du da bist", grüßte die Ältere Ruth wie jeden Morgen, seit sie hier war.

„Guten Morgen liebe Tante. Wie geht es dir heute?"

„Solange ich jeden Tag einen Tag älter werde, lebe ich." Ruth spürte es jeden Tag mehr, wie die Wut darüber, dass sie ihr Zuhause hatte verlassen müssen, langsam in den Hintergrund ihrer Gefühlswelt trat. Der Hass auf die Täter, die Schuldigen ihrer Vertreibung aber blieb, musste bei Seite treten für die Liebe und Sorge um ihr Kind und die Tante.

„Natürlich wohnst du bei mir, ich habe noch zwei Zimmer", hatte ihr die Tante versichert. „Da kannst du mit der Kleinen wohnen, solange du willst."

Der 25. März, der Tag der Geburt ihrer Tochter, war nass, kalt und kein schöner Geburtstag. Aber die Tante und alle anderen Bewohner aus dem 500-Seelendorf Jätzdorf in der Nähe von Breslau halfen mit allem, was sie geben konnten. Seitdem empfand Ruth sogar etwas wie Geborgenheit, spürte die Zuneigung der Menschen, begann wieder zu leben, zu träumen. Trotz des Wissens, dass dies ein trügerisches Gefühl war, dass der Krieg noch alles zerstören konnte.

Im Winter 1944 fielen die ersten Bomben auf Breslau; fünf, sechs nur am Tag, ungezielt, ohne wirklichen Schaden anzurichten. Zumindest nicht an den Gebäuden.

„Wehe, wenn die Russen kommen", lautete der gefürchtete, zukunftsbegrenzende Gedanke. Eine Furcht, die alles Denken und Handeln beherrschte.

Die Russen waren zwar noch nicht zu hören, aber die Menschen in den Dörfern um Breslau spürten es. Die Wehrmacht zog Einheiten zusammen, bildete eine neue Verteidigungslinie.

Mit dem Näherrücken der Front wuchs die Unruhe. Ruth konnte sie hören, riechen, fühlen. Den Krieg, die Angst der Menschen, die Angst der Tiere. Sie hatten noch auf ein gutes neues Jahr angestoßen, voller Hoffnung, dass ihnen nichts passieren würde.

Doch dann war er da gewesen, der Tag, an dem das Grollen von Gefechtslärm näher rückte. Der Tag, an dem die Hoffnung ihre Berechtigung verlor. Die Vorstellung unerträglich wurde, das Erlebte noch einmal ertragen zu müssen. Fremde Männer in ihrem Haus, in ihrem Bett, auf ihrem Körper.

Am Morgen des 22. Januar 1945 befahl ihnen Gauleiter Henke, alles Notwendige zusammenzupacken. Es wurden Leiterwagen und Pferde bereitgestellt, die sie in Sicherheit bringen sollten.

Die beiden Frauen packten alles, was sie mitnehmen wollten, zusammen. Kleidung, Decken, Nahrung, das Silberbesteck, die Silberleuchter und Ruth die Pistole, noch immer im Koffer versteckt. Dazu ihre Erinnerungen, Hoffnungen, Illusionen. Und das Bild, ihr Lieblingsbild. Das sollte sie immer an Georg und ihr Zuhause erinnern. Eingenäht in eine Decke. Ihr Zuhause war es nur bis zum Tag des Mordes an ihren Mann gewesen.

Die Katzen und Haustürschlüssel ließen sie zurück.

„Nicht umdrehen, schau nach vorn. Der Wind trocknet unsere Tränen. Wir kommen bestimmt zurück", versuchte Tante Martha zu trösten, dann setzten die Pferde sich in Bewegung. Ruth erkannte am Blick ihrer Tante, dass sie selbst nicht an ihre Worte glaubte.

Der Gauleiter hatte versprochen, dass er auf ihr Hab und Gut aufpassen werde, es sei ja nur für ein paar Wochen, bis die Wunderwaffe zum Einsatz komme und die Russen endgültig besiegt sein würden.

Einen Tag nach ihrer Abfahrt wurde das Postamt Unterkunft für eine Nachschubeinheit.

August 2017

Tobias blickte auf sein Handy. Das Display zeigte 18.00 Uhr. Alle waren anwesend, pünktlich, wie er es wollte. Er hasste Unpünktlichkeit, empfand sie als respektlos gegenüber denen, die warten mussten.

Unpünktlichkeit frisst Zeitressourcen. Anfangs gab es ein Sparschwein. Je Minute Verspätung kostete einen Euro in die Kasse. Nach einem Monat kam kein Geld mehr hinzu, sodass er beim „Sparschwein Vertrinken" die dritte Runde aus eigener Tasche bezahlen musste.

Das Schwein verschwand in den Tiefen seiner Schreibtischschublade.

Er begrüßte alle und begann die Besprechung wie gewohnt mit einem Statusbericht. Erzählte von seinem erneuten Besuch in der Wohnung und fragte dann vorwurfsvoll: „Wie konnte es passieren, dass ihr den Keller übersehen habt? Was ist los mit dir?" Diese Frage galt Degen.

Degen zuckte mit den Schultern. „Ist alles ein wenig viel im Moment. Wird aber nicht mehr vorkommen."

„Angekommen, machen wir weiter." Er machte eine kleine Spannungspause. „Ich glaube, ich habe die Täterin heute Morgen gesehen." Alle blickten überrascht.

„Kannst du sie beschreiben?", fragte Degen. War das eine Retourkutsche oder eine normale Nachfrage? Tobias ignorierte seinen Verdacht genauso wie die genervten Blicke der anderen im Raum.

„Nein, die Frau hatte einen Kapuzenpulli an und das Gesicht weggedreht. Aufgefallen ist mir nur, dass sie eine Baseballkappe unter der Kapuze trug und ein auffälliges Parfüm benutzte. Sie hat diesen Brief hier in den Briefkasten gesteckt." Der Beamer projizierte den Umschlag neben dem Brief an die Leinwand.

„Was soll der Spruch denn?", fragte Andreas. „Kennt einer von euch diesen Milarepa?"

„Genau darum kümmerst du dich bitte. Finde heraus, was du über den findest. Das Ergebnis und den Text besprechen wir, wenn du etwas herausgefunden hast."

Tobias ließ Umschlag und Brief noch an der Wand sichtbar. Schwieg. Ließ denken und fragte, als niemand etwas bemerkt zu haben schien: „Sie steckte den Brief persönlich in den Briefkasten. Warum mit Briefmarke? Und noch auffälliger: Nur mit Namen adressiert. Kann sich einer von euch einen Reim darauf machen?" Er wartete einen Moment ab. „Ich nicht. Jedenfalls noch nicht."

Als keine Anmerkung kam, beendete Tobias die Präsentation und fragte sichtbar enttäuscht:

„Was wissen wir über Peter Behring? Eigentlich nur das, was uns seine Frau erzählt hat. Konzentrieren wir uns also auf ihre Antworten. Da ergeben sich eigentlich nur zwei Ansatzpunkte für ein Motiv. Seine rechtsorientierte politische Denkrichtung und seine Affinität zu der

Ultraszene. Über ihr Gespräch und ihre Recherchen zu diesem Thema wird Barbara uns gleich berichten."

Er warf einen kurzen Blick zum Kollegen Andreas.

„Behring hat bei einem Großunternehmen in Leverkusen als Controller gearbeitet", trug Andreas vor. „Den Arbeitsvertrag haben wir in einem Aktenordner gefunden. Wir haben uns beim Arbeitgeber umgehört, ob es irgendwelche Vorfälle mit ihm gegeben habe. Der sagte Nein. Bleibt der Hinweis der Ehefrau, dass doch irgendetwas vorgefallen sein könnte, zum Beispiel Mobbing."

Tobias schaute in die Runde, sah zustimmendes Nicken. Nur Degen schüttelte den Kopf. Tobias bemerkte, wie sich die Hände des Kollegen an den Stuhllehnen verkrampften.

„Warum konzentrieren wir uns so sehr auf die Aussage der Frau? Es ist nur eine, bisher unspezifizierte Aussage einer verlassenen Ehefrau. Die kann uns alles erzählen, und wir fallen darauf herein."

„Die Körperhaltung des Toten weist immerhin auch auf ein politisches Motiv hin. Außerdem verlasse ich mich auf nichts", konterte Tobias unüberhörbar genervt. „Außer auf euch." Damit kehrte er zum Fall zurück.

„Es gibt keinen Hinweis, dass die Ehefrau die Täterin ist. Warum sollte sie den Spiegel zerstören? Das Opfer so drapieren und dann noch verräterisch einen Brief hinterlegen? Das passt nicht."

Degen gab keine Antwort. Auch Tobias blieb stumm. Ich muss Heinrich besser beobachten, dachte Tobias, etwas stimmt nicht mit ihm. Seit ich zurück bin, verhält er sich anders. *Fühlte er sich zurückgesetzt? Hatte er sich Ambitionen auf meine Stelle gemacht, hatte er gehofft, dass ich nicht wiederkomme?*

Tobias Körper reagierte auf den Stress, sein Brustkorb verengte sich, er atmete stoßweise.

Ausweg Zigarettenpause?

Noch hatten die anderen anscheinend nichts gemerkt. Nein, er musste weiter machen, ohne Nikotinunterstützung.

Sein Blick fiel auf Barbara.

„Barbara, hast du in seinem Laptop oder seinem Handy Hinweise auf eine andere Frau gefunden?"

„Nichts. Bei seinen Kontakten finden sich natürlich auch Frauennamen, aber mit denen hat er keine auffällige Korrespondenz geführt. Nur Geburtstagsgrüße oder kurze Grußnachrichten. Scheinen alles alte Bekannte zu sein."

„Ich kann mir zwar nur schwer vorstellen, dass er zölibatär gelebt haben soll, aber kann ja sein. Oder er hatte flüchtige Bekanntschaften, die keine Spuren hinterlassen haben. In der Wohnung gab es jedenfalls keine Hinweise auf Frauen."

Tobias wandte sich an Andreas. „Wie weit seid ihr mit der Befragung der Nachbarn?"

„Was soll ich sagen, es ist echt traurig. Zwar wohnte der Behring erst seit Kurzem in dem Haus, aber das scheinen die anderen Bewohner gar nicht mitbekommen zu haben. Es war schon ein Erfolg, wenn einer überhaupt meinte, ihn mal gesehen zu haben. Kein Wunder, dass die RAF ihre Wohnungen in einem solchen Umfeld gesucht haben und einzelne 30 Jahre unentdeckt bleiben konnten. In so einer Umgebung lebst du echt unter dem Radar. Wenn du nicht in Erscheinung treten willst, kannst du hier völlig für dich allein leben. Es interessiert sich keiner für den anderen. Also, Ergebnis gleich Null."

„Helen, und bei euch, gibt es von euch etwas zu berichten?", wandte sich Tobias an die Rechtsmedizinerin.

Helen rückte Unterlagen zurecht und sah in gespannte Gesichter, ehe sie mit ihrem Bericht begann.

„Wir haben keinen Hinweis auf körperliche Gewalt gefunden, weder aktiv noch passiv. Wir können davon ausgehen, dass Behring freiwilligen Sex mit einer Frau hatte."

„Mit einer Frau. Ist das sicher?", mischte sich Degen ein.

„Ja, am Hoden konnten wir Spuren von Vaginalsekret feststellen. Also muss es eine Frau gewesen sein."

„Aber was ist beim oder nach dem Sex passiert? Hast du da auch irgendetwas gefunden?"

„Bis jetzt nicht, die Untersuchungen sind noch nicht abgeschlossen. Aber wir haben schon etwas Auffälliges entdeckt. Am Tatort fanden wir Spuren der blauen Pille."

„Viagra? Aber die führen doch nicht zum Tod?"

„Stimmt, aber ...".

„Was aber?"

„Aber vielleicht in Kombination mit einem anderen Medikament, das schwer oder gar nicht nachweisbar ist."

Helen griff nach einer weiteren Unterlage.

„Ich habe gestern Abend noch eine weitere Untersuchung vorgenommen, und die hat mich stutzig gemacht."

Sie zeigte auf ein Papier und hob den Blick.

„Helen, nun mach es nicht so spannend." Tobias war verärgert. Es war nicht die Zeit für solche Spielereien. Helen schien seine Reaktion verstanden zu haben, denn sie nickte ihm kurz zu und setzte ihre Ausführungen fort. „Um im Körper Zellen oder Organe zu Reaktionen zu veranlassen, werden Regelkreise an- und abgeschaltet.

Diese Regelkreise sind häufig miteinander verwoben und können sich gegenseitig beeinflussen."

Sie vergewisserte sich, dass sie von allen verstanden wurde.

„Hat jemand zum Beispiel Herzbeschwerden oder sehr hohen Blutdruck, sprüht man ihm Nitrospray in den Mund oder unter die Zunge. Im Organismus entsteht dann die Wirksubstanz Stickstoffmonoxid. Dieses Stickstoffmonoxid aktiviert ein spezielles Eiweiß, sodass das sogenannte cGMP gebildet wird. Dieses erweitert kurzfristig Adern, die Herzbeschwerden lassen nach und der Blutdruck sinkt sehr schnell. Die Wirkung wird durch ein weiteres Eiweiß, dem Phosphodiesterase beendet, das cGMP wird wieder abgebaut."

„Was hat das mit Viagra zu tun?", fragte Tobias, der nicht alles verstanden hatte, aber doch ahnte, auf was Helen hinaus wollte.

„Um eine Erektion zu bekommen, muss der Penis stark durchblutet werden. Körpereigenes Stickstoffmonoxid aktiviert ebenfalls ein spezielles Eiweiß, auch hier bildet sich also cGMP. Männer mit Potenzproblemen nehmen daher Viagra, um die Wirkung dieses cGMP zu verlängern. Viagra hemmt das Enzym Phosphodiesterase, das cGMP wird also nicht abgebaut. Patienten, die zeitgleich Nitrospray und Viagra verwenden, überschwemmen dadurch ihren Körper mit cGMP; es droht ein tödlicher Kreislaufzusammenbruch bei zu niedrigem Blutdruck."

Schweigen war im Raum eingetreten. Alle hatten der Rechtsmedizinerin gespannt zugehört. Das war ja mal was Neues.

Tobias schaute Helen bewundernd und gleichzeitig noch ein wenig ungläubig an.

„Willst du uns sagen, Helen, die Frau hat dem Behring erst Viagra gegeben, ihn richtig heißgemacht und ihm dann eine Dosis Nitrospray verabreicht, damit er einen Kreislaufkollaps bekommt und stirbt?"

„Und schaut ihm dabei zu?", ergänzte Andreas kopfschüttelnd. „Subtiler geht's kaum."

„Ja, subtile weibliche Gewalt", kam Helens ironische Antwort, „doch so könnte es gewesen sein."

„Aber dass der Behring das nicht durchschaut haben soll, das kann ich nicht begreifen. Er muss doch mitbekommen haben, dass die Frau ihm das Spray verabreichen wollte?"

„Stellt euch die Situation vor", wagte sich Helen mit ihrer Vermutung vor.

„Sie machte ihn richtig heiß. Dann bot sie ihm das Viagra an und überredete ihn, zur weiteren Steigerung noch eine Dosis Spray zu nehmen, das sie geplant dabei hatte. Vielleicht hat er das Zeug sogar selbst genommen. In solchen Momenten steht bei Männern das Gehirn doch völlig auf Standby. Sie wusste genau, was passierte, er hatte keine Ahnung, und das war's."

„Können wir das beweisen?", fragte Tobias.

„Den medizinischen Vorgang, denke ich, ja. Den realen Ablauf wird aber schwer."

„Noch eine Frage, Helen. Wer hat so ein Spezialwissen, kennt diesen Wirkungszusammenhang? Und wie kommt man an diese beiden Mittel ran?", fragte Andreas.

„Beide Medikamente sind verschreibungspflichtig. Sie brauchte entweder ein Rezept oder hatte direkten Zugang. Also hat die Täterin entweder Beziehungen zu einem Arzt oder Apotheker, oder ist selbst Ärztin oder Apothekerin, Krankenschwester, MTA oder Ähnliches."

„Gut, dann lasst uns alle Arztpraxen, Apotheken hier in unserem Umfeld abfragen, ob in letzter Zeit Fehlbestände bei beiden Medikamenten festgestellt wurden."

„Glaubst du wirklich, das bringt was?" Die Rechtsmedizinerin schaute ihn zweifelnd an. „Die Sachen kann sie sich auch sonst wo besorgt haben, mit und ohne Rezept, ganz leicht auch im Internet."

„Danke, Helen, da hast du recht. Könnt ihr euch trotzdem darum kümmern? Barbara, jetzt bitte du."

Barbara beugte sich über ihre Notizen und berichtete von ihrer Recherche. Als sie fertig war, blieb die Runde still. Bis auf Tobias.

„Fassen wir zusammen. Ultras sind, vereinfacht ausgedrückt, aggressive Fans. Die aber nicht zu den von den Vereinen unterstützten Fanklubs gehören. Die Ultras feiern zusammen, sie weinen zusammen. Sie gewinnen zusammen. Sie verlieren zusammen. Dagegen ist nichts einzuwenden. Die Mannschaft und der Verein sind Familie. Der Gegner der Feind. Das Maß der Aggressivität bestimmen die Leader der Gruppen. Identifikationsmerkmale sind die Utensilien wie Fahnen, Jacken, Trikots."

„Das kennen wir auch von anderen Gruppierungen, denkt nur an Musikfans, Motorradfreaks, Rockergruppen oder Rechtsradikale", ergänzte Andreas. „Auch hier richtet sich die Aggressivität gegen andere Gruppen. Sie richtet sich normalerweise nicht gegen Einzelpersonen, auch wenn diese einer verfeindeten Gruppierung angehören. Dann müsste schon was Extremes vorfallen."

„Das schließt demnach nicht aus, dass auch in dieser Szene profane Grundmotive wie Habgier, Neid, Eifersucht oder Liebe ihren Platz haben", warf Barbara ein. „Es gibt den Spruch von der Band Metallica: Kulturleistungen bestehen nicht zuletzt darin, Tausende von Einzelgängern zu einer gewaltbereiten Masse zu vereinen, die anschließend brav für Becherpfand ansteht. Und da ist, meiner Meinung nach, viel Wahres dran. Ihr müsst euch nur die Mitgliederstruktur von Ultras mal anschauen, da findet ihr Juristen, Lehrer oder sonstige Akademiker neben Arbeitern oder Arbeitslosen. Die Zugehörigkeit zu diesen Gruppen ist also, wie Vorurteile glauben machen wollen, kein Hort der sozial Schwachen unserer Gesellschaft."

„Okay, Barbara, Danke für die Ausführungen. Bitte bleib dran. Wir verfolgen diese Spur auf alle Fälle weiter."

„Die Fußballszene", fragte Heinrich Degen, „ist die nur sportlich, oder auch politisch orientiert? Ich meine, wegen der Hakenkreuzsymbolik." Er sah Barbara an.

„Das kann ich nicht mit Gewissheit sagen, ich recherchiere noch."

Barbaras Handy klingelte. Die Nummer kam ihr bekannt vor, war aber noch nicht in ihren Kontakten gespeichert.

Sie nahm das Gespräch an und meldete sich mit ihrem Namen. Danach sagte sie kein Wort mehr, hörte nur zu. Dann kam ein „Danke", sie legte auf und wandte sich zur Gruppe.

„Das war der Fan-Beauftragte. Ich hatte ihn gebeten, mich anzurufen, wenn ihm ein Name einfällt."

„Und?"

„Er hat einen: Lisa Gerbrich."

*

Was war mit Heinrich los? Seine Unkonzentriertheit, okay. Junger Vater, wenig Schlaf, das konnte er nachvollziehen. Aber diese Aggressivität, die er in seiner Stimme gehört hatte, was war das? Enttäuschung? Frust? Hatte Heinrich geglaubt, er, Tobias, sei noch nicht so weit und er dürfte die Ermittlung leiten?

Unabhängig von seiner Person, so weit war Heinrich noch nicht. Konkurrenzgebaren konnte er nicht gebrauchen. Das waren sie dem Opfer schuldig. Er musste das klären. Aber wie?

Barbara kam langsam auf ihn zu. Er stand an die Wand gelehnt vor dem Raum, in dem sie Lisa Gerbrich befragen wollten. Sie sah, dass er in Gedanken den Kopf hob, als er sie bemerkte. Etwas schien ihn zu bedrücken. Belastete ihn etwa der Disput mit Heinrich? Dabei hatte Tobias recht. Solche Fehler wie mit dem Keller durften bei einer Ermittlung nicht passieren.

„Wollen wir?", fragte sie Tobias, als wenn sie nichts bemerkt hätte. Er nickte.

Sie betraten den Raum, in dem Lisa Gerbrich bereits wartete. Eine Beamtin hatte ihr Wasser angeboten und ein Glas vor ihr abgestellt. Die junge Frau saß lässig auf ihrem Stuhl und blickte die beiden trotzig an. Keine Spur von Unsicherheit, registrierte Tobias sofort.

Es war 15.36 Uhr.

„Guten Tag. Entschuldigen Sie, dass Sie warten mussten."

Dann stellte er Barbara und sich vor.

Lisa Gerbrich lächelte. Dabei schob sie mit der rechten Hand eine Haarsträhne über ihr rechtes Ohr und gab so den Blick frei auf einen Ohrring in Form des Geißbockes, das Maskottchen des FC.

Ihr Gesicht war leicht geschminkt und ließ ihren Teint gebräunt erscheinen. Kein weiterer Körperschmuck und auch kein Tattoo waren zu sehen. Eine dunkelblaue Jeans, und ein hellgrünes Top mit schmalen Trägern betonten ihren sportlichen Körper.

„Was wollen Sie von mir?"

„Wir haben ein paar Fragen im Zusammenhang mit dem Tod von Peter Behring. Sie kannten ihn?"

„Brauche ich einen Anwalt?"

„Dies hier ist eine Befragung, also nein, brauchen Sie nicht. Es wäre sehr freundlich von Ihnen, wenn Sie unsere Fragen beantworteten."

Lisa Gerbrich kommentierte die Antwort nicht, schien nachzudenken und antwortete: „Diesen Idioten, klar."

„Woher?"

„Er gehört zu den Pillendrehern. Da kennt man sich."

„Damit ist Bayer 04 gemeint", flüsterte Barbara Tobias zu, sie hatte seinen fragenden Blick bemerkt.

„Wenn man sich gegenseitig verprügelt, will man schon wissen, wem man in die Fresse haut, ist klar", entfuhr es Barbara.

„Sie müssen es ja wissen." Sie blickte Barbara ohne ein Blinzeln an.

„Warum war er ein Idiot?"

Die junge Frau lehnte sich nach vorn und nahm den Becher, trank einen Schluck und lehnte sich in den Stuhl zurück. Im Zweifel war sie Druck gewohnt. Als weiblicher Ultra musste sie bestimmt mehr aushalten als das hier.

„Er war ein Nazi und so. Und hat unsere Fahne geklaut. Das macht man nicht. Dann gibt´s halt Ärger."

„Ärger mit Ihnen? Wie sieht der aus? Anmachen? Und dann?"

„Stopp, was wollen Sie von mir? Ich gebe zu, ich kenne den Idioten, klar, aber mehr gibt's dazu nicht zu sagen. Den Typen hätte ich nie angemacht, war überhaupt nicht mein Typ."

„Gehen Sie gern schwimmen? Kennen Sie das Splash?"

„Das Spaßbad im Bergischen? Sehe ich so aus?"

„Wie sehen denn Menschen aus, die in ein Spaßbad gehen?", wollte Tobias wissen.

„Normal eben, mit Kindern und so."

„Also, kennen Sie nun das Spaßbad?" Barbara betonte die Silbe Spaß.

„Ich hatte mal einen Freund, der wohnte in Kürten. Mit dem war ich mal da. Ist aber mehr für Kids. Die Sauna ist gut, aber zu weit weg."

„Wo waren Sie am letzten Montagabend?"

„Weiß nicht. Und wenn ich mich erinnern könnte, würde ich es Ihnen nicht sagen. Weil es Sie nichts angeht."

„Wo er wohnt, wissen Sie aber."

„Wer sagt das?"

„Wir haben Zeugen, die eine Person gesehen haben, die mehrfach versucht hat, in das Haus zu kommen, in dem seine Wohnung ist. Und die Beschreibung passt auf Sie."

„Na und? Der hat unsere Fahne geklaut. Und ich sollte rausfinden, wo die versteckt ist. Da bin ich mal zu ihm hin. Ist ja nicht verboten, oder? Mehr kann ich Ihnen nicht sagen. Das wird mir jetzt langsam zu blöd.

Sagen Sie mir, was Sie wollen, und dann muss ich los. Muss zur Arbeit."

„Was arbeiten Sie denn?"

„Ich bin Arzthelferin."

„Kommen Sie dabei an Medikamente? Viagra zum Beispiel?"

Ein Grinsen breitete sich in Ihrem Gesicht aus. „Braucht Ihr welches? Ihr seht eigentlich nicht so aus." Sie bemerkte den ernsten Blick in Tobias Augen. „Nein, bei uns bekommt man ein Rezept. Soll ich einen Termin machen?"

„Was sagt Ihnen der Begriff Nitrospray?"

„Na ja, ist halt auch ein Medikament. Bekommen Patienten mit Asthma oder so verschrieben."

„Haben Sie die in der Praxis vorrätig?"

„Der Arzt Probepackungen vielleicht, offiziell, nein." Tobias drehte sich zu Barbara um und blickte sie fragend an. Sie hatten eigentlich nichts in der Hand, konnten sie nicht länger dabehalten.

Barbara nickte. „Okay, Sie können gehen. Es kann aber sein, dass wir noch einmal mit Ihnen sprechen müssen."

„Wenn es sein muss", antwortete Lisa Gerbrich mit gelangweilter Stimme. Sie wirkte wieder sicher, konnte sich offensichtlich gut auf eine Situation einstellen.

Sie agiert wie eine Schauspielerin, die auf jede Situation eine Mimik als Antwort hat. Selbstsicher, ängstlich, was auch immer sie braucht. Sie weckt auf alle Fälle den Beschützerinstinkt bei Männern und ist für uns interessant genug, sie weiter im Auge zu behalten, dachte Tobias.

Ob sie aber auch so kaltblütig sein kann, einen Mord zu

planen und umzusetzen? Jedenfalls nicht allein. Ein inte-
ressanter Gedanke. Wer sagte denn, dass die Täterin bei
ihrer Tat allein gewesen war?

„Ich habe doch noch eine Frage." Tobias nahm den
Brief aus der Mappe. „Kennen sie Milarepa?"

„Milawen?" Ihr Erstaunen schien echt. Er reichte ihr
den Brief. Sie las die Zeilen leise vor sich hin. „Cool, aber
kenne ich nicht."

„Können Sie sich vorstellen, was die Zeilen meinen?"

„Nee, kann ich nicht. War's das jetzt?"

Ohne eine Antwort abzuwarten, erhob sie sich und
ging zur Tür. Beim Verlassen des Raumes streckte sie den
beiden den rechten Mittelfinger entgegen.

Januar 1945

Diesen Tag würde sie nie vergessen. Ihre Fassungslosigkeit nicht, ihre Wut nicht auf die Verantwortlichen für
diesen Krieg.

Sie saß mit Tante Martha und ihrer in Wolldecken ein-
gepackten Tochter auf dem Leiterwagen. Zwei stoische
Pferde warteten auf das Startsignal. Sie war froh, auf diesem Wagen zu sitzen und nicht mit Hab und Gut durch
die unerbittliche Kälte laufen zu müssen.

Um sie verbreitete sich ein angespanntes Schweigen,
nur die Kinder konnten die Situation nicht begreifen und
weinten vor Angst und Kälte.

Die Kälte nahm ihr das Zeitgefühl. Irgendwann hielt der
Treck auf einem Bauernhof. Dort warteten zwei LKWs.

„Ihr müsst hier umsteigen", informierte ein brummiger älterer Mann. „Die Lkws bringen euch zum Bahnhof. Von dort kommt ihr mit dem Zug weiter."

„Wohin?"

„Das kann ich nicht sagen, aber in Sicherheit."

Bahnhof Wüste-Giersdorf, Bahnsteig 1. Da standen sie dann und warteten auf den Zug. Ruth blickte sich um. Sah Menschen, so viele Menschen, die wie sie und ihre kleine Familie warteten, um zu flüchten, in das Land der Mörder. Beraubt um die Hoffnung, dass sie bald wiederkommen können. In eine unbekannte Zukunft, falls es eine Zukunft gab. Von Zukunft sprach keiner mehr. Zukunft hieß, erst einmal überleben.

Die Blicke der Menschen erinnerte Ruth an die Blicke der Pferde, die sie aus dem Dorf geführt hatten.

Ruth schloss Elisabeth fest in den Arm. Das Kind zitterte vor Kälte. Der zierliche Körper der Zweijährigen presste sich an sie, den Kopf an ihren Hals gedrückt. Sie spürte die Wärme des raschen Atems auf ihrer Haut.

„Wir werden überleben, das verspreche ich dir", flüsterte sie ihrer Tochter ins Ohr.

Das Kind schloss die Augen.

Ein lang gezogener Pfiff riss die Ausharrenden aus ihrer Trance. Der Zug mit vielen Waggons fuhr ein.

August 2017

Diesmal war es ein Mann, der ihr den Brief aushändigte. Sie nahm ihn in Empfang und schloss die Wohnungstür. Ihr Herz klopfte bis zum Hals, genau wie früher, wenn sie auf etwas gewartet hatte. Auf etwas, was sie sich sehr gewünscht und dann Angst gehabt hatte, dass sie es dann doch nicht bekam.

Sie legte den Brief auf die Küchenablage. Eigentlich war es egal, wann sie den Brief öffnete. Zeit spielte für sie keine Rolle. Aber SIE würde fragen. Ob sie den Brief schon gelesen habe. Dabei weiß SIE es doch. Sie musste ihn öffnen, sonst ... Ja, was sonst?

Was würde passieren, wenn sie diesen Brief nicht öffnete und IHR auch sonst nicht mehr antwortete? SIE könnte verraten, was sie getan hatte! Und sie würde ihre einzige Freundin, ihre einzige Vertraute verlieren. Ihren einzigen Ausweg aus der Einsamkeit.

Sie spürte, wie ihr Magen rebellierte, erbrach sich in die Spüle. Blieb vornübergebeugt, öffnete mit der Rechten den Wasserhahn. Das Wasser brannte im Gesicht. Ihr Körper entkrampfte. Langsam hob sie den Kopf.

Wasser lief ihr über den Oberkörper, zeichnete dunkle Rinnsale auf ihr T-Shirt. Dann sank sie auf den Boden. Das Rauschen des laufenden Wassers übertönte alle anderen Geräusche. War so laut wie ein Wasserfall. Sie hob die Hände an ihre Ohren. Wollte nichts mehr hören.

Dann kamen die Tränen.

Leise erklang in ihr eine Stimme. Du darfst SIE nicht verlieren. Nur SIE ist wichtig. Vertraue IHR. Denn SIE ist DU.

Ein neues Geräusch drang an ihr Ohr. Das Signal für den Eingang einer Mail vertrieb das Getöse des Wassers.

Langsam erhob sie sich, schloss den Wasserhahn.

Am Griff des Backofens hing ein Handtuch, Erbstück ihrer Großmutter. Sie trocknete ihr Gesicht und die Hände ab. Öffnete den Mülleimer und warf das Handtuch hinein.

Die Haare hingen strähnig und nass auf ihrem T-Shirt. Es war ihr egal, sie spürte die Kälte des nassen Stoffes nicht.

Sie wusste, was sie machen würde. Es gab keinen anderen Weg. Nicht für sie.

Das Messer lag griffbereit. Es gab nur eines.

*

Aufwachen. Endlich wieder ein sonniger Morgen. Die Augustsonne erwärmte ihr Zimmer schon früh. Sie hatte nur wenige Stunden geschlafen. Die Erinnerung kam sofort.

Schon als sie gestern das Ping des Laptops hörte, hatte sie geahnt, dass etwas passiert war. Denn woher sollte SIE wissen, dass sie gerade erst den Brief erhalten hatte? Denn SIE hatte ihr geschrieben, eigentlich nur einen Anhang geschickt. Seine Todesanzeige in der Zeitung.

Peter Behring, geb. Schmid. Sie verstand es nicht und hatte Zeit gebraucht, bis die Konsequenz dieser Nachricht an die richtige Stelle in ihrem Hirn eingesickert war und sich die Synapsen richtig miteinander verbanden.

SIE hatte sich mit dem Namen geirrt. Nicht mit dem Mann. Und doch warf die Anzeige eine einfache, logische Frage auf: Wer war die Namensgeberin?

Die Antwort musste warten. Warten bis sie von ihrer Reise zurückkam. Reise. Wie unverfänglich sich das anhörte. Tödlich für ihn. Dann hatte sie ein paar Tropfen der THC-Flüssigkeit genommen und den Schlaf erwartet. Der Rucksack stand gepackt im Flur. Sie warf sich ihn über die Schultern, griff nach dem Schlüsselbund und der frisch aufgefüllten Flasche Wasser und schloss wie geplant ihre Wohnung ab.

Wie immer war sie pünktlich, korrekt und so genau, wie sie es in ihrer Ausbildung gelernt hatte. Deshalb überfiel sie der Ärger über den Fehler unmittelbar nach dem Aufwachen. Noch einmal durfte so ein Fehler nicht passieren.

Diesmal gab es keinen Zweifel, kein Risiko einer Verwechselung, keine andere Person, deren Namen er angenommen haben konnte. Thomas Bekemeier lebte allein, war nicht verheiratet.

Sie machte sich auf den Weg zur Haltestelle der Straßenbahn. Eine Schaufensterdekoration suggerierte ihr schon längst verdrängt geglaubte Heimatgefühle. Eine Kuh auf einer Wiese, blauer Himmel, Landschaftsidylle. Für viele Menschen der Inbegriff von Frieden und Geborgenheit und dem Wissen, woher man kommt.

Auch sie war aufgewachsen in einer solchen Idylle. Nur dass ihre Heimat für sie keine Idylle gewesen war, sondern ein Gefängnis ohne Gitter.

Das Bild ließ sie erschauern. Oder machte sie sich was vor? Vermisste sie nicht sogar diese vordergründige Geborgenheit?

Zweifel überkamen sie unvermittelt, so greifbar, dass sie erstarrt stehen blieb. Gab es noch eine Umkehr?

Nein, sie wollte nicht zurück. Ihr Blick richtete sich nach vorn. Verdrängte jegliche Gedanken wie Wolkenfelder, die durch einen auffrischenden Wind einfach weggetrieben wurden, ohne Erinnerung, ohne Verlust, einfach weg. Planmäßig erreichte sie den Bahnhof und bestieg den Zug nach Sylt.

„Mama, ich habe Durst", quengelte Elisabeth mit schwacher Stimme. Ruth drückte ihre Tochter an sich. „Ich weiß, mein Kind. Bald kommen wir an einen Bahnhof, dann hole ich uns Wasser. Das dauert nicht mehr lange", versuchte sie zu trösten.

Seit Tagen waren sie im Zug unterwegs nach Prag. Eingekeilt von ihren wenigen Sachen, unbequem auf Holzbänken.

Marta und Elisabeth saßen sich am Fenster gegenüber, Ruth sicherte neben ihrer Tochter die Sitzbank. Für Elisabeth hatte sie das Federbett auf dem Sitz ausgebreitet, so konnte die Kleine wenigstens bequem sitzen und liegen. Die Kiste mit den Lebensmitteln und ihren Koffer hatten sie zwischen ihre Beine gestellt.

Der Waggon war voller Menschen, sie halfen sich so gut es ging untereinander. Keiner hatte mehr Wasser. Die eingemachten Lebensmittel teilte sie sorgsam ein. Keiner wusste, wie lange sie ausharren mussten. Jeden Tag ein Weckglas, damit konnte sie ihre kleine Familie versorgen.

Die Landschaft zog trostlos an ihnen vorbei. Dann fuhren sie wieder durch endlose Wälder. Am Mittag des dritten Tages wurde die Geschwindigkeit unerwartet immer geringer, bis der Zug hielt. Ruth schob das Fenster nach unten, dann hörte sie die Flieger kommen.

„Elisabeth, Martha, schnell, wir müssen raus. Fliegeralarm." Sie drückte ihre Tochter Tante Martha in den Arm.

„Beeilt euch, ich warte, bis der Letzte den Wagen

verlassen hat." Routine. Ihr Gepäck war zu wertvoll, um unbeaufsichtigt zu bleiben.

Der Wald bot den Menschen Schutz und die Fahrtunterbrechung Gelegenheit, sich zu erleichtern. Wasser fanden sie keines. Irgendwann kam der Befehl, wieder einzusteigen.

Am Abend erreichte der Zug die tschechische Grenze. Im Grenzbahnhof hielt der Zug. Alles war dunkel.

„Ich schau nach, ob hier irgendwo eine Wasserstelle ist", sagte Ruth und zeigte in die Dunkelheit.

Ruth griff nach der Kanne und versuchte, sich einen Weg durch die Menschen zu bahnen. Die anderen hatten auch Durst und dieselbe Idee.

„Ihr bleibt hier und rührt euch nicht vom Fleck, egal was passiert. Passt auf die Sachen auf. Ich bin gleich wieder da, dann wird alles gut." Schon war sie in der Dunkelheit verschwunden.

Immer wieder kam eine der Frauen mit Wasser zurück. Es gab also eine Wasserstelle.

„Mama, wo bleibt Mama?", fragte Elisabeth. Vereinzelt hatte Frauen Kerzen angezündet.

Da ertönte ein Pfiff, Martha konnte hören, wie die Türen der Waggons zugeschlagen wurden. Die Geräusche kamen näher. Jetzt war ihr Abteil an der Reihe.

Der Zug setzte sich in Bewegung, die Räder kreischten, weißer Dampf stob am schwarzen Fenster vorbei.

August 2017

Der Druck auf die Blase wurde einfach zu groß. Tobias

entfuhr ein leichtes Stöhnen. In diesen Momenten fühlte er sich alt. Es passierte ihm immer öfter, dass er morgens früh, zu früh zur Toilette musste.

Noch mit geschlossenen Augen wuchtete sich Tobias aus dem Bett und machte die ersten Schritte. Er schaffte es noch nicht, die Augen zu öffnen. Fand trotzdem den Weg in den Flur, ohne sich die Füße am Bettpfosten zu stoßen. Dann öffnete er die Augen. Das unvermittelt durch das offenen Schlafzimmerfenster einfallende Tageslicht traf auf seine Netzhaut.

Es war Sonntag und Christines erster Todestag. Er hatte den Kollegen freigestellt, ob sie ins Büro kommen oder einen normalen Familiensonntag verbringen wollten. Eine Normalität, die es für ihn nicht mehr gab.

Beim Waschen fiel sein Blick in den Spiegel, und er blickte missmutig in sein verquollenes, durch den schwarzen Vollbart düsteres Gesicht.

Er hatte keine Ahnung, wie lange er so verharrte, bis er in die kleine Küche hinüberging. Er füllte mechanisch den Wasserkocher und zwei Löffel Kaffeepulver in den Filter.

Tobias spülte die Kaffeetasse und goss den ersten Strahl des heißen Wassers in den Kaffeefilter. Im Stehen wartete er ab, den nächsten Aufguss über das Pulver zu gießen.

Habe ich überhaupt etwas zum Frühstücken? Diese praktische Frage erlöste ihn aus der Gedankenstarre.

Sein Blick fiel auf den Kühlschrank. Einen amerikanischen Kühlschrank mit Eisfach. Rot, mit Edelstahlgriff und einer speziellen Verschlussmechanik. Den hatten Christine und er sich angeschafft, als sie die Wohnung bezogen.

Jetzt war der Kühlschrank fast leer. Eine halb volle Flasche Milch, zwei Flaschen Bier, das war's. Keine Christine, die dafür gesorgt hätte, dass es etwas zu Essen im Hause gab, gerade in Zeiten aufwendiger Ermittlungen.

Kaffee muss reichen, Frühstücken kann ich auch unterwegs, dachte er, als der Geruch des frischen Kaffees seine Müdigkeit verdrängte.

Von dem Schwarz-weiß Foto an der Küchenwand, direkt neben ihrem Sitzplatz, schaute Christine ihm zu. Neben dem Bild hing das Gedicht, das er bei ihrem Begräbnis vorgetragen hatte.

Das Spiel ist aus.
Der Herbst begann.
Sehnsucht nach dem nächsten Sommer.
Du und ich, ein Zukunftsspiel.
Gedanken der Unsterblichkeit.
Ungeplant die Unfassbarkeit.
Und die eigene Verletzlichkeit.
Zukunft ist kein Spiel.
So banal, so konsequent.
Du und ich.
Wir haben den Sommer verloren.

Es hätte Christine gefallen.

*

Die 8.00 Uhr-Nachrichten hatten gerade begonnen, als er den Blinker setzte und vom Dellbrücker Mauspfad nach rechts in Richtung Ostfriedhof abbog. Gefrühstückt hatte er unterwegs. Selbst am Sonntag hatte das Café auf der Kalker Hauptstraße schon um 7.30 Uhr geöffnete. Parkplatz vor dem Haus inklusive.

Tobias fuhr den Wagen auf den nächsten Stellplatz, drehte den Zündschlüssel und beendete die Nachrichten abrupt. Er stieg aus, schlug die Tür zu und verriegelte den Wagen.

Er blickte sich um. Sah zwei weitere Autos am anderen Ende des Parkplatzes. Mit gesenktem Kopf betrat er das Gelände des Ostfriedhofs. Erste Sonnenstrahlen schafften den Weg durch die verhangene Wolkendecke.

*

Ein Jahr war es jetzt her. Der letzte gemeinsame Weg. Er erinnerte sich daran, dass ihm der Song ‚Dieser Weg wird kein leichter sein‘ unvermittelt in den Sinn gekommen war, und er ihn fast gesummt hätte. Die Trauer und der Schmerz unterdrückten diese Regung. Xavier Naidoo hatte recht, sein Weg war steinig und schwer.

Er wäre damals gern allein gewesen mit seinem Schmerz, wollte ihn nicht teilen. Aber Christine war bekannt gewesen, hatte viele Freunde, eine Familie gehabt. Sie war zu jung, und ihr Tod nicht nur für ihn eine Katastrophe.

Am Tag der Beerdigung begann er zu trinken, hatte sich krankschreiben lassen mitten in einer Ermittlung. Das war ihm egal gewesen wie noch nie.

Tobias verbrauchte die Folgezeit damit, seinen Schmerz, seine Wut und seine Schuldgefühle in alkoholisierte Watte zu packen. Immer wieder spulte der Film des Unfalls in seinem Kopf-Kino ab. Täglich grüßte das Murmeltier. Und der immer wiederkehrende Gedanke: *Wäre ich damals doch bloß vorne gefahren, dann wäre Christine nichts passiert.*

Er trank zunächst alles, was alkoholisch und im Haus war. Er verließ die Wohnung nur, um Nachschub an Rum zu besorgen. Er hatte mal mit einem Freund eine Rumprobe mitgemacht, anderen scharfen Alkohol hatte er bisher nicht getrunken. So waren es der Rum und True-Crime-Serien; die weiße Wand des Zimmers damals sein Horizont.

Damals war jetzt ein Jahr her.

Er erinnerte sich, dass Victor ihn besucht und nach ihm gesehen hatte. Ihn hatte er als einzigen in die Wohnung gelassen, ansonsten alle Anruf- und Besuchsversuche ignoriert.

Auf den Tag genau zwei Wochen später hatte Victor mit einer Tüte Croissants wieder vor der Tür gestanden. Mit den Worten „Schluss mit dem Scheiß!" Er hatte ihn gepackt, ins Badezimmer gezerrt und ihn unter die kalte Dusche gestellt.

Apathisch hatte Tobias alles über sich ergehen lassen, aber mit dem kalten Wasser gespürt, dass etwas mit ihm passierte. Eine Weiche in seinem Kopf änderte die Richtung seiner Gegenwärtigkeit, lenkte ihn aus der Sackgasse heraus.

Nass war er aus der Dusche getreten und hatte Victor umarmt. Gemeinsam hatten sie sämtlichen Alkohol, den sie in der Wohnung fanden, in den Ausguss geschüttet.

Eine Kanne starken Kaffee und zwei Croissants später hatte seine Enteinsamung begonnen. Hierfür war Tobias seinem Freund dankbar. Und seinem Job. Beide retteten ihn vor dem Absturz. Geblieben war die Scham wegen seiner Schwäche, und er hatte sich geschworen, nie wieder in eine solche Haltlosigkeit abzutauchen.

*

Seine Turnschuhe machten auf dem asphaltierten Weg keine Geräusche. Einzig eine Hymne aus verschiedenen Vogellauten verhinderte die totale Stille.

Ihm kam der Weg zu ihrem Baum noch immer unwirklich vor. Wie oft war er diesen Weg schon gegangen? Vorbei an einem sterbenden Wald, an umgefallenen Bäumen, die nichts als den Eindruck erweckten, auf einem Friedhof zu sein.

Der Tod von Christine hatte ihm den Boden unter den Füßen weggezogen und ihm klar gemacht, wie schrecklich Tod sein konnte. Nicht für die Opfer, nein, für diejenigen, die blieben, die weiterleben mussten. Einen Weg nicht mitgehen durften, weil die Tür sich vor ihnen geschlossen hatte. Seit Christine durch diese Tür gegangen, war, blieb ihm die Nähe zu ihr verschlossen.

Seit dem Tod der Geliebten spürte Tobias einen Schmerz, den er bisher nicht gekannt hatte. Das war nicht der Schmerz, den das Eindringen eines Messers, einer Kugel in den Körper verursachte. Sondern ein Schmerz, der zum Zwilling der Einsamkeit wurde.

Tobias glaubte nicht an die Wiedergeburt, an das ewige Leben. Ihn konnte der Gedanke, dass Christine jetzt in einer besseren Welt ein neues Leben begann, nicht trösten. Ein neues Leben in einer Ewigkeit des Nichts, ohne ihn.

In seiner Vorstellung gab es nur diese eine reale Welt und das, was die Menschen darin zurückließen, wenn sie für immer gegangen waren. Und einer war schuld, war geflüchtet, war frei und konnte sein Leben leben. Diese Gedanken machten ihn wütend. Besonders hier, auf dem Friedhof, an ihrem Grab.

Er würde den Täter jagen und finden. Nicht nur der Gerechtigkeit wegen, sondern auch in der Hoffnung, Frieden zu finden. Sein Leben wieder leben zu können.

Und er wollte Rache. Ganz banal. Vergeltung für seine Schuldgefühle, sein verlorenes Lebensglück, seine Schwäche.

*

Langsam schritt Tobias die letzten Schritte über eine Wiese bis zu ihrem Baumgrab. Einem Olivenbaum, wie sie sich gewünscht und den er ihr hier gepflanzt hatte.

Eine Gestalt kam ihm entgegen. Ohne den Blick zu heben, ging Tobias an ihr vorbei, bemerkte ein Zögern bei dem Fremden, wollte aber nicht darauf reagieren. Ihn interessierten jetzt keine anderen Menschen.

Das Bäumchen hatten sie von ihrer letzten gemeinsamen Reise mitgebracht und auf ihrem Balkon in einen Blumentopf eingepflanzt. Zusammen hatten sie die Erde in den Topf gefüllt, ihre Hände in die warme Blumenerde gepresst und die jungen Wurzeln mit Wasser getränkt.

Eine Einheit der Gedankenlosigkeit stand Tobias da, bis ihn etwas störte. Etwas war anders, irritierte ihn.

Dann bemerkte er sie.

Halb verdeckt von einer Hecke, sah Tobias eine Frau in ungefähr 50 Meter Entfernung. Regungslos stand sie mit dem Rücken zu ihm. Sie trug einen schwarzen Pullover und ihr Haar mit einem schwarzen Tuch bedeckt. Sofort hatte er den Eindruck, dass diese Frau nicht zu einem Grabbesuch hier war. Sie beobachtete jemanden, aber wen?

Sein Blick fiel auf einen frischen Blumenstrauß. Gelbe Rosen und rote Tulpen, ihre Lieblingsblumen. Zögernd betrachtete er den Strauß.

Wer legte Blumen auf ihr Grab?

Das war bis heute nicht passiert. Aber ausgerechnet am Jahrestag ihres Todes? Und dann so früh am Morgen?

Christines Eltern lebten in der Nähe von Hannover. So früh waren sie bestimmt nicht hier gewesen, und wenn sie nach Köln gereist wären, hätten sie sich vorher gemeldet. Er wusste nichts von einem verflossenen Liebhaber. Kannte eigentlich alle ihre Freunde. Und dann heute am ersten Todestag?

Die Frau. Wo war sie? Hatte sie etwas gesehen?

Er blickte in die Richtung, in der er sie noch vor wenigen Augenblicken gesehen hatte. Sie war weg.

War das Zufall?

Die beiden Autos auf dem Parkplatz.

Im Laufschritt hastete er über die Friedhofswege. Ein älteres Paar kam ihm entgegen, er ignorierte deren empörte Blicke. Keuchend erreichte er den Parkplatz und sah gerade noch die Rücklichter eines davonfahrenden Autos.

Eines roten Kombis.

Er fluchte. Weder das Fabrikat, noch das Kennzeichen hatte er erkennen können. Nur die Farbe. Wieder rot.

Dann stutzte er, das zweite Auto stand noch da.

Er hörte, wie die Zündung ansprang. „Stopp!", brüllte er, „Polizei, bleiben Sie stehen!"

So schnell er konnte, rannte er auf das Auto zu, das tatsächlich keine Anstalten machte, seinen Standort zu verlassen. Mit ausgestreckten Armen stellte er sich hinter das Fahrzeug. Das Motorengeräusch erstarb. Ein Seitenfenster wurde heruntergefahren. Eine Frau blickte ihm entgegen.

„Sind Sie verrückt geworden? Was soll das?"

„Haben Sie jemanden beobachtet, der einen Blumenstrauß auf das Grab an dem Olivenbaum gelegt hat?"

„Wie kommen Sie denn darauf?"

Ein schwarzes Tuch, ein schwarzer Schal und eine große schwarze Sonnenbrille verdeckten nahezu ihr gesamtes Gesicht. Eine schöne Frau signalisierte ihm sein Unterbewusstsein zum unpassenden Zeitpunkt.

„Darf ich fragen, was Sie hier schon so früh machen?" Er versuchte, freundlich zu klingen.

„Ich bin nur zu Besuch in Köln und muss heute zurück."

Sie schob die Brille nach oben.

„Ich wollte die Zeit nutzen, das Grab meiner Tante wieder mal zu besuchen. Sonst noch was? Ich bin in Eile."

„Haben Sie jemanden gesehen, außer mich natürlich."

„Nein, kann ich jetzt?"

„Ja."

Der Motor wurde gestartet, das Fenster fuhr hoch. Tobias machte einen Schritt zur Seite und ließ die Frau an sich vorbei, dabei merkte er sich die Autonummer.

Ein seltsames Gefühl überkam ihn dabei.

Ein Erinnerungsfetzen. Nicht greifbar. Aber deutlich genug, dass es ihn schneller atmen ließ.

August 2017

Wie er Einkaufen hasste. Gestresste Menschen schieben Einkaufswagen vor sich her. Lassen den Wagen an den engsten Stellen des Ladens stehen. Bewegen sich pendelnd mit starrem Blick zwischen Einkaufszettel und Einkaufsregalen und versperren Eiligen den Weg. Wie ihm.

Zum Glück gab es hier noch keine musikalische Beschallung, die dem ganzen einen exponentiellen Anstieg seines Stresslevels geben würde.

„Das sieht aber wenig gesund aus, Herr Kommissar", schreckte Tobias eine Stimme aus seinen hilflosen Gedanken. Die Stimme kam ihm bekannt vor: Birgit Behring.

Sie blickte ungeniert in seinen Einkaufswagen. Tiefkühlpizzen, Nudelfertiggerichte, eingeschweißter Aufschnitt, Toastbrot, Butter, H-Milch, Müsli und Kaffee.

„Junggeselleneinkauf", versuchte Tobias eine verlegene Erklärung. „Sie haben gesünder eingekauft?"

Er war es nicht mehr gewohnt, Konversation außerhalb des Büros und außerhalb seines kleinen sozialen Kontaktfeldes zu führen. Erst recht nicht mit einer Frau. Sie sah gut aus. Bei der Befragung hatte das keine Rolle gespielt, durfte keine spielen. Da interessierte ihn nicht die Hülle des Menschen, mit dem er sprach. Mimik, Gestik und die Sprache waren die Ausdrucksformen, denen er Beachtung schenkte.

Normalerweise traf er Menschen, die in einen Mord-
fall verwickelt waren, nur in der von ihm vorgegeben Art
und Weise. Nie zufällig. Nie außerhalb des Dienstes. Er
würde sie auf der Straße bei einer zufälligen Begegnung
ignorieren. Seine Lebenserfahrung hatte ihn gelehrt, wie
ein eigentlich immer ein uneigentlich, ein normalerweise
eine Ausnahme bedingte. So wie in diesem Moment.

„Ich arbeite in der Nähe und mache hier in den Köln-
Arcaden oft meine Einkäufe auf dem Nachhauseweg",
erwiderte sie lächelnd. „Es war jedenfalls nett, Sie getroffen zu haben. Einen schönen Abend noch. Und passen
Sie auf sich auf", ergänzte sie mit Blick in seinen Einkaufswagen. Sie drehte ihren Wagen und schob ihn in
Richtung der Kasse.

„Haben Sie Lust auf einen Kaffee?" Es war nur ein
Gedanke, aber ausgesprochen zu laut, um ihn ungesche-
hen zu machen. Das passierte Tobias häufig, meist, wenn
er allein in der Wohnung seinen Gedanken nachhing,
dass er die Gedanken laut aussprach. Da musste er sich
nicht zügeln. In der Öffentlichkeit war ihm dies bisher
nicht passiert, und jetzt war ihm das peinlich.

„Ja, gerne, wenn Sie das dürfen, Herr Kommissar."

Die Stimme. Ein Hauch von Erotik klang in der sanften Stimme mit. Ein Schauer durchlief ihn.

Wie selbstverständlich begleitete Birgit Behring Tobias
dem kurzen Weg bis zum nächsten Café.

Er bestellte Kaffee, als sie einen Tisch gefunden hatten.

„Glauben Sie an Zufall?", fragte Birgit Behring, als sie
den Kaffee vor sich stehen hatten.

Er registrierte, dass sie ihren Kaffee genauso mochte

wie er. Kein pseudo-italienischer Schicki-Micki-Kaffee, sondern Filterkaffee, heiß und schwarz mit etwas Milch.

Er zuckte mit den Achseln, fühlte sich überfordert mit der Situation und der Frage. Sie schien seine Unsicherheit nicht zu bemerken.

„Für mich besteht das ganze Leben aus einer Aneinanderreihung von Zufällen. Es ist ja schon Zufall, dass wir auf der Welt sind. Natürlich spielen weitere Faktoren eine Rolle, aber im Prinzip folgt ein Zufall immer einem nächsten", ergänzte sie.

„Meine Freundin ist vor einem Jahr gestorben. Ein Verkehrsunfall, Rennrad gegen Auto. Der Fahrer fuhr zu dicht vorbei, meine Freundin musste ausweichen, stürzte in einen Graben. Sie hatte keine Chance."

Es war das erste Mal seit langer Zeit, dass Tobias dies so aussprechen konnte. Lag es an der speziellen Situation? An ihr? In diesem Moment fühlte er das Bedürfnis, alles zu erzählen. Seiner Traurigkeit Raum zu geben.

Er blickte in ein mitfühlendes Gesicht. Und das tat ihm gut. In diesem Moment war er kein Polizist und hatte kein Gesprächsziel, konnte sich öffnen. Der Augenblick war kostbar. Er spürte, dass sie etwas für ihn empfand. Einfach so. Diesen Augenblick musste er einfangen.

„Und ich quäle mich seitdem mit der Frage, was wäre, wenn…? Was wäre passiert, wenn wir 10 Minuten später losgefahren wären, eine rote Ampelphase mehr erwischt hätten, einen Tick langsamer gefahren oder einfach im Bett geblieben wären? Zufall ist also keine Frage des Glaubens, er ist Realität."

Er blickte in ihre Augen, seltsam blaue Augen. Augen, die echtes Mitgefühl ausstrahlten, und das tat ihm gut.

Keine Verlegenheit, keine Unsicherheit lag in ihrem Blick, kein, oh Scheiße, wie komme ich hier wieder raus'-Blick, den er erlebt hatte, die wenigen Male, als er versucht hatte zu reden.

„Das mit Ihrer Freundin tut mir sehr leid. Das muss schwer sein für Sie."

Ihre Hand legte sich auf seine, fühlte sich weich an, ungewohnt. Er hoffte in diesem Moment, dass die Hand dort ewig liegen bliebe. Tobias fühlte sein Blut pulsieren und errötete.

Dann war der Moment vorbei, sie nahm die Hand wieder weg, griff ihre Tasse und trank einen Schluck Kaffee. Hatte sie seine Unsicherheit diesmal bemerkt?

„Zufall oder nicht, aber seltsam ist es schon, dass wir uns hier getroffen haben." Sie packte ihren Einkauf zusammen. „Vielleicht können wir das Gespräch irgendwann fortsetzen, ich würde mich freuen. Jetzt muss ich los. Und Sie auch, wenn Ihre Pizzen nicht auftauen und verderben sollen."

„Ja, das würde mich auch freuen."

Sein Telefon klingelte. Er nahm den Anruf entgegen.

„Schickt einen Streifenwagen hin. Ich komme sofort", sagte er und beendete die Verbindung.

Er winkte Birgit Behring mit einem entschuldigenden und immer noch leicht verlegenem Lächeln nach.

Dann hastete er mit seinen Einkaufstüten zu seinem Auto, das noch im Parkhaus des Polizeipräsidiums stand.

*

Unterwegs informierte Andreas Tobias über die Freisprechanlage des Handys. Ein Nachbar von Peter Behring hatte sich gemeldet. Das Siegel an dessen Wohnungstür sei beschädigt und diese habe offen gestanden, und er meinte, ein Licht in der Wohnung gesehen zu haben.

Tobias benötigte bei Einsatz des Blaulichtes keine 15 Minuten, bis er den Wagen vor dem Haus abstellte. Diesmal nahm er den Fahrstuhl. Zwei Beamten warteten vor der Etagentür.

„Ist die vermeintliche Person noch drin?", fragte er. Die Beamten zuckten mit den Achseln.

„Okay, wir gehen rein. Du bleibst hier, rufst Verstärkung", er zeigte auf den älteren der Kollegen. Dann öffnete er die Tür. Ihre Dienstwaffen ließen sie im Holster.

Es empfangen sie Dunkelheit und Stille.

Die Wohnung war leer.

„Dann in den Keller." Immer zwei Stufen überspringend, sprinteten die beiden die Treppen nach unten.

Er hörte die Eingangstür zufallen.

Vor der Haustür angekommen, sah Tobias eine Gestalt davonrennen, die einen langen Gegenstand in der rechten Hand trug. Die linke Hand des Flüchtenden zeigte ihm den gestreckten Mittelfinger.

Als Personenbeschreibung konnte Tobias nur angeben, dass er eine Person flüchten gesehen hatte, ca. 1,70 Meter groß, bekleidet mit einem grauen Kapuzenpulli. Verfolgung zwecklos.

Er verschwieg, sich sicher zu sein, dass Lisa Gerbrich die gestohlene Fahne zurückgeholt hatte.

*

Die Sonne ließ die weiß gestrichene Fassade des Bensberger Schlosses in gleißendem Licht erstrahlen. Der weiße Kies in der Hofanlage reflektierte schmerzhaft in den Augen der Frau, die das imposante Gebäude betrachtete. Sie blieb stehen, griff in ihre Handtasche, und mit einer grazilen Bewegung öffnete sie das Etui und setzte die Sonnenbrille auf.

Majestätisch thronte das im Barockstil erbaute Schloss über der Stadt. Früher war es eine militärische Anlage gewesen, heute diente es VIPs als First-Class-Hotel der Metropole Köln und als Gourmet-Tempel.

Die Frau hatte allerdings kein Interesse an der Architektur oder der Geschichte des Schlosses. Sie machte kehrt und trat unter den Torbogen, der das Schloss von der Stadt trennte, und ließ sich stattdessen vom Blick über die gesamte Kölner Bucht beeindrucken.

Es war noch früh am Tag. Autos krochen die kopfsteingepflasterte Schlossstraße am Amtsgericht hinauf.

Die Frau hatte in der Tiefgarage gegenüber geparkt, hatte Zeit verstreichen lassen müssen, bis sie ihn treffen würde.

Sie schaute auf die Uhr. Es war so weit.

Ein Fußweg führte sie hinunter in den Stadtkern. Gut erhaltene Altbauten wechselten sich ab mit modernen Fassaden und gaben dem Straßenbild einen disharmonischen Charakter.

Vor der Fensterfront eines Einrichtungshauses blieb sie stehen. Italienische Möbel. Das war ihr Geschmack. Heute jedoch galt ihr Interesse einem anderen Objekt.

Wieder griff sie in ihre Handtasche. Öffnete eine Schachtel R1 Blue. Soweit sie wusste, waren das die leichtesten Zigaretten auf dem deutschen Markt.

Warum sie diese dann noch rauchte, wusste sie nicht. Auch machte sie sich nichts vor, leichte Zigaretten waren genauso schädlich wie die anderen. In diesem Augenblick brauchte sie das Rauchen, die Zigarette machte sie unauffällig.

Ein Mann ging an ihr vorbei, bemerkte nicht, dass sie die Fensterfront der gegenüber liegenden Straßenseite beobachtete. Als er schon an ihr vorbei war, hielt der Mann kurz inne. Schnupperte wie ein neugieriger Hund, blickte dann zum Eingang der benachbarten Parfümerie. Grinste.

Die Frau verschwendete keinen Blick an diesen Mann. Ihr Interesse galt dem Mann im Café gegenüber. Er saß am geöffneten Fenster. Ein idealer Platz zum Beobachten und beobachtet zu werden.

Der Mann schaute sich um.

Er hat mich noch nicht bemerkt, dachte sie, und: *Du hast dich nicht verändert. Was du nicht sehen willst, siehst du nicht. Dabei hast du die Begabung, Gesichter wiederzuerkennen. Gut siehst du immer noch aus.*

Sie registrierte ihr Bauchgrimmen, einen Druck auf ihr Zwerchfell, ein untrügliches Zeichen ihrer Nervosität. Das kannte sie von früher. Dieses Gefühl hatte er schon damals bei ihr ausgelöst, in der Zeit, in der sie ein Paar waren.

Er war ihr Traummann gewesen: athletisch, groß, humorvoll, ein Gentleman, kreativ. Und gleichzeitig ein Arschloch, Egoist wie sie eine Egoistin war. Sie hatte auch gewusst, dass sie nicht seine einzige Frau war.

Dann hatte er sie verlassen. Sie, die Schluss machte, wann sie es wollte, war von ihm abserviert worden.

Das war ihr nur dieses eine Mal passiert und hatte

einen Stachel in ihrem Selbstverständnis hinterlassen, der immer noch tief saß.

„Aber noch, mein Lieber", flüsterte sie, „ist das Spiel nicht zu Ende", und überquerte lächelnd die Straße.

*

Victor hatte das Café Amelie vor einer halben Stunde betreten. Wie jeden letzten Samstag im Monat. Clara hatte an diesen Samstagen eine eigene Verabredung mit einer langjährigen Freundin, so war für ihn dieser Samstag ein Stück Freiraum, den er genoss.

Mit einem Hallo und einer Umarmung hatte er den Inhaber begrüßt und sich an seinen Lieblingsplatz direkt am Fenster gesetzt.

Es war kaum später als 10.00 Uhr und das Café gut besucht. Der Lärm einer Gruppe von jung gebliebenen Rentnern im munteren Gespräch über Tennis, Golf und den FC erfüllten den Raum. Sie waren genauso Stammgäste wie er.

Er widmete sich der Zeitung, die er mitgebracht hatte. Victor war gern hier in Bensberg, seit der Gebietsreform vor Jahrzehnten eigentlich ein Stadtteil von Bergisch Gladbach, aber trotzig selbstständig mit eigenem Stadtkern, dem nicht abgelegten Namen und dem weithin bekannten Schloss.

Sein Lieblingscafé war von außen unscheinbar, aber innen geschmackvoll eingerichtet, dazu das variantenreiche Frühstücksangebot und ein Kaffee, der noch nach Kaffee schmeckte.

„Darf ich mich zu dir setzen?"

Verärgert über die Störung, aber gleichzeitig erstaunt,

von einer Frau per du angesprochen zu werden, ließ er die Zeitung sinken und erkannte sie sofort.

„Katharina!"

„Ja, sieht ganz so aus. Du hast mich also nicht vergessen? Obwohl es mehr als 25 Jahre her ist, dass wir uns gesehen haben?" Sie zeigte ein Lächeln. Kein natürliches Lächeln, das echte Wiedersehensfreude ausgedrückt hätte. Ins Gesicht geklebt, nicht echt, dachte Victor.

Victor musste sich sammeln. Dass Katharina noch einmal in sein Leben treten würde, damit hatte er nicht gerechnet. Nicht nach der Trennung und nicht nach so vielen Jahren. Auch wenn er sie nicht vergessen hatte. Wenn er damals Clara nicht kennengelernt hätte ...

Victor stand auf, fühlte sich steif und unsicher. Dennoch, er musste sie begrüßen, dabei Zeit gewinnen. Er trat um den Tisch und umarmte sie. Ein Schauer durchlief ihn, die Umarmung fühlte sich unangenehm gut an.

„Meine Güte, siehst du gut aus, was machst du hier?" Victor setzte sich und betrachtete sie.

Katharina setzte sich ihm gegenüber, lehnte sich entspannt im Stuhl zurück und betrachtete ihn ihrerseits.

Er sah, wie sie sich mit ihrer schmucklosen Rechten mit einer leichten Handbewegung eine Haarsträhne aus ihrem, nur wenig geschminkten Gesicht strich. Fühlte, dass ihm das Blut ins Gesicht schoss, als ihre braunen Augen weiter auf ihn gerichtet blieben. *Wie früher: Wer zuerst blinzelte, hatte verloren.* Er wendete den Blick ab. Suchte einen Ausweg. Na gut, diese Runde ging an sie.

„Dich finden."

Victor fühlte sich unwohl, irgendetwas lag in der Luft. Er fühlte die Spannung zwischen ihnen. Die Umgebung war für ihn ausgeblendet. Ihr Blick ließ ihm keinen Ausweg.

Es ist wie früher, dachte er, die Augen, der direkte Blick, ihre unverblümte Sprache. *So hatte sie mich immer im Griff, ich hatte damals keine Chance, was auch immer sie wollte, sie bekam es. Und was will sie jetzt?*

Victor suchte Blickkontakt mit der Bedienung, einen Zugang zur Außenwelt. Er bemerkte die Blicke seiner Rentnerfreunde und spürte, wie Katharina die Fantasiewelt der Männer befruchtete. Victor stellte erstaunt fest, dass ihm die Blicke der anderen schmeichelten. *Und du, Katharina, weißt das, spielst damit.*

Die Bedienung kam, und Katharina bestellte einen Kaffee, schwarz, ohne Milch und ohne Zucker.

Victor trank einen Schluck seines erkalteten Kaffees, setzte die Tasse zurück, nahm den Keks und steckte ihn sich in den Mund. Amarettogeschmack auf der Zunge, Zeitgewinn bis zur Rückkehr seines Selbstvertrauens.

Auflachend ergriff sie seine Hand. „Mein Lieber, du hast dich nicht verändert." Sie ließ den Blick über ihn streifen. „Sag bloß, du trägst immer noch nur weiße T-Shirts und hast davon zehn im Schrank? Das fand ich damals schon spießig."

„Ist praktisch, jetzt habe ich sogar zehn weiße Hemden zusätzlich im Schrank", gab er zurück.

„Was sagt denn Clara dazu? Ich gehe mal davon aus, dass ihr noch zusammen seid. Dass du sie nicht abserviert hast wie mich?"

Victor nickte. „Sind wir."

„Über deine erfolgreiche Tochter habe ich einiges gelesen. Gratuliere!", fuhr sie mit freundlicher Stimme fort.

Ihre Stimme passt nicht zu ihren verkniffenen Lippen,

dachte Victor, der Katharina beobachtete. Irgendetwas war hier falsch, sagte ihm sein Bauchgefühl. *Was will sie?*

„Wieso und wo hast du über Anne gelesen?"

„Ich bin Journalistin. Da bin ich quasi an der Quelle. Und ich behalte alte Freunde im Blick."

„Und du? Bist du verheiratet, hast du Kinder?", versuchte Victor von sich ab zu lenken.

„Ich hatte einen Sohn."

„Willst du über ihn reden?", erwachte sofort der Psychologe in ihm. Die Gesichtszüge von Katharina schrien ihm ihre Trauer entgegen. Ihr Körper erstarrte.

„Nein."

Beide tranken einen Schluck von ihrem Kaffee. Die Pause entspannte sie und die Luft zwischen ihnen.

Dann erzählte sie ihm, dass sie beruflich in Köln zu tun habe. Da sie wisse, dass er hier lebe, wollte sie ihn wiedersehen. Einfach so.

Victor hörte ihr ruhig zu, in seinem Inneren jedoch steigerte sich seine Unsicherheit. Er hätte nicht sagen können, was es war. Es war doch eigentlich schön, eine alte Freundin wiederzusehen nach all den Jahren. Jahren, in denen jeder sein eigenes Leben gelebt und der eine keine Rolle mehr im Leben des anderen gespielt hatte. Katharina hatte nie etwas ohne Absicht gemacht. Und jetzt? Und wie überhaupt hatte sie ihn hier gefunden? Zufall? Niemals!

„Heute Morgen wollte ich dich besuchen. Und als ich bei dir vorfuhr, bist du gerade losgefahren. Da bin ich dir spontan gefolgt, und jetzt bin ich hier."

„Und was willst du von mir?" Seine Frage klang aggressiver, als er es wollte. Emotionen ließen sich in

Stresssituation in der Stimme nicht so leicht verstecken. Das wusste der Psychologe Dr. Victor Holzer.

Der Klingelton ihres Handys verhinderte eine Antwort. Sie griff in Ihre Jackentasche und zog ihr Smartphone heraus. Sie warf einen Blick auf das Display.

„Sorry, ich muss los. Aber ich will dich wiedersehen. Ich habe deine Telefonnummer. Ich rufe dich an." Mit diesen Worten beugte sich Katharina zu ihm, gab ihm einen Kuss auf die Wange und verließ das Café.

Victor fühlte den Kuss. Registrierte die weichen Lippen auf seiner Wange. Ihm gefiel ihr Geruch. Spürte ihre Berührungen auf seinem Arm und seiner Hand nachklingen.

Er erschrak. Und woher hatte sie seine Telefonnummer, die er abschirmte, die nirgends registriert war?

Als er wenige Augenblicke nach ihr auf die Schlossstraße trat, war Katharina verschwunden.

Nachdenklich ging er auf das Schloss zu.

„Bei ihr war nie etwas einfach nur Zufall", murmelte er. Er musste nachdenken.

Im Innenhof des Schlossgartens fand er eine Parkbank. Um diese Uhrzeit war die Anlage leer, die Hotelgäste waren bereits auf dem Weg zu Ihren Ausflügen oder Geschäften ausgecheckt, für neue Gäste war es zu früh.

Er legt den Kopf in den Nacken, schloss die Augen und versuchte, sich zu erinnern. *Wie war das gewesen vor 25 Jahren?*

Sie war seine Freundin gewesen, eine von mehreren. Damals, Anfang der 90-iger Jahre gab es noch ein Leben neben dem Studium. Nicht wie heute: Bachelor, Master,

Anwesenheitspflicht. Kreditbestimmtes Denken der heutigen Studenten.

Sein Denken außerhalb der Vorlesungen war geprägt gewesen vom Bestreben, frei und eigenständig zu werden, Erfahrungen zu sammeln in Studentenwohnheimen zu bezahlbaren Mieten. Partys, Alkohol und Sex waren die Parameter seines Studentenlebens damals.

Bis er Clara kennenlernte.

*

Zögernd betrat Tobias das Café. Eigentlich war er kein Typ für Sonntagnachmittagskaffeetrinken in einem der Kölner Cafés oder Konditoreien. Aber Christine hatte diese Atmosphäre geliebt: gediegen, ruhig, bieder und spießig. Ein Ausbruch aus ihrem betont anstrengenden, eben nicht spießigen bürgerlichen Leben. Eine Rebellion gegen das Establishment, hatte sie immer gesagt.

„Eigentlich sind wir, die so coolen, toughen Menschen auch auf unsere Art spießig wie Menschen, die Wert auf geordnete Lebensverhältnisse legen und sich dabei anders lebenden Menschen gegenüber intolerant verhalten. Wo also ist der Unterschied?", hatte sie ihn gefragt, und er hatte gelacht und kapituliert. Sie hatte ihn überzeugt.

Nun war er wieder hier. Der Schmerz und die Erinnerung hatten ihn hierhergetrieben, getrieben wie in der Strömung im Rhein, gegen die man nicht anschwimmen und nur überleben konnte, wenn man mit ihm schwamm und hoffte, dass es irgendwann einen Ausweg gab.

War Birgit Behring sein Ausweg aus der Kraft der Strömung der Einsamkeit?

Er hatte allen Mitarbeitern ein freies Wochenende eingeräumt. Die Ermittlungen waren an einem Punkt angelangt, die eine Anhäufung von Überstunden nicht rechtfertigte. Außerdem war heute sein 55. Geburtstag.

Das Café war gut gefüllt. Die Besucher saßen auf bequemen, mit Samt überzogenen Sesseln an ihren Tischen. Im hinteren Bereich fand er einen freien Tisch. Nachdem er sich gesetzt hatte, kam die Bedienung und fragte nach seinen Wünschen. Die kannst du nicht erfüllen, dachte Tobias.

Gesprächsfetzen von den anderen Tischen tauchten den Raum in einen dumpfen Geräuschnebel, der einzelne Stimmen unterdrückte. *In der Masse geht eine Stimme unter. Deshalb kommen die Menschen hierher, hier können sie ungestört stillsein, zuhören und nichts verstehen.*

Sein Blick fiel auf das Paar am Tisch nebenan. Jeder hatte ein Smartphone vor sich. Heutzutage hatte jeder seines immer dabei. Wie Zigaretten. Er kannte noch das Gefühl, wie es war, das Haus zu verlassen und alle Taschen abzutasten, ob man auch die Zigaretten dabeihatte. So ging es ihm heute mit dem Smartphone.

Aber wenn seines sich meldete, war meist etwas Schlimmes, Böses, Gewalttätiges passiert. Außerhalb der Norm, die für die meisten hier im Café selbstverständlich war. Privat klingelte sein Telefon inzwischen fast nicht mehr.

Das Paar neben ihm war jeder für sich beschäftigt. Das elektronische Gerät fesselte die Aufmerksamkeit mehr als der Gegenüber.

Das Lied ,Twitternde Mädchen' von Niels Heinrich kam ihm unvermittelt in den Sinn. Lyrik der Wahrheit. Nur, dass nicht nur mehr junge Mädchen gefährdet waren. Weltpolitik wird auf Twitter gemacht. Die mediale Omnipräsenz zerstörte die intime Zweisamkeit. Unglaubliche Nichtigkeiten werden kommuniziert: ‚Ich trinke gerade einen Grünen Tee im Cafè M. Was machst du?'.

Kommunikation ad absurdum geführt, dachte er.

Es gab auch Paare ohne Smartphone. Blicke ins Nichts registrierten alles, nur nicht die Gegenüber. Saßen schweigend ins Gespräch vertieft.

Ein obskurer Gedanke formte sich in seinem Kopf. Sollte er sie anrufen? Einfach so? Was hatte er zu verlieren?

Er holte sein Smartphone hervor und suchte den Kontakt. Er zögerte einige Sekunden, dann drückte er den Knopf mit dem grünen Telefonhörersymbol.

Nach dem zweiten Freizeichen nahm sie ab. „Birgit Behring", mehr nicht.

Er räusperte sich. „Tobias Kleinert, der Kommissar. Hätten Sie Lust, mit mir ins Museum zu gehen?"

Der Lautsprecher blieb stumm.

War es vielleicht doch zu direkt? Sollte er sich entschuldigen und einfach auflegen?

Er nahm sein Handy vom Ohr. Dann hörte er ihre Stimme.

„Ja, gern. Wann und in welches?"

Die Antwort machte ihn nervös, obwohl er sie erhofft hatte. „Museum Ludwig. Jetzt. Gleich, ich meine", er sah auf die Uhr, „in einer Stunde?"

Es wäre ihm allein nicht in den Sinn gekommen, aber sie hatte erwähnt, dass sie gern in Museen ging.

Er hatte sich noch nie erklären können, was Menschen daran fanden, vor Gemälden oder Zeichnungen stundenlang zu stehen und darüber zu philosophieren, was der Künstler mit seinem Werk sagen wollte, wie er sich gefühlt hatte beim Malen und mit was für einem Pinselstrich er diese und eine andere Linie geschwungen hatte. Er konnte sich ein Bild ansehen und sagen, ob es ihm gefiel oder nicht.

Und heute? Heute freute er sich.

*

Nachdem er das Café verlassen hatte, schlenderte er am Rhein entlang, eine Straßenmusikerband spielte ausgerechnet ‚don´t worry, be happy‘. Kitschig, aber wahr. Platanen säumten die Uferpromenade. Ausflugsschiffe der KD lagen an den Anlegern. Er setzte sich auf die Steinmauer mit Blick auf die Kölner Strandseite des Rheins. Seine Hände und Beine zuckten im Rhythmus der Musik.

Familien flanierten vorbei, Radfahrer, Skater und Jogger umkurvten die Fußgänger und Schaulustigen. Die Großstadt als Naherholungsgebiet. Gute Laune schwängerte die Luft.

Er nahm den Aufgang vom Rheinufer zum Heinrich-Böll-Platz. Genoss den Aufstieg. Mit jeder Stufe veränderte sich der Blick auf das alles dominierende Bauwerk, den Dom. Es fühlte sich an, als ob er aus der Tiefe emporstieg und sich der Erhabenheit des Lebens Schritt für Schritt näherte.

Wenig später stand er auf dem Kurt-Hackenberg-Platz, über den Birgit kommen musste, wenn sie mit der S-Bahn bis zum Heumarkt gefahren war. In der Gastrokneipe ‚Im Mondial‘ fand er einen Tisch im Außenbereich. Von hier aus hatte er freien Blick auf den Platz.

Er bestellte ein Kölsch. Die Stühle waren bequem, ein

weiß-gelber Sonnenschirm verschattete seinen Platz. Kurz schloss er die Augen. Rollkoffer über Kopfsteinpflaster, Motorengeräusche von Autos und Motorrädern, Gerede, Gelächter: das Open-Air-Konzert einer Stadt.

Das Jaulen der Sirene eines Krankenwagens weckte ihn aus seinem Wohlfühlsonntag. Der Polizist in ihm kreierte Gedanken, die nicht dazu passten. Hier in Köln gab es eine Frau, die Menschen tötete. Sie konnte hier sein, gerade jetzt. Das Gefühl einer irrealen Bedrohung überfiel ihn. Er war zu lange Polizist, um nicht überall Gefahren zu wittern.

Mit Fällen, die klar strukturiert waren, konnte er umgehen: ein Opfer, ein Täter. Mord aus Habgier oder Beschaffungskriminalität trennten sein Polizistenleben vom normalen Leben. Ließ dem Polizistenleben nicht viel Spielraum.

War das heute anders? Hatte er Angst, das aufkeimende Lebensgefühl wieder zu verlieren? Wo kamen diese Gedanken her, es irritierte ihn.

Was ist, wenn Birgit doch nicht …?

Weitere Gedanken ließ er nicht zu.

Der Platz war gut gefüllt, eine Frau stellte sich mit dem Rücken zu ihm und verengte sein Blickfeld. Schwarzes T-Shirt, schwarze Jeans, schwarzer Rucksack. Auffällig das rote Käppi. Sie setzte sich auf eine der Betonquader und blickte auf ihr Handy. Auch sie schien zu warten. Gerade als der Köbes ihn fragte, ob er noch ein Kölsch wünsche, sah er sie über den Platz kommen. Sie sah gut aus, trug eine helle Jeans, ein luftiges graues T-Shirt und knöchelhohe, naturfarbene Pumps. Statt einer Handtasche hatte sie einen kleinen braunen Rucksack umgeworfen.

Tobias spürte, wie sein Pulsschlag sich erhöhte.

Er hatte eine Verabredung, und sie war gekommen.

Darf ich das?, fragte er sich, während er sie auf sich zukommen sah. Mich mit jemanden privat treffen, der Teil einer Ermittlung ist? Auch wenn sie, davon war er überzeugt, nicht die Täterin sein konnte. Nein, natürlich durfte er das nicht, beantwortete er sich selbst die Frage.

Jetzt war es zu spät für diesen Gedanken. Er beschloss, seiner Intuition zu vertrauen. Heute ist Sonntag, sagte er sich. Er hatte auch ein Recht auf Freiheit und Freude.

Zielgerichtet überquerte sie den Platz. Vor der Glasfassade des futuristisch anmutenden Museumsgebäudes blieb sie stehen und betrachtete die Plakate der Ausstellung. Dann betrat sie das Museum.

Er wollte sie nicht warten lassen und bezahlte. An der Glasfassade stoppte auch er, nahm einen Stoß Atemspray und betrachtete ebenfalls das Plakat: HIER UND JETZT im Museum Ludwig: Reena Spaulings. HER AND NO. Sie und Nein? Was sollte das denn bedeuten?

Tobias beschlich das Gefühl, hier falsch zu sein. Sich lächerlich zu machen. *Jetzt war es zu spät. Selbst schuld.*

Er betrat das Foyer des Museums. Es war kühl hier und dunkel. Das Augenlicht brauchte einige Augenblicke, bis es sich umgestellt hatte.

Dann sah er ihren suchenden Blick, winkte und lächelte. Sah auch in ihrem Gesicht ein Lächeln. Seine Unsicherheit war augenblicklich verflogen.

„Hallo, es freut mich, dass es so spontan geklappt hat. Ich war gerade hier in der Nähe und dachte …"

Sie beugte sich zu ihm und gab ihm einen Kuss auf die Wange.

„Ich habe mich auch gefreut, als du angerufen hast. Hatte nicht damit gerechnet."

Er hatte ihren Wechsel zum du registriert, es verwirrte ihn. „Ich heiße Tobias", half er sich aus seiner Verlegenheit. „Deinen Vornamen kenne ich natürlich."

Aus dem Augenwinkel sah er, wie die Frau mit der roten Kappe den Museumsshop betrat.

*

Der Anruf erreichte Tobias am nächsten Morgen auf dem Weg ins Präsidium. Staatsanwalt Brehmer wollte ihn sprechen. Seine Stimme klang verlegen. Was war los? Hatte ihn jemand mit Birgit gesehen und das gemeldet?

Er gab Andreas Müllers Bescheid, dass er auf dem Weg zur Staatsanwaltschaft sei und später kommen werde, parkte auf den Dienstparkplätzen, fuhr mit dem Fahrstuhl in die dritte Etage und betrat das Büro des Staatsanwalts.

„Wie geht es Ihnen?", fragte Brehmer und zeigte auf den Stuhl vor seinem Schreibtisch. Normalerweise bat Brehmer seine Gäste an den kleinen Besprechungstisch und bot Kaffee oder Wasser an. Heute war anscheinend etwas nicht normal, und er wollte die Hierarchie wohl schon mit der Auswahl der Sitzplätze klarstellen.

„Gut, danke." Worauf will der hinaus, dachte Tobias und nahm Platz.

Brehmer machte eine Pause, räusperte sich.

„Fühlen Sie sich in der Lage, Herr Kleinert, die Ermittlungen im aktuellen Fall weiterzuführen?" Wieder räusperte er sich verlegen. „Oder kann es sein, dass die Übernahme der Ermittlungsleitung noch zu früh war nach dem Tod Ihrer ...?" Brehmer sah Tobias fragend an.

Mit dieser Frage hatte Tobias nicht gerechnet. Irgendetwas musste passiert sein, dass diesen Zweifel an ihm ausgelöst hatte. Er hatte sich nichts vorzuwerfen. Den Staatsanwalt hatte er regelmäßig informiert, Brehmer wusste also, welche Spuren sie in den letzten drei Wochen verfolgt hatten. Und wenn ihm etwas nicht gepasst hatte, er hätte einfach nachfragen können.

„Wie kommen Sie auf solch eine Vermutung?", widersprach Tobias mit fester Stimme. „Mir geht es gut, und ich denke, dass mein Team und ich bisher alles in unserer Macht Stehende getan haben."

„Ist das so? Wenn ich die bisherigen Ermittlungsergebnisse zusammenfasse", er schob eine schmale Akte hin und her, „muss ich konstatieren, dass Sie keine Erkenntnisse, geschweige denn eine vielversprechende Spur zur Lösung des Falles haben. Ich habe zudem Stimmen gehört, die der Meinung sind, dass Sie die Ermittlungen reichlich oberflächlich leiten."

Da war es. Irgendjemand wollte ihn verdrängen. Tobias sah Brehmer aufgebracht an. „Und wem gehören diese Stimmen, wenn ich fragen darf?"

Bremer blieb eine Antwort schuldig. Natürlich würde er hier und jetzt nicht Ross und Reiter benennen.

Tobias hakte nach. „Und Sie, sind Sie auch dieser Meinung?" Er wusste, dass er keine ehrliche Antwort bekommen würde, stellte die Frage aber trotzdem.

„Nein, ich denke, dass Sie gute Arbeit leisten und fit genug sind für diesen Fall."

„Aber was passt dem- oder derjenigen nicht an der Ermittlung? Außer meine Person." Irgendetwas Belastbares musste vorliegen, sonst hätte der Staatsanwalt sich nicht mit dem Thema beschäftigt. Dazu war er zu korrekt.

„Die Frage kann ich Ihnen leider nicht beantworten. Tut mir leid. Ich musste mich aber rückversichern, das verstehen Sie sicher."

Brehmer erhob sich und begleitete Tobias zur Tür.

Auf dem Weg zum Wagen bestätigte sich Tobias, dass er keinen Fehler gemacht hatte. Gut, er hatte Birgit Behring als Täterin ausgeschlossen. Aber der Abgleich der DNA-Probe hatte ihn glücklicherweise schnell bestätigt. Was also blieb?

Irgendwer wollte seinen Job!

*

Bevor Tobias ins Präsidium fahren konnte und mit seinem Team konfrontiert wurde, brauchte er Zeit, das Gehörte zu verstehen und Klarheit zu erlangen, wie er damit umgehen wollte.

Statt sein Auto zu benutzen, ging er die Rudolf-Amelunxen-Straße zu Fuß.

Bald bog er rechts ab und folgte dem Eifelwall unter den Bahngleisen hindurch und an den Boulderwänden vorbei. Graffitis verdeckten das Bauwerk.

Die Stützwand der Brücke war ein beliebter Kletterspot in der Stadt. Von dem Kletterer, der sich nur mit den Kräften der Finger und einer extremen Körperspannung die Pfeilerwand der Brücke hinauf wagte, nahm er keine Notiz.

Am Kiosk am Volksgarten kaufte er sich einen Kaffee und ein belegtes Brötchen. Kurz kam der Impuls, sich auch Tabak und Blättchen zu kaufen, aber er widerstand.

Nein, dieses Gefühl der Überlegenheit gestattete er seinem Widersacher oder Widersacherin nicht. Das war es nicht wert. Jetzt eine Zigarette wäre ein Eingeständnis seines Versagens, seiner Niederlage. Auch wenn es keiner sehen würde.

Er setzte sich auf eine Bank. Es war noch zu früh für Mütter mit Kleinkindern, so hatte er den Spielplatz allein für sich und seine Gedanken.

Konfrontation oder abwarten und beobachten? Er war schon zu lange Polizist, als dass er Angst um seinen Job hatte. Wenn jemand glaubte, den Job besser machen zu können, herzlich willkommen. Aber wer sollte das sein? Andreas? Der hatte keine Ambitionen mehr. Barbara war noch zu jung, ihr traute er ein Intrigieren nicht zu.

Blieb Heinrich. Er hatte sich vielleicht ausgerechnet, die Leitung des Falles zu übernehmen. Aber bisher war er loyal gewesen, auch während seiner Krankheit. Wollte er eine höher besoldete Stelle? Jetzt, wo er Vater geworden war. War es so einfach? Tobias schüttelte den Kopf, nahm einen Schluck vom Kaffee. Bitter und kalt wie seine Gedanken spuckte er ihn wieder aus.

Je länger er nachdachte, desto mehr überwog die Überlegung, erst einmal still zu halten. Denn im Grunde war das Gespräch heute keine Bedrohung. Er hatte weiterhin die Rückendeckung des Staatsanwaltes und der Kollegen. Bis auf die eine Ausnahme. Und so lange er nicht sicher wusste, mit wem er sich auseinandersetzen musste, war Konfrontation keine Lösung. Sie würde die Zusammenarbeit und den Erfolg der Ermittlung nur behindern. Für den Moment musste er alles Störende zur Seite drängen.

Ein Lächeln überzog sein Gesicht.

Ihm kam der Gedanke, dass er sein Team ja aufstocken konnte. Einen Spezialisten anfordern, der ihm außerdem persönlich beistehen würde, einen Freund.

Er griff zum Smartphone, wählte.

Nach dem dritten Ruf erklang die Stimme von Victor.

„Hallo Tobias, ist was passiert?"

Mai 1947

Die Flucht aus Jätzdorf in Niederschlesien hatten Ruth mit ihrer Tochter Elisabeth und ihrer Tante Martha überlebt. Viele hatten die Flucht ins Ungewisse nicht geschafft, waren erfroren oder verhungert. Sie hatten Glück gehabt, und selbst, als sie sich auf einem Bahnhof verloren hatten, sich beim nächsten Halt des Zuges wiedergefunden.

Nach einer Odyssee über verschiedene Auffanglager waren sie im April 1945 in Ebensfeld mit wenig Hab und Gut gestrandet und hatten eine Bleibe gefunden.

Inzwischen lebte Ruth mit Elisabeth seit zwei Jahren in diesem ruhigen bayrischen Ort in der Oberfranken, in der Nähe von Bamberg. Die erste Zeit war hart gewesen. Nie zuvor hatte sie für eine Mahlzeit betteln müssen. Nie war sie von Almosen ihrer Mitmenschen abhängig gewesen. Doch ihre Tochter brauchte täglich etwas zu essen.

Beim Bäcker des Dorfes hatten sie ein Zimmer gefunden. Er war zu alt für den Krieg gewesen und deshalb als einer von wenigen Männern geblieben. Seit dem Tod seiner Frau lebte er allein und war froh über die Gesellschaft der drei Flüchtlinge. Wann immer es ging, nahm er die vierjährige Elisabeth mit in die Backstube, während Ruth im Geschäft half.

Tante Martha hatte nach einem halben Jahr beschlossen, weiterzuziehen. In einem Dorf in der Eifel lebte eine Cousine, dort konnte sie unterkommen.

Schon bald fand Ruth eine Arbeit als Bedienung in der Dorfgaststätte. Es ging ihnen gut, seit man sie im Dorf akzeptiert hatte und sie nicht mehr nur als ‚Flüchtling mit Kind‘ galt, vor der man Angst haben musste, dass sie einem den Mann wegnehmen würde. Zu offensichtlich war ihre Haltung gegenüber Männern, gegenüber den Heimkehrern aus der Gefangenschaft oder von der Front.

Heute war der erste Abend seit ihrer Ankunft, an dem sie ausgehen wollte.

Zum Tanzfest auf einer Wiese beim Sportplatz.

Ihr war nicht wohl bei dem Gedanken, sich wieder in die Gesellschaft von Männern zu begeben. Aber Maria, ihre neue Freundin, hatte sie bedrängt und schließlich überredet.

„Du bist so ein hübsches Fräulein und noch jung. Du brauchst wieder Freude in deinem Leben, und wenn es nur für einen Abend ist. Ich passe auf Elisabeth auf", so hatte ihr auch der alte Bäcker zugeredet.

Ruth gab nach. Schließlich kannte sie die meisten in dem kleinen Dorf, denn die Gaststätte, in der sie bediente, war der Treffpunkt für alle. Schnell hatte sie sich daher im Festzelt an den Trubel gewöhnt und fühlte sich wohl unter den Einheimischen bei Musik und Tanz.

„Hallo, ich bin der Alfons, magst du mit mir tanzen?" Die Stimme gehörte einem jungen Mann, der unvermittelt neben ihr stand und sie anlächelte.

Sein Dialekt wies ihn als Fremden aus. Sie hatte ihn noch nie gesehen.

„Warum nicht, aber vorher erzählst du mir, woher du kommst?" Erst erschrak sie und wunderte sich dann darüber, wie forsch sie diesem Fremden geantwortet hatte.

„Ich komme aus Köln", gab er Auskunft, „lebe in einem Behelfsheim, in das wir, meine Großmutter und ich, geflohen sind vor den Bomben. Hier durften wir bleiben, bis meine Großmutter gestorben ist."

„Du bist jung, du siehst nicht nach Krieg aus wie die anderen hier ..."

Er legte ihr lachend einen Zeigefinger auf die Lippen. „Kann ich dir meine Geschichte später erzählen, neugieriges Fräulein? Lass uns erst tanzen."

Sie hatten dann keinen Tanz mehr ausgelassen. Immer wieder drehten sie sich im Kreis, seine starke Arme verhinderten, dass die Fliehkräfte sie losrissen. Beschwingt und ausgelassen wie schon lange nicht mehr kam sie später an ihren Platz zurück, wollte ihre Freude mit ihrer Freundin teilen, aber Maria war schon gegangen.

Ach egal, dachte Ruth. Alfons wird mich nach Hause begleiten, und außerdem hatte sie ja die Pistole dabei. Er war rücksichtsvoll gewesen, leise und unaufdringlich. Sie hatte tatsächlich das Gefühl, einen Mann in ihren Gedanken zulassen zu können.

Auf dem Nachhauseweg durch ein Wäldchen kamen sie auf eine Lichtung, vom Mond romantisch beschienen. Da nahm Alfons ihre Hand, und sie erwiderte den Griff. Leicht, zärtlich. Sie spürte eine unendliche Befreiung. Er drehte den Kopf zu ihr. Im selben Moment war sie wieder eine junge Frau, verbunden mit dem Leben.

Das Gesicht von Alfons näherte sich ihrem, der Blick

auffordernd und siegesgewiss. Näher und näher kam sein Gesicht, sie tastete es mit ihren Blicken ab. Plötzlich unsicher. Zurückweichend. Leichter Schwindel befiel sie. Alfons, diesen Alfons, woher kannte sie ihn? Wo hatte sie ihn schon einmal gesehen?

Fast berührten seine Lippen ihren Mund. Sie spürte seinen Atem.

„Nein!" Wie der Laut eines verwundeten Tieres hallte ihr Schrei durch den Wald. Denn da war sie urplötzlich, die Erinnerung. Wie bei einem Blick durch ein Kaleidoskop schob sich wie aus dem Nichts das Abbild jenes Polizisten, der 1942 Georg erschossen und sie dann vergewaltigt hatte vor Alfons' Gesicht. Von dem sie den Vornamen kannte: Ernst!

Wie damals blickte sie in die Fratze des Grauens, ihrer Erniedrigung, ihrer Pein. Ja, da waren sie, das Wiedererkennen und die Chance zur Vergeltung. Gleichzeitig.

Unbemerkt griff sie nach der Pistole in der Handtasche, fasste sie mit der Rechten und zog die Waffe hervor.

„Stell dich nicht an", forderte er ungeduldig und fuhr mit einer Hand herausfordernd unter ihre Bluse.

Im Unterbewusstsein spürte sie, dass sie in Wirklichkeit eine andere Stimme hörte, die etwas anderes sagte. Aber das höhnische Grinsen des Polizisten wurde in ihrer Vorstellung immer breiter, ging einfach nicht weg, kam immer näher.

Dieselben Worte wie damals, ‚stell dich nicht an', als sie das Foto machen musste. Derselbe herrische Ton. Konnte das war sein? Wie konnte das sein? Oder war er…?

Sie befreite sich, trat einen Schritt zurück, hob die Pistole und richtete den Lauf auf seine Stirn. Sie entsicherte sie in sein entsetztes Verstummen und drückte ab.

Der Knall war ohrenbetäubend laut in der Stille des Waldes. Schnell kam die Stille zurück. Mit ihr die Wirklichkeit. Der Schock.

Der Rückstoß zwang sie, zurückzuweichen, ein Baumstamm verhinderte, dass sie stürzte. Benommen blieb sie stehen. Die Waffe glitt ihr aus der Hand. Ein Pfeifen in ihren Ohren ließ sie niederkauern, die Hände an ihre Ohren gedrückt, taub und blind für ihre Umwelt.

Zwei dunkle Augen blickten sie an.

Wer war das? Was war passiert? Warum liegt da Alfons? Wieso ist er tot?

Langsam wich die Starre von ihr. Sie lauschte. Die natürlichen Geräusche des nächtlichen Waldes hatten längst den Laut der tödlichen Explosion verdrängt. Sie war allein. Umgeben von Wild, dass schon darauf lauerte, dass der Mensch ihren Lebensraum wieder verließ.

Sie nahm all ihren Mut zusammen und blickte vor sich auf den Waldboden, auf den Toten mit einem Loch in der Stirn wie Georg.

Alfons, der auch im Tod die Züge trug wie jener Polizist, der er nicht war. Ein unschuldiger junger Mann war tot und ihr Albtraum wieder da.

Mit letzter Kraft zerrte sie den Toten in ein Dickicht und bedeckte ihn mit Reisern und Ästen. Die Pistole versteckte sie in einem abgestorbenen Baum.

Auf dem Weg zum Haus des Bäckers kam die Wut, dann die Angst. Die Angst um ihr Mädchen. Was würde mit ihr passieren, wenn man ihr je ihre Schuld nachweisen würde?

Seit Tagen waren nicht mehr ganz so viele Touristen auf der Insel. Westerland konnte etwas aufatmen nach dem allsommerlichen touristischen Überfall. Für sein Geschäft spielte das keine Rolle.

Klar, es kam weniger Laufkundschaft. Menschen, die nur mal schauen wollten, aber nicht wirklich an Kunst interessiert waren.

Diese Menschen kamen und gingen aus seiner Galerie und unmittelbar aus seinem Sinn. Die würde er nie auf der Straße als Besucher seines Geschäftes wiedererkennen.

Thomas Bekemeier schloss seine Galerie wie jeden Mittag um 12.15 Uhr. Von dort bis zum Strandrestaurant ‚Die Badezeit‘ dauerte der Fußweg 15 Minuten. Er setzte sich immer an denselben Tisch. Nahm immer die gleiche Mahlzeit zu sich: einen Salat, dazu ein Glas Mineralwasser und zum Nachtisch einen Kaffee, schwarz.

„Darf ich mich zu Ihnen setzen?" Diese Fragen ignorierte er. Immer.

Als er sich an seinen Tisch setzte, war nur Sarah da, die Kellnerin, die am Tresen das wenige spülte, das an diesem Tag bisher benutzt worden war.

Es war der Tag nach der Diagnose.

Sein Kopf war leer. Gedanken taumelten in seinem Kopf und machten ihn müde. Wäre es besser gewesen, nichts zu wissen? Einfach weiterzuleben, bis es zu Ende war? Seine Motivation, seine Vitalität waren mit einem Mal wie in Watte gepackt. Alles war gedämpft. Dabei spürte er körperlich nichts. Keinen Schmerz.

Er hatte keinen Appetit. War das schon ein Symptom der Krankheit? Er brauchte Ablenkung, sonst würde er verrückt werden. Der Bedarf nach Koffein lenkte seine Aufmerksamkeit auf Sarah.

Die Kellnerin stand mit dem Rücken zum Gastraum und blätterte im Reservierungsbuch. An der Wand hing ein Spiegel, und so konnte er sehen, dass sie den Innenraum beobachtete in dem Glauben, dass es nicht auffiel. Er winkte ihr und bestellte einen Espresso. Sah im Spiegel, dass sie ihn bemerkt hatte, und registrierte erstaunt, dass in seinem Rücken ein weiterer Gast saß. Eine Frau.

Sie schien nicht zum ersten Mal hier zu sein, denn sie rief der Kellnerin eine Bestellung zu und nannte sie beim Namen. Komisch, dass sie mir bisher nicht aufgefallen ist, dachte er. Das Aussehen der Frau weckte ihn aus seiner Lethargie. Sein Körper straffte sich.

Die Frau war etwa 40, sehr dezent geschminkt und trug zum Zopf gebundenes, schulterlanges, braunes Haar. Ihre Kleidung: weißes enges Top, enge hellblaue Jeans und ein buntes Halstuch. Als Sonnenschutz trug sie eine rote Schirmmütze mit einem sonderbaren Muster und blauem Schriftzug. Der Zopf fiel als dunkler Schweif auf ihren sonnengebräunten Nacken.

Er verschob seinen Stuhl, um sie zu beobachten. Attraktiv und unnahbar. Sie gefiel ihm, sie entsprach seinem Beuteschema. Konnte sie als Ablenkung dienen von dem, was sich in seinem Körper breitmachte?

Lange schon hatte ihm dieses Jagderlebnis gefehlt. Zu etabliert war er inzwischen hier. Zu öffentlich.

*

Sie kam schon seit einigen Tagen hierher, war immer vor ihm da, bestellte stets einen Latte macchiato und verließ das Strandrestaurant, von ihm unbemerkt, nach einer Viertelstunde. Außer heute.

Sie musterte ihn. Irgendetwas war heute anders mit ihm. Das hatte sie sofort bemerkt, als er sich gesetzt hatte. Er wirkte schlaff, als ob all seine Muskeln ihre Kraft verloren hätten. Wie ein alter Mann.

„Sarah, einen Latte wie immer", rief sie der jungen Frau zu, die mit dem Rücken zu ihr hinter dem Tresen stand. Im selben Moment beobachtet sie die Veränderung bei dem Mann. Sie sah, wie er seinen Stuhl drehte. Er hatte sie bemerkt. Die Frau lächelte. Alles lief nach Plan.

Sarah brachte ihr das Getränk. Sie tauchte den Löffel in den Schaum und führte ihn mit einer lasziven Bewegung zum Mund. Als sich die Lippen um den Löffel schlossen, hob sie den Kopf, schloss die Augen. Welch ein Genuss, ein aufreizendes Bild für den Beobachter.

*

Er spürte, wie sich sein Herzschlag beschleunigte. Ihre Bewegungen strahlten auf ihn eine Sinnlichkeit aus, die er lange nicht mehr erlebt hatte. Was war los mit ihm? Er hatte schon viele Menschen Latte macchiato trinken sehen? *Wer war sie?*

Er wusste, dass er nicht der attraktivste Mittfünfziger war. Sein Erfolg bei Frauen hatte eher mit seinem Erfolg als Galerist zu tun. Traurig, aber wahr.

Ihm war klar, dass sie bemerkt hatte, dass er sie beobachtete. Sie drehte ihr Gesicht in seine Richtung.

172

‚Braune Augen sind gefährlich, aber in der Liebe ehrlich'. Weiß der Himmel, warum ihm dieser Spruch unvermittelt in den Sinn kam. Die Augen, die ihn anblickten, waren so braun wie das Wattenmeer, das sich zeigt, wenn das Wasser sich zurückzieht. Er liebte es, er liebte die Farbe braun.

Die Frau lächelte, drehte sich weg. Rief die Kellnerin, wollte zahlen. Er zögerte nicht, stand auf.

∗

Von diesem Moment an hatte Thomas Bekemeier keine Chance mehr. Die Beute war am Haken. Unglaublich, wie ihr Plan funktionierte. SIE hatte es genauso vorhergesagt.

Sie hörte, wie er mit Sarah sprach. Seine Stimme war gerade so laut, dass sie mithören musste.

„Sarah, reserviere mir für morgen Abend bitte einen Fensterplatz für zwei Personen ab 19.00 Uhr."

Die Kellnerin blickte in das Reservierungsbuch und nahm einen Stift, um sich den Termin zu notieren.

„Alles klar, aber warum erst Morgen?"

Der Galerist schaute Sarah an, lachte. „Du bist ganz schön neugierig. Aber ich muss heute aufs Festland."

∗

Sie kam bewusst zu früh, konnte ihn so noch beobachten. Sah sein Lächeln, als er der Kellnerin zunickte und sich an ihr Ohr beugte.

Es überraschte sie nicht.

Die Kellnerin brachte den Aperitif, er hatte Champagner bestellt. Sie bemerkte den Blick der jungen Frau, der sagte: Du brauchst dir keine Gedanken zu machen, vergiss mich einfach. Bist nicht die Erste.

„Zu einer schönen Frau passt nur spritziger Champagner." Seine Stimme klang rauer, als sie erwartet hatte. Sein Lächeln wirkte unecht, entnommen dem Repertoire eines einstudierten, siegesgewissen Grinsens. Wie sie das hasste. *Was glaubten die Kerle eigentlich?*

Trotzdem war sie froh über sein Verhalten. Alles passte. Sie fanden beim Essen in ein Gespräch, dessen Richtung sie bestimmte.

„Wie privilegiert wir doch sind", wechselte sie das Thema. „Wir haben das unfassbare Glück in Deutschland, in sichere soziale und gesellschaftliche Strukturen hineingeboren zu sein. Und keiner von uns, also weder du noch ich, hat irgendetwas dazu beitragen müssen."

Er wollte antworten. Sie hob die Hand, schüttelte den Kopf und fuhr fort: „Das Perfide dabei ist, dass wir unser Glück anderen Menschen nicht zugestehen. Dass wir uns gegenüber diesen anderen auf eine höhere Stufe stellen und entscheiden wollen, ob jemand an unserem Glück teilhaben darf oder nicht." Sie merkte, dass sie sich in Rage geredet hatte, aber das gehörte ja zu ihrem Plan.

Thomas Bekemeier unterbrach sie wütend. „Nein und nein, denn wir sind verpflichtet, im Geiste unserer Vorfahren Sorge zu tragen, dass die uns nachfolgenden Generationen dieses Glück, wie du es nennst, in Anspruch nehmen können."

„Und wie soll das deiner Meinung nach geschehen?"

„Indem wir nicht zulassen, dass unser Volk von Fremden, Andersgläubigen, Geflüchteten und wem auch immer unterwandert und ausgebeutet wird."

Sie spürte einen Schauer über ihren Rücken laufen.

Es kostete sie große Beherrschung, ihre Fassade aufrecht zu halten. Dieser Mann hier war noch ein ganz anderes Kaliber, um Längen schlimmer als Peter Behring. Der war im Vergleich nur ein Mitläufer gewesen. Aber der hier, der ihr gegenübersaß, war ein Macher, ein Hetzer, ein Anstifter. Der versammelte Mitläufer wie Behring um sich wie ein Prediger seine Jünger.

„Lass uns zahlen und zu dir gehen", schlug sie mühsam gefasst vor. „Hier können wir nicht frei sprechen. Es hören zu viele Menschen mit."

Sie merkte, wie kalt und abweisend ihre Stimme geworden war. Eingenommen von seiner Verblendung und in der Euphorie seiner Gedanken an das Kommende blieb ihr Stimmungswechsel unbemerkt.

*

Die Tür fiel hinter ihr zu. Automatisch steckte sie den Wohnungsschlüssel ins Schloss und verriegelte die Wohnung.

Noch im Flur zog sie sich aus. Warf die verschmutzten Kleidungsstücke achtlos in eine Ecke. Sie würde sie im Müll entsorgen. Ihr Käppi, Symbol ihrer Individualität, hängte sie an die Garderobe.

Nackt ging sie ins Wohnzimmer, sah sich um. Natürlich hatte sich nichts verändert. Die Luft roch abgestanden, aber alles stand an seinem Platz. Wer sollte auch etwas verändern?

Sie öffnete die Balkontür. Es war ihr egal, ob der alte Mann von gegenüber sie sehen konnte. Im Kühlschrank fand sie eine Flasche Weißwein, nahm ein Glas und füllte es. Das Glas beschlug, und ein prickelndes Gefühl durchfuhr sie, als sie das Glas mit der rechten Hand umschloss.

Auf dem CD-Recorder lag noch die CD von Purple Schulz. Ja, sie hörte noch CD´s. Spotify oder andere Internetplayer waren ihr zu kompliziert, zu unpersönlich. Zu vorbestimmt.

„Ich lass mir doch nicht von einem System vorschreiben, was ich hören will", hatte sie dem Typen geantwortet, den sie ausnahmsweise mal mit in ihre Wohnung genommen hatte. Und der hatte sie ausgelacht, weil sie noch so ‚old' Musik hörte.

Den Typen hatte sie kurzerhand rausgeworfen. Von wegen ‚old school'.

Sie startete die CD, trat auf den Balkon und setze sich auf einen der beiden Stühle. Warum sie zwei Stühle gekauft hatte, wusste sie nicht mehr. Es kam sie doch nie jemand besuchen. Zwei sahen netter aus, der rote und der gelbe Stuhl zusammen mit dem gelben runden Metalltisch. Sie fühlte die kalte Sitzfläche unter ihrem Körper. Erschauerte.

Als der Refrain einsetzte, schloss sie die Augen, trank einen Schluck Wein und sang die Strophen leise mit.

Heimweh, Fernweh,
Sehnsucht.
Ich weiß nicht, was es ist.
Ich will nur fort, ganz weit fort.
Ich will hier raus.

Sie fragte sich, ob sie eine Sehnsucht spürte. Aber wonach? Nach etwas, was sie schon einmal hatte und wieder verlor?

Verloren hatte sie ihre Großmutter, ihre Mutter, ihre Heimat, sich selbst. Sie lebte mit dem Vermächtnis ihrer Familie. Oder trieb sie Sehnsucht nach etwas an, was sie noch nicht kannte? Sehnsucht nach Liebe, nach einem Partner?

Sie reagierte auf Impulse, das wusste sie. Jedes Mal, wenn sie ein Paar beobachtete, spürte sie einen körperlichen Schmerz. Sie konnte dann nicht sagen, wo genau der Schmerz saß, spürte aber, wie die Frequenz ihres Herzschlages sich beschleunigte, dass ihre Hände zu zittern begannen. War es so einfach, so banal?

Tränen liefen ihr über das Gesicht. Sie spürte nicht, dass sie den kalten Wein über ihren Körper verschüttete. Legte den Kopf in den Nacken und flüsterte in die Tiefe der Gebäudeschluchten: „Ich will nur fort, ganz weit fort. Ich will hier raus."

Ihre Wut, diese unergründliche Wut hatte sie für diesen Moment verlassen. Es stimmte, die Toten linderten ihre Qualen. Wie SIE es prophezeit hatte. Konnten ihre Taten ihre Qualen wirklich so einfach verschwinden lassen? Wie ein nasses Tuch den Staub auf einem Tisch?

Der Griff um das Glas ließ nach. Es fiel und zerschellte auf dem Boden des Balkons. Glasscherben glitzerten in der Sonne.

Dann war das Lied zu Ende.

Sie stand auf, achtete darauf, in keinen Splitter zu treten, ging zum Schreibtisch und öffnete die obere Schublade. Es fühlte sich an wie ein feierlicher Moment, als sie das Foto auf dem Mappendeckel betrachtete. Nahm wieder den roten dicken Buntstift. Nur dass sie ihn diesmal nicht suchen musste.

Pünktlich um 17.00 Uhr stand Victor beim Empfang. Er musste nicht warten, schon sah er Tobias aus dem Aufzug steigen und auf ihn zutreten.

„Hi Victor, schön, dass du Zeit hast."

„Wenn ich schon einen Termin bei der Kripo habe. Aber ich sage dir gleich, ich bin unschuldig, bin mir keiner Schuld bewusst." Victor lächelte und wurde dann ernst. Er hatte die dunklen Ringe unter den Augen seines Freundes bemerkt.

„Wie geht es dir? Bist du wieder voll eingestiegen?"

„Komm erst mal mit hoch, das erzähle ich dir oben."

„Jetzt mal im Ernst, was ist los?", fragte Victor wieder, kaum dass sie im Büro von Tobias an einem Besprechungstisch Platz genommen hatten. Er konnte seine Besorgnis nicht verbergen. Dann fiel Victors Blick unwillkürlich auf die Fotos, die auf dem Tisch lagen. Er nahm sie in die Hand und betrachtete sie intensiv.

„Ist das der Tote aus Bensberg?"

„Ich brauche deine Unterstützung", bestätigte Tobias. „Aber nicht für mich, sondern bei meinem aktuellen Fall. Vielleicht hast du darüber in der Zeitung gelesen. Und ja, ich bin seit einem Monat wieder voll dabei, und dies ist mein erster komplizierter Fall seit ..." Tobias brach ab.

„Das ist deine Entscheidung, und vielleicht ist es auch gut so." Victor machte eine Pause. Schaute seinen Freund an. Spürte, dass er nicht weiter nachbohren sollte.

Vielleicht war es für Tobias tatsächlich besser, wieder in seine normale Welt einzutauchen. In die Welt, in der er einen Platz hatte, wichtig war und etwas tun konnte. Für

sich und auch für andere, um so Abstand zu seinem
Trauma zu bekommen.

„Okay, um was geht es?", fragte er schließlich.

„Wir wissen, dass wir es mit einer Täterin zu tun haben, uns fehlen aber Ideen für das Motiv."

Und dann berichtete Tobias über die bisherigen Erkenntnisse, zumindest soweit er dies durfte, denn Victor war noch nicht Teil der Ermittlungsgruppe. So detailliert wie möglich schilderte er die vorgefundene Tatortsituation anhand der Fotos, die Victor eingehend betrachtete.

„Wir haben bisher keine Verbindung zwischen der Täterin und dem Opfer gefunden. Die Tat wurde perfekt geplant, sodass wir davon ausgehen, dass es keine Affekthandlung war. Nur der zerstörte Spiegel passt nicht ins Bild."

„Gestorben an der eigenen Geilheit, das allein ist schon perfide", kommentierte Victor. „Erst ficke ich dich, dann töte ich dich. Umkehr der Dominanz. Aber die verschiedenen geplanten Schritte der Tat und dann die offensichtlich spontane Aktion der Zerstörung, sehen für mich nach einer Übersprungshandlung aus, also nach einem anscheinend völlig sinnlosen Verhalten, das ausschließlich der Stressminderung dient." Victor schüttelte den Kopf. „Sie wollte den Mann töten, ist es aber nicht gewohnt, Gewalt anzuwenden, muss diesen Stress zwangsläufig abbauen und ..."

„... zerstört den Spiegel", ergänzte Tobias.

„...oder es ist doch eine Reaktion der Wut auf sich selbst oder der Abscheu vor dem eigenen Ich?", beendete Victor seinen begonnen Satz.

„Da wir es mit einer Täterin zu tun haben, die einen

Mann tötet, sagt mir mein Bauchgefühl, dass sie eher aus Hass, Rache oder Eifersucht tötet", folgerte Tobias.

„Denke ich auch. Denn kaum eine menschliche Regung wirkt derart fatal wie Hass. In der Psychologie begründen wir das Gefühl in einer schmerzlichen Ohnmacht: dem gefühlten Bewusstsein, zum Beispiel anderen ausgeliefert zu sein. Das Gefühl richtet sich häufig gegen Fremde, die vermeintlich die eigene Lebensgrundlage bedrohen. Ist das erst einmal entfesselt, lähmt die, ich nenne sie dunkle Emotion, den Verstand und lässt den Unbekannten in einem bedrohlichen Licht erscheinen. Wird der Hass immer weiter geschürt, dann sehen Betroffene irgendwann nur noch einen Ausweg: die Vernichtung des vermeintlichen Feindes."

Victor atmete tief, machte eine Pause.

„Im Grunde kann ich mir solche Situationen vorstellen und daraus resultierende Handlungen nachvollziehen, aber natürlich nicht entschuldigen."

Tobias schien Victor nicht mehr zuzuhören. Er blickte an ihm vorbei auf einen imaginären Punkt im Raum.

„Blutige Füße", murmelte Tobias, wandte den Blick auf den Freund. „Wie ich diese Typen damals beim Bund gehasst habe. Gefickt haben die uns. Nur weil sie Spaß daran hatten, Streifen auf der Schulter und damit Macht, gegen die wir uns nicht wehren konnten, geschweige denn durften."

„Und, wie hast du dich damals gefühlt?"

„Beschissen. Ich fühlte mich einfach nur ohnmächtig und schwach und hatte unsägliche Schmerzen. Ich höre den Jakubowski noch heute hinter mir im Gleichschritt gehen, jeder Schritt ein Tritt in meine Ferse. Jeden Tag blutige Füße."

„Und was wäre passiert, wenn du dich damals hättest wehren können? Wenn du ein geladenes G 3 gehabt hättest?" Victor blickte Tobias herausfordernd an.

Er konnte die Frage für sich beantworten. Er hatte nie und würde nie Gewalt ausüben. Zumindest nicht in solchen Situationen, die nicht lebensbedrohlich für ihn oder andere Menschen waren. Aber Tobias? Da war er sich nicht sicher. Er war schon immer der impulsivere Typ gewesen, der auch schon mal zurückschlug.

Tobias zögerte mit seiner Antwort, als ob er sich nicht sicher sei, die Wahrheit zugeben zu wollen. Schließlich antwortete er doch.

„Ich bin mir sicher, dass ich damals geschossen hätte. Oberfeldwebel Jakubowski einfach weggemacht hätte. Damit das alles ein Ende hat."

„Du warst damals ein bellender Hund, der in Bedrängnis gebissen hätte."

„Und nach der Bundeswehrzeit war ich ein Hund, der weder gebellt hat, noch gebissen hätte."

Victor schaute seinen Freund an und lächelte. „Und ich war damals der Quotenfreigeist der Kompanie und hab das alles gar nicht so mitbekommen. Lass es gut sein und uns mit deinem Fall beschäftigen."

Tobias nickte und trank einen Schluck.

„Wenn ich dich richtig verstanden habe, kann unsere Täterin nach außen hin ein ganz normales Leben führen. Sie kann aber auch eine Geschichte in sich tragen, die, durch ein Initialerlebnis ausgelöst, sie dazu bringt, geplant und skrupellos eine oder mehrere Morde zu begehen."

„Ja, das ist denkbar."

„Aber was könnte der Auslöser gewesen sein? Etwas, das lange in einem Menschen schlummert und plötzlich ausbricht? Diesen Menschen dazu bringt, einen Mord zu begehen?"

Victor atmete tief aus. „Wenn es denn bei nur einem Mord bleibt."

Tobias blickte Victor ernst an. „Wie kommst du denn darauf? Bist du jetzt auch noch unter die Hellseher gegangen?"

Victor winkte ab. „Ist gut, ist mir nur so rausgerutscht. Vergiss es."

„Okay. Ich habe dir ja schon gesagt, dass ich die Möglichkeit habe, einen externen Psychologen zuzuziehen. Allerdings unter der Prämisse, dass dieser weder Kontakt zu Verdächtigen noch zu den Angehörigen des Opfers aufnehmen darf. Grundsätzlich darf er keinen Tatort besichtigen. Also: Ich, beziehungsweise mein Team, brauchen jemanden, der uns bei der Suche nach dem Motiv unterstützt und der uns bei der Frage hilft, warum sich die Täterin so und nicht anders verhält."

„Du brauchst also eine wissenschaftliche Untermauerung deines Bauchgefühls?"

„Wenn du so willst, ja."

„Dabei hast du an einen Freigeist wie mich gedacht?"

„Ja, würdest du dir das zutrauen?"

Die zuckenden Augenbrauen des Freundes waren Antwort genug für Tobias.

„Ich würde dich zu unseren Regelbesprechungen dazu holen, dann müsstest du dir aber diese Zeiten freihalten."

„Das hört sich spannend an, aber ich muss erst darüber nachdenken. Ich melde mich morgen bei dir."

„Das heißt, du hilfst mir?"

Victor zuckte die Achseln. „Lass mir die Zeit, muss alles erst ordnen. Du weißt schon."

*

Es kam selten vor, dass er Menschen beneidete, die in Bayern lebten. Er selber wollte nicht woanders leben als in Köln. Aber im Moment war das Wetter in Süddeutschland einfach besser.

Dort sommerlich warm, hier für die Jahreszeit zu kühl und zu nass. Wetter, das er hasste.

Im Moment spürte Victor die Kühle jedoch nicht. Zu sehr verdrängte das Gespräch und das Angebot von Tobias sein Empfinden für die Umwelt. Dass er als Psychologe und nicht wegen seiner Fähigkeit als Recognizer gefragt wurde, schmeichelte ihm.

Und dann noch bei einer Mordermittlung. Er zweifelte nicht daran, dass er helfen konnte. Er war in seinen Augen der Beste und somit genau der Richtige für diese Aufgabe. Wenn nicht er, wer sonst?

Aber er war es gewohnt, allein zu arbeiten. Über das Wie und Wann und was zu tun war, allein zu entscheiden. So war es schon immer gewesen. Wenn sich im Studium seine Kommilitonen zu Lerngruppen zusammengeschlossen hatten, war er auf Distanz geblieben. Hatte lieber allein, nach seiner eigenen Methode und Zeiteinteilung gelernt. Von jeder Vorlesung hatte er akribisch die Inhalte und seine eigenen Gedanken festgehalten. So entstand für jedes Semester ein umfassendes Dokument, mit dem er nur wenig Zeit brauchte, sich die Inhalte in den Prüfungen abzurufen.

‚IQ' war schnell sein Spitzname gewesen, der zum Glück nach dem Studium wieder verschwunden war, sodass er heute nur noch eine nette Anekdote aus dieser Zeit war.

Sein Selbstverständnis seiner kognitiven Fähigkeiten hatte sich parallel immer mehr verstärkt. Dazu brauchte es keine Spitznamen: ‚arroganter Typ, Streber, Pseudo Intellektueller'. Noch heute musste er den Kopf schütteln ob solcher neidvollen Plattitüden seiner ehemaligen Kommilitonen.

Aber eine Mordermittlung war etwas anderes, hier konnte er sich nicht abkapseln, musste Teil eines Teams werden. Zumindest entnahm er das dem Gespräch mit seinem Freund am Morgen.

Er musste mit Clara reden, war sich aber sicher, dass sie das Angebot genauso spannend finden würde. Auch wenn unterschwellig im Raum stand, dass sie sich Sorgen machen könnte wegen möglicher gefährlicher Situationen, schließlich ging es um Mord.

Am Ende musste er selbst entscheiden, ob er mitmachen wollte zu Tobias' Bedingungen. Und er kannte einen Ort, an dem er in Ruhe nachdenken konnte.

Den Weg zum Dom ging er zu Fuß. Für ihn bedeutete das gigantische Bauwerk mehr als nur eine gotische Kathedrale. Es war die einzige Kirche, die er betrat. Jedes Mal, wenn er mit dem Auto auf die Stadt zufuhr, wartete er auf den Anblick der beiden Türme, baugleich und doch nicht gleichhoch. Fünf Zentimeter überragt der Südturm seinen Zwilling. Victor fühlte sich dann zu Hause, angekommen in dieser Stadt.

Victor betrat das Eingangsportal, verharrte kurz, nahm sein Telefon aus der Tasche und schaltete es auf stumm. Unvorstellbar, wie peinlich es wäre, wenn sein Handy mit ‚we are the champions' die Stille stören würde.

Er setzte sich in eine freie Bankreihe des nördlichen Querschiffes mit Blick auf das ‚Richter-Fenster‘.

Überhaupt war heute der Dom nicht so voll wie üblich. Nur vereinzelte Gruppen pilgerten durch das Bauwerk und bestaunten die Kunstwerke und monumentale Größe.

Ihr solltet mal hier sein, wenn die Orgel spielt, dachte er, bevor er seinen Blick auf das farbenprächtige Fenster konzentrierte. Das Werk faszinierte ihn jedes Mal neu. Die Komplexität, das Farbenspiel und erst recht die kontroverse Diskussion des Künstlers mit dem Erzbischof, der das Fenster schrecklich fand und fast sein Amt darüber aufgeben wollte.

Er liebte das Kunstwerk. Je nach Jahres- oder Tageszeit entfaltete das von der Außenwelt einfallende Licht immer wieder ein neues Bild.

Als er das letzte Mal das Fenster bewundert hatte, irgendwann im Mai, referierte er dem zufällig neben ihm sitzenden jungen Mann aus dem Stegreif ungefragt die wesentlichen Daten.

Es ist ein Mosaik aus bunten Quadraten, horizontal aufgeteilt in je sechs Fenster, eingebunden in die gotische Rahmenstruktur der Fensterleibung.‘‘

Es machte ihm Spaß, dem Unbekannten zu beschreiben, dass der Künstler 72 Farben verwendet und 11.263 nur 9,7 Zentimeter mal 9,7 Zentimeter kleine Vierecke entworfen hatte. Ein Computer hatte die Farben nach dem Zufallsprinzip in den Fenstern so verteilt, dass die 72 Farben jeweils 72-mal erschienen.

„Es gibt also ein Ordnungsprinzip, nicht mal für einen Wissenden zu erkennen‘‘, hatte er erzählt und daran gedacht, dass er selbst unzählige Stunden vor dem Farbwunder verbracht hatte, bis er eine weitere Struktur durchschaute.

Die Fenster waren vom Künstler spiegelverkehrt dupliziert worden. So standen sich jeweils das erste und dritte, zweite und fünfte sowie vierte und sechste Fenster spiegelverkehrt gegenüber.

Natürlich hätte er das damals nachlesen können, aber er musste selber Ordnung in das vermeintliche Chaos bringen. Und jetzt war er hier, um Struktur in seine Gedanken zu bringen.

Er als Teil eines Teams oder lieber doch nicht? Wenn er Tobias richtig verstanden hatte, sollte er neben dem Team agieren, seine eigenen Methoden anwenden und das Team mit seinen Fachkenntnissen unterstützen. So was konnte er, das war in seinem Sinne. Er lächelte.

Der Sonneneinfall hatte das Farbenspiel erneut verändert. Als er sich erhob, hatte Victor sich entschieden.

*

„Ist das früh. Um diese Uhrzeit kann ich normalerweise noch nicht denken." Victor und Tobias betraten das leere Besprechungszimmer und ließen sich am Tisch nieder. Sie waren die Ersten. So war es einfacher, sich als Neuankömmling den anderen vorzustellen, wenn sie nach und nach eintrudelten.

„Guten Morgen, Andreas Brehmer, ich bin der leitende Staatsanwalt", begrüßter dieser Victor, nickte Tobias zu und setzte sich auf dessen andere Seite.

Tobias warf einen Blick auf seinen Freund, denn er erlebte ihn das erste Mal in so einer Situation. Würde er überzeugen, die anderen nicht vor den Kopf stoßen?

Victor war ein Freigeist und diskutierte, ohne ein Blatt vor den Mund zu nehmen. Eine Kombination, die einschüchtern oder provozieren konnte. Probleme im Team konnte er nicht gebrauchen. Er musste ihm einfach vertrauen.

Nach und nach kamen die Kollegen, blickten erstaunt und nahmen Platz. Punkt 8.00 Uhr war das Team vollzählig.

*

Victor beobachtete das eingespielte Begrüßungsritual: Kopfnicken und setzen. Manche hatten eine Tasse mitgebracht. Die Jüngste hatte ihre Thermoskanne neben die Kaffeekanne gestellt, der Faden eines Teebeutels hing heraus.

Der Geruch von frischem Kaffee machte Victor neidisch. Aber an eine Tasse für ihn hatte niemand gedacht. Wie auch?

Er hatte den Stuhl weit nach hinten geschoben und lehnte sich leicht in seinen Stuhl zurück, beide Beine waren leicht geöffnet, die Füße standen parallel. Seine Ellenbogen waren auf den Armlehnen abgestützt, die Hände an den Spitzen zusammengeführt, die Kuppen der Mittelfinger lagen auf seinen Lippen. Eine einstudierte Pose. Lässig, aber nicht zu lässig, konzentriert und offen.

Victor sah Tobias von der Seite an. Merkte die Anspannung bei seinem Freund und wusste, was in ihm vorging. Tobias wiederum kannte ihn lange genug und wusste, dass er schon mal selbstverliebt und besserwisserisch auftrat. Es war klar, dass er hier und jetzt nichts falsch machen durfte, wenn er dabei sein wollte. Der erste

Eindruck war entscheidend, ob die Gruppe ihn akzeptierte oder nicht. Obwohl sie ihn brauchten. Aber das wussten sie noch nicht. Tobias würde sich nicht gegen den Willen seiner Gruppe stellen. Wenn Victor durchfiel, war er draußen. So konsequent war Tobias, Freundschaft hin oder her.

Tobias hatte ihn vorab in wenigen Worten über seine Mitarbeiter informiert. Nun konnte er sich selber einen Eindruck verschaffen.

Barbara Sieger blickte ihn mit grünen Augen und einem Lächeln an. Dabei verzog sie die Mundwinkel leicht nach oben. Kreativ, dynamisch, neugierig. Sie würde kritisch fragen, aber nicht rebellieren.

Anders schätzte er Heinrich Degen ein. Brust raus, angespannte Muskeln, ohne Mimik. Erinnerte ihn an die Kultfigur aus der Fernsehserie Miami Vice. Don Johnson. Modische Klamotten, coole Brille, halblanges glattes Haar, leicht gebräunter Teint, weißes T-Shirt. Ein Alphatier mit Ambitionen. Sein Name muss eine Strafe für sein Ego sein. Dunkle Augenränder. Victor wusste von Tobias, dass er gerade Vater geworden war. Degen war definitiv nicht der Typ Mann, den Victor als klassischen Vater beschreiben würde.

Andreas Müllers war älter und wirkte zu gelassen, als dass er sich aufregen würde über ihn. Ihm war er egal, Hauptsache er störte ihn nicht und würde dem Team helfen.

Helen Kramer strahlte Kompetenz aus. Sorgfältig zusammengestellte Kleidung, wenig Schminke untermalte das strahlende Blau ihrer Augen. Nur den Mund fand er zu verkniffen. Sie wirkte skeptisch und würde sich nicht blenden lassen, war vielleicht ein wenig wie er? Ihr Blick zeigte ihm, dass auch sie ihn gerade taxierte.

Alle setzen sich. Er hatte Tobias gefragt, es gab keine feste Sitzordnung. Aber so wie sich die eintretenden Personen bewegten, war ihm klar, dass es doch eine unausgesprochene Ordnung gab. Auch diese Gruppe war ein Abbild der Gesellschaft: Jeder wählte immer wieder denselben Platz, weil er sich sicherer in der gewohnten Umgebung fühlte.

Gerade während einer Ermittlung brauchte wohl jeder eine Konstante, und wenn es der feste Platznachbar war. Das würde er an Tobias Stelle ändern, denn ein wechselnder Sitzplatz veränderte auch die Perspektive. Ein anderer Platz machte offener für neue Gedanken und führte zu einem breiteren Austausch untereinander.

Tobias eröffnete die Besprechung und begrüßte Victor. In kurzen Worten stellte er ihn vor, erklärte die vorgesehen Aufgaben des Psychologen.

„Im Übrigen kennen Victor und ich uns schon lange, und sind befreundet. Das wird für die Zusammenarbeit aber keine Rolle spielen."

Tobias sah in die Runde. „So viel zu Victor. Fragen?"

„Was soll uns das bringen? Wir sind doch keine Anfänger?" Heinrich Degen schaute Victor provozierend ins Gesicht. Dann wendete er sich stirnrunzelnd Tobias zu.

Victor bemerkte, wie sich das Gesicht seines Freundes verfinsterte und er mit dem Zeigefinger und dem Daumen der rechten Hand seine Augenbrauen zusammenzog.

Victor wurde sofort klar, dass Tobias doch noch nicht so gefestigt war wie vor dem Unfall. Und sicher spürte er, dass seine Position als Leiter dieser Gruppe von Degen mit dieser Frage angezweifelt wurde. Auch hier brauchte sein Freund Hilfe, und die würde er bekommen.

Victor richtete seinen Blick fest auf den jungen Beamten und dann in die Runde.

„Nur um Missverständnisse vorzubeugen, ich bin in beratender Funktion hier und werde nur da unterstützen, wo ich gefragt werde. Sie sind die Experten, die natürlich wissen, was sie tun. Aber es könnte hilfreich sein, wenn jemand von außen Ihre Gedanken und Ihre Informationsflut mal anders sortiert und Ihnen damit eine neue mögliche Perspektive aufzeigt. Besonders bei der Suche nach dem Motiv kann ich Ihnen Anregungen geben. Wenn Sie das wollen."

Victor fühlte sich in seinem Element. Er war einer dieser Menschen, die sofort das Zentrum einer Gruppe bildeten, denen alle zuhörten. Selbst Menschen wie Heinrich Degen suchten Menschen wie ihn, um sich in deren Schatten zu bewegen, bis die Sonne so hoch stand, dass sie das Rampenlicht ebenfalls betreten und selber Schatten werfen konnten. Und alles an Degens Verhalten signalisierte ihm, dass der junge Beamte genau so jemand war. Oder gab es da noch etwas anderes?

„Danke Victor, jetzt zu unserem Fall."

"Immerhin drängt ja auch die Zeit", machte sich der Staatsanwalt bemerkbar. „Ich begrüße Sie, Herr Holzer im Team, und unterstütze ausdrücklich Ihre Mitarbeit. Auch stimme ich Ihren Ausführungen zu. Ein Blick von außen ist immer ein probates Mittel gegen Betriebsblindheit."

Dann forderte er Tobias auf, den Stand der Ermittlungen zusammenzufassen.

„Wir befinden uns in einer Sackgasse", begann Tobias

seinen Bericht. „Das Opfer liefert uns nach unseren bisherigen Erkenntnissen keinen Anhaltspunkt für ein Motiv."

„Bis auf die Ultrafreunde, oder lassen wir die schon fallen?", fragte Degen mit angestrengter Stimme. Victor war verwundert, bemerkte, dass der Staatsanwalt an der Brille nestelte. Ein untrügliches Zeichen von Irritation.

„Nein, wir lassen gar nichts fallen, aber Fakt ist, dass wir nichts Konkretes haben. Okay, Lisa Gerbrich, unsere einzige Verdächtige bisher, war vor Ort, obwohl sie das geleugnet hat. Sie kannte Behring, war in Kürten. Ein Blitzerfoto belegt das. Aber ihr Freund hat ihr Alibi bestätigt, und die DNA-Untersuchung zeigt eindeutig, dass Behring nicht mit Lisa Gerbrich Geschlechtsverkehr hatte, bevor er getötet wurde. Mit seiner Ex-Frau übrigens auch nicht."

Victor bemerkte eine ungewohnte Schärfe im Ton seines Freundes und beobachtet, wie dieser kritisch in die Runde schaute. Irgendetwas stimmt hier nicht, dachte Victor. Da gibt es noch etwas, das aber keiner wissen soll.

„Aus dem Phantombild ist auch nichts geworden. So genau konnte die Kassiererin vom Splash sich dann doch nicht erinnern. Auf einem Foto hat sie Lisa Gerbrich jedenfalls nicht erkannt." Tobias seufzte.

„Was wissen wir noch vom Opfer?", fragte Brehmer.

Der Staatsanwalt schaute zu Barbara Sieger hinüber.

„An seiner Arbeitsstelle hat es keine Auffälligkeiten ergeben. Alle bezeichneten ihn als einen beliebten Kollegen. Über Politik wurde im Büro nicht gesprochen, trotzdem wussten alle Kollegen und Kolleginnen von seinem Hobby."

Sie betonte das Wort Hobby besonders. „Er war am

nächsten Tag nach einem Spiel pünktlich am Arbeitsplatz und hat sich nach keinem Spieltag krankgemeldet. Ansonsten war der Tote eher ein langweiliger Typ, der jeden Montag zum Schwimmen ins Splash fuhr. Immer zur selben Zeit", schloss Barbara ihre Zusammenfassung.

„Umso mehr stellt sich die Frage, wie er mit dieser Frau zusammenkam? Bisher haben wir keinen Hinweis auf sie", bemerkte Tobias.

„Internet."

„Kontaktanzeigen in einer Zeitung."

„Anmache in einer Bar, in einem Restaurant."

„Im Supermarkt. Können Sie mir helfen? Ich komme da oben nicht dran, das ist zu hoch für mich. Und schon ist ein Kontakt hergestellt", meinte Degen. „Bei mir hat das geklappt, so habe ich Sonja kennengelernt."

Seit zwei Jahren waren er und Sonja verheiratet. Diese Story kannten seine Kollegen noch nicht. Die Atmosphäre entspannte sich für einen Moment.

„Ist es vorstellbar, dass er gezielt verfolgt, gezielt als Opfer ausgewählt wurde?", fragte Andreas.

Tobias bemerkte ein Stirnrunzeln bei Andreas.

„Andreas, was ist los, woran denkst du?"

„Wenn Behring um die gewohnte Uhrzeit zum Schwimmen gefahren ist, können wir davon ausgehen, dass er vorher nichts gegessen hatte. Dass er anschließend also Hunger hatte. Ich habe einen Freund, der trifft sich jeden Mittwoch mit einer Laufgruppe. Der schlägt sich vorher auch nicht den Magen voll, sondern geht danach mit den Kumpels auch immer etwas essen. Immer in derselben Kneipe."

„Guter Gedanke. Heinrich und Andreas, bitte prüft alle Gaststätten, Kneipen und Imbisse auf dem Weg bis zur Wohnung des Toten. Fragt, ob er bekannt war? Ob was auffällig war beim letzten Mal, als er gesehen wurde."

„Was hat die Untersuchung der Stimmaufnahme ergeben?", fragte Staatsanwalt Brehmer hinüber zu Degen.

„Wir konnten keine Auffälligkeiten feststellen. Die Anruferin hat ihre Stimme geschickt verändert. Die Aufnahme kann allerdings, wenn wir eine Verdächtige haben, mit deren Stimme verglichen werden. Als Ergänzung zur DNA-Probe. Zu mehr wird sie nicht reichen."

„Warum hat die Täterin überhaupt angerufen?", fragte Victor.

„Wir gehen davon aus, dass sie sicherstellen wollte, dass Behring zeitnah gefunden wird. Sie muss gewusst haben, dass er allein lebt und niemand ihn so schnell vermissen würde", antwortete Andreas. „Oder was meinen Sie als Psychologe dazu?"

„Vielleicht wollte sie auf sich aufmerksam machen", antwortete Victor.

„Verstehe, aber warum macht sie das? Das sind doch verräterische Spuren, die uns früher oder später zu ihr führen?" Brehmer zuckte mit den Schultern. „Ich kann es mir nicht vorstellen, oder will sie gefunden werden?"

„Ich schlage vor, diese Frage zurückstellen und erst noch nach etwas anderem zu fragen", regte Victor an.

„Und das wäre?", warf Degen unfreundlich ein.

„Die Frage nach dem Motiv. Ich frage mich, was muss passieren, damit ein Mensch einen anderen Menschen tötet? Ich bin der Überzeugung, dass jeder in Situationen kommen kann und dazu fähig wäre", erwiderte Victor.

„Sofern ich nicht nur ein Motiv, sondern auch eine Waffe zur Verfügung habe", ergänzte Barbara.

„Klar, aber bleiben wir zuerst einmal beim Warum."

Victor stand auf und ging zum Whiteboard. „Darf ich?" Er zeigte mit dem Finger auf einen Stift. Tobias nickt.

Mittig auf die Tafelfläche schrieb er *Warum,* umkreiste das Wort und zeichnete einen Strich nach oben und blickte seine Zuhörer an. Wartete einen Moment.

„Die Frage ist also: Was könnte sie dazu bringen, einen Menschen umzubringen?" Er sah Barbara an.

„Angst. Wenn mich jemand so bedrohen würde, dass ich mir nicht mehr anders helfen könnte. Ich mich also wehren müsste."

„Okay, zum Fall. Gibt es Hinweise, dass das Opfer Gewalt ausgeübt hat, um nicht selbst Opfer zu werden?"

Helen beantwortet seine Frage. „Nein. Der Tote war nackt und wir haben keine Abwehrspuren gefunden."

„Ich wage jetzt mal die Annahme, dass Peter Behring weder die Täterin, noch Angehörige oder eine Partnerin der Täterin im Vorfeld bedroht und zu sexuellen Handlung gezwungen hat", fuhr Victor fort.

„Ich denke, das können wir ausschließen", ergänzte Andreas. Er war durchaus skeptisch wegen der Hinzunahme des Psychologen, kannte Tobias aber schon so lange, dass er seinem Urteil vertraute. Er war bereit, sich auf Victor einzulassen. Ob das alle so sahen?

Bei Heinrich war Andreas Müllers sich nicht sicher. Gelangweilt wirkendes Augenschließen, häufiges Stirnrunzeln und geringschätziges Lächeln während Holzers Ausführungen waren für ihn unverkennbare Zeichen der Ablehnung gegenüber dem Psychologen und noch dazu einem Freund von Tobias.

Am Ende würde aber auch er nie etwas tun, um die Ermittlungen zu boykottieren. Darauf konnte sich Tobias verlassen. In diesem Moment fühlte Andreas so etwas wie Stolz auf die Truppe.

„Also Haken dran. Das Motiv Angst oder Notwehr mit all seinen Facetten schließen wir also vorerst aus. Einverstanden?" Alle nickten.

Victor schrieb das Wort *Angst* in ein Kästchen am Ende der Linie, strich es aber sofort wieder durch.

„Was kennen Sie sonst noch als Motive?"

„Gewalt bei einem ausufernden Streit, Provokation unter Alkohol oder Drogeneinfluss. Doch ich denke, die können wir genauso ausschließen, oder?" Degen hatte also beschlossen, sich zu beteiligen. Tobias bemerkte es und fing langsam an, sich zu entspannen. Er brauchte das ganze Team, brauchte keinen Zweifler.

Victor schrieb die Stichworte auf und wandte sich um. „Wenn dies alle so sehen, streichen wir sie gleich wieder." Der Stift machte ein kratzendes Geräusch, als er das Wort *Streit* durchstrich.

„Was noch?"

„Neid, Eifersucht, Rache, Herrschsucht."

Das Tafelbild nahm langsam Gestalt an.

„Worauf sollte jemand bei Peter Behring neidisch sein?", beantwortete Barbara die unausgesprochene Frage. „Wir haben nichts gefunden. Kein Bargeld, kein teures Auto, das Bankkonto war nicht so toll. Und sein soziales Umfeld, ich weiß nicht. Ich würde das auch streichen."

„Interessant könnte Eifersucht sein", schaltete sich der Staatsanwalt ein. „Der Grund für Mord und Totschlag ist nach einer amerikanischen Studie zu 98 Prozent der in Beziehungen lebenden Menschen Eifersucht."

Victor schrieb *EIFERSUCHT* mit Großbuchstaben

an die Tafel und verband das Kästchen mit dem Warum-Kästchen. „Ich habe vor kurzem eine Studie des österreichische Psychiaters Jan Di Pauli gelesen, der hat durch Befragungen herausgefunden, was Eifersucht für den Einzelnen bedeutet. Neben Verlustangst fielen auch häufig die Begriffe Demütigung, Scham, Erniedrigung."

„Wer hätte solch ein Motiv?", fragte Andreas.

„Da fällt mir nur die Ehefrau ein", kam es von Degen. „Auch wenn wir sie als Täterin schon ausgeschlossen haben." Victor bemerkte den Seitenblick, den der junge Beamte dem Staatsanwalt zuwarf. „Er hat sie verlassen wegen einer Neuen. Zum Beispiel die Frau im Schwimmbad. Sie sitzt allein in der neuen Wohnung, und er spielt den Lebemann. Denkbar ist das schon."

Victor schrieb *Ehefrau* unter das Kästchen Eifersucht.

„Klar, das ist naheliegend", stimmte Tobias zu. „Aber wie passt die Drapierung der Leiche dazu? Warum sollte eine eifersüchtige Ehefrau ihn so positionieren? Da steckt doch eine Botschaft hinter. Jedenfalls für mich. Und die Ehefrau wirkte auch nicht so, als wenn sie eifersüchtig auf irgendjemanden wäre. Warum sollte sie dann ihren Mann töten? Würde doch mehr Sinn machen, wenn sie die Rivalin beseitigte."

Tobias machte eine Pause, ehe er fortfuhr. „Und wir haben auf seinem Rechner und Handy keinerlei Hinweise auf eine andere Frau gefunden. Was nicht heißt, dass er keine Frauenbekanntschaften hatte. Vielleicht die Frau aus dem Schwimmbad, oder die Frau, die ich fast erwischt hätte, als sie den Brief einwarf. Und zumindest laut DNA-Probe können wir Birgit Behring als Täterin ausschließen."

„Theoretisch könnte jede dieser Frauen oder eine uns

noch nicht Bekannte von Behring so erniedrigt worden sein, dass sie ...", wandte Barbara ein. „Wir wissen eigentlich nur aus den Aussagen der Ehefrau, dass Behring nicht gewalttätig war. Das empfindet im Zweifel jede Frau anders."

Sie blickte Victor an, der nickte. Allerdings brauchte sie nicht die Bestätigung des Psychologen. Sie selber war mal in einer Beziehung, vor ihrer Polizeizeit, in der sie dieselbe Form von Hilflosigkeit erlebt hatte.

Ihr damaliger Freund hatte alles dominiert. Sie hatte sich gefühlt wie ein eingesperrtes Wildpferd und hatte lange gebraucht, um aus der Beziehung auszubrechen. Nicht nur einmal war sie kurz davor gewesen, ebenfalls Gewalt anzuwenden, um dem Ganzen ein Ende zu bereiten.

Ihre damaligen Freundinnen hatten sie nie verstanden, fanden die Aufmerksamkeit ihres Freundes sogar süß. Am Ende hatte sie es geschafft, sich aus der toxischen Beziehung zu befreien.

„*Hilflosigkeit*, kein klassisches, aber denkbares Motiv." Victor schrieb das Wort mit Fragezeichen an die Tafel.

„Und dann bleibt natürlich noch Rache als Motiv."

Victor nickte Degen zu und schrieb das Wort *Rache* an. „Ein starkes Motiv. Vielleicht hat Behring in der Vergangenheit jemanden verletzt, vergewaltigt oder anderes Leid zugefügt und damit das bisherige Leben des Opfers zerstört."

Alle wirkten nachdenklich und schwiegen, bis Victor vorschlug: „Ich würde gern den Inhalt des Briefes diskutieren."

Er wartete zustimmendes Nicken ab, wandte sich zum Whiteboard und las den Vers vor.

"Was als Ungeheuer erscheint,
was als Ungeheuer benannt,
was als Ungeheuer erkannt,
entsteht aus dem Menschen selbst
und verschwindet mit ihm auch wieder!"

„Was will die Täterin uns damit sagen?"

„Wenn wir das wüssten, bräuchten wir keinen Psychologen", flüsterte Degen Barbara zu. Gerade so laut, dass Victor es wahrnahm. Hatten Tobias und der Staatsanwalt es auch gehört? Bei beiden konnte er keine Reaktion erkennen. Victor beschloss, Degens Bemerkung vorerst zu ignorieren.

„Sie haben sicher diesen Text bei Wikipedia oder in anderen Medien nachgeschlagen, um eine Interpretation zu finden?"

Andreas Müllers nickte. Er hatte sogar einen Psychologen im Internet gefunden, der auf seiner Webseite den Vers veröffentlicht hatte. Eine Nachfrage, ob er eine Klientin habe, die ein auffälliges Interesse an dem Vers beziehungsweise dem Autor gezeigt habe, hatte er verneint.

„Versetzen wir uns also in die Gedankenwelt der Täterin, deren Botschaft an uns der Text ja darstellt, und der ihr überhaupt bekannt ist, was schon viel über sie aussagt. Aus meiner Sicht will sie uns drei Dinge sagen."

Victor wirkte ernst und blickte bewusst nicht in Degens Richtung.

„Erstens, die Frau hat keine glückliche Kindheit erlebt. Übrigens wie Milarepa. Dessen Vater verstarb früh und er und seine Mutter kamen in die Obhut bösartiger Verwandter. Er wurde von seiner Mutter weggeschickt, um die Kunst der schwarzen Magie zu erlernen und sich dann zu rächen. Soweit die Überlieferung. Das muss jetzt nicht alles eins zu eins passen, aber in ihrer Kindheit ist wahrscheinlich etwas passiert, was sie jetzt rächen will."

Tobias bemerkte, wie die Stimmung sich änderte.

Selbst Degen saß angespannt und nach vorne gebeugt an seinem Platz und verfolgte die Ausführungen von Victor konzentriert. Seine allgegenwärtige Müdigkeit und seine Ablehnung schienen verschwunden, zumindest für den Moment. Tobias wandte seinen Blick von Degen ab, bevor dieser bemerkte, dass er beobachtet wurde, und konzentrierte sich wieder auf Victor.

„Zweitens, hat die Frau ein Ungeheuer getroffen. Also jemanden, der ihr etwas angetan hat. Ich glaube, wir suchen eine Frau, die ein schweres körperliches oder seelisches Leid erleben musste."

„Sie meinen, sie ist traumatisiert?", fragte Degen.

„Ja, sie bekam keine Möglichkeit, ihr Trauma zu verarbeiten. Und es ist nach meinem Dafürhalten durchaus realistisch anzunehmen, dass eine derart traumatisierte Person als Reaktion auf einen neuerlichen Angriff auf ihre Identität, ihre Existenzberechtigung als Mensch, eine Gewalttat begehen kann. Weil sie sich nicht anders zu wehren weiß."

„Demnach wäre unsere Arbeitshypothese, dass eine Gewalttat an unserer Täterin oder einem ihrer Angehörigen ihr Leben so dramatisch verändert hat, dass sie dafür Rache nimmt, um so die Kontrolle über ihr Leben zurückzugewinnen", fasste Tobias die Ausführungen zusammen.

Tobias erblasste, fühlte einen plötzlichen Schweißausbruch. Er hoffte, dass keiner seine Reaktion wahrnahm. War das nicht dieselbe Triebfeder für seine Suche nach dem Unfallfahrer?

Er bemerkte den Blick von Helen. Natürlich, ihr blieb seine Gefühlslage nicht verborgen. Hatte sie denselben Gedanken? Sie würde ihn sicher für sich behalten. Brehmer und die anderen durften nichts merken. Er lächelte Helen zu und hoffte, sie verstand das Signal: Mir geht es gut und ich kann mein eigenes Erleben von meinem Job trennen.

„Sie will die Ursache für die Rache eliminieren und sich damit von dem Rachegefühl befreien. Und das muss nicht in einem zeitlichen Zusammenhang stehen", ergänzte Victor. „Es können Jahre, es könnte ein halbes Leben dazwischen liegen."

„Und wenn dem so ist, warum tötet sie jetzt?"

„Es muss etwas passiert sein", ging Victor auf die Frage von Tobias ein. „Nicht unmittelbar jetzt, das kann auch eine Weile her sein. Einen Menschen zu töten, die Aktion tatsächlich und damit bewusst auszuführen, dazu gehört mehr als nur ein Gedanke an Rache, sondern eine große Entschlossenheit. Der Mord war geplant, die Täterin wusste genau, was diese Tat für sie bedeutete."

„Du vermutest, sie hat schon einmal getötet? Wir hätten es mit einer Serienmörderin zu tun? Die Initialzündung läge möglicherweise schon länger zurück?", fragte Tobias den unausgesprochenen Gedanken aller im Raum. Seine Stimme hatte ihre Festigkeit verloren.

Die Vorstellung, es mit einer Serienmörderin zu tun zu haben, verunsicherte ihn.

Gespannt blickten alle auf Victor.

„Ja, das kann ich mir vorstellen. Ich habe zwar noch nie mit einem Mörder oder einer Mörderin sprechen können, gehe aber davon aus, dass Menschen, die ein solches Verbrechen begehen, sich nicht so verhalten, wie es ein gesunder Menschenverstand erwarten lässt." Nachdenklich schob Victor nach: „Eines jedenfalls habe ich in meinem bisherigen Berufsleben gelernt. Der Mensch ist das Böse im Tier."

„Du meinst, die auslösende Tat kann auch in der Vergangenheit liegen?", fragte Degen, und Victor registrierte sofort den Übergang zum du, ließ dies aber unkommentiert.

„Ja, der Grund für ein Trauma kann lange zurückliegen und ihn muss auch nicht die spätere Täterin selbst erlebt haben. Traumata können über Generationen vererbt werden. Das ist keine neue Erkenntnis."

Eine Weile ließ Victor seine Worte wirken.

Dann meldete sich Helen, die der Diskussion bisher schweigend gefolgt war.

„Ich möchte auf die Vermutung von Tobias nach einer Serientäterin zurückkommen." Sie lächelte verlegen. „Mir geht dieser Schluss zu schnell. Ich glaube eher, dass wir es mit einem profaneren Motiv zu tun haben. Ich denke, es geht um Rache für etwas, was ihr, der Täterin aktuell angetan wurde. Von Peter Behring oder auch von einer Gruppe, mit der er verbunden war."

„Meinst du die Ultra-Szene", platzte Degen heraus.

Helen nickte. „Zum Beispiel, ja."

„Glauben Sie allen Ernstes", fragte der Staatsanwalt

verwundert, „dass Lisa Gerbrich Milarepa kennt, so einen Vers zitiert und am Tatort hinterlässt? Zudem ist die Tat so intelligent geplant, dass ich sie keinem gemeinen Ultra zutraue. Auch wenn, wie wir ja wissen, auch gebildete und intelligente Personen zu dieser Szene gehören. Warum sollten sie die Tat auch auf so eine Weise inszenieren?"

„Womit wir bei Möglichkeit Nummer drei wären", übernahm Victor wieder das Wort.

„Milarepa suchte sich einen Meister, vielleicht gibt es den oder eine Meisterin hier auch?" Ich wage die Hypothese, dass wir es nicht nur mit einer Täterin zu tun haben, sondern mit noch einer weiteren Person. Und zwar keiner gewöhnlichen, sondern einer, die auf unsere Täterin einen entscheidenden Einfluss hat.

*

Das sie es bei der Ermittlung möglicherweise mit einem Täterpaar zu tun haben könnten, hatte bei allen eingeschlagen wie eine Bombe. Soweit hatte noch keiner gedacht.

Der Fall wurde dadurch noch komplexer, als er es jetzt schon war. Sie suchten jetzt also noch zusätzlich eine Schnittstelle zwischen dem Opfer und einer weiteren Person.

Victor hatte nach seiner ersten Besprechung mit dem Team keine Gelegenheit gehabt, Tobias um eine Rückmeldung zu bitten. Er war in Eile, denn er hatte am späten Vormittag und am Nachmittag Patiententermine vereinbart.

Natürlich hatte er wahrgenommen, dass Tobias seine

Ausführungen über die möglichen Auswirkungen eines Traumas auch auf sich selbst bezogen hatte. Und er wusste, dass bei aller Gelassenheit, die sein Freund zeigte, der Schuldgedanke an ihm nagte. Tobias war sicher nicht frei von Rachefantasien. Er musste mit ihm darüber reden.

Als er abends endlich nach Hause kam, war er allein. Clara hatte einen auswärtigen Termin und würde erst spät nach Hause kommen. Er bereitete sich ein einfaches Abendessen und beschloss, den ereignisreichen Tag mit einem gepflegten Glas Whisky und Musikhören zu beenden. Er genoss diese Stunde des Tages, die einzige, die ihm allein gehörte.

Sein Zimmer war nur mit wenigen Möbeln ausgestattet, spärlich, aber genauso, wie er sich schon immer ein eigenes Zimmer vorgestellt hatte: ein bequemer Sessel, seine Stereoanlage nebst LP-Sammlung und zwei filigranen, aber sehr leistungsstarken Lautsprechern.

Fast unscheinbar stand neben dem Sessel ein kleiner Tisch mit einer Flasche eines 12 Jahre alter Auchentoshan Whiskys, einem Single Malt Whisky aus den schottischen Lowlands.

„Nur der Whisky mit y ist ein schottischer Whisky, der Whiskey mit ‚ey‘ kommt aus Irland" waren die ersten Worte des Coaches eines Whisky-Seminars gewesen, das Victor besucht hatte.

Schmunzelnd dachte er an diesen Abend zurück. Acht Proben später, angetrunken und glückselig, hatte er seinen Lieblingswhisky gefunden. Seitdem standen immer eine Flasche und das passende Glas, bauchig, mit schmaler Öffnung auf dem Tisch. Dazu ein Aschenbecher und eine Schachtel Camel ohne, für die einzige Zigarette des

Tages. Als Anne hier noch wohnte, hatte er in der Wohnung nicht geraucht.

Wehmut überfiel ihn gerade heute bei der Erinnerung an den Auszug ihrer Tochter, die nun weit entfernt von ihnen ihr eigenes Leben aufbaute.

Voller Stolz hatte Anne ihm vor ein paar Monaten einen Zeitungsartikel geschickt. ‚*Anne Holzer beginnt als Juniorprofessorin für Sozial- und Organisationspsychologie der sozialen Arbeit an der Leuphana Universität Lüneburg*' stand unter dem Bild in der Landeszeitung für die Lüneburger Heide. Erst mit schlechtem Gewissen, dann mit dem Bewusstsein, dass es sich gut anfühlte, hatte er ihr ehemaliges Zimmer zu seinem Rückzugsort gemacht.

Langsam drehte er sich um und schaltete die Anlage an. Die LP vom Vorabend lag noch auf dem Plattenteller. Joe Cockers ‚N´oubliez Jamais' erfüllte bald den Raum.

Das Fenster spiegelte im Abendlicht.

„Verdammt, der Spiegel", entfuhr es ihm. Der zerstörte Spiegel. Diese einzige sichtbare Hinterlassenschaft der Täterin verwirrte ihn.

Gluckernd füllte sich das Glas. Konzentriert ließ er den Whisky im Glas kreisen, wärmte ihn mit der Hand an und atmete den aromatischen Duft ein.

Spiegel, Reflexion, los Victor, streng dich an, was fällt dir dazu ein?

Victor setzte sich in seinen Sessel, lehnte sich zurück und nahm einen ersten Schluck, ließ die ölige Flüssigkeit kurz im Rachenraum verweilen, und mit leichtem Brennen ran der Whisky hinunter. Sofort überkam ihn Wärme, er entspannte sich und schloss die Augen.

„Reflexion bestimmt mein Ich", murmelte er vor sich

hin. „Ich sehe mich wieder in der Reaktion meines Gegenübers." Reflexion ermöglicht auch die Sicht auf unsichtbare Dinge, ging es ihm durch den Kopf. *Was will die Täterin damit sagen? Was sollen wir nicht sehen?*

Verwirrt stand Victor auf und durchquerte den Raum. In die Tiefe des Raumes sehen, um die Ecke sehen, ermöglicht, mehr zu sehen. Mehr zu sehen macht stark, macht Mut zurückzusehen.

Was, verflixt noch mal, habe ich bisher übersehen?

Um in den Spiegel zu sehen, muss ich nach vorn sehen, wenn ich in den Spiegel sehe, sehe ich zurück. Um also zurückzusehen, muss ich erst nach vorn schauen.

Zurücksehen lehrt für die Zukunft.

Aber warum zerschlug sie dann den Spiegel, was also zerstörte die Täterin: die Zukunft oder die Vergangenheit? Was hatte sie gesehen?

„Der Mensch zerstört, was er sucht, indem er es findet. Ist es das?

Erschöpft sank er im Sessel zurück. Ein Schluck Whisky war noch im Glas, genau die richtige Menge für den Rest der Dämmerstunde. Ehrfürchtig nahm er die Zigarette aus der Schachtel und zündete sie an. Der Geruch aus verbranntem Schwefel, vermischt mit frischem Tabakgeruch erfüllte den Raum.

Er trank den letzten Schluck, inhalierte den ersten Zug und schloss die Augen. Entfernt hörte er das Klingeln seines Handys. Er nahm den Anruf an, es war Tobias.

„Wir haben eine neue Leiche", überfiel er Victor. „Die Kollegen aus Sylt haben uns gerade informiert. Es muss dieselbe Täterin sein. Ich fahre morgen hoch."

„Wie können die das wissen?", staunte Victor.

„Zufall, Glück. Die Kollegen in Westerland haben die

Daten vom Mord an dem Galeristen Thomas Bekemeier, in die nationale Datenbank ViCLAS eingegeben und die Übereinstimmungen mit unserem Fall erkannt. Wer die Täterin ist, wissen die da oben allerdings genauso wenig wie wir."

März 1948

Das Land befreite sich langsam von den Fesseln des Krieges. Das Leben begann wieder zu atmen. In den Städten trafen sich die jungen Fräuleins mit ihren Verehrern in Cafés und Tanzlokalen. In den Kinos ließen sich die Menschen von Johannes Heesters in eine Welt versetzen, die hoffentlich bald auch für sie wieder heil sein würde.

Nur die Welt von Ruth stand still. Sie war 26 Jahre alt und verkümmerte mit ihrer Tochter im kleinen Dorf Ebensfeld in Bayern als Bedienung in einer Gaststätte.

Am 25. März wurde ihre Tochter fünf Jahre alt. In dieser Nacht lag das kleine Mädchen wie immer in ihrem gemeinsamen Bett und schlief tief und fest. Sie hatten den Geburtstag gefeiert und waren nach Staffelstein gefahren in eine Konditorei. Elisabeth durfte sich ein Stück Torte aussuchen, und sie tranken heißen Kakao.

Sie liebte ihr Kind, würde es immer beschützen und umsorgen. Aber wie sollte das in Zukunft weitergehen?

Elisabeth spielte nie mit Kindern aus der Nachbarschaft. Wenn die anderen Kinder auf der Straße Verstecken oder Fangen spielten, versteckte sich Elisabeth bei ihrer Mutter und wich ihr keinen Moment von der Seite.

Wenn sie nicht bekam, was sie wollte, wurde sie quengelig.

Sie weinte viel. Wollte nicht allein schlafen, nur ihre Mutter um sich haben. Ruth konnte die Einsamkeit des Kindes greifen. Ging es ihr nicht genauso?

„Was ist los mit dir, warum bedrängst du mich so?", schimpfte sie das Mädchen, wenn der Schatten des Kindes zu übermächtig wurde. Sofort schämte sie sich, wenn Tränen der Angst über das Gesicht des Mädchens liefen.

Sie sah die Angst in ihren Augen, allein gelassen zu werden. Angst, dass ihre Mama sie nicht mehr lieb haben könnte. In dieser Nacht, als sie ihr Kind so friedlich schlafen sah, wurde ihr bewusst, dass ihr Kind ihr jede Luft zum Atmen nahm.

Aber wen sollte sie um Rat fragen? Mit wem konnte sie über ihr Problem sprechen?

Sie hatte eine ältere Frau kennengelernt, der sie beim Einkaufen half und ihr manchmal Gesellschaft leistete. Oma Erna. Sie erinnerte sie an Tante Martha.

Oma Erna lebte im ortsnahen Behelfsheim und wartete darauf, wieder zurück in ihre Heimat zu können. Sie war wie viele andere Menschen aus Köln evakuiert worden, als Bomben die Stadt zerstört hatten und ein Leben dort nicht mehr möglich war. Für Elisabeth wurde Oma Erna ihre Oma, für Ruth ein Segen. Aber ihre Probleme konnte sie nicht mit Erna teilen.

Kurzentschlossen fuhr Ruth an einem freien Tag zu ihrer Freundin Maria nach Bamberg. Maria hatte ihren Arthur geheiratet und war im letzten Herbst in die Stadt gezogen. Elisabeth war bei Oma Erna geblieben.

Mit Maria bummelte sie durch die Straßen, sie tranken in der Konditorei am Markt einen Kaffee, gönnten sich ein Stück Torte und zum Nachtisch einen Asbach Uralt. Und noch einen und noch einen, weil es doch so schön war, wieder miteinander plaudern zu können. Auch über das, was sie bedrückte.

Geschäfte hatten geöffnet. Die Menschen schienen unbeschwert und sorglos. Das machte Ruth traurig, mutlos und neidisch. Wie sollte das gehen? Allein mit Kind?

Sie spürte, dass sie ungerecht wurde, dass der Alkohol sie wütend auf ihr Kind und ihr Leben machte. Sie trank sonst keinen Alkohol, denn sie wollte nie die Kontrolle über sich verlieren. Sie verabscheute die Männer in der Gaststätte, die mit Bier und Schnaps getränkt noch unausstehlicher wurden. Die jungen Fräuleins, die sich nach ein paar Gläsern Wein albern benahmen und bald schwanger wurden.

„Schätzchen, ich glaube, es gibt jemanden, der dir helfen kann. Komm, ich zeig dir was", versuchte Maria ihre Freundin zu trösten. Sie hatte Mitleid mit ihr.

Sollte es wirklich jemanden geben, der ihr helfen konnte? „Wer soll das sein?", fragte sie Maria.

„Abwarten, mein junges Fräulein."

Sie liefen durch viele Gassen und standen dann vor dem Schaufenster einer Buchhandlung.

„Was soll ich denn in einer Buchhandlung?" Ruth war enttäuscht, dachte, dass ihre Freundin sie doch nicht verstanden hatte.

„Warte kurz", bat Maria, ehe sie im Laden verschwand. Sie sah, wie der Buchhändler in einen Hinterraum ging und nach kurzer Zeit mit einem Buch zurückkam. Die beiden tuschelten, alles sah sehr geheimnisvoll aus.

Irgendetwas ist komisch, dachte Ruth, als Maria aus dem Laden kam und ihr das Buch entgegenhielt.

,Die deutsche Mutter und ihr erstes Kind'. Geschrieben von Frau Dr. Johanna Haarer.

„Die meisten Mütter erziehen ihre Kinder nach diesem Buch", erklärte Maria begeistert. Die Autorin ist Ärztin und Psychologin und selber Mutter von fünf Kindern."

Ruth verzog das Gesicht. Sie hatte von dem in der Nazizeit hochgelobten und bejubelten Buch gehört. Deshalb war es für sie keine wirkliche Empfehlung. Es wurde ja auch von den Alliierten verboten.

Maria lachte. „Aber weil sie recht hatte mit ihren Ratschlägen, wurde das Buch überarbeitet und von Nazideutsch befreit. Das hier ist die ,saubere' Neuauflage, und ich habe mir das Buch auch besorgt. Ich will ja von Anfang an alles richtig machen." Sie strich sich über den Bauch und streckte ihn Ruth entgegen.

„Sag nur", freute sich Ruth, „du bist schwanger?" Und sie fiel Maria um den Hals, als diese nickte.

*

Der Nachmittag endete mit einer langen Umarmung und dem Versprechen, sich bald wieder zu sehen. Ruth fuhr glücklich nach Hause, holte Elisabeth bei Oma Erna ab, spielte noch eine Weile mit ihr und brachte sie ins Bett.

Neugierig griff sie nach dem Buch und suchte einen Platz zum Lesen. Das Buch war eigentlich für Mütter mit Säuglingen geschrieben. Aber, dachte Ruth, was für Säuglinge richtig ist, kann für fünfjährige Mädchen nicht falsch sein.

Je mehr sie las, desto mehr teilte sie die Auffassung von Johanna Haarer, dass sie Elisabeth bisher viel zu sehr verhätschelt hatte. Genau davor warnte die Autorin. Zu viele zärtliche mütterliche Gefühle würden Kinder eher verziehen als erziehen. Die erfahrene Mutter warnte vor Affenliebe, lehrte Bestimmtheit und Strenge der Mutter. ‚Sei hart gegen dich selbst und gegen andere. Auch gegen dein Kind‘.

Ja, die Nazis waren ihr verhasst, aber hier fand sie die Hilfe, die sie brauchte. Wenn ich das doch bloß früher gewusst hätte, dann wäre Elisabeth nicht so verzogen worden. Aber wer hätte mir das denn auch sagen können? Ich bin so froh, dass ich durch Dich dieses Buch gefunden habe‘, schrieb sie Maria.

Ruth war eine konsequente Frau. Sie setzte von heute auf morgen alles um, was sie aus dem Buch lernte.

Für Elisabeth änderte sich von heute auf morgen ihr Leben. Kein Rumtoben mehr mit der Mutter. Kein freundliches Lächeln mehr, wenn sie abends nicht gleich einschlafen konnte. Elisabeth musste lernen, in ihrem Zimmer zu warten, bis die Mutter kam. Nur beim Gutenachtkuss blieb es, damit Elisabeth merkte, dass ihre Mama sie weiterhin lieb hatte und beschützte.

September 2017

Tobias und Heinrich Degen trafen sich vor dem Eingang des Bahnhofs. Sie hatten den 5.09 Uhr-Zug ausgewählt, um in Westerland genügend Zeit für ihre Fragen zu haben, und um am nächsten Tag gleich wieder zurückfahren zu können. Sie hätten auch fliegen können, immerhin gab es einen täglichen Direktflug Köln-Bonn nach Westerland. Aber wann immer es sich umgehen ließ, vermied Tobias das Fliegen.

„Wenn der Mensch fliegen können sollte, hätte er Flügel", hatte er mal zu Christine gesagt, als sie ihn zu einer Städtereise nach Barcelona überredet hatte. So umschrieb er seine Angst, ein Flugzeug zu besteigen. Woher diese Flugangst rührte, konnte er nicht sagen, zum Glück gab es die Alternative.

Die Currywurstbude ‚By Tante Emma' hatte noch geschlossen. McDonald öffnete erst um 5.00 Uhr.

Sie betraten den Eingangsbereich und wandten sich nach rechts. Tobias wusste, dass sie sich bei ‚Backwerk' schon um diese Zeit für ein Frühstück im Zug eindecken konnten.

„Willst du auch einen Kaffee?", fragte Tobias, ehe er die Brötchen bezahlte.

Der Kollege schüttelte den Kopf. „Danke, nein, will noch ein wenig die Augen zumachen."

Tobias brauchte jetzt dringend Koffein. Er würde nicht schlafen können. Zuviel ging in seinem Kopf herum. Insbesondere die Worte des Staatsanwaltes, dass er die Ermittlungen zu oberflächlich leiten würde, hatten ihn viele Stunden Schlaf gekostet.

Immer wieder war er auf Heinrich Degen gekommen. Und jetzt würden sie die kommenden beiden Tage miteinander verbringen.

Tobias hatte lange überlegt, wer ihn begleiten sollte. Klar, mit Barbara Sieger wäre es unproblematisch geworden. Sie war gut, keine Frage. Andreas Müllers brauchte er vor Ort in Köln, falls sie von Sylt aus noch weitere Infos aus der Aktenlage brauchten.

Degen war Experte bei einer Tatortbesichtigung. Wenn es noch etwas zu finden gab, was bisher von den Sylter Kollegen nicht beachtet worden war, weil es bei erstem Augenschein keine Relevanz für den Fall hatte, dann fand er das. Und es gab bisher keinen Anhaltspunkt, warum er dem Kollegen nicht vertrauen sollte.

Jetzt schritten sie nebeneinander durch den Bahnhof, als wenn jeder Mühe hätte, mit dem anderen Schritt zu halten.

Erstaunt sah Tobias die vielen Menschen, wahrscheinlich berufstätige Pendler, durch den Bahnhofsgang hasten und Ausgänge oder Aufgänge zu den Bahnsteigen der S-Bahnlinien überfluten.

Die Anzeige auf ihrem Bahnsteig war vom Aufgang zum Bahnsteig aus zu sehen und zeigte an, dass der Zug pünktlich abfahren würde.

Rolltreppe oder Treppe? Es war eindeutig zu früh für Sport. Ohne ein Wort darüber zu verlieren, nahmen sie die Rolltreppe.

Der Bahnsteig war voll. Gut, dass sie Platzkarten reserviert hatten. Tobias hatte um zwei Fensterplätze mit Tisch gebeten. Heinrich Degen nahm mit dem Rücken zur Fahrtrichtung Platz. Im Moment blieb sein benachbarter Platz noch frei. Hoffentlich bleibt das so, dachte Tobias, denn er empfand es als unangenehm, dicht mit fremden Menschen zusammenzusitzen.

Einige Reihen vor seinem Sitzplatz bemühte sich eine ältere Frau, ihren Koffer in die Ablage zu heben. Keiner der anderen Reisenden machte Anstalten, der Frau zu helfen, bis endlich ein junger Mann das kleine Drama beendete.

Sofort löste sich der Stau auf, und die Menschen eilten weiter, um ihre Plätze zu suchen.

Pünktlich um 5.09 Uhr ertönte das Abfahrtssignal und der Zug setzte sich in Bewegung.

Auch wenn der Kaffee inzwischen nicht mehr heiß war, trank Tobias das Getränk in der Hoffnung auf die Wirkung des Koffeins.

Seine Nacht war extrem kurz gewesen. Er wollte die Zugfahrt zum Nachdenken nutzen. War die Täterin tatsächlich wieder aktiv geworden? Warum dann aber in Westerland? Gab es Verbindungen zwischen den Opfern? Konnten sie diese identifizieren und so einen neuen Ansatz für ihre Ermittlung finden? Er hoffte dies inständig. Denn sie brauchten dringend Erfolge, endlich Antworten und nicht nur Fragen.

Tobias sah, wie Heinrich Degen aus seiner Daunenweste ein Kissen formte, und bemerkte die Ränder unter seinen Augen. Bedrückte ihn etwas? So ausgepowert hatte er ihn noch nie erlebt.

„Na, du scheinst ja auch nicht viel Schlaf gefunden zu haben?", wandte er sich an den Kollegen. „Haben die Kleinen wieder Theater gemacht?"

„Keine zwei Stunden am Stück habe ich geschlafen." Heinrich Degen nickte müde.

„Na, dann ruh dich noch was aus." Der Versuch einer normalen Konversation. Vielleicht gelang es ihm ja, durch Gesprächsroutine seine Anspannung zu überwinden.

„Sag mal, darf ich dich was fragen?" Die Frage brachte seine Gedanken durcheinander. „Wie hast du es geschafft, nicht mehr zu rauchen?"

Tobias blickte den Kollegen erstaunt an. Die Frage irritierte ihn, denn er hatte Degen noch nie rauchen sehen. Außerdem war es das erste Mal, dass ihn jemand aus dem Team darauf ansprach. Registriert hatten sie es alle.

Er gestand sich ein, dass er verdammt wenig über Degen und eigentlich über alle aus dem Team wusste. War es Zeit, auch das zu ändern? Die Idee verschwand so schnell, wie sie gekommen war. Dazu war jetzt keine Zeit, vielleicht nach dem Fall.

„Mir hat es gestunken, abhängig zu sein. Habe ja auch nur aus Trauer oder Frust, nenne es wie du willst, angefangen. Dann habe ich entschieden, es sein zu lassen. Habe die letzte Schachtel noch halbvoll in den Müll geworfen."

„Und das ging einfach so?", fragte Heinrich nach.

„Jein, allerdings glaube ich, dass dies reine Kopfsache ist. Im Büro darf man ja sowieso nicht rauchen. In den manchmal endlosen Besprechungen weiß der Körper, dass er kein Nikotin bekommen kann. Und in diesen Momenten hatte ich auch kein Verlangen. Natürlich habe ich auch jetzt noch manchmal Lust auf eine Kippe. Besonders an Tagen, wenn nichts funktioniert und alles nervt. Aber irgendwie gelingt es mir dann, mich so abzulenken, dass ich die Zigarette vergesse. Jetzt ist es schon über drei Wochen her und wird immer besser."

„Cool, Respekt." Degen schloss die Augen.

Tobias blickte auf die Uhranzeige seines Handys. Noch sieben Stunden Fahrt. Gezwungen mit vielen Menschen auf so engem Raum überkam ihn eine Vision, oder war es nur ein sehnlicher Wunsch?

Der Wunsch, die Zeit und die Physik zu überlisten. In der realen Welt außerhalb der Enterprise-Saga, wurde keine Materie aufgelöst und an anderer Stelle wieder aufgebaut. Es fühlte sich nur so an, als ob die Zeit sich aufgelöst hätte. Einfach vergangen, in sich selbst aufgegangen. Zeit kam aus der Unendlichkeit und ging in die Unendlichkeit. Dagegen waren die Stunden dieser Zugfahrt: nichts.

Tobias lächelte. Von seinen Hirngespinsten hatte seine Umwelt nichts mitbekommen. Obwohl er wetten würde, dass er nicht der einzige hier im Zug war, der jetzt gerne Captain Kirk gewesen wäre.

Er schloss die Augen. Hörte nur das gedämpfte Fahrgeräusch des durch die Landschaft gleitenden Zuges in der Stille seiner Müdigkeit. Spürte die eintönige Bewegung des Wagens seinen Körper entspannen, der sich plötzlich so schwer anfühlte, als ob er in einen gedämpften Raum gefallen wäre. In seinem Kopf bedeckte eine dicke Daunendecke alle seine Gedanken und Wahrnehmungen.

Als Tobias die Augen wieder öffnete, konnte er gerade noch lesen, dass sie bereits Osnabrück passiert hatten. Der Zug beschleunigte, unbekannte Landschaften wurden durch das Fenster zu einem ablaufenden Spielfilm auf einer Mattscheibe. Von Gegenüber klang ihm ein leises Schnarchen entgegen.

Benommen bemerkte er erfreut, dass ihre Nachbarsitze nicht belegt waren. Tobias stand auf, um seinen Kreislauf wieder in Gang zu bringen, und machte sich auf den Weg zum Bordbistro in Wagen 11.

Tobias gönnte sich noch einen Kaffee. Nicht richtig gut, nicht richtig stark und nicht richtig heiß. Aber Koffein. Er kaufte sich noch ein belegtes Brötchen in derselben Qualität wie der Kaffee. Wieder am Platz holte er sein Notizheft hervor, schlug eine leere Seite auf und schrieb in großen Buchstaben das Wort SPIEGEL.

Victor hatte ihm gestern, als sie telefonierten, seine Gedanken zum zerstörten Spiegel aufgezählt.

Auf die rechte Seite schrieb er, auch in Versalien, ME-THODE. Darunter ULTRAS und EHEFRAU. Er starrte auf die vier Worte. Nichts. Kein Einfall. Sie passten einfach nicht zusammen. Warum sollte eine Ex-Ehefrau ihren Ex-Ehemann mit Viagra stimulieren und dann mit einem Stoß Nitrospray töten? Und dann den Spiegel zerstören? Ein gemeinsames Bild ja, aber das eigene Spiegelbild?

Er schüttelte den Kopf. Und wenn er ehrlich war, wollte er es auch nicht glauben. Zu sehr gefiel ihm die Frau. Immer wieder tauchte ihre Gestalt in seinen Gedanken auf. Nahm Formen an. Ihre Stimme. Ihr Geruch. Ein Anfang?

„Das macht einfach keinen Sinn, und wie passt dann der Tote auf Sylt in diese Konstellation Ehefrau oder Ultras? Null." Tobias merkte nicht, dass er die Worte lauter aussprach, als er eigentlich wollte. Jedenfalls öffnete Heinrich Degen die Augen und war sofort wach.

„Was meintest du?", fragte Heinrich so unvermittelt, dass Tobias zusammenzuckte. Er hatte das Erwachen seines Gegenübers nicht bemerkt. Hatten andere Mitreisende ihn etwa auch gehört?

Er bat Degen, sich neben ihn zu setzen, und senkte seine Stimme. Dann berichtete er, was Victor ihm dargelegt hatte und welche Schlüsse er daraus und aus der neuen Tat folgerte.

Degen hörte schweigend zu und nickte dann. „Das heißt, wir können die Gerbrich und die Ehefrau tatsächlich von der Liste streichen? Es sei denn …"

„…wir finden einen Zusammenhang zwischen dem neuen Opfer und einer der beiden Frauen."

„Und wenn es den gibt, werden wir ihn finden!"

Das war der Heinrich Degen, wie Tobias ihn kannte. War vielleicht doch alles nur ein großes Missverständnis, und er hatte den jungen Kollegen vorschnell verdächtigt.

*

„Moin, Moin, Ihr seid die Kollegen aus der Weltstadt Köln? Ich bin Klaas Hauptmann, Leiter der Kriminalaußenstelle hier in Westerland."

Vor ihnen stand ein Mann, der Tobias an Thomas Magnum erinnerte. Fast so groß, gekleidet mit einem Thomas Magnum-Hemd und verwaschenen Jeans. Sein freundliches Grinsen überdeckt von einem unmodernen Schnauzer und das Gesicht eingerahmt von vollem dunklem Haar. Jetzt fehlt nur noch der Ferrari, dachte Tobias.

„Sischer dat", antwortete Tobias grinsend auf Kölsch und erntete ein tiefes Lachen. Der Typ war ihm sympathisch. Hoffentlich ist er genauso kollegial, wie er mir sympathisch ist, dachte Tobias.

„Einigen wir uns auf Hochdeutsch für unsere Kommunikation? Jedenfalls begrüße ich euch herzlich auf unserer Insel. Seid ihr das erste Mal hier?"

Tobias und Heinrich Degen nickten. Dann stellt Tobias den Kollegen und sich vor.

„Was wollen die vielen Menschen hier, es ist doch keine Saison?", fragte Heinrich Degen Klaas Hauptmann, erstaunt über die Menschenmenge mit Koffern, Trollys und Rucksäcken, die dem Ausgang zuströmten.

„Hier ist eigentlich immer Saison. Ihr müsst mal sehen, was hier im Sommer los ist. Es gibt deshalb auch keinen bezahlbaren Wohnraum mehr hier", war seine lapidare Antwort. Er selber wohne schon lange auf Sylt, sei quasi hier aufgewachsen und bewohne noch die Wohnung seiner Eltern.

„Na ja, wir sind leider nicht zum Vergnügen hier. Viel Zeit, die Insel kennenzulernen haben wir auch nicht. Wir fahren morgen früh schon wieder zurück."

„Aber essen müsst ihr was, oder? Ich habe Fischbrötchen ins Büro kommen lassen und für heute Abend einen Tisch reserviert. Zum Büro können wir zu Fuß gehen, sind nur ein paar Minuten." Schade, dachte Tobias, er hätte jetzt doch gerne gewusst, ob Klaas Hauptmann einen Ferrari fuhr.

Sie betraten den Bahnhofsvorplatz. Der Kollege zeigte nach rechts in den Kirchenweg. „Wir müssen nur der Straße folgen, dann sind wir schon da. Oder wollt ihr euch noch umschauen?"

„Wenn wir später dazu noch Zeit haben, gerne." Der Anfang der Fußgängerzone sieht allerdings aus wie in allen Städten, dachte Degen, als er sich umgesehen hatte und sein Blick an einer Spielhalle hängen blieb.

*

Das 5-stöckige Gebäude der Zentralen Polizeistation Sylt mit seiner typischen Backsteinfassade, der verwinkelten Dachstuhlkonstruktion und den roten Dachziegeln gefiel

Tobias. Es hatte noch etwas Originelles, nicht so wie die moderne Architektur ihres Präsidiums in Köln.

Über ein breites Treppenhaus gelangten sie in den Trakt, in dem Hauptmanns Abteilung untergebracht war.

„Okay, bitte bedient euch, möchtet ihr etwas trinken, Wasser, Kaffee oder was anderes?", fragte Klaas Hauptmann, wies auf den Besprechungstisch, auf dem ein Tablett mit unterschiedlich belegten Fischbrötchen wartete.

„Für mich Wasser bitte", antwortete Tobias.

Nachdem er ein erstes Brötchen gegessen hatte, schlug Tobias sein Notizheft auf und schaute sein Gegenüber an. „Kann ich dir ein paar Fragen stellen? Ich weiß, das meiste steht in der Akte, aber..."

„Ok, schieß los." Der Kollege schien kein Problem damit zu haben, dass sich Kollegen aus Köln in seine Ermittlungen einbinden wollten, denn er lächelte die beiden freundlich an.

„Ich gehe davon aus, dass du über den Sachstand bei uns informiert bist?"

Klaas nickte. „Ja, Kollege Müllers hat heute Morgen bereits mit uns telefoniert. Und die Akte gemailt."

„Habt ihr irgendwelche Gemeinsamkeiten zwischen den Opfern gefunden? War der Tote zum Beispiel Fußballfan?"

„Nicht, dass ich wüsste. Bei ihm Zuhause fanden sich jedenfalls keine Utensilien, die darauf hinweisen. Der nächste große Klub ist eh zu weit weg. HSV, mein Verein. Kann sein, dass er bei Heimspielen unserer heimischen Mannschaft dabei war, denn er war einer der Sponsoren des Vereins."

„Was wisst ihr sonst noch von ihm? War er irgendwie auffällig? Gesellschaftlich oder politisch?"

„Bekemeier war ein nicht nur hier bekannter Galerist, hatte wohl sehr zahlungskräftige Kunden. Er war aber kein Partylöwe. Er tauchte bei kulturellen Veranstaltungen auf, aber nie mit einer festen Partnerin. Er war ledig. Es gab Gerüchte, dass er homosexuell sei, meiner Meinung nach ist das Nonsens. Ihr könnt euch das in eurem weltoffenen Köln wohl nicht vorstellen, wie das ist, wenn man hier keine feste Lebenspartnerin hat."

Thomas, der Vorname. Der Hauch eines Gedankens brachte das Gedächtnis von Tobias in Bewegung. Den Namen hatte er irgendwo gelesen. Aber wo?

„Kölner können auch spießig sein. Vordergründig sind alle Freigeister, aber ..." Degen unterbrach seinen Gedankenfluss. „Na ja, das gehört hier jetzt nicht hin."

„Gab es jemanden, mit dem er Streit hatte? Andere Galeristen, Künstler oder so?", fragte Tobias.

Klaas schüttelte den Kopf. „Davon ist uns nichts bekannt. Wir sind aber auch noch nicht ganz fertig mit allen Befragungen. Wenn noch etwas auftaucht, melde ich mich."

„Bekemeier war Mitglied der LKR, gehörte also zu den sogenannten Liberal-Konservativen-Reformern. Seht mich nicht so erstaunt an", Degen hob sein Handy und drehte das Display in die Richtung der beiden anderen.

Tobias hörte den Namen dieser Partei zum ersten Mal. Sein politisches Interesse galt ausschließlich den etablierten großen Volksparteien. Er selbst würde nie eine Splitterpartei wählen. Er sah auch keinen Sinn darin, sich mit Randgruppen zu beschäftigen. Er war zwar kein Stammwähler, sein Politbarometer bewegte sich aber immer innerhalb der traditionellen Parteienlandschaft.

„Die LKR wird als Auffangbecken für ehemalige

AFD-Abgeordnete gesehen. Gegründet vom ehemaligen AFD-Chef Lucke. Das sagt ja wohl schon alles."

„Also war Bekemeier dem politisch rechten Lager zuzuordnen", fasste Tobias zusammen. „Behring, unser Toter, war auch ein verkappter Nazi. Das ist zumindest ein Ansatz."

Überfallartig überkam ihn die Erkenntnis. AFD, natürlich. Das war es. Jetzt wusste er wieder, wo er den Namen schon mal gelesen hatte. Auf dem Kalenderblatt von Peter Behring. War das die Verbindung?

„Mir ist gerade ein Gedanke gekommen. Ich muss kurz telefonieren", und er wählte Barbaras Nummer.

„Ruf bitte bei Behrings Ehefrau an und frag sie, ob sie mit dem Namen Thomas Bekemeier etwas anfangen kann oder sonst jemanden kennt mit diesem Vornamen." Gedankenverloren steckte Tobias sein Handy in die Hosentasche. Blickte in fragende Gesichter.

„In Behrings Wohnung habe ich einen Kalender gefunden mit einem Eintrag ‚Thomas', und das ist mir gerade eingefallen. Vielleicht kannten sich die beiden."

„Habt ihr Hinweise, Besonderheiten in seiner Wohnung gefunden, etwas Auffälliges in dieser Richtung?", nahm Degen das unterbrochene Gespräch wieder auf.

Hauptmann berichtete von einem fast klinisch sauberen Schlafzimmer. Wie im gesamten Haus wurde auch hier keine Spur einer zweiten Person gefunden.

„Du kannst dir später am Rechner ansehen, wie wir den Tatort vorgefunden haben. Wir haben den Tatort mit einem 3D-Laserscanner aufgenommen. Wenn ihr das Datenformat lesen könnt, schicken wir euch die Datei, dann könnt ihr dies in Ruhe in eurem Büro nachholen", kürzte Hauptmann ab.

Degen nickte. Ihm war diese Technik geläufig. War ein Tatort einmal mit einem 3D-Laserscanner - mal mit und mal ohne Leiche - vermessen worden, konnten Ermittler nach der Auswertung der Messungen virtuell den Tatort jederzeit erneut betrachten und alles nach Belieben verändern.

„Auffällig waren halt nur die Drapierung der Leiche und der zertrümmerte Spiegel. Außerdem hat Bekemeier an dem Abend eine Viagra-Pille genommen. Sonst fanden sich keine Hinweise auf eine andere Substanz in seinem Blut", berichtete Klaas Hauptmann.

„Wie bei uns. Die Parallelen sind eindeutig, das kann kein Zufall sein. Ich bin sicher, dass wir es mit derselben Täterin zu tun haben." Degen nahm sich noch ein Brötchen.

„Täterin?", fragte Hauptmann überrascht. „Wieso seid ihr euch da so sicher?"

Tobias fasste ihre Schlussfolgerungen zusammen. Klaas Hauptmann nickte. „Okay, gehen also auch wir von einer Täterin aus. Eine DNA-Probe habe ich veranlasst. Die Ergebnisse liegen aber noch nicht vor. Die werden nicht hier gemacht, und da kann es dauern, bis wir drankommen. Da seid ihr in Köln sicher besser gestellt."

„Wer hat eigentlich wann die Polizei informiert?"

Klaas Hauptmann berichtete, dass Bekemeiers Mitarbeiter sie benachrichtigt hatte. Der Galerist schloss jeden Morgen selber den Laden auf. Nur er hatte den Schlüssel. Und als er an dem Tag nicht kam und auch nicht ans Telefon ging, hat der Mitarbeiter die Polizei angerufen. Bekemeier kam jeden Tag, und wenn er nicht konnte, hat er das vorher angekündigt.

„Apropos Schlüssel. Was ist mit dem Schlüssel für die Galerie?", fragte Tobias.

„Den haben wir. In der Galerie fehlte übrigens nichts, der Mitarbeiter hat das überprüft. Und in der Wohnung sah es auch nicht so aus, als wenn sie durchsucht worden wäre. Ein Safe ist da und unberührt. Wir können also einen Raubmord ausschließen."

Tobias nickte. „Bei unserem Mord gehen wir davon aus, dass die Täterin ihr Opfer gekannt und beobachtet haben muss. Behring ist zum Beispiel regelmäßig zum Schwimmen gefahren. Da hat sie ihn dann mutmaßlich abgepasst."

„Gab es solche Gewohnheiten, also Gelegenheiten zur Beobachtung oder sogar zu einem Treffen bei Bekemeier auch?", fragte Heinrich Degen.

„Bekemeier ist laut Aussage des Mitarbeiters", antwortete Hauptmann, „jeden Tag zur gleichen Zeit ins Strandcafé ‚Badezeit' gegangen. Das steht sogar wie ein Termin in seinem Kalender. Die Auswertung der Kalender erfolgt auch noch."

„Schick bitte alles an unsere Kollegin Barbara Sieger. Sie hat die Kalender von unserem Toten geprüft. Sie wird, wenn es sie gibt, übereinstimmende Auffälligkeiten finden."

„Wurde die Bedienung in dem Restaurant schon befragt?", wollte Tobias wissen. „Wenn Bekemeier jeden Tag in das Café kam, war er dort bekannt. Und eine gute Bedienung wird Abweichungen von seiner Routine bemerken."

„Nein, bisher noch nicht, ich habe auf euch gewartet, uns aber schon angemeldet. Sarah, so heißt die junge Frau, die regelmäßig dort arbeitet, wird da sein."

„Dann lasst uns gehen, wir wollen uns Bekemeiers Wohnung gerne selber ansehen. Wir suchen nach etwas, das ihr nicht gefunden habt, weil ihr nicht wissen konntet, wonach ihr suchen musstet. Eine Botschaft. Ich bin mir sicher, dass sie hier auch etwas hinterlegt hat", beantwortete Tobias die unausgesprochene Frage mit freundlichem Ton. Er hatte bemerkt, dass der bisher so umgängliche Kollege doch etwas schmallippig geantwortet hatte.

*

Es waren nur wenige Minuten Fußweg wie alles in Westerland, und sie hielten auf dem Weg ins Zentrum nur einmal kurz an. Die Figur der ‚Dicken Wilhelmine' wirkte so fröhlich, dass Tobias sich ein Lächeln nicht verkneifen konnte.

„Für viele Einheimische ist die Skulptur ein wunderbar zeitloses Statement gegen den heute vorherrschenden und durch die sozialen Medien immer weiter geschürten Körperkult", bemerkte Klaas Hauptmann. „Das Wahrzeichen wurde Anfang der 80-iger Jahre von einer Ursula Hensel-Krüger geschaffen, die hier seit den 60-igern lebte. Dazu gibt es auch eine tragische Geschichte. Kurz nachdem sie dieses Kunstwerk geschaffen hatte, starb ihr Mann. Als dann auch noch ihr Sohn keine 10 Jahre später starb, hat sie sich hier in Westerland das Leben genommen."

„Und das auf der Insel der Schönen und Reichen", konnte es sich Tobias nicht verkneifen und blickte zu Heinrich Degen. Der Kollege legte viel Wert auf sein Äußeres. Menschen, die nicht seinem Ideal entsprachen, und die dicke Wilhelmine gehörte ganz sicher dazu, waren ihm per se unsympathisch. Da hatte es in der Vergangenheit den einen oder anderen Disput unter den Kollegen und Kolleginnen gegeben.

Degen aber schien mit seinen Gedanken woanders zu sein, kommentierte die Bemerkung von Tobias nicht.

Sie überquerten die Maybachstraße und folgten der nur für Fußgänger zugelassenen Friedrichstraße.

„Am Ende sieht es hier so aus wie bei uns in der Breite oder Hohe Straße. Mode-, Parfümerieläden und Restaurants", bemerkte Heinrich Degen, nachdem sie an mehreren ‚Ketten- Filialen' vorbeigekommen waren.

„Stimmt, aber die Architektur und die Atmosphäre ist hier schon anders. Bei uns wirst du durch die hohen Gebäudeschluchten erdrückt. Das sind doch eher Fußgängerautobahnen, geschaffen für Massenabfertigung. Ich finde, das hier wirkt schon beschaulicher", entgegnete Tobias, der Gefallen an dem Ort gefunden hatte.

An der Insel-Apotheke bogen sie links ab in den Boysenweg und standen wenige Minuten später vor einem mit grauen Schieferplatten bedeckten roten zweigeschossigem Backsteinbau mit weißem Dachgebälk und weißen Fensterrahmen. Über dem achtstufigen Aufgang zur ebenso weißen Haustür thronte ein weißer Balkon.

Sie zogen sich Latex-Handschuhe an, dann öffnete Hauptmann die Tür. Sie betraten einen nahezu quadratischen Flur, von dem mehrere Holztüren abgingen. Geradeaus war eine Küche. Tobias drehte sich nach links und öffnete eine Doppelflügeltür.

„Das sieht hier ja aus wie in einem Einrichtungsjournal", entfuhr es Tobias. Bei ihm war es nicht so aufgeräumt wie hier. Er blickte sich um. Alle Wände waren in einem hellgelben Farbton gestrichen, von denen sich die

Terrakottafliesen geschmackvoll absetzten. Breite weiße Stuckleisten an den Decken unterstützen den Eindruck hoher Räume. Eine ein Meter hohe Holzverkleidung gab dem Raum einen maritimen Charakter. Die Möbel passten zum Ambiente, den die Farbwahl der Wände und des Bodens vorgeben hatte. Graue Sitzmöbel, Sessel aus grauem Rattan.

„Ich dachte, der Typ war Galerist. Warum sind hier dann keine Gemälde an den Wänden?", fragte Tobias. Hauptmann zuckte mit den Achseln. „Ich vermute mal, er hatte in seiner Galerie genug Kunst um sich, da brauchte er die zu Hause vielleicht nicht."

Sie hatten inzwischen das Schlafzimmer betreten. Weiße Möbel. Natürlich. Nur ein schwarzgerahmter Spiegel über dem Bett setzte sich von der übrigen Monotonie der Farben ab.

Schick, aber langweilig, dachte Tobias. Es wirkte alles klinisch, nicht wie die Wohnung eines Junggesellen. Wie seine zum Beispiel oder die von Peter Behring.

„Tobias, komm mal. Das ist gespenstisch. Genau wie bei Behring. Keine Anzeichen auf eine andere Person. Alles ist weg." Vom Schlafzimmer ging eine Tür ab, die offenstand. Tobias warf einen Blick ins Badezimmer. Tatsächlich.

„Das können wir wirklich später am Bildschirm sehen. Lasst uns keine Zeit verschwenden. Wir suchen einen Brief, eine Notiz, einen Spruch, eine ungewöhnliche Briefmarke. Etwas, was im ersten Moment nicht auffällt und auch nicht durch einen Scanner erfasst wird. Irgendetwas muss hier irgendwo sein."

Tobias ging zurück in den Flur. „Wenn wir unterstellen, dass die Täterin bewusst etwas hiergelassen hat, will sie auch, dass wir es finden. Wo würdet ihr das hinterlegen? Den Briefkasten, nehme ich an, habt ihr gecheckt?" Er blickte Hauptmann fragend an, der nickte.

Sein Blick blieb an einem Sideboard hängen. Auf der weiß lackierten Oberfläche stand eine runde, 40 Zentimeter im Durchmesser große, petrolfarben funkelnde und mit einem schmalen Goldrand verzierte Schale, in der ein Sammelsurium an Visitenkarten lag. Halb verdeckt durch die eines Steuerberaters, blickte Tobias auf das Konterfei eines Porträts. Er zog die Karte heraus. Sie war nicht größer als die anderen. Er drehte sie um.

Auf der Rückseite stand ein einziger Satz:

Wer Gewalt sät, wird Rache ernten.

*

Sie betraten die Strandbar über die Terrasse auf der Vorderseite mit Blick auf die Nordsee. Heinrich Degen hatte sie nicht begleitet, er wollte sich weiter in der Wohnung umsehen und sich dann mit den Kollegen von Klaas Hauptmann austauschen.

„Zwei Polizisten reichen. Wir wollen die Zeugin ja nicht verschrecken", hatte er gesagt, als er den skeptischen Blick von Tobias bemerkte. Der Kollege hatte sich bisher völlig normal verhalten. Aber irgendwie passte es ihm nicht, dass Degen sich jetzt absonderte. Aber er hatte recht. Drei gegen eine, das wäre psychologisch ungünstig. Er würde sich auch unwohl fühlen in einer solchen Konstellation. Und das wollte er nicht, denn sie brauchten eine unbekümmerte Zeugin.

Auf der Terrasse saßen meist ältere Ehepaare.

Tobias fragte die sich nähernde Bedienung: „Sarah, sind Sie das?"

Die junge Frau nickte, blickte gelangweilt auf ihre Dienstausweise.

„Sind Sie jeden Tag hier?"

„Gehört halt zu meinem Job."

„Kommen Sie von hier?"

Sie nickte erneut. „Ich habe auf Westerland gelernt und bin einfach hiergeblieben. Ursprünglich komme ich aus Bochum. Ich liebe den Job im Café, er ist besser als in einem normalen Restaurantbetrieb. Die Menschen sind ausgeglichener, der Job ist nicht so stressig. Trinkgeld passt, und ich habe mehr Zeit. Und für den Winter suche ich mir einen Job in einem Skigebiet."

Sarah lachte, packte ihre Geldtasche und verschwand zum Kassieren. Zurück, fuhr sie fort.

„In ein paar Jahren, wenn ich genug gespart habe, will ich mich ins Ausland verabschieden. Irgendwohin, wo es warm ist, und eine kleine Bar eröffnen und endlich mein Leben leben, selber über mich bestimmen."

Tobias gefiel die junge Frau. Sie hatte einen Traum, lebte ihr Leben für diesen Traum. Er begann, sie zu beneiden. Doch das war Quatsch. Gerade er trauerte um das verlorene Leben der Zweisamkeit. Das war aber jetzt nicht wichtig, er konzentrierte sich wieder auf die Befragung.

„Ja klar, ich kannte Thomas Bekemeier. Er war Stammkunde und kam jeden Tag. Er bestellte immer dasselbe. Langweilig."

„Kannten Sie sich näher?", hakte Tobias nach.

„Sie meinen, ob da was lief zwischen ihm und mir?" Sie lachte. „Ganz bestimmt nicht. Einmal hat er versucht, mich einzuladen. Ich habe abgelehnt, das war's. Keine weiteren Versuche. Als Mitfünfziger fand ich ihn definitiv zu alt für mich. Und für Kunst interessiere ich mich auch nicht."

„Hatte er sonst noch bestimmte Gewohnheiten?", wollte Klaas Hauptmann wissen.

„Ja, er saß immer am selben Tisch. Immer allein. Saß da, aß seine Mahlzeit und beachtete niemanden. Erwartete, dass sein Tisch frei war. Einmal hatte eine Familie sich an den Tisch gesetzt, und ich hatte es zu spät gemerkt. Hab es auch ehrlich gesagt nicht eingesehen, die Familie an einen anderen Tisch zu setzen." Sie blickte die beiden Polizisten erwartungsvoll an. Beide zuckten mit den Achseln.

„Was passierte dann?", fragte Tobias.

„Der Bekemeier ist freundlich geblieben, hat nichts gesagt. Aber in meiner Pause musste ich zum Chef. Seitdem habe ich darauf geachtet, will den Job ja behalten, ihn im Frühjahr wiederbekommen. Aber eins muss ich ihm lassen. Er gab immer ein großzügiges Trinkgeld, auch nach der Abfuhr."

„Haben Sie in letzter Zeit etwas Besonderes beobachtet? War etwas anders als sonst?"

Tobias bemerkte, dass sie sich veränderte. Ihr Gesichtsausdruck wirkte angestrengt. Sie dachte nach. Da war bestimmt etwas. Sie suchte nur nach Worten.

„Es ist vielleicht zwei Wochen her. Das war seltsam. Er hat mich immer nur angesprochen, um zu bestellen und zu bezahlen. Aber an dem Tag sagte er, dass er sich beobachtet fühle. Und dann fragte er mich, ob mir etwas aufgefallen sei."

„Und?", fragten die beiden Ermittler gleichzeitig.

„Bis dahin war mir nichts aufgefallen. Aber dann kam diese Frau. Das erste Mal bemerkt habe ich sie an dem Tag, nachdem Bekemeier sich beobachtet gefühlt hatte."

„Können Sie sie beschreiben?"

„Es war ein warmer Tag gewesen. Sie war teuer, aber für den Strand wenig geeignet angezogen."

„Und sonst?"

„Sie war ein Hingucker für Männer, aber bestimmt auch für manche Frauen." Sarah lachte. „Nicht, dass ich auf Frauen stehe. Bisher jedenfalls nicht. Jedenfalls kam sie ab dann jeden Tag bis zu dem Tag, an dem Bekemeier sie eingeladen hat. Sie kam auch immer zur gleichen Zeit und immer etwas früher als er und setzte sich auch immer auf denselben Platz dort drüben am Fenster."

„Aß sie zu Mittag wie er?"

„Nein, sie bestellte immer nur einen Latte Macchiato und ging immer nach genau 45 Minuten."

„Das muss ihm doch aufgefallen sein? Was meinen Sie?"

„Ja, zumindest an dem bewussten Tag, denn an dem hat er sich so gesetzt, dass auch er sie beobachten konnte."

Bis jetzt hatte Hauptmann gefragt, nun schaltete sich Tobias ein. „Hat sie mal was vergessen oder verloren? Ist Ihnen etwas an der Frau aufgefallen? Kleidung, Tattoo, Piercing?"

Die junge Frau grinste. „Dafür war sie nicht der Typ. Aber sie hat immer eine rote Kappe aufgehabt mit dem seltsamen Namen ‚ToupToup' drauf."

„Rote Kappe. Sie ist es." Tobias schaute Hauptmann an. „Erkläre ich dir später."

„Haben Sie hier eine Videoüberwachung?", fragte Tobias, den fragenden Blick der jungen Frau ignorierend.

„Nein, das nicht. Aber ich habe ein Foto."

Sie machte eine kurze Pause. „Ich hole mein Handy", bot sie an und verschwand hinter der Theke. Sie war so von dem Aussehen und dem Verhalten der Frau fasziniert gewesen, dass sie unbemerkt ein Foto von ihr gemacht hatte.

„Hier ist meine Handynummer, schicken sie mir das Bild zu", bat Tobias, als er ihr seine Visitenkarte reichte.

Das Foto gab nur eine Seitenansicht wieder, deshalb bat Klaas Hauptmann sie zur Erstellung einer Phantomzeichnung ins Präsidium.

„Ich werde es an unseren externen Berater schicken", erklärte Tobias das Vorgehen. „Ich bin sicher, er kann aus diesen Quellen ein belastbares Bild der Täterin erstellen."

Sie waren schon an der Tür und hatten sich verabschiedet, als Sarah sie noch einmal aufhielt.

„Da fällt mir noch etwas ein. Vor ein paar Wochen ist mir schon mal eine Frau aufgefallen, die Bekemeier beobachtet hat, was er nicht bemerkt hat. Da bin ich mir sicher." Sarah war ihr Stolz auf ihre Beobachtung anzusehen.

„Können Sie die Frau beschreiben?", fragte Tobias. Das konnte sie nicht, dazu war es zu lange her. Allerdings, und da war sich Sarah auch wieder sicher, sahen sich die beiden Frauen ähnlich. „Es war zumindest derselbe Frauentyp".

Nachdem Tobias und Klaas das Café verlassen hatten, berichtete Tobias über die Aussage der Bediensteten im Schwimmbad. Dass dort auch eine Frau mit einer ungewöhnlichen roten Kappe aufgetaucht war. Beide waren sich einig, dass das kein Zufall war. Und es war ein Versuch wert, mehr über den seltsamen Namen auf der Kappe zu erfahren.

Tobias nahm sein Handy und wählte die Nummer von Barbara Sieger.

„Wir haben einen weiteren Ansatzpunkt", setzte er sie in Kenntnis. „Such im Internet alles, was du über den Namen ‚ToupToup' findest. Frag nach, ob die Kappe per Internet bestellt werden kann und ob die Namen und Adressen der Kundinnen gespeichert werden."

Mehr konnten sie jetzt nicht tun. Außer Verarbeiten, was sie erfahren hatten. Das war das Ende der Stagnation. Es war der erhoffte Neuanfang. Da war sich Tobias sicher. Sie hatten eine Spur.

Tobias verabschiedete sich von Klaas Hauptmann. Er brauchte eine Auszeit, um den Kopf frei zu bekommen. Sie würden sich später zum Abendessen wieder treffen.

Strand, das Meer, die Geräusche, der Rhythmus der Wellen. *Wann bin ich das letzte Mal am Meer gewesen?*

Die Sonne ließ den Sand des Strandes in grellem Ockerton erscheinen. Klar abgegrenzt von der Grenzlinie zum Watt. Touristen schlenderten den Strand auf und ab. Familien mit Kindern buddelten im Sand um die Wette. Kindergelächter vermischte sich mit den unermüdlichen Wellenklängen zu einem meditativen Singsang.

Langsam ging er den Strand hinunter zur Wasserlinie. Er zog seine Schuhe und Strümpfe aus, krempelte die Hose hoch. Fühlte den feuchten weichen Sand gegen seine Fußsohlen drücken. Erste Wasserzungen umspülten seine Zehen. Es war kurz nach 16.00 Uhr und Flut, das Wasser eroberte immer neue trockene Strandabschnitte.

Bald würde der Tidenhub dafür sorgen, dass die Menschen sich mit weniger Strand begnügen mussten.

Tobias ging ein paar Schritte zurück, in den sicheren Bereich, der noch nicht vom Wasser erreicht worden war. Er setzte sich, grub die Hände in den weichen, warmen Untergrund.

In sich versunken beobachtete er die Sonnenstrahlen, die von einem wolkenlosen Himmel auf die Wasseroberfläche trafen und diese mit einer silbrigen Decke überzogen. Silberstreif am Horizont. Lichtspiele am Meer. Beruhigend wie Flammen eines Kaminofens.

Klar, dies war nicht die freie holländische Nordsee, hier war alles reglementiert. Auch die Strandcafés in wohlgeplanten Strandspazierabschnitten waren für exklusiveres Publikum gedacht. Tobias musste lächeln. Freiheit macht glücklich, dachte er. Auch wenn es nur kleine Freiheiten sind.

Dann überfiel ihn Trauer. Und mit der Traurigkeit kam die Erinnerung. An den ersten gemeinsamen Urlaub im Frühjahr vor dem Unfall.

Sand, soweit das Auge reichte. Sie lebten jeden Tag, als wenn es der Letzte wäre. Sie liebten sich, frühstückten im Bett. Kaffee und Rosinenbrötchen. Sie wanderten barfuß und Hand in Hand über den Strand. Hin mit dem Wind, denn dessen Richtung konnte sich ändern. Nicht ihre Gefühle für einander.

Nichts sollte nach diesen Tagen sein wie vorher. Sie planten eine gemeinsame Wohnung, ein gemeinsames Leben. Getrennte Gedankengänge vereinten sich aus dem Nirwana zu einem Schnittpunkt. Sie saßen stundenlang in einem Strandcafé, harmonisches Schweigen oder Lachen über junge Hunde, die herumtollten und die

Gelassenheit ihrer älteren Artgenossen störten. Ein Hund. Sein Traum.

Er hörte Kinderlachen, erwachte in die Wirklichkeit. Wie lange er so gesessen hatte, wusste er nicht, das Wasser hatte ihn noch nicht erreicht. Er saß einfach da und starrte in die Ferne, beobachtete das Wasser auf sich zukommen. Kam auch eine neue Liebe auf ihn zu?

Birgit?

Immer häufiger ließ er Gedanken an eine neue Frau in seinem Leben zu. Wenn das hier vorbei war, wollten sie sich wieder treffen. So hatten sie sich beim letzten Mal verabschiedet. Er brauche jetzt alle Kraft für den Fall, hatte er gesagt. Sie hatte es verstanden.

Er drehte sich ein wenig und betrachtete die Menschen, die auf der Strandpromenade das Leben genossen. Hier stellte man sich zur Schau. Die Holzpromenade, ein Holzsteg, der sich an die Dünenlandschaft anschmiegte. Menschen flanierten.

Über allem kreisten hämisch lachend die Möwen. Wartend auf die Kadaver des Glücks. Wissend, dass ihre Geduld Erfolg haben würde.

Sei nicht ungerecht, es gibt auch normale Besucher, durchfuhr es ihn. Aber schizophren ist es schon, dass die Touristen die Insel derart in Beschlag nahmen, dass das Personal jeden Abend auf das Festland pendeln muss.

‚Der Tourist zerstört das, was er sucht, indem er es findet.'Kurt Tucholsky hatte es schon erkannt.

Ein Ehepaar saß nicht weit entfernt auf einer Bank. Beide hatten ein Fischbrötchen in der Hand. Der Mann gestikulierte mit der Hand, in der er sein Brötchen hielt.

„Kräh, kräh." Der Ruf kündigte den Angriff an. Tobias sah den Schatten kommen, eine Möwe auf der Jagd.

Gezielt stürzte sich der Raubvogel auf seine Beute. Erschrocken zuckte der Mann zurück, der Frau entfuhr ein spitzer Schrei. Dann ein ungläubiger Blick, ein erleichtertes Gelächter. Eine Geschichte für die Skatrunde zu Hause.

Tobias entfuhr ebenfalls ein Lachen. Selbst schuld, wenn man es der Möwe so leicht machte, dachte er. Raubtiere in freier Wildbahn hatten ihn schon immer fasziniert. Dem Gesetz des Stärkeren ausgesetzt. Aber das Raubtier tötet, um zu überleben, das menschliche Raubtier tötet eines Vorteils willen. Das war der Unterschied. Der Mensch hat die Wahl, er muss keinen Menschen töten, um zu überleben. Jedenfalls nicht im Normalfall.

Deshalb war er Polizist geworden, es war sein Job, menschliche Raubtiere einer gerechten Strafe zuzuführen. Und sein Job rief.

Steif erhob er sich, fühlte sich von dem langen Tag und der Zugfahrt gerädert. Sein Körper war nicht dafür gemacht, so lange auf einem engen Platz zu sitzen. Yoga, ich müsste anfangen mit Yoga. Sagen alle. Im Moment fehlte ihm die Zeit, Sport zu machen.

Er brauchte jetzt jemanden, mit dem er seine Gedanken teilen konnte. Nahm sein Handy und rief Victor an.

„Na, wie geht's euch da oben. Gibt es was Neues?" Tobias schmunzelte. Der sonst so coole Victor war neugierig. Er berichtete Victor von den neuen Erkenntnissen.

Victor hörte aufmerksam zu, unterbrach Tobias nicht. Ihn interessierte besonders der auch hier zerstörte Spiegel.

„Vielleicht war es bei der ersten Tat so", überlegte er laut, „dass sie so erschrocken über sich selbst war, dass sie ihr Ebenbild im Spiegel zerstören wollte. Und vielleicht gefiel ihr dieser symbolische Akt beim nächsten Mal deshalb, weil sie damit etwas zerstören oder auslöschen konnte, was weit hinter ihrem Spiegelbild, also in der Vergangenheit lag", fasste Victor seine Gedanken zusammen.

„Okay, im Spiegel sehen wir ja nicht nur uns, sondern auch den Raum hinter uns", erwiderte Tobias.

„Das ist richtig. Wenn wir uns aber über diese Alltäglichkeit hinwegsetzen und eine weitere Dimension zulassen, nämlich die Zeit, dann eröffnen wir mit dieser vierten Dimension auch das, was sich aus der Vergangenheit in der Erinnerung gespeichert hat. Und was sie steuert." Victor atmete hörbar aus. „Da bin ich mir sicher."

„Nach deiner Erklärung wollte sie also ihre Vergangenheit zerstören, um eine Zukunft zu gewinnen? Indem sie ersatzweise die Spiegel zerstörte?"

„Ja, so meine ich es."

„Heißt das, dass die Taten eine Abrechnung mit der Vergangenheit oder einem Ereignis aus der Vergangenheit bedeuten? Und sie deshalb die Spiegel bewusst zerstört?"

War das der Schlüssel? Victors Gedanken und Schlussfolgerungen klangen abstrus, aber dennoch waren sie eine Sicht auf die Taten, die er nachvollziehen konnte. „Ja, das glaube ich."

„Aber aus wessen Vergangenheit? Aus der der Täterin? Oder einer der beiden Toten gemeinsam mit der Täterin? Bedeutet es, dass sie sich irgendwann begegnet sind? Dass sie eine gemeinsame Vergangenheit haben?"

„Oder es geht um eine Vergangenheit, die viel weiter

zurückliegt und von der die Toten keine Ahnung hatten", warf Victor ein.

„Aber die mit der Täterin schicksalhaft verknüpft und für sie von schmerzhafter Bedeutung war. Ohne Grund bringt niemand jemanden um und riskiert, den Rest seines Lebens hinter Gittern zu verbringen. Die Frage ist also: Was ist passiert, dass die Vergangenheit eine solche Macht über die Täterin ausübt?"

„Dafür habe ich auch noch keine Erklärung", antwortete Victor. „Ich denke drüber nach. Wir sehen uns morgen."

Tobias beendete das Gespräch und bemerkte, dass er eine Nachricht von Barbara bekommen hatte.

Peter Behring hatte einen Bruder, der Thomas hieß und an dem Tag Geburtstag hatte, der im Kalender notiert war.

*

Der Abend mit Klaas Hauptmann war lang geworden. Heinrich Degen hatte sich früh verabschiedet. Wollte den familienfreien Abend genießen, zeitig ins Bett gehen und endlich mal störungsfrei ausschlafen. Dennoch saß Tobias schon am Frühstückstisch, als Degen mit Rändern unter den Augen den Raum betrat. Komisch, dachte Tobias, Heinrich hatte doch den ganzen Abend frei.

„Du siehst aus, als wenn du nicht geschlafen hast. Was ist los? Eine durchschlafene Nacht reicht bei deinem Schlafdefizit wohl nicht zur Erholung?", versuchte Tobias den Kollegen aufzumuntern.

Stumm machten sie sich auf den Weg zum Bahnhof. Pünktlich um 9.26 Uhr verließ der IC Westerland. Degen versank, sobald er in seinem Sitz saß, in einen tiefen Schlaf. Tobias rief Andreas Müllers an, damit dieser die anderen informierte, dass um 18.00 Uhr noch ein Meeting stattfinden sollte.

*

Pünktlich saßen alle am Besprechungstisch, und Tobias fasste zusammen, was er und Heinrich an Neuigkeiten mitgebracht hatten, und schloss mit der Frage „Was wissen wir also inzwischen mehr?"

„Wir haben Gemeinsamkeiten herausgefunden. Nämlich ihre politische Gesinnung", antwortete Degen. „Und: Beide waren Anhänger von rechtsradikalen Parteien. Beide lebten allein. Beide wurden auf die gleiche Art und Weise getötet und drapiert. Beide sollten gefunden werden."

„Richtig, und beide hatten am Tatabend Kontakt mit einer Frau, mutmaßlich derselben", ergänzte Tobias.

„Wobei wir unterstellen können, dass sie vorher beobachtet worden sind", fügte Degen hinzu.

„Dazu passt auch, dass diesmal kein anonymer Anruf den Hinweis auf den Toten gab. Die Täterin wusste, dass Bekemeier allein lebte und jeden Morgen die Galerie aufschloss. Sie konnte also davon ausgehen, dass sein Mitarbeiter aktiv würde, wenn dies nicht geschah.".

„Und so lief es ja auch.", kam es vom Platz neben Barbara. Hier hatte Victor seinen Platz gefunden, und keiner hatte kommentiert, dass er den von Heinrich Degen bevorzugten Platz eingenommen hatte. Der hob die Hand.

„Wir wissen von der Kellnerin, dass Bekemeier von

238

der Täterin beobachtet wurde, aber wohl vorher auch noch von einer anderen Frau. Vielleicht von der Meisterin?" Das Wort Meisterin betonte er dabei und blickte Victor provozierend an.

Der reagierte nicht. Anders als Tobias.

„Heinrich, worauf willst du hinaus?", fragte Tobias blieb ruhig, musste aber seinen Unmut zügeln und durfte seine Skepsis gegen Degen nicht für alle sichtbar machen. Degen hatte ihm ja auch an den beiden letzten Tagen keinen Grund für Zweifel an seiner Loyalität gegeben.

„Dann könnten wir doch prüfen, ob in dem Zeitraum von circa vier Wochen vor der jeweiligen Tat eine oder zwei Handynummern wiederholt in denselben Funkzellen eingeloggt wurden, in der sich auch beide Tatorte befinden."

„Danke, guter Gedanke. Andreas, kümmere dich bitte darum." Tobias wechselte das Thema.

„Wie weit ist eigentlich das Phantombild?"

„Kommt morgen, sobald es fertig ist", antwortete Degen und wandte sich an Barbara. „Hast du schon etwas von dem Hersteller des Käppis erfahren?"

„Nein, der Typ war gestern nicht erreichbar. Ich habe ihm die Nachricht hinterlassen, dass er sich melden soll."

„Okay, machen wir weiter mit einem anderen Detail. An beiden Tatorten hat die Täterin Botschaften hinterlassen. Beides mal ein Porträt und einen Text. Andreas, kannst Du bitte den neuen Text an die Wand werfen?"

Der Text erschien auf der Wand.

„Dieser Text ist eindeutig", wusste Andreas. „Wer Gewalt sät, wird Rache ernten, abgeleitet aus einem biblischen Zitat. Bei Hosea, Kapitel 8, Vers 7 heißt es: Denn sie säen Wind und werden Sturm ernten."

„Wusste gar nicht, dass du so bibelfest bist?", grinste Barbara Sieger.

„Google macht's möglich. Und laut einhelliger Auslegungen dieses Verses bedeutet der Spruch: Wer etwas tut, was zum Nachteil oder Schaden anderer ist, muss damit rechnen, heftige Gegenreaktionen zu erhalten."

„Wobei wir wieder beim Motiv der Rache wären", stellte Victor fest, und alle nickten.

„Verstehe ich auch so, aber was hat das mit den Bildern auf sich?", fragte Staatsanwalt Brehmer, der bisher schweigend dem Gespräch gefolgt war.

„Na ja, es sind beides alte Fotos oder Grafiken." Mit diesen Worten öffnete sich auf dem Whiteboard ein Dokument. Auf der linken Seite erschien das Abbild von der Briefmarke an Behring, rechts daneben das Konterfei von der bei Bekemeier gefundenen Visitenkarten.

Victor erstarrte.

Was ist los mit mir, wie konnte ich das übersehen? Schon als er die Abbildung zum ersten Mal gesehen hatte, glaubte er, die Gesichter zu kennen, ohne dass ihm eingefallen war, woher. Jetzt plötzlich wusste er, woher er die zwei Gesichter kannte.

„Ich habe die Gesichter schon einmal gesehen", stieß er impulsiv aus. „2011 auf einem Foto in einer Ausstellung in Berlin." Die volle Aufmerksamkeit der Gruppe richtete sich auf Victor. Im Raum wurde es noch stiller.

Alle starrten Victor an. Tobias spürte Genugtuung. Er hatte es gewusst, Victor würde ihnen helfen.

„Wo und wann?", brach Tobias das Schweigen.

„2011 war ich mit meiner Frau in Berlin. Wir haben uns eine Ausstellung über die Rolle der Polizei im Dritten

Reich angesehen. Zufällig. Clara hatte in Berlin beruflich zu tun."

Victor ließ den Blick gedankenvoll über die Abbildung an der Wand gleiten. Nickte.

„Dabei ist mir eine Frau aufgefallen, die vor einem Foto verharrte, das sie offenbar so erschütterte, dass sie einem Zusammenbruch nahe war. Und zwar genau vor diesem Foto, auf dem auch die beiden Personen abgebildet sind."

Victor verfiel kurz in einen Moment der Erinnerung. „Ich habe ihr damals meine Hilfe angeboten, meine Visitenkarte gegeben, aber sie hat mich ignoriert und ist einfach verschwunden."

Während Victor redete, hatte Andreas sein Laptop bedient, bis er gefunden hatte, was er suchte.

„Die Ausstellung hieß ‚Ordnung und Vernichtung - Die Polizei im NS-Staat' und zeigte Aufnahmen, Dokumente und so ziemlich alles, was mit der Polizei in der NS-Zeit in Deutschland zu tun hatte. Und unter den Exponaten befanden sich auch Privataufnahmen wie diese hier."

Mit diesen Worten zeigte Andreas ein Foto, das er willkürlich auswählte und auf dem Whiteboard wiedergab.

„Aber, das ist nicht alles Victor, oder?", fragte Barbara.

„Das Foto. Die beiden Gesichter waren auf dem Foto, das die Unbekannte so erregt hatte. Ich kann mich noch erinnern, dass das Bild auf einem Bauernhof aufgenommen wurde, wahrscheinlich in Polen. Auf dem Foto waren vier Personen abgebildet. In Uniform. Die Frau hat das Bild abgenommen, fotografiert, und umgedreht, wieder fotografiert, aufgehängt und ist dann panikartig weggerannt. Wir brauchen das Foto."

In den Raum kam Bewegung. Es schien, als ob alle gleichzeitig ausatmeten. Barbara klopfte als Applaus mit der Hand auf den Tisch. „Das ist schon irre. Wenn du recht hast, ist es phänomenal, dich anhand nur eines kleinen Ausschnitts nach so vielen Jahren an ein komplettes Foto zu erinnern. Cool." Die anderen nickten.

„Wir brauchen das Phantombild aus dem Café", ergänzte Tobias mit energischer Stimme. „Sobald wir es haben, schicken wir es dir, Victor. Heinrich, mach noch einmal Druck. Und du, Andreas, versuche, das Foto zu finden. Wir haben ja die Namen unserer Opfer als Anhaltspunkt. Es gibt bestimmt einen Ausstellungskatalog, Kuratoren und so weiter. Finde es heraus. Und verdächtige Fotos, die in Frage kommen, legst du Victor vor. Außerdem müssen wir wissen: Wer hat es wann und wo aufgenommen. Du weißt. Informiert mich umgehend, wenn ihr was habt."

Sein Handy klingelte. Tobias warf einen Blick auf das Display. Klaas Hauptmann. „Bleibt noch einen Moment", bat er und nahm das Gespräch an.

„Ihr wart gerade weg, da kam mir was in den Sinn. Auf einer Tagung hat mir ein Kollege aus Hannover von einem Fall erzählt, der merkwürdig war und nie aufgeklärt wurde. Ich habe ihn angerufen."

„Nun mach es nicht so spannend", drängte Tobias freundlich. „Ich stelle dich übrigens auf laut, das ganze Team hört mit."

„Hallo in die Runde. Ich habe mit einem Kollegen über eine frühere Tat in Hannover gesprochen, und es gibt tatsächlich Parallelen zu unseren Fällen", fuhr

Hauptmann fort. „Erstens war auch Viagra im Spiel, und zweitens haben die Kollegen im Badezimmer ebenfalls einen zertrümmerten Spiegel vorgefunden. Sonst keine weiteren Spuren, bis auf die, dass es zum Geschlechtsverkehr gekommen sein muss."

„Das ist ja ein Ding. Und warum haben wir den Fall nicht in VICLAS gefunden?"

„Das habe ich den Kollegen auch gefragt. Doch der hatte keine Antwort darauf. Ich habe ihn gebeten, die Akte zu besorgen und mir das Wesentliche zu mailen. Sobald ich die Daten habe, leite ich sie euch weiter."

„Ich danke dir. Mein Gefühl sagt mir, dass wir hier näher an der Täterin sind als ihr dort oben. Wir haben Neuigkeiten. Ich rufe dich später wieder an."

*

Heute war der 3. Brief gekommen. Fast schon routiniert hatte sie den Umschlag genommen und geöffnet.

Sie hatte ihn gelesen und war erstarrt.

Der Name! Sie kannte ihn. Wusste erst nicht, woher. Dann fiel es ihr ein.

In der Schublade fand sie seine Visitenkarte.

*

Sein Telefon klingelte. Der Klingelton signalisierte ihm, dass es ein unbekannter Anrufer war. Zögernd betrachtete er das Display. Unterdrückte Nummern ignorierte er normalerweise. Diesmal siegte die Neugier.

„Victor Holzer."

„Hey, ich bin´s."

„Katharina?" Er hatte ihre Stimme sofort erkannt, hörte nur ihren Atem und dann Stille.

„Was für eine Überraschung."

„Ich muss dich sehen." Die Stimme klang vertraut und doch fremd, erregt, angespannt.

„Okay, wann?"

„Gleich!"

Er blickte auf seine Uhr. „Wo bist du?"

„Im Hyatt, ich sitze an der Bar."

Gedankenverloren blickte Victor auf sein Handy. Sie hatte aufgelegt. Er legte das Handy zur Seite. *Was will Katharina von mir?* Wie schafft es diese Frau, die er mehr als 20 Jahre nicht gesehen hatte, ihn mit wenigen Worten derart zu irritieren? Warum interessierte sie sich nach so langer Zeit überhaupt für ihn? Katharina hatte nie etwas ohne Absicht getan, sie hatte immer einen Plan gehabt.

Es gab nur einen Weg, den Grund herauszufinden. Und wenn er ehrlich war, vergessen hatte er sie nie. Victor war sich klar darüber, dass, wenn er sie traf, etwas passieren würde. Sofort spürte Victor die Beschleunigung seines Herzschlags, spürte sein Blut schneller pulsieren. Und wenn er noch ehrlicher war, musste er sich eingestehen, dass er von dieser Situation immer geträumt hatte. Doch ein Traum blieb immer ein Traum und sollte immer ein Traum bleiben. In seiner Welt. Bisher.

Der erneute Klingelton seines Handys riss ihn aus seinen Gedanken. Tobias versuchte, ihn zu erreichen. *Nicht jetzt, ich rufe dich später zurück.* Er drückte das Gespräch weg.

*

Victor betrachtete sich in der Fensterfront des Hotels. Er hatte eine verwaschene Jeans angezogen, dazu ein weißes Hemd. Es war nicht damit zu rechnen, dass die Temperaturen soweit sinken würden, dass er eine Jacke gebraucht hätte. Mit dem Weiß bildete sein sommersonnengebräunter Teint den gewollten sportlichen Kontrast.

Victor fühlte sich gutaussehend, mit sportlicher Figur, attraktiv. Den leichten Mittfünfziger Bauchansatz überdeckte das locker geschnittene Hemd. Er versuchte, im Spiegelbild der Fensterscheibe zu erkennen, ob ein bekanntes Gesicht an einem der Tische des gut besetzten Außenbereiches zu Abend aß oder ein gepflegtes Feierabendkölsch mit Blick auf den Dom zu sich nahm. Aber alle Gesichter waren ihm fremd.

Beruhigt ging Victor auf die Drehtür zu, die ihm die letzte Chance bot, der sich anbahnenden Begegnung auszuweichen. Das wusste er. Er wusste auch, dass er dabei war, Clara zu hintergehen, zu betrügen. Weshalb sonst hatte Katharina ihn hierher bestellt? Clara war auf einer Dienstreise und würde erst morgen zurückkommen.

Er betrat das Foyer. Ein goldenes Schild wies ihm den Weg zur Bar. Schon beim Eintreten erkannte er ihren stolz durchgedrückten Rücken. Sie saß auf einem Barhocker, drehte ihm ihr Profil zu. Er konnte nicht erkennen, ob sie ihn bereits im Barspiegel gesehen hatte. Sie zeigte jedenfalls keine Reaktion.

Ihr schulterlanges dunkles glattes Haar fiel auf die Träger ihres dunkelblauen Cocktailkleides. Das gedimmte Barlicht unterstrich den dunklen Teint ihrer Haut.

„Kann es sein, dass ich Clara hier in der Stadt gesehen habe?", überfiel sie Victor zur Begrüßung.

„Wie kommst du denn darauf? Clara ist in Berlin, ich habe heute Mittag noch mit ihr telefoniert."

„Na ja, vielleicht habe ich mich ja getäuscht", lenkte Katharina ab, indem sie an ihrem Cocktail nippte, „aber die Frau, die ich gesehen habe, hatte die gleiche Figur, den gleichen Gang und auch die Frisur wie Clara." Sie stellte das Glas ab. „Also Entwarnung."

Katharina griff nach der Hand von Victor und lächelte auffordernd. „Komm, lass uns nach oben gehen. Ich habe etwas vorbereitet. Du magst doch Champagner, oder?"

Das war er, der ‚point of no return'. Sie bemerkte sein Zögern. „Was ist los? Traust du dich nicht?"

Aber da war noch etwas. Nicht nur der Gedanke an Clara. Er blickte Katharina nach, die voranschritt.

Tief in ihm regte sich etwas.

Ein Wiedererkennen.

Mai 1949

„Kindchen, willst du nicht mit mir kommen? Ich könnte Hilfe brauchen. Wer weiß, wie es zu Hause aussieht."

Es war Ende April. Der Frühling brachte die ersten warmen Tage und die Chance auf einen Neubeginn.

„Wir dürfen bald zurück in die Heimat", hatte Oma Erna zu Ruth gesagt, und da fasste sie den Entschluss, ihrem Leben eine andere Richtung zu geben. Nichts hielt sie hier fest.

Für die meisten im Dorf war sie noch immer ein Flüchtling, jung und alleinerziehend. Ihre einzige Freundin Maria hatte ihren Arthur geheiratet, war in die Stadt gezogen.

Im Dorf gab es für sie keine Perspektive, und es blieb die Angst des Entdecktwerdens, wenn diese auch nicht mehr so stark war, wie damals. Niemand hatte Alfons vermisst, niemand sie angesprochen, was aus dem jungen Mann geworden war, der sie beim Tanz so angehimmelt hatte. Er war einfach nur einer der jungen herumziehenden Männer gewesen, die kaputt aus dem Krieg zurückgekommen und auf der Suche nach Arbeit und Glück waren.

Seine Leiche wurde nicht gefunden, offensichtlich hatten Wildschweine, Füchse und Nagetiere alle Spuren beseitigt. In ihre Träume allerdings kehrte Alfons zurück.

Einen Tag vor ihrer Abreise ging sie noch einmal in den Wald, um die dort versteckte Pistole zu holen.

Am Morgen des 2. Mai stieg sie mit Elisabeth, ihrem Koffer und Oma Erna in einen Zug, der sie nach Köln bringen würde. Als sie ankamen, sahen sie Berge von Trümmern, die noch immer an den Krieg erinnerten.

Freunde von Oma Erna nahmen sie in ihr Haus auf. Über eine Leiter mussten sie in die ihnen überlassene Wohnung in den 3. Stock, das Dachgeschoss steigen. Sie sah das Nachbarhaus, bei dem das Dach fehlte und die Menschen bei Regen mit einem Regenschirm dicht gedrängt nebeneinandersaßen, um sich zu wärmen und gegenseitig zu schützen. Einige der Zimmer hatten keine Wände mehr.

Zum Glück mussten sie nicht lange in Köln aushalten. Oma Ernas Tochter lebte in Leverkusen. In ihrer Wohnung konnte sie ein Zimmer bekommen.

Schnell fand Ruth eine Anstellung als Hilfskraft in

einem der Labore eines Großunternehmens, auch wenn sie bisher nur als Bäuerin und im Dorf als Bedienung gearbeitet hatte. Der Wiederaufbau des Werkes musste schnell erfolgen, da die Nachfrage an den Produkten groß war. Jeder war willkommen, der arbeiten konnte und wollte. Bäcker wurden als Glaser oder Sekretärinnen als Schreinerinnen eingestellt. Und die Menschen wollten arbeiten, sich ein neues Leben aufbauen und die schrecklichen Jahre mit viel Not und Elend hinter sich lassen. Auch wenn diese Menschen zu großen Teilen ohne Versicherung und zu niedrigem Lohn eingestellt wurden.

„Das ist Ruth. Sie wird dir bei deiner Arbeit helfen", stellte der Laborleiter sie ihrem Kollegen vor. So lernte sie Horst kennen. Er war ein freundlicher, höflicher Mann, älter als sie. Sein sonst eher verhärmtes Gesicht fand ein Lächeln, wenn er sie sah und sie miteinander redeten.

„Am Samstag ist ein Seifenkistenrennen in Schlebusch, wollen Sie nicht mitkommen, Fräulein Ruth? Das würde bestimmt auch Ihrer Tochter Spaß machen. Bitte, tun Sie mir den Gefallen", versuchte er sie eines Tages für eine Verabredung zu gewinnen. Und Ruth sagte zu. Ihr war nicht wohl dabei, aber Elisabeth war so begeistert, dass sie nachgab.

Horst war freundlich zu Elisabeth, nahm sie auf die Schulter, damit sie besser sehen konnte. „Ist das ganze Eis nur für mich?", fragte das kleine Mädchen, als er ihr später eine große Eistüte in die Kinderhand drückte.

Mit der Zeit verband sie innige Freundschaft. Mehr ließ Ruth nicht zu. Horst war einverstanden, er war kein Mann, der Forderungen stellte. Er war bereit, sie zu heiraten und ihr und dem Kind ein gesichertes Familienverhältnis zu bieten. Er war ein guter Mann, soweit er es konnte.

Für Elisabeth waren sie jetzt eine richtige kleine Familie. Für Horst auch. Ihm war wichtig, was die Nachbarn von ihm dachten. Mit einer Familie war er wieder ein akzeptierter Teil der Gesellschaft. Horst war ein sozial engagierter Mann, bescheiden, sensibel und still. Er half jedem, der ihn um etwas bat, ohne von dem anderen eine Gegenleistung zu fordern, und wehrte sich nie, auch wenn seine Gutmütigkeit von anderen ausgenutzt wurde. Horst verabscheute körperliche Gewalt, erhob nie die Hand gegen Ruth und Elisabeth. Blieb allerdings oft einfach stumm.

In manchen Nächten hörten Elisabeth und Ruth seine Stimme. Dann, wenn er in seinen Albträumen schrie und all seine durchlebte Angst und Verzweiflung neu erlebte.

So lebten zwei traumatisierte Menschen zusammen, einander zugewandt, aber letztendlich gefühllos für einander und sprachlos. In einem sozialen Umfeld, das geprägt war durch den jahrelangen Krieg, die Evakuierungen und Kriegsgefangenschaften. Geprägt von Gefühlsmangel und Herzlosigkeit. Geprägt von Schweigen, dieser Mauer, an der alles abprallte.

Er fragte sie nie, wie es ihr wirklich ging. Wenn sie ihn fragte, antwortete er einsilbig. Jeder sah zu, auf seine Art die Vergangenheit zu vergessen oder sie zu negieren. Versuchte, so gut es ging, weiter zu überleben.

Und so lernte auch die kleine Elisabeth, in dieser Welt zu überleben.

In einer Welt der Schreie und der Stille.

„Ich habe tatsächlich einen Namen: Ella Winter. Die einzige Lieferadresse in Köln." Barbara Sieger stand vor Tobias' Schreibtisch und schwenkte einen Zettel in der Hand. Triumphierend und aufgeregt zugleich.

„Ich habe mit dem Inhaber der Firma gesprochen, die diese Kappen produziert. Ein niederländischer Kleinbetrieb, der hat nicht sehr viele Bestellungen. Deshalb hat der Typ schnell den Namen und die Adresse gefunden."

„Okay, wir fahren morgen als Erstes dahin und sprechen mit der Frau." Tobias merkte Barbara die Enttäuschung an, dass sie nicht sofort losfuhren. Aber es gab noch einige offene Fragen zu klären. Und weil Ella Winter ja nicht wissen konnte, dass sie in den Fokus der Ermittlungen gelangte, war Fluchtgefahr nicht gegeben. Dachte er.

„Bitte Andreas", wandte er sich an Barbara, „möglichst viel über diese Frau Winter herauszubekommen. Wir treffen uns um 17.00 Uhr im Besprechungsraum. Sag bitte allen Bescheid. Und, gute Arbeit, Barbara."

*

„Kollege Hauptmann hat uns die Akte aus Hannover gemailt. Ihr habt sie ja schon lesen können. Wir haben jetzt also drei Namen", begann Tobias die Besprechung. Staatsanwalt Brehmer fehlte, auch Victor war nicht da. Helen würde später kommen, sie wollte noch etwas überprüfen.

Dass Victor seinen Anruf weggedrückt hatte, irritierte

Tobias. Das war gar nicht Victors Art. Zumal er im Mittelpunkt des Interesses stand. Aber vielleicht war ihm etwas Wichtiges dazwischengekommen. Jetzt war keine Zeit, sich darüber Sorgen zu machen. Das würde sich schon klären.

„Wir suchen also nach den Gemeinsamkeiten zwischen drei Fällen", Tobias blickte in die Runde.

Andreas Müllers meldete sich. „Zwischen Bekemeier und Behring kennen wir die Gemeinsamkeiten, aber zu dem Hannoveraner Toten? Da haben wir noch nichts gefunden."

„Klar, der Fall liegt schon über drei Jahre zurück, aber wir konnten auch nicht damit rechnen, dass die Täterin in Sylt noch einmal zuschlug", fiel ihm Degen ins Wort.

„Auf Sylt", flüsterte Barbara. Tobias blickte die junge Kollegin an, runzelte die Augenbrauen, sagte aber kein Wort. Sein Unmut war auch so für alle erkennbar. Barbara hob zur Entschuldigung die Hände.

„Also sollten wir uns wegen der zeitlichen und räumlichen Entfernung nicht ablenken lassen." Tobias blickte den lässig an der Wand stehenden Heinrich Degen an. Der nickte kurz, blieb jetzt aber stumm.

„Stimme zu", sagte Andreas Müllers Richtung Tobias. „Alles deutet darauf hin, dass die drei Morde von ein und derselben Frau begangen wurden."

Tobias ging das zu schnell. Seiner Meinung stimmte etwas nicht, sagte ihm sein Gefühl.

„Stellt für den Moment mal den Fall Hannover gedanklich bei Seite", wandte er sich an die Gruppe. „Dieselbe Täterin, ja. Aber es fehlen darüber hinaus Gemeinsamkeiten mit den anderen Taten. Vergleicht nur die Tatorte, da gibt es gravierende Unterschiede.

Das erste Opfer wurde profan mit einer Weinflasche erschlagen und nicht auffällig für uns präsentiert. Und laut Akte wurde am Tatort auch keine Botschaft oder ein anderes Porträt gefunden. Bei der ersten Tat wirkt alles spontan, nicht geplant. Es sieht alles nach einem Notwehrreflex aus. Ein One-Night-Stand, bei dem etwas aus dem Ruder lief." Er registrierte das Nicken der anderen.

„Ich glaube, Victor hat recht. Die erste Tat war die Initialhandlung. Und einige ihrer Handlungen hat die Täterin bei den nächsten beiden Morden übernommen."

„Etwa die zertrümmerten Spiegel an allen Tatorten", ergänzte Heinrich Degen.

Tobias lehnte sich leicht erschöpft in seinem Stuhl zurück und fuhr dann fort. „Ich bin mir inzwischen sicher, dass das Motiv der Taten sehr weit zurückliegt, dass Victor auch hier recht hat. Möglicherweise reicht es sogar über Generationen zurück. So würde auch Victors Beobachtung bei der Ausstellung in Berlin ins Bild passen."

Tobias wandte sich nach rechts. „Andreas, hat Victor inzwischen alles?"

„Das Phantombild und alle neuen Infos hat er bekommen."

„Wo ist Victor überhaupt?", fragte Barbara.

Tobias kam nicht dazu, die Frage zu beantworten, denn Helen betrat den Raum, nickte kurz zur Begrüßung.

Sie öffnete ihre cognac-braune Dokumententasche und holte ein Blatt Papier heraus. Hielt es Tobias hin.

„Ist der DNA-Abgleich aus Westerland. Ihr werdet es nicht glauben. Ich musste auch zweimal hinschauen. Aber die Ergebnisse sind sicher, hab mich bei den Kollegen extra noch einmal rückversichert."

„Was ist sicher?", wollte Barbara wissen und blickte

Tobias an. Sah, wie er die Stirn runzelte und sein Blick auf einen imaginären Punkt außerhalb des Raumes starrte.

„Es gibt eine Übereinstimmung", flüsterte er aus seinen sich überschlagenden Gedanken heraus, „von 25% bei der DNA von Bekemeier und der Täterin."

*

Zögerlich betrat sie die Wohnung, schaltete das Licht ein und schloss die Tür. Das gleißende Licht des Deckenstrahlers flutete den leeren Flur. Stille umfing sie, ungewohnte Stille und Geruchlosigkeit. Ungewohnt und unbewohnt wirkte die 2-Raum-Wohnung, obwohl sie hier jetzt schon mehrere Monate wohnte.

Sie hatte sie gemietet, weil sie als Einzige verfügbar gewesen war. Die Wohnung war für ihre Verhältnisse teuer, zu teuer für Studenten, deshalb hatte sie den Zuschlag bekommen. Aber sie brauchte sie ja nur für einige Monate. Genau so, anonym und ungewohnt. Danach konnte sie zurück in ihre Burg, an ihren Zufluchtsort. So war ihr Plan.

Doch jetzt hier, in dieser Wohnung, bekam das Wort deprimierend eine persönliche Bedeutung. Ein plötzlicher Gedanke, eine kurze Erinnerung.

Diese Wohnung, sie sah sich um, fühlte sich an wie die Wohnung von Christian damals, die er nur für einen bestimmten Zweck angemietet hatte. Noch immer verfolgte sie der Abend in Hannover vor drei Jahren. Der alles verändert hatte.

„Nein, ich lasse mich von dir nicht runterziehen." Wütend schlug sie mit ihrer rechten Faust gegen die

Wand. Spürte den Schmerz, als die Knöchel aufschlugen. Sie brauchte den Schmerz, um wachsam zu bleiben. Jetzt half nur eines. Sie musste sich auspowern.

30 Liegestütze, 30 Sit-ups, eine Minute Plank-Übung. Nach drei Durchgängen kam die Erschöpfung der Muskeln in den Armen, im Bauch, im Gehirn. Sie nahm sich eine Flasche Mineralwasser aus dem Kühlschrank und trank einen langen Schluck direkt aus der Flasche.

Ihr Blick fiel auf das hängengelassene Bild des Vermieters im Wohnzimmer. Ein gelber Schmetterling über einer unendlich scheinenden tiefblauen Wasseroberfläche.

Tiefblaue See, königsblauer Himmel, das Festland nur zu erahnen, die nächste Insel weit weg. Darin der kleine Schmetterling, ein hellgelber Zitronenfalter. Klein und schutzlos inmitten des Nichts. Weit weg von seinem gewohnten, bunten, lebendigen Umfeld.

So sieht Einsamkeit aus, dachte sie. Trauer bemächtigte sich ihrer. Ihr Herz begann zu rasen, die Brust verengte sich, sie atmete kurz. Sie musste kämpfen, um nicht zu weinen. Fühlte sich wie der Schmetterling.

„Schmetterling? Was treibst du da?" Aufseufzend warf sie sich auf das grüne Ledersofa und schloss die Augen.

Wie durch leichten Wind angetriebene dunkle Rauchfähnchen tänzelten ihre Gedanken.

Diese Einsamkeit macht mich krank. Aber ich bin doch immer einsam. Mama, warum bin ich einsam, warum fühle ich mich immer so? Warum habe ich keine Freunde? Wo ist mein Vater? Wer ist mein Vater?

Fragen, immer nur Fragen, immer wieder die gleichen Fragen. Keine Antworten. Aber wer sollte ihr antworten?

Nein, es kann nicht Sinn meines Lebens sein, allein zu bleiben. Und ich will es auch nicht. Auch ich habe das Recht zu leben und zu lieben. Auch ich möchte Glück, *Schmerzen mit jemanden teilen. Denn niemand kann allein leben. Das ist die Hölle, die Einzige, die auf Erden existiert. Und ich wollte mich öffnen, wollte versuchen, meine Liebe mit Christian zu teilen.*

Mit einem heftigen Schluchzen fuhr sie auf.

Bis zu seinem Verrat.

Aus ihrem Schluchzen wurde ein tonloser Schrei. Der die Stille nicht störte, die Einsamkeit nicht vertreiben konnte.

In die Tiefen ihres Selbstmitleids drang die Türklingel. Einmal, zweimal, aufdringlich.

Mechanisch stand sie auf und ging zur Tür.

Einen Tag später

Tobias parkte den Mazda auf dem Parkplatz vor dem Höhenbergbad. Von hier aus waren es nur wenige Minuten zu Fuß zur gesuchten Adresse. Er hatte noch etwas Zeit. Sie hatten sich erst für kurz nach 7 Uhr verabredet.

Er spürte, wie eine bekannte Nervosität seinen Körper anspannte. Eine Nervosität, vergleichbar mit der Anspannung eines Schützen beim Gang zum entscheidenden Elfmeter. Wenn er traf, war er der Held. Wenn er versagte... Er wartete nur noch, dass der Schiedsrichter den Ball freigab.

Ein Klopfen an der Seitenscheibe ließ ihn zusammen-

255

zucken. Das Gesicht von Barbara auf der anderen Seite brachte seine Gedanken wieder ins Jetzt.

„Glaubst du, sie wusste, dass sie ihren Cousin getötet hat?", begrüßte ihn Barbara, als er den Wagen abschloss.

Diese Frage hatte auch Tobias den Abend zuvor beschäftigt, denn diese Information über die DNA-Probe hatte eingeschlagen wie eine Bombe. Was bedeutete das für ihre Ermittlungen?

Sie mussten das Foto bekommen. Tobias war sich sicher, dass das Porträt auf der Visitenkarte Bekemeiers Großvater war. Was aber hatte der mit dem Mord 2017 zu tun? Im Zweifel kannte Ella Winter ihren Großvater nicht. Denn dass Ella Winter die Täterin war, da war sich Tobias inzwischen sicher.

Aber was war da dran?

Die Recherchen von Andreas Müllers hatten nur wenige neue Erkenntnisse gebracht. Ella Winter wurde geboren am 1.7.1969 in Schleiden, einem Ort in der Eifel im Kreis Euskirchen. Ihre Mutter war bei der Geburt verstorben. Der Vater unbekannt. Aufgewachsen bei ihrer Großmutter in Blumenthal, einem Dorf im Hellenthal, in der Nähe von Schleiden. Über ihren Großvater hatte er nichts gefunden.

Offiziell wohnte und arbeitete Ella Winter als PTA in der Apotheke ihres Geburtsortes. In den sozialen Medien war sie nicht aktiv. Zumindest nicht unter dem Namen Ella Winter.

Sie bogen von der Schwarzburger Straße nach links in die Saalfelder Straße ab. Die Fassaden der meist dreistöckigen Mehrfamilienhäuser sahen frisch renoviert aus, die Giebelseiten waren einheitlich gestrichen.

„Uniformierte Bebauung würde ich sagen und ideal,

sich zu verstecken. Sieht aber gar nicht so übel aus für einen Kölner Stadtteil, der keinen guten Ruf hat."

„Einige der Häuser hier stehen unter Denkmalschutz. Die Siedlung heißt Germaniasiedlung, sie wurde nach dem 1. Weltkrieg errichtet. So schlecht ist der Ruf der Siedlung nicht. Wir haben aber keine Zeit für Heimatkunde, da vorne müssen wir rechts rein", erwiderte Tobias.

Nach wenigen Schritten blieb er abrupt stehen. „Das ist doch das Auto von Victor."

Der Wagen stand wie achtlos und in Eile abgestellt entgegen der Fahrtrichtung direkt an der Einbiegung von der Erfurter Straße in den Kösener Weg. Der hinter dem linken Scheibenwischer eingeklemmte Strafzettel bezeugte, dass Victor ihn bereits gestern hier abgestellt hatte. Der Volvo war abgeschlossen, Tobias versuchte in den Innenraum zu schauen, konnte aber nichts Auffälliges erkennen.

„Was will der denn hier?", fragte Barbara entrüstet.

„Wenn ich das wüsste." Tobias überfiel eine Ahnung. Dass Victor gestern bei der Besprechung gefehlt und ihn nicht zurückgerufen hatte, passte nicht zu ihm. Es sei denn, er hatte Ella Winter auf dem Foto erkannt ...

Er nahm sein Handy und wählte Victors Nummer.

„Vielleicht ist er rein zufällig hier?", dachte Barbara laut.

„Das glaubst du doch selber nicht. Es gibt keine Zufälle", fuhr Tobias auf, weil sich Victor nicht meldete. „Jedes Ereignis folgt einer eigenen Logik, hat einen Startpunkt und ein Ziel. Wenn zwei Ereignisse das gleiche Ziel haben und es zur gleichen Zeit erreichen, nennen wir es Zufall. Er geht nicht dran. Das ist nicht seine Art."

Die unpassende akademische Logik konnte seine Verunsicherung nicht verdecken, das wusste er in dem Moment, als er sie ausgesprochen hatte.

„Okay. Vielleicht hat alles eine einfache Erklärung."

Tobias merkte an ihrem Tonfall, dass sie selber nicht daran glaubte.

Sie betraten den Kösener Weg und standen bald vor der offenen Eingangstür von Haus Nr. 5. Laut dem Klingelbrett wohnte Ella Winter im 2. Stock rechts. Tobias spürte ein Ziehen in der Bauchgegend, und sein Rücken machte sich bemerkbar. Das untrügliche Zeichen einer Ahnung, dass etwas passiert war. Dass er zu spät gekommen war.

Der Blick seiner Kollegin war starr nach vorne gerichtet, ihr hellblaues T-Shirt färbte sich unter den Achseln dunkel.

Zwei Stufen auf einmal nehmend, hasteten sie die zwei Stockwerke nach oben. Durch die Tür konnten sie den Klingelton hören. Noch einmal. Ein drittes Mal.

„Wir sind zu spät." Tobias lehnte den Kopf schwer atmend an die Tür. „Was ist mit Victor? Er war hier, da bin ich mir sicher."

„Wir müssen in die Wohnung. Lass uns erst bei den Nachbarn fragen, ob einer einen Schlüssel für die Wohnung hat", lautete Barbaras Vorschlag.

Aber keiner der Mieter kannte Ella, hatte auch keinen Wohnungsschlüssel. Man sah sich und grüßte sich im Treppenhaus, das war's. Kein Kontakt, keine Nachbarschaft.

„Okay, dann lass den Schlüsseldienst kommen. Ich stimme derweil das Öffnen mit Brehmer ab."

Nachdem er das Formale geklärt hatte, gingen die

beiden zum Auto von Victor zurück. „Wir warten hier, wird hoffentlich nicht so lange dauern." Seine Finger zitterten leicht, als er vergeblich seine Taschen nach Zigaretten abklopfte.

„Du hast nicht zufällig welche dabei?", er sah Barbara an. Sie schüttelte den Kopf. „Was glaubst du, was passiert ist?"

„Victor hat von einer Frau gesprochen, die er in der Polizei-Ausstellung angesprochen hat. Ich denke, er wird sie anhand des Fotos und dem Phantombild aus Sylt wiedererkannt haben. Die Adresse hat er von Andreas."

„Ja und. Das ist doch kein Grund für einen Alleingang. Was denkt der sich dabei?"

„Stimmt, aber ich kenne ihn. Er wollte sich sicher sein und seine Vermutung erst überprüfen, ehe er sie an uns weitergibt." Tobias fasste sich die schwitzende Stirn, der Druck auf seinen Brustkorb schnürte ihm die Atemwege zu. „Ich hätte ihn stoppen können. Ich habe doch gemerkt, dass irgendetwas nicht gestimmt hat", presste er leise hervor.

Ich will nicht schon wieder jemanden verlieren, weil ich ihn nicht retten konnte. Das darf nicht sein. Sein Gesicht erstarrte, sein Körper verkrampfte.

Er spürte die Hand von Barbara auf seinem Arm.

„Hey, dich trifft keine Schuld. Du musst dir keine Vorwürfe machen." Sie sah ihn direkt an. „Wir finden ihn." Sie setzte kurz ab. „Und wir finden auch sie."

Barbara zeigte auf das Dienstfahrzeug, das gerade ankam. Die Spezialisten machten sich an die Arbeit, und kurze Zeit später war die Wohnungstür offen.

Sie betraten den Flur. Nach zwei Schritten öffnete sich der schmale Flur zu einem Vorraum, von dem die

Zimmer abgingen. Links das Bad, geradeaus das Wohnzimmer, rechts daneben die Küche. Tobias trat an das einzig geschlossene Zimmer und öffnete die Tür. Das Schlafzimmer. Die Wohnung war leer. Von Victor keine Spur. Auf den ersten Blick waren auch keine Kampf- und auch keine Blutspuren zu erkennen.

„Ruf Andreas an, er soll die Fahndung einleiten. Er soll auch prüfen, ob die Frau ein Auto hat. Irgendwie müssen sie ja hier weggekommen sein. Es sei denn", er atmete tief, „es gab noch eine dritte Person."

„Die Meisterin?" Barbara ergänzte, was auch Tobias gedacht hatte.

„Ich informiere Heinrich und die KT", sagte Barbara. Tobias nickte.

„Wir schauen uns kurz um." Er zeigte auf das Badezimmer und nickte der Kollegin zu. Er selbst betrat das Wohnzimmer. Der Raum war nicht groß, quadratischer Grundriss. Ein Fenster und eine Balkontür gaben den Blick auf die rückseitige Grünanlage frei. Auf einem Tisch lagen Zeitschriften. Ein Sofa war die einzige Sitzgelegenheit in einem sonst spartanisch eingerichteten Raum.

Das Foto eines gelben Schmetterlings vor einem blauen Hintergrund hing an der Wand. Links stand ein kleiner Schreibtisch mit zwei Schubladen. Kein Laptop, kein Bildschirm. Neben dem Schreibtisch ein Regal. Einige Bücher, eine Schneekugel, eine kleine Musikanlage und ein gerahmtes Farbfoto.

Er beugte sich zu dem Foto. Ein kleines Mädchen blickte zu einer gutausgehenden Frau auf. Tobias schätzte deren Alter auf Ende 40 ein. Eine Ähnlichkeit der beiden war unverkennbar. Mutter und Tochter? Nein, das konnte nicht sein. Ihre Mutter war bei der Geburt gestorben, das musste ihre Großmutter sein.

Sein Blick fiel auf den Zeitungsstapel. Unter der untersten Zeitschrift lugte ein schwarzes, mehrere Millimeter dickes Plastikteil hervor. Tobias hob die Zeitschriften an und erstarrte. Auf dem Tisch lag ein Autoschlüssel für einen Volvo mit einem auffälligen Anhänger. Einem Geißbock. Er kannte den Schlüssel.

„Schau mal, was ich gefunden habe", sagte Barbara und betrat das Zimmer. Tobias drehte sich um. Sie zeigte auf eine Kanüle und ein kleines Gläschen.

„K.o.-Tropfen. Needle Spiking."

„Needle Spiking?"

„Injizierte K.o.-Tropfen."

„Was ist hier passiert? Was ist mit Victor passiert?" Flehende Fragen. Wissend, dass die Gefragte keine Antworten geben konnte.

„Hast du schon die Schubladen durchsucht?", fragte Barbara und zeigte Richtung Schreibtisch.

Tobias schüttelte den Kopf, trat an das Möbel und öffnete die rechte Schublade. Fand einen grünen Aktendeckel mit einem Foto.

Das musste das Foto sein. Die Gesichter zweier Uniformierter waren mit einem dicken roten Kreuz unkenntlich gemacht. Zwei waren noch unversehrt. Er legte es beiseite. Sie würden es später begutachten.

Er öffnete die Mappe. Auf dem ersten Blatt stand nur ein Name: Victor Holzer.

„Was soll das? Was geht hier vor?" Barbara war neben ihn getreten und hatte den Namen gelesen. Sie war genauso schockiert und unvorbereitet auf das, was sich jetzt offenbarte.

„Ich habe keine Ahnung. Aber das hier deutet darauf hin, dass Victor ebenfalls getötet werden soll. Aber warum? Dass er vor dem gleichen Hintergrund ausgewählt wurde wie Behring und Bekemeier, halte ich für ausgeschlossen. Er ist ein Freigeist, aber ganz sicher kein Nazi." Tobias blickte Barbara an. „Er hat Ella Winter überrascht, war nicht das willfährige Opfer. Wir haben also zwei Abweichungen. Das ist jetzt unsere Chance. Victor lebt, da bin ich sicher. Und, wir werden ihn finden." Seine Stimme war wieder fest, bestimmt. „Geh du bitte runter und weise die Kollegen ein. Ich schau mir kurz das Schlafzimmer an."

Ein schmales Doppelbett, ein Nachtschränkchen aus Rattan und ein auf Antik gemachter zweitüriger Kleiderschrank. Michelangelos David überwachte das Bett. Er hörte, wie die Eingangstür ins Schloss fiel, und öffnete den Kleiderschrank. Ordentlich gefaltete T-Shirts, Sommerkleider, Blusen, Hosen. Nichts Außergewöhnliches. Anonym wie alles hier.

Irgendetwas Persönliches muss es doch geben, dachte Tobias, als sein Blick auf das Schränkchen fiel. Er ging um das akkurat gemachte Bett und öffnete das Fach. In dem Hohlraum lag eine Schuhkiste, mit einer Paketschnur einmal umwickelt und mit einem Knoten verschlossen. Vorsichtig hob Tobias das Paket heraus und stellte es auf das Bett.

Der Knoten ließ sich leicht öffnen. Dann hob er den Deckel ab. In der Schachtel lag obenauf ein Foto. Schwarz-weiß. Die Ansicht eines alten Bauernhauses. Es ähnelte dem Foto, das er vorhin gefunden hatte. Nur ohne Soldaten. Er drehte es um. Am oberen rechten Rand hatte jemand in feiner Schrift das Wort *Józefów* geschrieben. Darunter die Jahreszahl *1940.* Vorsichtig legte er das Foto auf den Deckel des Kartons. Nun war der Blick frei auf den restlichen Inhalt.

Die Kontur des in einem Tuch eingewickelten Gegenstandes ließ keinen Zweifel aufkommen. Da lag eine Pistole. Daneben eine Schachtel. Patronen.

Vorsichtig nahm er die Pistole aus dem Karton und öffnete das Tuch. Was für ein Modell, das war, konnte er nicht sagen. Sie wirkte lange nicht genutzt und nicht gereinigt.

Juli 1969

Schreie, immer wieder Schreie.

Die Schreie des Säuglings nach der Mutter weckten sie auch heute. Wie jeden Morgen der letzten sieben Tage. Wie jede Nacht der letzten sieben Nächte.

Als ob das Neugeborene ihre Geschichte, als ob es ihre Zukunft schon kennen würde. Den Verlust, den sie lange nicht vermissen würde.

Das waren nicht die Angstschreie der lebensbedrohten, gepeinigten Menschen ihrer langsam verblassenden Erinnerung. Dies waren lebens- und liebeerwartende Schreie. Ganz einfach: Ihre Tochter hatte Hunger.

An diesem Morgen traf sie die Entscheidung. Heute war der Tag, an dem sie ihre Erinnerungen begraben würde.

Sie musste wieder da sein. Nicht für sich, nicht für ihre Erinnerungen.

Der Morgen zog düster herauf.

Die ergraute Frau saß am Küchentisch und packte ihre Geschichte in einen Karton. Einen Teil nach dem anderen. Feinsäuberlich nach Datum sortiert. Ihre Tagebücher, das Foto von Zuhause, die Pistole. Dokumente ihrer Flucht, ihrer Schuld. Nachweise, wie sie vom Opfer zur Täterin geworden war.

Und dann überfielen sie die Erinnerungen an die Menschen, die ihrem Leben Sinn gegeben hatten. Als wenn diese sich einzeln von ihr verabschieden wollten.

Georg, Tante Martha, Maria, Oma Erna, Elisabeth.

Gedankenverloren schaute sie in das graue Nichts hinaus, in einen verregneten und zu kalten Spätsommermorgen. In ein Spiegelbild ihres Lebens und ihrer Einsamkeit. Einmal nur hatte sie den Versuch unternommen, für sich und Elisabeth einen Schritt ins normale Leben zu wagen, um dem Alleinsein zu entfliehen.

Aber irgendwann war Horst einfach gegangen. Stumm. Brach ohne sie aus. Es fühlte sich an, als wenn er gar nicht da gewesen wäre. Sie empfand weder Trauer noch Verlust. Eher Erleichterung. Sie wusste nicht, ob er überhaupt noch lebte. Oder ein besseres Leben gefunden hatte. Heute wünschte sie ihm das.

Sie war noch einige Jahre in der Wohnung in Leverkusen geblieben. Bis Tante Martha starb und ihr etwas Geld und das Haus in Blumenthal, im Nirgendwo der Eifel, vererbt hatte.

Im Nachbarort Hellenthal fand sie eine Stelle bei den Schoeller Werken. So hatte sie ihr Auskommen und in der Beschaulichkeit des Dorfes ihre Ruhe.

Mit einem letzten Blick versicherte sie sich, dass alle Relikte ihrer Erinnerungen einen Platz gefunden hatten, nahm den Deckel und verschloss den Karton mit ihrem Vermächtnis.

Mein Leben passt in einen Schuhkarton, dachte sie und bemerkte irritiert, dass ihre Hände auf dem Pappdeckel ruhten, als wenn sie sich nicht trennen wollten.

Sie spürte die erste Träne über ihre Wangen laufen und ließ sie laufen. Nie geweinte Tränen.

Ein gewohntes Geräusch holte sie aus ihren Erinnerungen. Die Kirchturmuhr läutete zur vollen Stunde. Sie beugte sich zum Schreibtisch, holte aus der Schublade einen Bogen Briefpapier und schrieb:

Meine liebe Tochter,
heute ist der Tag, an dem mein Leben neu beginnt. Ich habe mich entschlossen, meine Geschichte zu begraben, aber sie darf nicht vergessen werden. Irgendwann soll sie gelesen und verstanden werden. Dann werden die zur Rechenschaft gezogen, die ihr Leben einfach weiterleben konnten.
Doch Schuld kennt kein Vergessen. Auch mein Schmerz kennt kein Vergessen. Ich habe aber keine Kraft mehr, um Rechenschaft für die Schuld zu fordern.
Hass, Liebe, Tod. Liebe, Hass, Tod.
Am Ende steht immer der Tod. Dreifaltigkeit des Lebens. Meines Lebens. Ich lebe, und doch hat mir der Tod, oder war es doch das Leben, schon zum zweiten Mal entrissen, was ich am meisten liebte. Was empfinde ich bei diesen Gedanken? Dass ich das Leben dafür hasse und doch gleichermaßen liebe? Ich weiß es nicht. Beide Male hat mir der Tod einen neuen Weg in die Zukunft gezeigt.

Wahrhaftigkeit der Auferstehung des Lebens. Ich habe mein Schicksal angenommen. Nicht für mich, sondern für das Liebste, was ich auf der Welt noch habe.

Ich glaube an die Dreifaltigkeit des Lebens. Sie gab mir immer wieder Trost und Kraft, alles durch zu stehen.

Morgen ist der Tag, an dem ich Dich, meine geliebte Tochter, hergeben muss. Am Tag der Dreifaltigkeit.

In Liebe

Deine Mutter

Sie öffnete den Karton noch einmal und legte den Brief hinein. Dann verschloss sie ihn sorgfältig mit einem Bindfaden.

Elisabeth hatte ihr überlassen, einen Namen für das Kind zu finden.

Sie schrieb den Namen des Mädchens auf den Karton und betrachtet ihr Werk.

Es war vollbracht.

Nun konnte Morgen kommen.

Der Tag, an dem sie ihre Tochter beerdigen würde.

Am nächsten Tag

Es war der 8. Juli 1969.

Sie stand mit dem Säugling, ihrer Enkelin, im Arm, am Grab ihrer Tochter.

Eine Tochter verloren, eine Tochter bekommen!

Das wurde ihr Mantra für diesen Tag.

Die Schritte kommen näher. Schrill wie Alarmsirenen klingen die Hetzlaute eines Hundes. Schnell muss er sein, schneller als die Verfolger. Verzweifelt sucht er einen Ausweg.

Weiter, nur weiter. Kein Weg, kein Pfad ist mehr erkennbar. Nur der Vollmond weist ihm den Weg. Verzweiflung, Wut macht sich in ihm breit.

Da, abrupt öffnet sich der Wald. Schwarz und glatt wie eine Öllache liegt das Ungeheuer vor ihm, auf ihn wartend, bereit ihn zu verschlingen. Erstarrt bleibt er stehen. Sein Brustkorb wird immer enger, sein Atem bekommt keinen Raum mehr. Er fühlt die Angst.

„Hilfe, Hilfe! Victor, hilf mir!", fleht der Ruf über den See. Irgendwo da draußen … Hände, lang und glatt wie Schlangen, greifen nach ihm und versuchen, ihn zu umschlingen und in den See zu ziehen.

Große Augen durchdringen das schwarze Meer und glotzen ihn an. „Komm, wir tun dir nichts! Komm! Komm!" Riesige Mäuler öffnen sich, und die Luft schmeckt nach Moder.

„Hilfe! Hilfe!" Immer schwächer wird der Ruf.

Ein kalter Arm umschließt seinen schweißnassen Körper.

„Nein!" Sein Schrei durchdringt die Nacht.

Ein harter Schlag traf seine rechte Wange. Ein pochender Schmerz durchfuhr seinen Kopf.

„Victor, wach auf."

Diese Stimme kannte er. Stöhnend drehte er sich zur Seite. Versuchte, die Augen zu öffnen. Sein rechtes Auge signalisierte seinem schmerzenden Erwachen eine Welt in Grau. Sonst nichts. Sein linkes Auge ließ sich nicht öffnen.

Was ist hier los?

Vorsichtig streckte er den rechten Arm aus. Spürte einen Widerstand, er fühlte sich rau an. „Wo zum Teufel bin ich?", flüsterte er in die Gegenwart, die er noch nicht erfasste.

Endlich schaffte er es, den Oberkörper aufzurichten. Das Grau, eine Wand, nicht der Tod. Aber so gut wie, denn das Nichts, in das er blickte, war grau wie die Wand.

Behutsam drehte er seinen Körper so, bis er aufrecht auf der Matratze saß. Diese war alt, das fühlte er in dem Moment, in dem seine Hände das Ding berührten. Ekel schoss in ihm hoch. Doch Schwäche konnte er sich jetzt nicht leisten, auch das signalisierte ihm jede Faser seines Körpers und jeder Strom in seinem Gehirn.

Er befand sich in einem rechteckigen Raum, nicht groß, kleiner als eine Garage. Der Boden gestampfte Erde.

Er blickte auf. Wenn er sich strecken könnte, würden seine Hände die Decke berühren. Drei unterarmbreite und ein Meter hohe Fenster warfen den Schatten von Gittern in den Raum. Es war also noch hell. So lange konnte er also nicht ohne Bewusstsein gewesen sein.

Er musste hier raus. Dazu musste er aber erst die Kontrolle über seine Gedanken und seinen Körper zurückgewinnen.

Der Kopfschmerz war unerträglich, genau wie die Erkenntnis, dass er sich an nichts erinnern konnte, was mit diesem Ort in Verbindung zu bringen wäre. Weder wie er hierhergekommen war, noch warum.

Victor schüttelte den Kopf. Das musste warten.

Schemenhaft erkannte er in der entfernten Ecke des Raumes eine Person. Sie beobachtete ihn regungslos und stumm.

Das Knarren eines Holzstuhles. Die Person hatte sich erhoben, kam mit dem Stuhl auf ihn zu, stellte den Stuhl dicht vor seinen Knien ab und setze sich so, dass sich ihre Knie berührten. Er musste zu ihr aufblicken.

„Katharina, was machst du hier? Wo bin ich? Sag mir, was ...?", krächzte er. Das Gesicht über ihm begann zu lächeln.

„Wo ist deine…?"

„Seit wann weißt du es?", fiel ihm Katharina ins Wort. Er bemerkte, wie ihr bisher gezeigtes Lächeln erfror. Katharina schien überrascht, wusste also nicht von seiner Rolle, die er inzwischen bei der Polizei spielte. Einer Rolle, die nicht von ihr besetzt worden war.

„Seit ich sie zum ersten Mal gesehen habe. Nachdem ich bei dir war."

„Woher?"

„Woher ich Ella kenne? Denk nach. Ich weiß auch, dass du die Meisterin bist."

Minutenlang war es still im Raum. Die Schatten der Vergitterung wanderten auf ihn zu, der Schmerz in seinem Kopf ließ nach. Langsam setzte sein Denken wieder ein.

„Was hast du mit Ella gemacht, wo ist sie? Sie hat mich doch hierhergebracht, oder?", fragte Victor mit leiser Stimme, die Geräusche eines Waldes gerade übertönend.

Er wollte, dass Katharina sich konzentrierte, sich auf ihn einließ. Wollte Zeit gewinnen.

Katharina zuckte mit den Achseln.

„Wieso bin ich hier? Verdammt. Eine Erklärung bist du mir schon schuldig." Im selben Moment wusste er die Antwort. Er, Victor, war das Ziel, von Anfang an. Die anderen dienten nur als Frühstück für Ella. Als Appetithappen.

Alles hatte mit mir zu tun. Katharina will Rache für ihre Demütigung damals.

Er fasste sich erneut an den Kopf. *Aber warum erst jetzt? Nach 25 Jahren? Der Silberhochzeit des Verrats?*

Schwachsinn, korrigierte er sich. So tickte Katharina nicht. Er brauchte Ruhe zum Nachdenken. Doch dazu hatte er jetzt keine Zeit, jetzt musste er erst mal raus hier.

„Du weißt es wirklich nicht?" Ihr schrilles Lachen erfüllte den Raum. „Du wirst genug Zeit haben, darüber nachzudenken."

„Willst du mich auch umbringen? Mit Viagra und Nitro-Spray wie die anderen? Oder hier verhungern lassen? So oder so, es wird nie jemand glauben, dass es dann deine Schwester war."

„Eigentlich bist du schon tot."

Victor wusste sofort, sie meinte es ernst. Das war kein Spiel. Kalter Schweiß drängte ihm aus sämtlichen Poren. Sein Herzschlag erhöhte die Frequenz. Sein Körper meldete Alarmbereitschaft. Er musste versuchen, sie zu überwältigen, sie zu packen. Gleichzeitig war er sich sicher, dass sie das nicht zulassen würde.

„Du wolltest mich schon im Hyatt töten. Du hattest alles vorbereitet. Aber wie sollte das funktionieren, dass

Ella für die Polizei die Täterin war? Du warst doch eingecheckt, und die DNA-Spuren würden ..."

Victor stockte. „Ella und du, ihr habt das gleiche Erbgut", fuhr er fort, musste Katharina weiter auf das Gespräch konzentrieren. In Gedanken spielte er seine Möglichkeiten durch. Er musste seinen hohen Adrenalinhaushalt nutzen, musste sie überraschen.

„Aber dann müsstet ihr doch nahezu identisch aussehen?", bohrte er weiter.

„Ich hatte als junges Mädchen einen Unfall. Ein Hund hat mich angefallen. Die Operationen haben mein Gesicht verändert."

„Davon hast du mir nie erzählt."

„Du hast dich auch nicht interessiert für meine Kindheit, meine Jugend, meine Geschichte. Du hast dich schon damals nur für dich interessiert. Ich war eine Trophäe für dich, die du in den Schrank stellen konntest wie einen Pokal." Wut und Zorn tropften aus jedem ihrer Worte. Speichel traf ihn im Stakkato der Wörter du, dich, dir.

Sie stand auf, trat auf ihn zu. Er spannte alle Muskeln an, drückte seine gebeugten Arme in die Matratze.

Jetzt.

Er schnellte empor, streckte die Arme, sprang auf Katharina zu. Dann spürte er nur noch seinen Fall und den Aufprall auf dem Boden. Staub wirbelte ihm ins Gesicht. Schmerz durchzuckte seinen Körper.

Katharina stand noch an derselben Stelle. Victor hörte ihr schallendes Lachen. Es klang wie damals, wenn sie sich über die Unfähigkeit von anderen Menschen lustig machte.

Seine Fingerspitzen berührten ihre rechte Fußspitze. Langsam zog sie den Fuß zurück.

„Ich lasse dich jetzt allein." Mehr nicht. Kein Wort des Triumphes.

Sie öffnete die Stahltür und verließ den Raum. Der Schlüssel drehte sich knirschend im Schloss.

Scheiß Schnürsenkel. Ich werde nie wieder Schuhe mit Schnürsenkel tragen. So unsinnig der Gedanke auch war, brachte er ihn wieder dazu, sich zu sortieren.

Er setzte sich auf, zog seine Schuhe aus und warf sie wutentbrannt gegen die Stahltür.

„Das wirst du büßen. Ich werde dich finden", schwor er sich laut. Aber dazu musste er erst einmal hier raus.

Vorsichtig bewegte er seine Arme, Beine, Schultern. Victor spürte keine Schmerzen, keine Einschränkungen. Er tastete seine Taschen ab. In der rechten Hosentasche fand er sein Feuerzeug, das sie ihm gelassen hatte. Handy, Portemonnaie, Schlüssel waren weg. Eine Uhr trug er schon lange nicht mehr.

Im Restlicht der Dämmerung versuchten seine Augen, den Raum zu erfassen. Er sah den Stuhl, den Katharina achtlos umgeworfen hatte. In der hinteren Ecke konnte er den Umriss eines Tisches erkennen.

Auf dem Tisch stand eine angebrochene Flasche Wasser. Umbringen will sie mich also nicht, folgerte er. Zumindest nicht sofort. *Braucht sie mich noch?* Victor schüttelte den Kopf, nahm die Flasche und trank gierig einige Schlucke.

„Oder sie hat die Flasche einfach vergessen."

Dann wollte sie ihn wirklich hier verrecken lassen. Wie lange konnte er mit dem Wasser auskommen?

Ein, zwei Tage vielleicht. Und dann? Danach würden seine Überlebenschancen mit jedem Tag geringer werden.

Er trat an eines der Fenster. Ein Zaun und Fahrspuren auf einer freien Fläche zeugten davon, dass das Gebäude nicht ganz im Nirgendwo stand. Er musste ja auch hierhergebracht worden sein. Ansonsten ragten vereinzelte alte Kiefern in den von Ästen verdeckten Himmel. Eine Esche und halbhohes Buschwerk unterbrachen sein Sichtfeld.

„Hilfe, ist hier jemand?"

Beide Hände zu einem Trichter geformt, schrie Victor seine aufkommende Angst in die Tiefe des Waldes.

Nichts, keine Rückmeldung. Natürlich. Nur die Stille eines Waldes. Er war allein.

Victor drehte sich um. Der Raum erinnerte ihn an eine ehemalige Werkstatt. Er hoffte, dass hier etwas liegen geblieben war, was er als Werkzeug benutzen konnte.

Er trat an den Tisch. Die aus massivem Buchenholz bestehenden Tischplatte war voller Spuren von Hammerschlägen, Einkerbungen und Brandflecken. In der Mitte lag eine Zeitung, exakt ausgerichtet an den Kanten des Tisches. Das war keine achtlos liegen gelassene Zeitung. Es war die Ausgabe des Hamburger Abendblattes vom 7. April.

Das ist eine Botschaft von Katharina. Irgendwo in dieser Ausgabe würde die Lösung sein.

Er öffnete die Schublade unter der Arbeitsplatte, zog sie heraus. Ganz hinten fand er einen Löffel und ein Messer. Er nahm das Besteck heraus und legte es neben die Zeitung. Dann bückte er sich und blickte unter die Werkbank. Die Füße waren mit Flügelmuttern an der

Platte befestigt, die Führung für die Schublade war ange-
schraubt.

Victor setzte sich auf den Stuhl.

Vor ihm lagen die Utensilien, die ihm geblieben wa-
ren. Draußen ging die Dämmerung in Dunkelheit über.
Es musste ungefähr 20.00 Uhr sein. Er hatte nicht viel
Zeit.

Er hielt die Zeitung in das schwindende Licht am
Fenster. Victor war sich sicher, dass er keine kleine Notiz
suchen musste. Er würde es sofort erkennen, genau wie
die Botschaften bei Behring und Bekemeier.

Und dann fand er, was er gesucht hatte.

Victor erstarrte und erkannte den Irrsinn, wusste jetzt,
wie alles zusammenhing.

Juli 1979

Es war noch früh am Morgen. Im Radio hatten sie gesagt, es solle der erste heiße Tag des Jahres werden.

Eifelsommerhitze, hatten sie es genannt.

Ruth und Ella saßen auf der Bank in der Morgenson-
ne. Heute wurde Ella 10 Jahre alt. Ella, die Sonnenhelle,
die Strahlende, die Schöne. Ella, eine Kurzform von He-
lena, aber auch eine Kurzform von Elisabeth. Ella, die ihr
von ihrer Tochter geschenkte Tochter. Erinnerung und
Hoffnung verbunden in einem Namen.

Die Sonnenwärme reflektierte an der Hauswand. Sil-
bergraue Patina schminkte das verwitterte Lärchenholz
der Fassade. Silbergrau war auch ihr zum Zopf gebundenes Haar, nur dass keine Farbe die Verwitterung ihrer

‚Fassade' überdecken konnte. Ruth betrachtete ohne Neid das braune, frische, ebenfalls zum Zopf gebundene Haar neben ihr.

Ihre Lebensgeschichte hatte sie gezeichnet, und sie hoffte, dieses kleine Wesen, das all ihre Liebe verschlang, immer schützen zu können. Sie trug die Verantwortung seit 10 Jahren. Oh ja, sie erinnerte sich gut an den Tag, der ihrem Leben wieder eine neue Chance, einen Sinn gegeben hatte. Und diesmal würde sie alles richtig machen, niemals zulassen, dass die Geschichte sich wiederholte. Das hatte sie Ihrer Tochter geschworen.

Letzte Nacht hatte sie wach gelegen und gehört, wie sich draußen die Katzen balgten und ihre Schreie wie Kinderschreie klangen. Immer wieder war sie aufgestanden, nach Ella zu sehen, geplagt von den Erinnerungen an ihre Geburt, bei der Elisabeth gestorben war.

Jetzt konnte sie ausruhen. Sie wandte den Blick von Ella ab und schloss die Augen. Die Wärme der vormittäglichen Sonne durchströmte ihren Körper und ermüdete sie. Ihre Gedanken jedoch fanden keine Ruhe. Noch immer konnte sie nicht fassen, wie einfach es gewesen war. Sie hatten ihr im Krankenhaus das Kind und die Papiere in die Hand gedrückt und sie gehen lassen. Mit dem Kind und der Verantwortung.

Sie hatte keine Zeit für Trauer gehabt. Hatte alles verloren, was sie je in ihrem Leben geliebt hatte, alles was ihr geblieben war. Aber geschenkt bekommen, was von da an ihr Ein und Alles wurde.

Ella hatte ihr Leben verändert. Denn das kleine Mädchen hatte keine Schuld, war Zukunft, nicht Vergangenheit.

Ruth musste wieder Mutter sein, so bezeichnete sie

sich selber, wenn sie mit sich sprach. Denn mit anderen sprach sie selten, nicht mehr als nötig. Deshalb liebte sie das Leben in Blumenthal in der Eifel. Sie fühlte sich wohl in der Einsamkeit einer Dazugezogenen des Dorfes.

Sie würde das Kind schützen. Solange, wie sie sich schützen ließ. Dann würde sie ihr alles erzählen, sie gehen lassen oder selbst gehen.

„Mama, Mama, es wird Zeit. Schau, die Sonne ist schon hinter dem Baum verschwunden", weckte ihre aufgeregte Stimme Ruth aus ihrem Tagtraum. Ruth stand auf und verknotete die Schaukel am dicken Ast des alten Kirschbaums. Es war ihr Geburtstagsritual. Vorfreude auf die Sommermonate im Garten.

Nun saßen sie da, hielten ein Glas kühlen Apfelsaft in der Hand und schauten andächtig auf die leichte Bewegung der Schaukel. Ein vorbeikommender Wanderer blieb stehen, schien fasziniert von der Eintracht der beiden Menschen. Lauschte mit ihnen der Vogelstimmenkakofonie des sommerträgen Gartens. Ruth tat, als habe sie ihn nicht bemerkt.

Die Luft übertrug aufgeregte Kinderstimmen vom Spielplatz, nicht weit weg von ihrem Garten.

Ruth drehte sich zu Ella, schaute ihr ins Gesicht und begann mit leiser Stimme ‚Happy Birthday' zu singen. Sie hatte eine schöne Stimme. Das eine Mal, als sie ihrer Einsamkeit entfliehen wollte und einen Gottesdienst besucht hatte, wollte der Pfarrer sie hinterher überreden, im Kirchenchor mitzusingen. Aber sie hatte sich einfach umgedreht und war grußlos gegangen.

Manchmal spürte sie die Einsamkeit des eingefriedeten Gartens und zweifelte, weil sie das Kind nicht zu den anderen Kindern ließ. Aber es war ihr beider Leben. Abgeschlossen. Zutritt für Fremde verboten. Noch bemerkte sie keine Sehnsucht im Blick des Kindes.

Bis zu diesem Morgen. Heute drängten die Ungeheuer der Vergangenheit an die Oberfläche, wollten sichtbar sein.

„Mama, wo ist mein Papa?"

„Mama, wo sind Oma und Opa?"

Das Ungeheuer bekam die braunen Augen des Kindes. Unbedarft, treuherzig, neugierig, nicht drängend fragte Ella und stürzte sie in Angst vor dem, was ihre Antwort auslösen würde.

„Mama, wo sind sie? Ich fühle mich so allein."

Wo soll ich eine Antwort hernehmen, überfiel es Ruth, wie viel sollte sie ihr sagen?

„Liebes, du musst nicht traurig sein. Du bist doch nicht allein. Dein Opa ist im Himmel, und deine Oma ist bei dir und passt auf dich auf wie eine richtige Mama. Auch wenn du sie nicht siehst, ist sie bei dir", versuchte Ruth das Mädchen zu trösten. Sie konnte ihr die Wahrheit nicht sagen, weil sie nicht wusste, wie viel Wahrheit das Kind ertragen konnte. Sie war noch so jung.

Ella ging zur Schule, wusste, dass alle anderen Familien anders waren. Da gab es Väter, Mütter, Geschwister, Großmütter und Großväter. Da gab es Hunde, Katzen, Spiele und Besuche. Kindergeburtstage. Sie wurde nie eingeladen, hatte nie selbst eingeladen. Hatte nie geklagt, nie gefragt.

Bis heute.

In diesem Moment erkannte Ruth, dass Ella diese Fragen stellen musste, dass unausweichlich das Ende der Unschuld gekommen war. Doch sie fühlte sich überfallen, noch nicht bereit. „Komm, lass uns reingehen und uns ein Butterbrot schmieren", gab sie sich einen Ruck, „ich erzähle dir von deinem Großvater."

„Au ja." Wie kleine Gesten Kinder glücklich machen können, dachte die Frau. Sie öffnete den Kühlschrank und blieb mit dem Rücken zum Kind stehen, konnte den Blick des Kindes jetzt nicht ertragen.

„Ich habe dir doch erzählt, dass du dich vor den Menschen in Acht nehmen sollst?" Sie sah, wie das Kind nickte. Ernst, als wenn sie den Inhalt der Worte richtig verstehen würde. Ruth wendete ihren Blick zum Fenster. Die Worte mussten raus, in eine andere Richtung, sollten das Kind nicht vergiften.

„Menschen sind Tiere, gefährliche Tiere. Menschen fürchten sich nur vor Männern. Vor Männern müssen wir uns schützen. Es gibt auch liebe Männer, aber die erkennst du nicht, die anderen Männer bekämpfen sie. Dein Großvater war ein guter Mann. Aber eines Tages kamen die anderen." Ihre Stimme bebte, Tränen strömten über ihr Gesicht.

Ella fuhr erschrocken zusammen. Sie hatte Ruth noch nie weinend erlebt.

„Mama, was ist mit dir?"

„Komm mit in die Stube, ich zeig dir was." Die Stimme klang wieder weich. Ella drückte sich verschüchtert an die Mutter.

Hand in Hand gingen sie ins Wohnzimmer. Ella setzte sich auf das Sofa und sah zu, wie Ruth einen Schlüssel aus ihrer Rocktasche nahm und die rechte Tür des Sekretärs öffnete. In einem Umschlag fand sie, was sie suchte. Ein Foto.

„Wer sind der Mann und die Frau? Die sehen lieb aus."

„Das sind deine Oma und dein Opa."

Der knarrende Ton der Klingel ließ Ruth verstummen. Zu selten betätigte ein Fremder die Klingel.

Das Ungeheuer der Wahrheit zog sich zurück. Ungesagtes konnte ungesagt bleiben.

„Ich schau nach und komme ganz schnell wieder."

Ruth öffnete die Tür und fuhr erschrocken zusammen. Auf der Fußmatte lag ein Päckchen. Wer sollte ihnen ein Päckchen schicken oder gar etwas schenken? Ruth eilte zur Pforte und blickte sich um. Sie sah die Silhouette des Wanderers mit schnellen Schritten dorfeinwärts davoneilen. Sonst war niemand zu sehen. Gedankenverloren ging sie zur Haustür zurück.

Dort lag eine in einem mit roter Schleife geschmückten durchsichtigen Plastikkarton verpackte Schneekugel. Eine kleine Karte gratulierte zum Geburtstag. Ruth drehte die Karte um, und ihr stockte der Atem. Auf der Rückseite standen zwei Wörter: *Dein Vater.*

September 2017

„Die Fahndung läuft. Ella Winter hat ein Auto", berichtete Heinrich Degen. Tobias erkannte an dessen Stimme, dass selbst er das Verschwinden von Victor stark beunruhigte. „Sie könnte Victor weggebracht haben. Wenn sie ihm tatsächlich K.o.-Tropfen gespritzt hat, ist er willenlos mit ihr gegangen."

Tobias nickte nachdenklich. „Demnach hat sie diese Wirkung nicht nur gekannt, sondern gezielt eingesetzt

und ihn wie einen dressierten Hund an der Leine wegge-
führt."

Sie hatten sich wieder im Präsidium getroffen, nachdem die KT mit ihren Untersuchungen fertig gewesen
waren. Die Kollegen hatten weitere Spuren gefunden, die
den Verdacht bestätigten, dass Victor in der Wohnung
gewesen war. Blut hatten sie keines gefunden, keinen
Hinweis auf sexuelle Aktivitäten. Folglich hatten sie keine
Idee, wo Victor hingebracht worden sein konnte.

Er musste Clara informieren, wenn sie hier fertig waren.

„Aber wie passt das alles zusammen?", fragte Tobias
in die Runde. „Unterstellen wir mal, Ella Winter hat die
anderen drei Männer getötet. Dann waren zumindest die
letzten beiden Morde geplant und hatten ein und dieselbe
Struktur. Diese beiden Opfer waren Enkel der Polizisten
auf dem Foto. Wie passt Victor da rein?"

„Und was zum Teufel hat ihn veranlasst, zu dieser Ella Winter zu fahren, ohne uns das mitzuteilen?", empörte
sich Staatsanwalt Brehmer.

„Wir gehen davon aus, dass er Ella Winter wiedererkannt hat. Ihr erinnert euch, dass er von der Frau erzählt hat, die in der Berliner Ausstellung auffällig auf das
Foto reagiert hatte. Ich vermute, dass er sich überzeugen
wollte, dass er recht hatte, ehe er uns informierte."

„So muss es gewesen sein. Folglich musste sie reagie-
ren, um Zeit zu gewinnen." Tobias merkte Barbara ihre
Aufregung an. „Alle Opfer wurden getötet, nachdem sie
Sex mit Ella in ihren Wohnungen hatten. Das hat bei
Victor nicht geklappt. Wir gehen davon aus, dass er
nichts mit den anderen Opfern zu tun hat. Er hat ihr ein-

fach nur einen Strich durch die Rechnung gemacht. Ihr und der anderen Frau, der Meisterin."

„Und jetzt hat sie Victor entführt und weiß nicht, ob sie ihn töten soll oder nicht", vollende Heinrich Degen.

„Richtig ist, sie weiß nicht, wie sie ihn jetzt töten soll." Helen Kramer schob Notizen hin und her. „Denn das ist doch die Frage: Warum besaß Ella Winter ein Dossier von Victor Holzer?"

Diese Frage beschäftigte Tobias, seit sie die Akte in der Wohnung von Ella Winter gefunden hatten. Und in seinem Kopf hatte sich auch schon eine Idee geformt. Er kannte Victor. Da musste noch mehr dahinterstecken. Wenn es nur um Ella Winter gegangen wäre, hätte er nicht übereilt gehandelt. Es musste etwas sein, was mit der anderen Frau, der Meisterin, zu tun hatte.

„Wir müssen alles über Ella Winter, das Foto und vor allem die Identität der Meisterin herausfinden. Dann finden wir auch die Verbindung zu Victor. Andreas", wandte er sich an den Kollegen, „hast du etwas über das Foto rausbekommen?"

„Das habe ich tatsächlich, nach endlosen Telefonaten. Das Museum in Berlin konnte mir die Quelle nennen. Es war eine Leihgabe aus dem Stadtarchiv Hamburg, und das hat mir Scans des Fotos und der Rückseite gemailt."

„Und?", rief Barbara dazwischen.

„Das Foto zeigt, wie wir wissen, vier Männer. Die gehörten zum Reserve-Polizeibataillon 101 aus Hamburg. Das bestand aus Männern, die sich zu Exekutionskommandos vor allem von Juden freiwillig gemeldet hatten." Er ließ seine Worte wirken. „Es ist wirklich unfassbar. Das waren ganz normale Männer, die sich freiwillig gemeldet haben.

Sie hätten die Befehle nicht befolgen müssen. Sie hätten sich dagegen entscheiden können, ohne Repressalien befürchten zu müssen. Wie konnten sie jegliche Moral ablegen und dabei noch denken, das Richtige zu tun?" Andreas Stimme wurde mit jedem Wort tonloser.

Tobias blickte sich um. Fassungslos starrten alle Andreas Müllers an. Er ahnte, welche Gedanken die Kolleginnen und die Kollegen gerade beschäftigten. Die Gleichen wie ihn. Die Täter waren Polizisten wie sie. Polizisten, die doch eigentlich Menschen helfen sollten. Stattdessen waren zu bestialischen Mördern geworden. Im Raum war es lange still.

„Andreas, hast du weitere Einzelheiten herausgefunden?", unterbrach Tobias schließlich das Schweigen.

„Ja, das Foto wurde 1942 auf einem Gutshof in Józefów, einem kleinen Ort in Polen aufgenommen. Die vier Männer haben dort alle jüdischen Bediensteten und den Sohn des Hofbesitzers erschossen, belegen die Akten des damaligen Bürgermeisters", fuhr Andreas mit seinem Bericht fort.

„Gute Arbeit. Aber was hat das mit unseren Fällen zu tun?", fragte Brehmer.

„Ich bin noch nicht fertig. Ich weiß, wie die Schlächter hießen, und jetzt wird es interessant."

Alle starrten auf Andreas.

„Behring, Bekemeier, Becker und Probst. Und, es kommt noch besser", fuhr Andreas ungerührt fort. „Ich habe in den letzten Tagen versucht, die Nachfahren der vier zu finden, und daraus ergibt sich: Becker ist im Krieg gefallen, von ihm gibt es keine Nachkommen. Von Probst habe ich nur wenige Infos. Er ist in den 50-iger Jahren nach Argentinien ausgewandert.

Über Nachfahren, die möglicherweise in Deutschland leben, habe ich nichts gefunden."

„Was nicht ausschließt, dass Victor einer seiner Nachfahren ist?", fragte Barbara Sieger.

„Klar, stimmt."

„Die Enkel der anderen beiden kennen wir. Thomas Bekemeier und Peter Behring." bemerkte Brehmer.

„Tja, so einfach ist das dann doch nicht." Tobias bemerkte einen Anflug von Stolz in der sonst so beherrschten Mimik von Andreas, als dieser fortfuhr. „Haltet euch fest. Thomas Bekemeier stimmt. Aber..."

Tobias erstarrte. Waren sie doch auf der falschen Fährte?

„...es gibt keinen Behring-Enkel, nur eine Enkelin: Birgit Behring."

Tobias spürte, wie ihm das Blut aus dem Gesicht wich. Sein Brustkorb wurde zusammengedrückt, immer weiter. Seine Umwelt verschwand hinter einem Vorhang aus Watte. Er hörte aus der Ferne aufgeregte Stimmen. Dann nichts mehr.

*

„Tobias, geht's wieder?"

Er öffnete die Augen, lag auf dem Boden. Helen beugte sich über ihn und reichte ihm ein Glas Wasser.

„Ich hab's Ihnen doch gesagt, dass er noch nicht so weit ist", hörte er den vorwurfsvollen Ton in ihrer Stimme. *Sie war das gewesen, sie hat mir nicht zugetraut, die Untersuchung zu leiten. Hatte sie recht damit?*

Tobias richtete sich auf. „Natürlich geht es wieder. Ich habe nur die letzten Tage fast nichts gegessen."

Er nahm das Glas und trank einen Schluck. Spürte Energie in seinen Körper zurückkommen.

„Du meinst, eigentlich war seine Frau, Birgit Behring gemeint?" Tobias schaute sich um; keine Reaktion seiner Kollegen. Er bemerkte, dass einzig Helen ihn weiter beobachtete. *Hatte sie etwas bemerkt? Ahnt sie von meiner Beziehung, von meiner Befangenheit? Ich muss es den anderen sagen. Jetzt.*

Er erhob sich, wankte leicht, riss sich zusammen.

„Ich muss euch etwas sagen." Tobias spürte, dass alle ahnten, dass etwas Besonderes passieren würde. Alle sahen ihn erwartungsvoll an, keiner rührte sich. Er atmete tief durch.

„Ich habe Birgit Behring privat getroffen."

Diese Worte hatte keiner erwartet, allen stockte der Atem. Aber einmal begonnen, wollte, musste Tobias es zu Ende bringen.

„Wir sind zusammen aus gewesen und haben privat Zeit verbracht. Beim ersten Mal haben wir uns zufällig getroffen, aber als für mich klar war, dass sie als Täterin ausschied, habe ich es einfach geschehen lassen. Ich hätte euch das sagen, früher sagen müssen", fuhr Tobias leise fort. „War nicht professionell. Tut mir leid." Damit setzte er sich und schaute in die Runde.

Vier Augenpaare starrten Tobias an. Vier Münder blieben offen.

Dann stand Staatsanwalt Brehmer auf.

„Ja, das hätten Sie uns früher sagen müssen. Aber für mich spielt das jetzt keine Rolle mehr. Wir müssen uns auf den Fall konzentrieren. Denn wenn Ella oder die andere Frau wissen, dass Peter Behring eigentlich gar nicht der Gesuchte ist, dann ist Birgit Behring ..."

„…in Lebensgefahr", vollendete Degen den Satz.

„Wir müssen so schnell wie möglich mit Birgit Behring sprechen", übernahm Tobias wieder die Führung. „Dass ich das nicht tue, versteht sich. Heinrich und Barbara, kümmert ihr euch bitte darum. Versucht, sie zu erreichen, wie auch immer. Im Zweifel fahrt ihr zu ihrer Wohnung. Fragt sie, ob jemand Kontakt mit ihr aufgenommen hat, den sie nicht kennt, oder ob sie sich verfolgt fühlt."

„Und ich spreche mit Clara. Mir ist ein Gedanke gekommen", Tobias holte tief Luft und fuhr fort.

„Andreas, du suchst weiter nach einer Verbindung der bisherigen Opfer zu Victor und bist hier ansprechbar, falls die Entführerinnen sich melden sollten, was ich allerdings für unwahrscheinlich halte. Hier geht es nicht um eine klassische Entführung. Was meint ihr?"

Tobias blickte sich um. Alle nickten zustimmend.

Tobias nahm sein Handy. „Es ist jetzt 19.15 Uhr. Wir treffen uns noch einmal um 21.00 Uhr."

*

Tobias hatte Herzklopfen, als er Claras Nummer wählte. Das Verschwinden von Victor setzte ihm gehörig zu, und außerdem war es ungewiss, ob ihm Clara überhaupt eine Antwort auf seine Fragen geben konnte. Oder ob sie ihm sogar die Schuld geben würde?

Clara meldete sich nach wenigen Rufzeichen.

„Clara, ich bin es. Tobias."

„Welch eine Überraschung." Es war ja auch noch nie vorgekommen, dass sich Tobias auf ihrem Handy gemeldet hatte, sondern er rief stets Victor direkt an.

„Clara, weißt du, wo Victor sich aufhält?"

„Nein, wieso? Ist etwas passiert?" Ihre Stimme spiegelte sofort Sorge wider.

„Wann habt ihr zuletzt miteinander telefoniert?"

„Tobias, sag schon, was ist los?"

„Victor hat sich seit gestern nicht gemeldet, ist ohne Rückmeldung in unserem Fall unterwegs. Wir haben sein Auto gefunden."

„Wieso habt ihr das Auto gefunden? Habt ihr danach gesucht? Hat das was mit den Ermittlungen zu tun?" Clara Stimme überschlug sich. Tobias verstand den Vorwurf an ihn, er war nicht zu überhören. Er, der Kommissar, hatte nicht auf seinen Freund aufgepasst. Clara hatte recht. Aber er musste sich jetzt auf das Finden konzentrieren, nicht auf die Schuldfrage.

Tobias sammelte sich und berichtete. Dass Victor selber in den Fokus der Täterinnen gelangt war, verschwieg er. Das würde er ihr später erklären müssen, oder Victor würde es tun, nachdem er wieder aufgetaucht war. Wenn er denn… Tobias schüttelte den Kopf. Der Gedanke durfte jetzt keinen Raum einnehmen und ihm nicht seine Energie rauben.

Clara hörte schweigend zu, unterbrach ihn nicht mehr. Als er fertig war, blieb sie lange stumm. Tobias kam es endlos vor, bis sie dann doch antwortete.

„Erst einmal, du bist nicht schuld. Das ist typisch Victor. Der macht sein Ding. Den kannst du nicht steuern." Sie atmete hörbar. „Was willst du wissen?"

„Erinnerst du dich noch an die letzte Freundin von Victor, bevor er dich kennenlernte?"

Victor hatte ihm in einem Telefonat beiläufig vom zufälligen Treffen mit ihr im Café *Amelie* erzählt. Tobias hatte dem keine Bedeutung beigemessen. Okay, eine frühere Freundin nimmt wieder Kontakt auf. Das ist an sich ja nichts Außergewöhnliches. Und da sie inzwischen wussten, dass die Täterin zu den Opfern vor den Morden Kontakt aufgenommen hatte, war ihm diese Bemerkung von Victor wieder eingefallen.

„Ja", riss ihn Clara aus seinen Überlegungen, „Katharina Frielinghaus."

*

Katharina Frielinghaus.

Clara erzählte alles, was sie über diese Frau wusste. Victor hatte sie ihr als eine unglaublich egoistische Person beschrieben. Und äußerst manipulativ.

Bevor er das Gespräch beendete, versprach er, Clara regelmäßig über den Fortgang zu informieren. Tobias Unruhe hatte sich gesteigert. Wenn zutraf, was Clara ihm erzählt hatte, war Katharina Frielinghaus berechnend und nachtragend und nach den jetzigen Erkenntnissen extrem gefährlich. Victor musste sie vor 25 Jahren so tief verletzt haben, dass der Schmerz sie bis heute peinigte.

Tobias legte sein Handy beiseite und lehnte sich in seinem Bürostuhl zurück. Verschränkte die Arme in seinem Nacken, schloss die Augen. Was war das für eine absurde Situation. Zwei vermisste Personen, die keine erkennbaren Gemeinsamkeiten hatten, außer dass er mit ihnen befreundet war.

Konzentrier dich auf die Aufgaben.

Das hat schon immer funktioniert. Und sie hatten jetzt Namen und Spuren, zu denen sie alle Informationen zusammentragen mussten, die sich finden ließen.

Tobias warf einen Blick auf die Uhr. Erschrak. Es war kurz vor 21 Uhr.

Die anderen waren schon da.

Barbara berichtete, dass sie von Birgit Behring keine Spur gefunden hatte. Sie hatte weder auf Anrufe, noch auf Klingeln an der Wohnungstür reagiert. Sie verabredeten, dass sie und Heinrich weiter versuchen wollten, sie zu erreichen.

„Andreas, du findest bitte heraus, was es über die Frielinghaus gibt", bat Tobias, bevor er alle nach Hause schickte. Sie mussten auf eine erfolgreiche Fahndung und weitere Hinweise warten. Und das konnten sie auch zu Hause.

„Du kommst mit mir, wir müssen dringend miteinander reden und was essen. Okay?" Der Tonfall von Helen Kramer ließ keine Widerworte zu.

*

„Wir haben einen konkreten Hinweis, wo Victor gefangenen gehalten wird." Barbara hob ihr Handy hoch und schaute zu Tobias. Kollegen der Schutzpolizei hatten Barbara um 9.05 Uhr aus dem Bett geklingelt und sie das Team.

Es war Sonntagmorgen, wieder ein Sonntag kaputt, und sie machten Überstunden, die mit den übrigen kaum Chancen hatten, abgefeiert zu werden.

Tobias fühlte sich elend. Helen und er hatten bei einem Vietnamesen noch etwas zu essen bekommen. Und, sie hatten ihren ‚Verrat' an ihm klären können. Sie hatte Brehmer informiert, weil sie sich Sorgen um ihn gemacht hatte. Dass er sich zu viel zumuten würde nach so langer Zeit.

„Entschuldige, ich hätte mit dir sprechen müssen. Das war falsch von mir und unfair dir gegenüber." Tobias war froh, dass es raus war, dass er sich umsonst Sorgen wegen Heinrich Degen gemacht hatte.

Danach war er nach Hause gegangen, hatte sich ins Bett gelegt und auf den Schlaf gewartet. Bis Barbaras Anruf ihn wieder in den Alltagsmodus geschickt hatte.

Um 9.45 Uhr war das Team vollzählig im Besprechungsraum versammelt.

„Ich habe sogar ein Video", ergänzte Barbara aufgeregt ihre Information. „Der Veranstalter von Mountainbiketouren wollte im Bergischen ein Werbevideo drehen und hat dabei etwas Merkwürdiges gesehen und sofort die Polizei und die Feuerwehr informiert."

Barbara startete das Video. Gebannt starrten alle auf das Whiteboard. „Da, seht ihr?" Andreas zeigte mit dem Finger auf den Bildschirm. „Barbara, halt das Video an."

Am hinteren Ende eines eingezäunten Areals sahen sie ein Gebäude, das an einen alten Bergbauzugang erinnerte. Die Fassade bestand aus dunklen Steinblöcken, abgesetzt durch helle Fugen. Ein doppelflügeliges Rundbogentor aus Stahl versperrte den Zugang zum Stollen. Links davon war ein kleineres Gebäude angebaut worden, das durch eine graue Stahltür und drei halbhohe, schmale vergitterte Fenster auffiel.

Aus einem Fenster quoll schwarzer Rauch. Im Fenster links daneben erzeugte ein flackerndes Licht ein surreales Bild. Es brannte. Im dritten Fenster wurde ein Gegenstand im SOS-Rhythmus an die Gitterstäbe geschlagen. Kurz war ein Gesicht zu erkennen. Victor. Er lebte.

„Und wo ist das? Wie können wir das finden?", fragte Tobias. Seine Stimme überschlug sich.

„Die Koordinaten haben wir, hat der Inhaber von ‚SIT' mitgeschickt."

„Andreas, finde alles über den Ort da draußen heraus. Und Barbara, versuch bitte weiter, Birgit Behring zu erreichen. Heinrich und ich fahren hin."

*

Sie nahmen einen Dienstwagen. Tobias bat Degen, zu fahren. Der Kollege sah zwar aus, wie er sich fühlte, aber darauf konnte er jetzt keine Rücksicht nehmen. Die Anspannung der letzten Tage, die Sorge um Tobias hatten ihn keinen Augenblick schlafen lassen. Diesmal würde er nicht versagen, er würde die Person finden, die Victor das angetan hatte. Das hatte ihn wachgehalten. Jetzt brauchte er eine Pause, musste mal kurz loslassen. Selbst wenn ihm das wieder als Schwäche ausgelegt werden würde. Das war jetzt egal. Er setzte sich tief in den rechten Vordersitz und schloss die Augen.

Ein Ruf von Degen weckte ihn. „Hey, Tobias, du musst aufwachen, mir helfen." Der Wagen stand auf einer Landstraße, die durch ein Waldstück führte. Ein Waldweg bog rechts ab. Fahrspuren waren keine zu erkennen.

„Das da muss der Zugang sein", vermutete Degen. „Das Navi zeigt zwar keinen Weg mehr..."

Tobias hatte sein Handy in der Hand, öffnete die App, da klingelte das Handy. Andreas.

„Die Kollegen der Feuerwehr sind vor Ort und haben alles unter Kontrolle. Sie haben Victor gefunden. Es scheint ihm gut zu gehen." Tobias hatte auf Audiofunktion geschaltet, sodass Degen alles mitgehört hatte.

„Jepp!" Eine Beckerfaust begleitete Degens Siegesruf. Tobias schaute den Kollegen überrascht an. Und dann überfiel auch ihn ein tiefes Gefühl der Erleichterung. Er konnte die Tränen nicht zurückhalten, fühlte kurz etwas wie Scham vor dem Kollegen. Verstohlen suchte er ein Taschentuch.

„Hier", grinsend reichte Heinrich ihm eine Packung Papiertaschentücher.

Sie folgten dem Waldweg, der sie immer tiefer in den Mischwald führte. Der Weg wurde schmaler. Tobias hörte die Stoßdämpfer ächzen, wenn der Wagen wieder in eines der vom Regen ausgespülten Schlaglöcher geriet.

Dann endlich waren sie da. Ein Feuerwehrmann winkte.

Das Einsatzfahrzeug besaß im hinteren Bereich zwei Rolltore. Beide waren geöffnet. Victor saß auf einer aufgeklappten Stufe, eingewickelt in Goldfolie, eine Flasche Mineralwasser in der Hand. Er sah müde aus, aber körperlich wohlauf. Sie hatten ihn rechtzeitig gefunden.

„Hey, wie geht's dir?", fragte Tobias. Dann brach es aus ihm heraus. Plötzlich verwandelte sich die Angst in kaum zu bändigenden Ärger über den Alleingang des Freundes.

„Was sollte der Scheiß? Was hast du dir dabei gedacht? Wir hatten doch eine klare Absprache. Aber nein, der ach so schlaue Victor muss wieder allen beweisen, wie toll er ist."

Victor blickte zu Boden. Wusste, dass sein Freund recht hatte. Er hatte es verbockt. Oder nicht? Sie wussten nur wegen ihm von Ella.

Und dass Katharina die Hauptrolle spielte und er es herausgefunden hatte, musste doch reichen, seinen Freund wieder zu beruhigen. Jetzt sollte er aber lieber die Klappe halten.

„Sorry. Ja, ich habe Scheiße gebaut. Ich kann es dir aber erklären. Ich weiß jetzt aber, wie alles zusammenhängt."

In der Hand hielt er eine Zeitung.

Tobias starrte seinen Freund an. Dann verzog sich sein Gesicht zu einem Grinsen. „Was bin ich froh, dass wir dich gefunden haben. Und wie alles zusammenhängt, ahnen wir inzwischen auch. Das besprechen wir später. Jetzt sag erst einmal Clara Bescheid, dass es dir gut geht." Tobias reichte ihm sein Telefon.

„Heinrich, komm, wir sehen uns mal um."

Die beiden betraten das Gelände. Es lag mitten im Wald, weitab von ausgewiesenen Wanderwegen. Ein Normalbürger würde sich hierher nicht so schnell verirren. Einzelne Bäume, abgestorbenen Fichten, Birken und junger Mischwald, tarnten das Grundstück fast vollständig. Entlang des gut erhaltenen Stacheldrahtzaunes war in einem Streifen von etwa drei Metern die Vegetation entfernt worden, die Bäume hatte man auf eine nicht erkletterbare Höhe entastet.

Fehlt nur Videoüberwachung. Aber wer zum Teufel soll denn daran gehindert werden, das Gelände zu verlassen? Es sei denn…? Das Areal ist ideal für ein Gefängnis, dachte Tobias, als sie auf das Eingangstor zugingen.

Die Kollegen der Feuerwehr hatten das mit einem massiven Schloss und zusätzlich einer dicken Kette gesicherte Tor geöffnet. Eine als eine Zufahrt hergerichtete freie Fläche lenkte den Blick auf das Gebäude.

Tobias öffnete die Stahltür. Das Tageslicht erhellte den kleinen Raum so, dass sie keine Lampe brauchten. Schweigend blickte er in den Raum. An der rechten Wand lehnte eine alte, aber stabile Matratze schräg gegen die Wand.

„Sein Nachtlager", meinte Tobias. „Er musste sich was einfallen lassen. Die Nächte sind inzwischen richtig kühl. Und sieh dir das an."

Tobias zeigte auf eine Feuerstelle unter dem linken Fenster und auf einen umgekippten Tisch. Die Beine waren abgeschraubt und als Feuerholz benutzt worden. In der Fensteröffnung lagen ein Feuerzeug und Reste einer Zeitung.

„Verstehe", nickte Degen bewundernd, „Er musste nur aufpassen, dass das Feuer nicht zu groß wurde, sondern Qualm erzeugte."

„Sehe ich auch so", stimmte Tobias zu. „Auf Wanderer konnte er hier nicht hoffen, höchstens darauf, dass ein Jäger oder Förster durch den Wald streifte und den Brandgeruch und Qualm bemerkte."

*

Heinrich Degen hatte noch auf die Kollegen der KT gewartet, um mit ihnen zu sprechen, und die ihn danach wieder mit zurücknahmen.

Nachdem auch er wieder im Büro war, hatte sich das Team mit Ausnahme von Victor im Besprechungsraum versammelt.

Tobias berichtete von der Rettungsaktion und gab dann Andreas einen Wink, mit seinem Bericht zu beginnen.

„Katharina Frielinghaus wurde am 1. Juli 1969 geboren." Weiter kam Andreas nicht.

„Sag das noch einmal", fiel ihm Heinrich ins Wort. „1.7.1969? Das ist doch auch das Geburtsdatum von Ella Winter."

„Du hast recht", bekräftigte Tobias. Degen war anscheinend heute sehr konzentriert.

„Und das ist noch nicht alles, was ich herausgefunden habe", fuhr Andreas fort. „Als Geburtsort steht im Geburtsregister Schleiden. Und auch, dass ihre Mutter bei ihrer Geburt verstorben ist. Genau wie bei Ella Winter."

„Das bedeutet, dass die beiden Zwillinge sind?" Es war mehr eine Feststellung als eine Frage von Tobias. Das wurde ja immer verrückter. Die Opfer, Victor, die beiden Frauen, Zwillinge. Jetzt fehlte ihm Victor, um Ordnung in dem Chaos herzustellen. Aber Victor war nicht da.

Andreas nickte. „Ja, die Mädchen sind direkt nach der Geburt getrennt worden. Jedenfalls ist das eine Kind bei der Großmutter geblieben und das andere zu Pflegeeltern gegeben worden, die das Mädchen dann adoptiert haben."

„Wie schrecklich", entfuhr es Barbara. „Wenn ich mir vorstelle, ich verlöre auf einmal sowohl meine Mutter als auch meine Zwillingsschwester. Auch wenn ein Säugling das im ersten Moment noch nicht wirklich begreift."

Victor hatte unbemerkt den Besprechungsraum betreten und die Diskussion schon eine Weile verfolgt. Die Erkenntnis, der Lösung immer näher zu kommen, bündelte die Energie und Konzentration der Gruppe. Die Atmosphäre im Raum vibrierte. Die sind richtig gut, dachte er enttäuscht, dass sie Katharina ohne ihn gefunden hatten. *Aber, der Clou kommt ja erst noch.* Victor lächelte, trat in den Raum und führte den Gedanken fort.

„Das Gefühl von Verlust werden beide ihr Leben lang mit sich tragen."

Victor setzte sich auf den freien Stuhl neben Heinrich. Die Zeitung, die er mitgebracht hatte, legte er vor sich auf den Tisch. Wollte abwarten, was Tobias und die anderen schon wussten, bevor er seine Neuigkeiten preisgab. Denn, dass er die Lösung vor sich liegen hatte, davon war er überzeugt. Ihm war auch klar, welche Konsequenz das für ihn hatte.

„Hallo Victor. Wie geht's dir?", fragte Helen Kramer.

„Nach einer Dusche, in frischer Kleidung und satt, ganz okay. Mir ist ja nicht wirklich was passiert, und von zwei Tagen und einer Nacht fasten, stirbt man nicht. Ihr habt mich ja rechtzeitig gefunden. Danke übrigens."

„Schön, dass du da bist", begrüßte Tobias Victor. „Bitte hab Verständnis, wenn wir erst noch den angefangenen Punkt zu Ende führen, ehe du berichtest."

Sie durften keine Zeit verlieren. Victor war zwar unversehrt gefunden worden, aber von Birgit Behring hatten sie noch keine Spur. Sie mussten die beiden Frauen finden, um Birgit zu retten, falls Birgit auch entführt worden war.

Victor nickte, und Andreas fuhr fort. „Katharinas Adoptiveltern leben noch. Barbara hat mit der Mutter gesprochen. Katharina Frielinghaus lebt in Hamburg und arbeitet als freie Journalistin. Aktuell für den Stadtanzeiger, dazu komme ich gleich. Laut der Adoptivmutter hatte es Katharina immer gut bei ihnen und wusste lange nichts von der Zwillingsschwester."

Barbara blickte auf den Bildschirm ihres Laptops. „Die Adoptivmutter hat mir erzählt, und jetzt zitiere ich sie: ‚Irgendetwas war damals komisch. Ich hatte das Gefühl, dass da noch ein Kind war. Als wir Katharina aus dem Krankenhaus abgeholt haben, schrie im Nachbarzimmer ein Baby. Und als die Hebamme mir Katharina übergeben hat, hat sie gesagt, dass sie dringend wieder zurück müsse.‘"

„Hat sie ihrer Tochter jemals davon erzählt? Von der Adoption und ihrem Verdacht?", fragte Tobias.

„Ja, aber da war Katharina schon älter und arbeitete als Journalistin. Die Mutter hatte eine Krebserkrankung und ihrer Tochter dann von den Umständen der Adoption erzählt."

„Und wenn sie eines als Journalistin gelernt hat, dann Recherchieren", folgerte Heinrich Degen. Tobias ertappte sich dabei, dass er den Kollegen noch immer kritisch beobachtete. Er musste dringend mit Victor darüber reden. Er blickte zu Victor. Der wirkte angespannt. Sofort ahnte Tobias, dass der etwas in der Hinterhand hatte.

„Na, dann mal los", forderte er Victor auf, um die Spannung zu lösen.

Victor setzte sich aufrecht hin, ließ den Blick über die Anwesenden schweifen. Holte tief Luft.

„Katharina hatte einen Sohn, Leon."

„Hatte? Woher weißt du das?", fragte Tobias. Victor blickte seinen Freund an. *Ahnte er, was da kommt? Wenn sie mit Katharinas Mutter gesprochen haben, werden sie das wissen. Aber sie wissen nicht alles.*

„Ja, hatte, er ist tot. Suizid." Victor senkte den Kopf. Kämpfte mit sich. „Und ich bin der Vater."

Victors leise Stimme erfüllte den Raum. Alle blickten perplex und ungläubig.

„Leon hat sich Mitte April das Leben genommen. Er lebte in Lüneburg. Eine Woche später erschien die Todesanzeige in der Landeszeitung für die Lüneburger Heide. Genau an dem Tag, an dem die Zeitung auch darüber berichtete, dass meine Tochter ihre Professur an der Lüneburger Uni antrat. Victor zeigte auf die Zeitung. „Die hat Katharina dagelassen. Als neue Botschaft."

„Und du bist sicher, dass Leon dein Sohn war?", fragte Tobias nach, auch wenn er seinem Freund nicht zutraute, so etwas zu behaupten, wenn er Zweifel hatte.

Victor nickte. „Ja, allerdings habe ich sie damals verlassen. Ich wusste es nicht, aber sie muss zu diesem Zeitpunkt schwanger gewesen sein. Von mir."

„Wenn Leon die Gene seiner manipulativen Mutter und die eines Vaters wie Victor mitbekommen hat, stelle ich mir sein Leben echt schwierig vor. Vor allem, wenn er nur bei der Mutter aufwächst", flüsterte Barbara so laut, dass alle es hören konnten. Sie sprach aus, was alle anderen dachten.

„Und sie, die zuerst von dem Vater, dann von dem Sohn verlassene Frau, gibt dem die Schuld, der sie verraten hat. Victor. Sehe ich das richtig?", fragte Tobias.

„Aber sie bringt Menschen um, die nichts mit all dem zu tun haben. Wie passt das zusammen?", fragte Barbara, die Victor nicht aus den Augen ließ und eine Antwort erwartete.

Victor lehnte sich in seinem Stuhl zurück, schloss die Augen, spürte alle Blicke auf sich gerichtet.

„Sie hat alles genauso geplant und Ella, ihre Schwester, als Werkzeug benutzt. Katharina ist Narzisstin.

In bösartiger Ausprägung. Sie leidet an malignem Narzissmus."

„Das heißt konkret?", fragte Barbara nach.

Victor blickte sich um. Alle waren bereit für ihn.

„Es gibt Kollegen, und deren Meinung kann ich nachvollziehen, die beschreiben den malignen Narzissmus als Persönlichkeitsbeschreibung für einen bösartigen Charakter. Dabei leidet die Person meist unter schweren Minderwertigkeitsgefühlen. Die kann sie nur kompensieren, wenn sie Macht über andere Menschen ausüben kann. Ihre Fantasien gehen letztlich so weit, dass sie sich zum Richter über Leben und Tod aufschwingt. Das kann sogar zu einer Sucht werden."

„Fantasien sind das eine", mischte sich Tobias ein, „jeder Mensch hat schon mal böse Fantasien. Wir würden das aber nie in die Tat umsetzen." Tobias schaute Victor fragend an.

„Das ist auch gut so. Psychohygiene nennen wir dies", fuhr Victor mit seinen Erklärungen fort. „Im Grunde sind böse Fantasien eine Gedankenübung, um sich von moralischen Wertvorstellungen zu lösen. Die Gedanken sind dann wirklich frei. Erst wenn diese Pläne in die Realität umgesetzt werden, hat dies nichts mehr mit persönlicher Freiheit zu tun. Entscheidend ist dann ausschließlich die Tat, also wenn die Fantasien und Vorstellungen in Handlung umgesetzt werden. Bei den meisten Menschen ist glücklicherweise schon beim ‚nur dran Denken' Schluss."

„Du willst damit sagen, dass zum Beispiel Millionen von Männern zwar Pornos gucken, sexuelle Fantasien haben, aber nicht automatisch zu Vergewaltigern oder brutalen Menschen werden. Oder Menschen, die gerne Krimis schauen, aber deswegen nicht gleich zum Mörder?", fragte Heinrich Degen.

„Eben, der Mensch ist neugierig, will wissen, wie es jenseits seiner Moralvorstellung aussieht, aber es reicht ihm, sich dies vorzustellen. Wir Menschen haben einen Moralinstinkt. Ethische Überzeugungen sind also kein rein sozialer oder anerzogener Wertekompass. Moral ist in unserem Erbgut verankert, und schon kleine Kinder haben die Fähigkeit, zwischen Gut und Böse zu unterscheiden und sich für das Gute zu entscheiden."

„Und wie kommt es, dass Menschen wie Katharina das nicht können?", bohrte Degen nach.

„Bei Katharina und Ella ist die Veranlagung stark ausgeprägt, ihre Fantasien in die Tat umzusetzen. Dazu bedarf es jedoch eines Auslösers. Starke Impulse etwa in der Vergangenheit, oder in der Kindheit erlittene schwerste Kränkungen oder Erlebnisse, die dazu geführt haben, Gefühle vollständig zu unterdrücken. Bei Katharina war dies mein Verrat an ihr und der Suizid unseres Sohnes."

„Und da hat Ella einfach so mitgemacht?" Tobias schüttelte den Kopf.

„Ella hat als Zwillingsschwester ein ähnliches Persönlichkeitsprofil wie Katharina. Das heißt, Katharina weiß ganz genau, wie sie tickt und wie sie Ella manipulieren kann. Allerdings wurde Ella wahrscheinlich ganz anders sozialisiert. Mehr kann ich euch aber erst sagen, wenn wir Ella gefunden haben und ich mit ihr sprechen konnte."

*

„Jetzt müssen wir noch von dir erfahren, was dir passiert ist. Wir wissen, dass du in der Wohnung von Ella Winter warst, und wir vermuten, dass du mit K.o.-Tropfen außer Gefecht gesetzt wurdest. Aber, was hattest du da überhaupt zu suchen?"

Victor hörte Verärgerung in der Stimme seines Freundes. „Ich fange von vorne an", begann er achselzuckend. „An jenem Nachmittag hat Katharina mich angerufen, sie wollte sich mit mir treffen. Im Hyatt. Mir war klar, was sie wollte. Dachte ich. Sie wollte, dass ich Clara betrüge."

„Und dich umbringen, genau wie Ella die anderen umgebracht hat", unterbrach ihn Helen.

„Aber hätten wir dann nicht an den DNA-Spuren erkannt, dass dich nicht Ella ermordet hätte, sondern Katharina?", fragte Barbara.

„Und warum haben wir in Ellas Wohnung das Dossier über Victor gefunden?", ergänzte Heinrich Degen.

„Im Gegensatz zu den Fingerabdrücken sind die DNA von eineiigen Zwillingen identisch. Und sie wird damit gerechnet haben, dass wir Ella als Täterin irgendwann verdächtigen und das Dossier bei ihr finden."

„Und was passierte dann?", fragte Staatsanwalt Brehmer.

„Ich hatte zu diesem Zeitpunkt schon das Foto und das Phantombild von Ella Winter, und als ich vor Katharina stand, ist mir die unglaubliche Ähnlichkeit aufgefallen. Und dann habe ich mich daran erinnert, wann Katharina Geburtstag hat. Andreas hatte mir ja schon alle Infos zu Ella zugeschickt. Aber ich wollte mir ganz sicher sein, ich musste meinen Verdacht einfach überprüfen. Deshalb bin ich zu Ellas Wohnung gefahren." Victor atmete tief durch.

„Ella öffnete auf mein Klingeln, und ich habe sofort gemerkt, dass sie mich erkannt hatte. Mir war nicht klar, woher. Immerhin hatten wir uns damals nur kurz in Berlin im Zusammenhang mit der Ausstellung gesehen. Sie hat mich reingebeten, ist dann zur Toilette, und ich habe mich umgeschaut. Dann steht sie plötzlich mit einer Pistole und einer Spritze vor mir."

„Pistole? Wir haben in der Wohnung keine gefunden", unterbrach Heinrich Degen.

Das Handy von Tobias vibrierte auf dem Tisch. Das unerwartete Geräusch unterbrach seine hektischen Gedankengänge und lenkte die Aufmerksamkeit aller auf das Handy. Bruchteile von Sekunden später setzte der Klingelton ein. ‚Smoke on the water', der Sound für Birgit. Er stellte das Telefon in den Freisprechmodus, nahm das Gespräch an.

„Birgit, wo bist du?"

„Ihr habt versucht, mich zu erreichen? Ist etwas passiert?" Ihre Frage erleichterte alle. Sie war also nicht entführt worden. Er schaltete wieder in den normalen Modus.

„Nein, alles ist gut. Ich komme nachher bei dir vorbei und erklär dir alles."

Er legte auf. Seine Erleichterung wurde auch zur Erleichterung der anderen. Victor lächelte sogar.

„Wir konzentrieren uns jetzt auf die beiden Frauen. Ella Winters Wohnung wird observiert. Es ist also hoffentlich eine Frage der Zeit, bis wir sie erwischen", unterbrach Staatsanwalt Brehmer die Zeitspanne der Erleichterung.

„Wie ging es dann weiter?", fragte Tobias, kaum dass Brehmer mit seinem Statement fertig war.

Die Stimme klang heiser. Victor blickte Tobias irritiert an. Dieser Übereifer war untypisch für Tobias. Der wich seinem Blick aus, konzentrierte sich mit hochgezogenen Augenbrauen auf das Whiteboard, auf dem aber nichts Neues zu lesen war. Die rechte Hand strich immer wieder über seinen Bart.

Was war los mit Tobias? Was stimmte nicht? Birgit und er waren doch in Sicherheit. Was machte ihn jetzt so nervös? In Victor verstärkte sich die Gewissheit: Tobias hatte ein Problem, ein richtiges Problem, worüber er aber nicht reden wollte, oder konnte. Zumindest nicht jetzt und in der Gruppe. Um das zu klären, musste er mit Tobias alleine sprechen. Im Moment, und da war Victor sich genauso sicher, würde sein Freund sich selbst ihm gegenüber nicht öffnen. Das Beste war, abzuwarten.

„Da gibt es nicht mehr viel zu berichten", begann Victor. „Sie bedrohte mich mit der Pistole und zwang mich, mich auf das Bett zu setzen. Dann hat sie noch einmal telefoniert. Ich vermute mit Katharina, von der sie Anweisungen bekommen hat. Als sie noch einmal kurz den Raum verließ, habe ich den Autoschlüssel versteckt in der Hoffnung, dass ihr ihn findet. Ab dann kann ich mich an nichts mehr erinnern. Ich bin erst in dem Verlies zu mir gekommen, und da saß dann Katharina vor mir. Den Rest kennt ihr."

„Und du bist sicher, dass es Katharina war?", fragte Helen. Denn nur die Aussage von Victor würde bezeugen, dass Katharina Frielinghaus überhaupt etwas mit den Fällen zu tun hatte.

„Ganz sicher."

„Aber woher kannte sie dieses verlassene Gebäude und woher hatte sie den Schlüssel?"

„Katharina arbeitet zurzeit als freie Journalistin an einem Projekt über leerstehende Industrieanlagen in NRW mit Schwerpunkt Bergisches Land", beantwortete Barbara die Frage des Staatsanwalts.

Juli 2006

Ella stand am Grab ihrer Großmutter, die ihre Mutter gewesen war. Blickte in den Abgrund einer Lüge, in den Abgrund ihrer Geschichte. Sie war allein. Mit sich und der Wahrheit. Die jetzt eine Woche alt war. Nur der Pfarrer stand ein paar Meter abseits von ihr und wartete darauf, dass sie sich von dem Loch abwenden würde, um ihr Trost zu spenden, ohne zu wissen, wofür.

Alle hatten sie verlassen. Nicht mal ihre Geschichte war mehr die Geschichte ihrer Familie. Geblieben war nur ein Film, ein gottverdammt schlechter Film. Ein Film, den sie sich nie hätte ansehen wollen. Mit ihr als Hauptdarstellerin.

Die Nacht, in der die Großmutter starb, gebar sie der Enkelin ihre Geschichte und die Geschichte ihrer Familie. Ella saß am Sterbebett, beugte sich zu ihr, nahm sie in den Arm und flüsterte ihr ins Ohr.

„Du darfst nicht sterben. Wenn du stirbst, ist keiner mehr da, der deine Geschichte erzählen kann. Ich kann sie nicht weitertragen, denn ich trage die Erinnerung nicht in mir. Und sobald eine Erinnerung nur eine Kopie ist, wird sie zur Erzählung einer Unbekannten."

„Mein geliebtes Mädchen, Gott hat dich mir geschenkt, als er mir meine Tochter, deine wahre Mutter,

Elisabeth genommen hat. Dafür werde ich immer dankbar sein. Gott wird mir aber sehr bald meine Stimme nehmen. Also ist es an der Zeit, dass du die Wahrheit erfährst. Solange meine Kraft reicht."

Ihre vom grauen Star gebleichten Augen füllten sich mit Tränen. Oder waren es ihre Tränen, die der Sterbenden auf das Gesicht fielen?

Dann begann die alte Frau zu erzählen. Die ganze Nacht saß Ella an ihrem Bett und hörte zu. Mit dem Ende der Geschichte entwich der letzte Atemzug aus dem Körper der Sterbenden.

„Liebe Großmutter, für mich bleibst du meine Mutter. Das verspreche ich dir. Nun weiß ich, warum ich so bin wie ich bin. Die Wahrheit ist trügerisch. Wie brüchiges Eis, unter dem die Gefahr lauert, im Wasser des Lebens zu ertrinken. Ich weiß nicht, ob ich dich nun hassen oder lieben soll. Dafür, allein zu sein mit der Wahrheit. Und nicht zu wissen, ob es wirklich die ganze Wahrheit ist. Denn in deinen Augen habe ich einen Schmerz gesehen, einen anderen Schmerz, den du nicht teilen konntest", flüsterte Ella und verschloss ihr die Augen mit einer zärtlichen Bewegung. Bevor sie sich erhob, gab sie ihrer Mutter einen letzten Kuss auf die Stirn.

*

Ella wandte sich vom Grab ab und machte sich auf den Weg zu dem Haus, in dem sie aufgewachsen war. Betrat das Grundstück durch das Gartentor, ging an dem alten Kirschbaum vorbei. Schon lange hatte sie die Schaukel nicht mehr aufgehängt. Unbenutzt hing sie im Schuppen an einem rostigen Nagel.

Sie nahm sie herunter und knüpfte sie an den Baum. Musste sich strecken, der Ast, in dem die beiden Schaukelhaken eingedreht waren, ragte inzwischen höher in den Himmel.

Sie setzte sich auf die Schaukel. Mit Blick auf die Bank, auf der sie und ihre Mutter immer das neue Lebensjahr begrüßt hatten.

Sie stieß sich mit beiden Beinen ab und spürte wieder das wohlige Kribbeln der Kindheit im Bauch. Es war ein schöner Tag. Im Baum krakeelte ein Amselpärchen, und ihr Zwitschern erfüllte die Luft.

„Jetzt ist es mein Haus", flüsterte sie. Es fühlte sich seltsam an. Ihr Haus, ganz für sie allein. Sie verharrte in den letzten Schwingungen.

Die beiden Vögel waren verschwunden.

Es war still um sie herum.

Der Tod der Mutter entließ sie in die Einsamkeit.

Langsam betrat sie das Haus, schaute sich um. Sie verschloss alle Fenster, alle Türen. Wollte den letzten Atemzug nicht verlieren. Die letzte Verbindung zu ihrer Mutter.

*

In der Stube, ihre Mutter hatte das Wohnzimmer Stube genannt, stellte sie sich hinter den Ohrensessel. Wie so oft, wenn sie ihrer Mutter eine gute Nacht gewünscht hatte. Am Ende des Tages hatte die Mutter dort gesessen, ausgerichtet auf den Fernseher. Den einzigen Luxus, den sie sich geleistet hatte, und sie müde geworden war, sich und ihre Tochter gegen die moderne Welt abzuschirmen.

Eine Überdecke schonte den Samtbezug und gab dem

edlen Stoff die Optik der Alltäglichkeit. Ella nahm die Überdecke ab, faltete sie und legte sie in den Flur.

Das erste Teil, das sie morgen in den Altkleiderbehälter werfen würde.

Sie setzte sich in den Sessel. Zum ersten Mal. Es fühlte sich an wie ein Sakrileg. Dabei war das albern. Sie war nicht mehr das kleine Kind, das sich nicht traute.

Ihr Blick fiel auf den Sekretär. Hier hatte die Mutter abends gesessen und mit Füller in ein schwarzes Tagebuch geschrieben. Manchmal hatte sie ihr vorgelesen, was sie geschrieben hatte. Wenn es ein schöner Tag gewesen war. „Wenn ich dir den Tag vorlese, wirst du ihn nie vergessen. Wie ein Märchen, das du nicht vergisst", hatte sie gesagt.

Sie stand auf und trat an den dunkelverfärbten Kiefernschrank. Die Schreibplatte war hochgeklappt. Ein Schlüssel steckte in der rechten Tür des Unterschrankes. Der Schlüssel, der früher nie in dem Schloss gesteckt hatte. Langsam drehte sie ihn nach rechts.

Die geöffnete Tür gab den Blick auf einen Umschlag und einen Karton frei. Sie öffnete auch die linke Tür. Auf den drei Regalböden standen schwarze Kladden ohne Beschriftung. Unterschiedlich hoch und dick standen sie dicht beieinander. Der letzte Band auf dem unteren Boden ließ Platz für nicht mehr erlebte Erinnerungen.

Ella setzte sich auf den Fußboden. Im Schneidersitz. Spürte das kühle Linoleum.

Sie wandte sich dem Stapel zu. Auf dem Karton lag ein Briefumschlag. Sie öffnete ihn und kippte den Inhalt auf ihre verschränkten Beine. Fotos rutschten aus ihrer Hülle. Das Erste kannte sie. Ihre Mutter hatte es ihr zu ihrem 10. Geburtstag gezeigt. Das Hochzeitsfoto. Andächtig legte sie es zur Seite.

Ihr Blick fiel auf ein Farbfoto.

Es zeigte ihre Mutter und sie. Wie alt sie da wohl gewesen war? Kein Datum gab die Antwort auf diese Frage. Sie saßen zusammen auf der Bank draußen vor der Tür. Es muss ein warmer Tag gewesen sein, das helle Licht der Sonne blendete die Fotografierten, die ihre Augen mit den Händen verschatteten. Ein Foto der Harmonie, der Beleg der Ähnlichkeit der alten Frau mit dem jungen Kind.

Wer aber hatte das Foto gemacht?

Gab es damals jemanden im Leben der Mutter außer ihr?

Sie lehnte sich zurück und stellte sich vor, ein zufällig vorbeikommender Wanderer zu sein, der einen Blick auf das Paar erhascht hatte. Sah mit seinen Augen die innige Verbundenheit der beiden, fühlte mit seinen Sinnen, wie selbst die Natur das Paar mit weicher Luft umgab. Langsam, ganz langsam erinnerte sie sich wieder an den Tag. Ihr 10. Geburtstag. Dieser Tag sollte der Anfang vom Ende ihrer kindlichen Unschuld werden. Sie begann Fragen zu stellen und die Antworten zu suchen.

Antworten, die sie noch nicht gefunden hatte.

Ganz unten lag ein altes Schwarz-Weiß-Foto. Zeigte einen Bauernhof mit einer beeindruckenden Eingangspforte. Auf der Rückseite stand ein Datum: 1940.

Sie öffnete den Deckel des Kartons. Im Inneren lag ein Gegenstand, in ein Wachstuch eingewickelt. Es roch nach Öl, ähnlich wie das Sprühöl, das sie benutzte, wenn sich eine Schraube nicht lösen ließ. Sie entblätterte das Päckchen. Zum Vorschein kam eine Pistole. Aufgehoben über all die Jahre, beschützt für diesen Moment. Ehrfürchtig nahm sie die Waffe und legte sie vorsichtig auf den Tisch.

Ganz hinten im Fach fand sie eine Schneekugel. Verpackt und mit einer roten Schleife geschmückt. Ein Geschenk. Für Sie? Von wem?

Warum hatte die Mutter es ihr nie gegeben?

Langsam öffnete sie die Schleife und nahm die Kugel in die Hand.

Das Motiv erkannte sie sofort. Die Geschwister und die Hexe aus dem Märchen Hänsel und Gretel. Die drei standen in einem Nadelwald vor einem schief stehenden Hexenhaus.

Langsam drehte sie die Kugel auf den Kopf und wieder zurück. Mit dem aufwirbelnden Schnee kam ein Lächeln in ihr Gesicht.

*

Ella setzte sich in den Ohrensessel und öffnete das erste Buch. Eng beschriebene Seiten in einer Schrift, die sie erst noch erkennen und lesen lernen musste. Zeile für Zeile, Seite für Seite. Manche Seiten überschlug sie. Vergaß das Essen, gelegentlich trank sie einen Schluck Wasser direkt aus dem Wasserhahn. Nach einem Tag und einer Nacht war sie fertig.

Ihre Geschichte, ihre Gegenwart und ihre Zukunft lagen vor ihr. Nein, nicht ganz. Eine Mitschrift der Erinnerung fehlte. Die Zeit ihrer Geburt fehlte.

Als sie die letzte Seite zuschlug, überfiel sie ein Zorn, wie sie ihn noch nie gespürt hatte. Ein Entsetzen über das Leid, das ihre Mutter erlitten hatte. Wut darüber, dass sie alle kein normales Leben hatten führen können.

Trauer über die verlorene Zeit mit ihrer leiblichen Mutter, einer Zeit, die sie nie zusammen hatten.

Sie räumte die Kladden sowie die Fotos und die Pistole wieder an ihren Platz. Nur die Schneekugel würde sie mitnehmen und auf den Tisch in ihrem Zimmer stellen.

Erschöpft von den letzten Tagen betrat sie das Badezimmer. Sie blickte in den Spiegel. Die rechte Tür war ihr Bereich, die linke gehörte der Mutter. In der Mitte waren die Medikamente. Sie sah eine fremde Frau als Spiegelbild ihrer selbst.

Wer war diese Frau? Ein Gefühl übermannte sie, das schon lange in ihr geruht hatte, versteckt vor ihr selber, versteckt vor ihrer Mutter, versteckt vor ihrer Welt: Hass.

Sie hasste ihr Spiegelbild, ihren Körper, ihr Gesicht, ihren Geruch. Alles war ihr zuwider. Als wenn jemand anderes in ihr wäre.

Der Drang, diese Bild zu zerstören, trieb sie in den Keller. Dort lag ein Hammer.

*

Sie schlief danach einen Tag und eine Nacht. Mit dem Erwachen kamen Zweifel. Sie kannte jetzt die Wahrheit. Aber was sollte sie mit ihr anfangen?

Sie setzte sich auf die Bank vor dem Haus. Die Äste des alten Kirschbaums knurrten. Wie ein wütender Hund, der seine Herrin vor einer nahenden Gefahr warnt.

„Mutter", fragte sie in den Morgen, „war das die ganze Wahrheit? Was hast du mir verschwiegen?"

„Was ist denn passiert?", empfing ihn Birgit aufgeregt.

„Kann ich erst einmal reinkommen?", fragte Tobias lächelnd. Nach dem Gefühl der Sorge und dann der Erleichterung hatte sich auf dem Weg hierher freudige Gelassenheit in ihm breitgemacht. Er fühlte sich fast wieder wie ein Teenager auf dem Weg zu einem Date. Er sah Birgit an, sah glänzende Augen, ein Lächeln.

Okay, alles wird gut, dachte Tobias, als Birgit einen Schritt in die Wohnung machte und ihn hineinließ.

„Wie geht es dir und wo bist du gewesen? Ich weiß, das geht mich eigentlich nichts an, aber ..."

„Ich war ein paar Tage in Holland. In Bergen aan Zee. Brauchte etwas Zeit. Der Tod von Peter, die Beerdigung, dann du. Ich musste mir über einige Dinge Klarheit verschaffen. Dazu brauchte ich Distanz."

„Was meinst du mit ‚dann du'?", fragte Tobias. Seine Hände fingen an zu schwitzen. Er hatte das Gefühl, nicht zu wissen, wohin mit den Händen, wohin mit sich. Jetzt war es zu spät. Seine Hände fanden Ruhe in seinem Bart. Warten auf eine Antwort. Eine gefühlte Ewigkeit.

„Na ja, ob und wie es mit uns weitergehen könnte. Oder überhaupt erst anfangen könnte."

„Und, hast du Klarheit erlangt?" Tobias Stimme schwankte.

„Ja, ich kann mir das vorstellen, will es versuchen. Wenn du es auch willst?" Jetzt blickte sie ihn schutzlos an, hatte alle Deckung aufgegeben.

In Tobias brach der Damm, den er das letzte Jahr aufgebaut hatte. Öffnete seine Arme und zog Birgit an sich.

Eine ganze Weile standen sie eng umschlungen im Flur. Tobias spürte ihr Herz an seiner Brust, und spürte ein unbändiges Glücksgefühl durch seinen Körper strömen, wie er es seit Christines Tod nicht mehr erlebt hatte. Irgendwann ermahnte die Vernunft in Tobias, dass er einen Grund hatte, hier zu sein.

„Okay, jetzt muss ich dich einiges fragen. Dienstlich. Ist wirklich wichtig. Deshalb haben wir ja auch versucht, dich zu erreichen."

Sie setzten sich auf das große grüne Sofa. Lange war es noch nicht her, dass er auf diesem Sofa gesessen hatte.

„Fühlst du dich in letzter Zeit irgendwie verfolgt oder bedroht?", begann er zu fragen.

Birgit blickte ihn erstaunt an. Dann schloss sie ihre Augen und massierte langsam ihre Nase. Zwei Falten auf der Stirn erzeugten tiefe Furchen.

Tobias saß einfach da und beobachtete Birgit. Er hatte Zeit. Sie konnten im Moment nur warten, dass Ella und Katharina gefasst wurden.

Alle hatten den Rest vom heutigen Sonntagnachmittag frei. Sie würden sich morgen früh wieder im Büro treffen, es sei denn, es gab Neuigkeiten. Nur Victor wartete noch auf ihn, wollte unbedingt noch etwas mit ihm besprechen.

Wie auf Kommando glättete sich seine Stirn, die Finger fanden Ruhe, und Birgit öffnete die Augen.

„Ich hatte schon das Gefühl, das ich eine bestimmte Frau immer mal wieder gesehen habe. An Orten, die ungewöhnlich waren. In einem Café am Heumarkt, oder erinnerst du dich noch an den Museumsbesuch? Da auch. Die Frau mit einem roten Käppi. Oder dann wieder hier in der Siedlung. Wenn du mich nicht gefragt hättest, wäre mir das nicht aufgefallen. Aber was soll das?"

„Gleich, eine Frage noch vorab. Erinnerst du dich an deinen Großvater? Was weißt du über ihn?"

„Mein Großvater wurde 1914 geboren. In Hamburg. Als ich ihn das erste Mal bewusst erlebt habe, war ich vier oder fünf Jahre alt. Meine Eltern sind regelmäßig zu unseren Großeltern gefahren. Da muss er um die 60 Jahre alt gewesen sein. Er war ein stiller Mann. Zu uns Enkelkinder war er gutmütig. So würde ich das beschreiben. Hatte viel Geduld mit uns, aber war auch distanziert, also kein Opa zum Kuscheln und Rumtoben."

„Und was weißt du über die Zeit davor?"

„Eigentlich nur das, was mein Vater mir über ihn erzählt hat. Und das war nicht viel. Komisch eigentlich, wenn ich jetzt darüber nachdenke, nicht viel über seinen Vater erzählen zu können. Er war Polizist, wie dessen Vater auch. Während des 2. Weltkrieges war er irgendwo in Polen. Danach war er wieder in Hamburg im Dienst."

Tobias nickte ihr aufmunternd zu, weiter zu erzählen.

„Über die Kriegszeit selbst wurde in der Familie nie gesprochen. Das änderte sich, als ich älter wurde. Weil ich Fragen hatte, Antworten suchte. Das war auch die Zeit, als ich meinen Vater das einzige Mal richtig wütend erlebt habe. Ich hatte seinen Vater, also meinen Großvater, einen Nazi genannt. Das war, als wir im Geschichtsleistungskurs über die Gräueltaten der deutschen Soldaten in Polen sprachen. Da hat er mich das einzige Mal angeschrien. ‚Dein Großvater war ein guter Mann, ein guter Vater und nach dem Krieg ein guter Polizist'."

Birgit schüttelte in der Erinnerung den Kopf. „Als mein Großvater starb, hatte ich ihn, jetzt wird mir das erst deutlich, eigentlich nie richtig kennengelernt." Sie schaute Tobias ernst an. „Aber jetzt bist du dran. Was soll die Fragerei?"

Tobias berichtete ihr von ihrem Verdacht, dass die Motive für die Taten auf die Gräueltaten in der Vergangenheit zurückzuführen seien und ihr Großvater eine wesentliche Rolle dabei gespielt habe.

„Tja, und dann haben die Täterin oder die Täterinnen einen Fehler gemacht. Sie dachten, dass dein Mann der Enkel von deinem Großvater sei, weil ihr beide deinen Geburtsnamen getragen habt."

„Bin ich in Gefahr?"

„Ich glaube nicht, denn du hast zwei Merkmale nicht, die die anderen verbunden haben. Deine politische Grundeinstellung passt nicht. Und das haben die beiden inzwischen rausgefunden. Und du bist eine Frau. Damit passt du nicht in deren Racheschema." Tobias spürte, dass Birgit noch nicht erleichtert wirkte.

„Wieso seid ihr euch über das Motiv so sicher? Die Männer von damals haben bestimmt viele Enkel. Warum gerade der Tote auf Sylt und Peter? Beziehungsweise ich?"

„Aus dem Grund, weshalb du aus dem Raster rausfällst. Es geht ihnen ausschließlich um männliche Enkel, die politisch rechts aktiv sind. Aus Sicht der Frauen nichts aus der Geschichte gelernt haben, also genauso verbrecherische Männer sind, wie ihre Großväter."

Dienstlich war alles gesagt. Und jetzt? Der Teenager in ihm wollte weg, einfach weglaufen. Fühlte sich überfordert mit der Stille, mit dieser Situation.

Er sah Birgit an, bemerkte, wie ein Lächeln ihr Gesicht erhellte.

Und er saß da, fühlte, wie sein Körper Endorphine freisetzte.

Ein Glücksgefühl überkam ihn wie nach einem gewonnenen Sprint gegen seinen besten Kumpel beim Rennradfahren.

„Erzähl mir von dir? Wo bist du aufgewachsen?", brachte Birgit ihn zurück.

„Lieber ein anderes Mal, es ist spät, ich muss los. Morgen liegt ein anstrengender Tag vor mir."

Beide standen wie auf ein geheimes Kommando auf. Standen sich unschlüssig und unsicher gegenüber, bis Tobias sich umdrehte, den Flur betrat und die Rechte auf die Türklinke legte.

Da beugte sie sich vor und küsste ihn. „Es war schön, dass du gekommen bist. Schade, dass du schon gehst."

Der Hauch ihrer Stimme in seinem Ohr ließ ihn erschauern. Er spürte das Gefühl der Erregung.

*

Victor wartete im Büro auf ihn. Es war die Chance, mit seinem Freund allein zu sprechen, denn die Situation vorhin ließ ihm keine Ruhe.

„Kann ich dir helfen?", begann Victor vorsichtig. Sah, wie Tobias sich müde in seinen Stuhl setzte. *Kein Wunder. Der Stress der Ermittlung, die Sorgen um ihn und um Birgit Behring. Seine neue Freundin?* Bestimmt belastete ihn das alles, nur vorhin war irgendwas anderes mit seinem Freund gewesen. Da war er sich sicher.

„Nein, warum fragst du?", antwortete Tobias. Der gehetzte Blick, das zuckende Lid des linken Auges sagten Victor etwas anderes.

Dafür hatte er schon mit zu viele Klienten gesprochen, die sich ihm in den ersten Gesprächen auch nicht offenbaren wollten oder konnten.

„Irgendwas beschäftigt dich doch. Wenn du …?"

„Nein, fang du jetzt nicht auch noch an. Mir geht es gut. Ich brauche nur etwas Ruhe. Fahr nach Hause. Clara hat sich Sorgen gemacht, sie braucht dich, heil und gesund. Also, hau ab. Wir sehen uns morgen."

Victor hob die Rechte. „Okay, dann bis morgen." Nachdenklich verließ er das Büro und das Gebäude. Es war Sonntagnachmittag. Eigentlich die Zeit für Freunde und Familie. Eigentlich die Zeit für ihn, erleichtert nach seiner Befreiung nach Hause zu fahren. Uneigentlich die Zeit, in Sorge um seinen Freund durch Köln zu fahren.

Victor lenkte seinen Volvo auf den Deutzer Ring, um bald auf den östlichen Zubringer Richtung Süden abzubiegen. Er passierte das Hochhaus des TÜV Rheinland und nahm die nächste Abfahrt auf die Rolshover Straße. Seine Tankanzeige hatte ihm die Entscheidung des Heimweges abgenommen. Die Markant-Tankstelle bedeutete zwar einen kurzen Umweg, aber günstige Benzinpreise, und einen Boxenstopp bei McDonalds.

Clara war noch nicht zu Hause. Also wartete niemand auf ihn, und er hatte Lust auf einen schrecklich ungesunden Burger.

Erst den Burger, dann den Sprit, dachte Victor und bog auf das Gelände des Gewerbeparks ab.

*

Heinrich Degens Handy klingelte in dem Moment, als er die Zündung seines Autos auf dem Parkplatz ausstellte. ‚Sonja' leuchtete es im Display.

„Ich wollte nur hören, wann du nach Hause kommst?" Die Frage hatte er befürchtet. Seine Antwort auch.

„Es wird heute leider wieder später. Tobias hat mir noch einen Auftrag gegeben, der bis morgen fertig sein muss. Ich melde mich, wenn ich absehen kann, wann ich komme. Du musst mit dem Abendbrot aber nicht auf mich warten. Tschau, hab dich lieb. Küss Paul von mir."

Degen drückte das rote Telefonsymbol. Rot wie die rote Linie, die er schon wieder überschreiten würde.

Ende des Gespräches. Ende der Beziehung zu Sonja, wenn sie wüsste, wo er jetzt war, was er jetzt vorhatte? So wie er sie kannte, ja. Und sie hätte recht.

Er wollte ja aufhören, aber nicht jetzt. Jetzt im Stress des Falles, im Stress seiner Enttäuschung, dass nicht er die Ermittlung leiten durfte. Das hatte nichts mit Tobias zu tun. Er respektierte ihn. Tobias war ein guter Chef und ein guter Ermittlungsleiter. Aber er wollte auch seine Chance.

„Scheiße, ich darf da nicht mehr reingehen", ermahnte er sich selbst. „Wenn irgendwer das herausbekommt, war es das", flüsterte Degen, lehnte sich zurück, schwitzte.

„Heute ist Schluss", nahm er sich vor. Zum wievielten Mal? „Einmal noch. Als Abschluss. Wie die letzte Zigarette." Degen öffnete die Wagentür.

*

Ist das nicht Degen, der da aus dem Auto steigt? Was macht der hier, ich dachte, der wohnt ganz woanders.

Victor hatte den jungen Kollegen bemerkt, als er den Kreisverkehr auf dem Gelände wieder verlassen hatte. Seitdem er Degen in der ersten Besprechung erlebt hatte, nagte an ihm ein gewisses Misstrauen. Er ahnte, dass er hier erfahren würde, was mit Degen nicht stimmte.

Er querte den Kreisel und fand einen Stellplatz, von dem aus er Degens Wagen beobachten konnte, ohne, dass dieser ihn bemerkte.

Victor sah, wie Degen auf den Eingang einer der vielen Gewerbehallen zuging.

Eine lachende Sonne auf einem leuchtend blauem, ein Quadratmeter großem Plakat navigierte seinen Kollegen. Victor las den Schriftzug MERKUR, darunter in kursiv *Spielothek.*

Sein Bauchgefühl hatte Recht gehabt. Degen ging so zielsicher auf den unscheinbar wirkenden Eingang zu, dass Victor klar war, dass Degen nicht zum ersten Male hierherkam. Und das Risiko, dass jemand hier vorbeikam und ihn beobachtete, war verschwindend gering.

Bis heute. Bis er, Victor, tanken musste.

∗

Degen nahm sein Portemonnaie aus der Hosentasche, zeigte dem Mitarbeiter an der Theke seinen Personalausweis. Nach einem Check im Computer gab er Degen eine Identifikationskarte.

„Wechsel das, bitte." Degen reichte dem Mitarbeiter an der Theke einen 50 Euro-Schein „Und bring mir eine Cola. Du weißt, wo ich bin. Mein Spielgerät ist frei?"

„Ja, wie meistens, dein Platz ist frei." Degen musste grinsen. Dieses Ritual würde er vermissen.

Er drehte sich um und ging auf den hinteren der drei Spielsäle zu, dem Kasino.
Der rote Teppich schluckte seine Schrittgeräusche und den Sound der Spielgeräte.

Der Platz am hinteren Ende des Raumes war tatsächlich noch frei. Abgeschirmt von elf weiteren Spielbereichen im Raum, hatte er hier seine Ruhe.

*

Folge ich ihm, oder lasse ich es? Degen ist alt genug, und es ist seine Freizeit. Victor wollte schon losfahren, als die berufliche Neugier in ihm gewann.

Wenn es so war, wie er befürchtete, hatte Degen ein Problem. Dieses Problem störte die Arbeit im Team, und schlimmer noch, das Verhältnis zu Tobias. Er musste sich vergewissern und eventuell sogar handeln.

Entschlossen stieg er aus und folgte dem Weg, den Degen genommen hatte.

Zwei Männer standen an einem Stehtisch vor dem Eingang und rauchten schweigend. Keiner sah wie ein Gewinner aus. Dann gab es auch nichts zu sagen. Nicht hier.

Victor musste sich eingestehen, dass er nervös war. In seiner Jugend hatte auch er Spielhallen besucht und gelegentlich an Heiermann-Apparaten gezockt. Aber das war vorbei.

Der Raum, den er betrat, hatte mit einer Spielhalle von damals nichts mehr zu tun. Alles war hell erleuchtet, das Interieur erinnerte ihn an antike Tempel.

Halleluja, Halleluja. Leonard Cohens Stimme begleitete ihn vorbei an silberfarbenen Säulen, über schwarze Fliesen und zwei Treppenstufen aus Echtholz-Dielen. Die Decke war verspiegelt und gab dem Raum eine besondere Eleganz.

Zögerlich trat er an den Tresen, den er eher in einem feinen Hotel erwartet hätte.

Der junge Mann dahinter musterte ihn neugierig. Sortierte ihn als Neuling ein. Victor störte sofort sein amüsiertes Lächeln.

„Ihren Ausweis bitte."

„Hallo? Dass ich über 18 bin, glauben sie mir doch wohl, oder?" Victor versuchte es mit Freundlichkeit.

„Na klar, aber trotzdem. Muss checken, ob gegen Sie ein Spielverbot vorliegt. Muss sein."

Stand so etwas auf Personalausweisen? Er hatte keine Ahnung, aber seinen Ausweis dabei, sonst wäre hier schon Schluss gewesen. Er zögerte. Noch konnte er gehen, seine Pommes essen und Degen sich selbst überlassen.

Er zögerte nur kurz. Nein, er musste sich vergewissern. Für Degen und natürlich auch für seinen Freund Tobias. Er reichte dem jungen Mann seinen Ausweis. Auf einem Schild an der Brust stand dessen Name: René Schmidt.

René gab ihm seinen Personalausweis nach kurzem Blick zurück und außerdem eine Chipkarte. „Sie sind neu hier. Kann ich Ihnen helfen?"

Victor nickte.

„Mit der Chipkarte musst du dich bei dem Gerät anmelden. Die Freischaltung gibt es nur für ein Gerät."

„Kann ich mit EC-Karte oder Master-Karte bezahlen?"

„Nein, nur bar. Wir dürfen auch kein Geld auszahlen. Du musst Bargeld mitbringen."

„Habt ihr hier nur Stammkunden?", fragte Victor. René war freundlich und redselig. Es begann Victor zu interessieren, wie das hier lief.

„Fast ausschließlich. Die meisten kommen zwei oder dreimal die Woche, zocken bis zu drei Stunden und sind dann wieder weg."

„Und über wie viel Geld reden wir für drei Stunden?"

„Die Geräte sind so gesteuert, dass du nur 60 Euro die Stunde verlieren und 400 Euro gewinnen kannst."

„Na ja, 180 Euro am Abend verzocken und das zwei bis dreimal die Woche, da kommt schon was zusammen. Habt ihr da ein Auge drauf?"

„Klar, wenn ein Typ, es sind überwiegend Männer, die hier spielen, irgendwann komisch wird oder auffällig, dann melden wir dies, er wird angesprochen und bekommt im Zweifelsfall Spielverbot. Deshalb auch der Perso-Check."

Victor nickte. „Ich schau mich dann mal um. Danke."

„Hier gilt: nur anfassen, nicht schauen."

Victor guckte René fragend an. „Du darfst die Räume eigentlich nur betreten, um zu spielen. Aber weil du heute das erste Mal da bist ... Aber nicht zu aufdringlich. Okay?"

Victor grinste und hob die rechte Hand an die Schläfe zu einem angedeuteten militärischen Gruß. Er blickte sich um, sah zwischen den Säulen drei Eingänge und entschied sich für den Raum Merkur.

Ping, Ping, Klack. Bald umgab ihn ein ständiges Klingeln und Rasseln. Das Rattern der Rollen und die Musik des Erfolgs, wenn man den Jackpot abräumte. Entfernt erinnerten ihn diese Geräusche an seine Jugend. Wobei Victor natürlich klar war, dass der Einsatz dieser Sounds einen tiefenpsychologisch raffinierten Sinn machte.

Er hatte Studien gelesen, die zeigten, dass Spieler länger an den Spielgeräten blieben, wenn das Audio Erlebnis stimmte. Hierzu gehörten sowohl die Musik als auch die Geräusche der Rollen und Gewinnausschüttung.

Vor allem das helltönende Klingeln, das einen Gewinn anzeigte, war extrem wichtig. Denn es bestätigt nicht nur dem Spieler, dass er gerade gewonnen hatte, sondern suggerierte auch den anderen Spielern, dass es hier etwas zu gewinnen gab.

Alle Geräte waren besetzt. Heinrich Degen war nicht hier. Erst im dritten Raum sah er ihn mit dem Rücken zum Raum sitzen. Victor trat näher, konnte die Bewegungen auf dem Spielgerät mitverfolgen und auch den Kontostand von 134 Euro und 55 Cent erkennen.

Ein routinierter Klick auf eine Taste kostete einen Euro und trieb die Walzen an. Ohne für ihn erkennbaren Grund leuchtete mit einem Male im Kästchen Erfolg der Betrag von 40 Euro auf. Die begleitende Triumphfanfare ließ Degen anscheinend kalt.

Solche Abende kosten also Heinrich seine schwarzen Ringe unter den Augen, dachte Victor. Nicht sein Sohn. Ob seine Frau das wusste? Der augenblickliche Fall bot genügend Ausreden, später nach Hause zu kommen. Auf Dauer würde Degen seine berufliche Zukunft und die seiner Familie zunichtemachen. Was sollte er tun?

Er musste mit Tobias darüber reden. Das war die einzige Chance für Degen, da wieder rauszukommen.

„Würden sie jetzt bitte gehen", wurde Victor von einer Mitarbeiterin angesprochen. „Sie sehen doch, dass alle Geräte besetzt sind. Und wer nicht spielen kann, muss den Raum verlassen." Ihre Stimme lenkte seine Aufmerksamkeit von den Spielenden ab und die von Degen auf ihn.

„Was machst du hier?" Zorn und Angst klangen in Degens erschrockener Stimme mit.

„Deinen Arsch retten."

„Was soll das? Was ich in meiner Freizeit mache, ist ja wohl meine Sache. Also hau ab."

„Klar, deine Sache. Aber wenn du Hilfe brauchst …"

„…komme ich zuallerletzt zu dir. Und wenn du irgendwem davon erzählst, dann …"

„Was dann? Drohst du mir?"

Zwei Handys klingelten gleichzeitig. Eines davon war das von Victor. Das andere hielt Degen bereits in der Hand. „Hallo Barbara, was gibt's?", hörte er Degen fragen, bevor er auf sein eigenes Handy schaute. Es war Tobias, der versuchte, ihn zu erreichen.

„Wir haben Ella. Sie war in ihrem Haus in der Eifel. Sie wird heute noch nach Köln gebracht. Wir melden uns wieder, wenn wir mehr wissen." Tobias hatte aufgelegt.

Victor blickte auf. Sah Degen an.

„Ich wollte sowieso Schluss machen. Sollte heute mein letzter Abend sein. Ehrenwort." Nervös schlenkerte er mit den Armen, seine Stimme klang dünn und rau. „Bitte, behalt das hier für dich. Ich schwöre, ich höre auf. Und wenn ich es nicht allein schaffe, komme ich zu dir."

Was sollte er tun? Es war Degens Privatsache. Sollte er Degen vertrauen?

Er würde ihn beobachten, sein Wissen erst mal für

sich behalten. Das lief ihm nicht weg. Und außerdem hatten die Anrufe eine neue Dynamik erzeugt.

„Wir können gehen."

Sie verließen das Spielcasino, mussten sich in verschiedene Richtungen zu ihren Autos trennen.

Vorher fragte Degen: „Deal?"

„Deal", bestätigte Victor und schlug in die ihm gereichte Hand ein.

Mai 2011

Erstaunt registrierte Katharina, dass ihre Tränen salzig schmeckten.

Sie saß auf ihrem roten Designer-Sofa und weinte. Weinte um die Wahrheit.

Die Wahrheit ihrer Sehnsucht.

Die Wahrheit ihres Schmerzes.

Nur einmal, bei der Geburt von Leon, hatte sie in ihrem Leben die Kontrolle über sich verloren. Hatte damals die Tränen des Glücks und gleichzeitig der Wut nicht aufhalten können.

Glück durch Leon.

Wut über den Mann, der Leons Vater werden sollte und es nicht werden wollte.

Heute, am Tag nach der OP ihrer Mutter, hatte sie auf einem unbequemen Besucherstuhl neben ihrem Bett im Krankenhaus gesessen. Die Diagnose: Brustkrebs. Überlebenschance: 50 Prozent.

„Katharina, ich muss dir etwas erzählen. Ich weiß, wir hätten dir das schon früher erzählen müssen, aber wir wollten dich nicht verlieren. Wer weiß, wie lange ich noch leben darf. Du bist unsere Tochter, nur das zählt. Bitte verzeih uns, das musst du mir versprechen. So wie wir damals versprechen mussten, das Geheimnis zu bewahren. Denn sonst hätten sie dich uns wieder genommen."

So hatte ihre Mutter mit ihrer Beichte begonnen.

Ursula und Anton waren ihre Adoptiveltern. Sie konnten keine Kinder bekommen. Und dann wurden sie gefragt, ob sie die Verpflichtung als Adoptiveltern übernehmen wollten, und sie hatten ja gesagt. Ohne Zögern. Sie wollten ein Kind, und so bekamen sie Katharina, die vom ersten Tag an ihr wichtigster Mensch war. Ihr Glück, ihre Liebe.

Als die Stimme der Mutter ihre Kraft verloren hatte, kannte Katharina die Wahrheit. Bekam die Gewissheit, dass ihr Gefühl sie nicht betrogen hatte. Ihre Einsamkeit, das Gefühl, dass ihr jemand fehlte, dass sie nicht vollständig war, hatte endlich einen Namen bekommen.

Katharina fand den Auszug aus dem Geburtenregister zusammen mit ihrer Geburtsurkunde und einem Tagebuch, versteckt in einem unscheinbaren Umschlag zwischen alten Familienfotos in einem Schuhkarton. Einem Sarg, verscharrt zwischen sich zersetzenden Erinnerungen. Abgestellt auf dem Dachboden.

Sie hatte ihr zweites Ich gefunden.

Fast andächtig schloss sie den Karton wieder, saß im Wohnzimmer ihrer Eltern, der Vater war im Krankenhaus. Leon wartete vielleicht in ihrer Wohnung auf sie. Vielleicht auch nicht. Unwillkürlich musste sie lächeln. Wie immer, wenn sie an ihren Sohn dachte.

Wie würde ihr Leben heute aussehen, wenn Ursula

und Anton sie nicht als ihr Kind angenommen hätten? Das Geständnis ihrer Mutter war für sie so unvermittelt gekommen, dass Katharina Hals über Kopf das Krankenzimmer verlassen hatte.

Seit Victor sie verlassen hatte, hatte sie keinen Partner mehr gehabt, nahm sich Sex, wenn sie ihn brauchte. An dem Tag ihrer Demütigung hatte sie geschworen, dass nie wieder ein anderer Mensch Macht über sie bekommen würde, sie zu kränken oder sie zu besiegen. Nur Leon hatte es bisher immer wieder geschafft, sie an die Grenzen ihrer emotionalen Belastbarkeit zu bringen.

Aber wie wäre es gewesen, mit einem zweiten Ich aufzuwachsen? Nicht alleine zu sein? Alles zu teilen, ihr Leben, ihre Gedanken?

Musste sie jetzt nicht ihr bisheriges Leben infrage stellen? Fragen, wer bin ich? Woher komme ich? Katharina lächelte, die Tränen waren längst getrocknet.

Im Grunde waren ihr die Antworten egal. Es gab in ihrem Leben keine Schwester, sie hatte fürsorgliche Eltern. Es gab also keinen Grund zu Trauer über einen Verlust. War ihre Schwester stark wie sie, oder nur das Minus zu ihrem Plus? Um das herauszufinden, müsste sie die andere kennenlernen. Wollte sie das?

Zuerst musste sie alles wissen. Nur wer das Wissen hat, hat die Macht. Francis Bacon hatte Ende des 16. Jahrhundert recht gehabt. Das hatte Katharina schon sehr früh in ihrer Jugend für sich erkannt. Wissen und Macht fallen nach Bacon zusammen, weil die Unkenntnis einer Ursache auch über deren Wirkung hinwegtäuscht, sodass Nichtwissen auch mit Ohnmacht gleichzusetzen war. Und Ohnmacht, keine Kontrolle über sich und andere zu haben, war ihr unerträglich.

War ihre rote Linie, über die sie nie treten wollte. Über die sie nur zweimal in ihrem Leben treten musste.

*

Katharina schloss die Wohnungstür.

„Leon, bist du zu Hause?", rief sie in Richtung seines Zimmers, um sich Gewissheit zu verschaffen, dass sie allein war.

Leon war jetzt 18 Jahre alt und verbrachte die meiste Zeit mit seiner Clique, um sich und den Kiez zu erkunden. Sie und Leon lebten seit seiner Geburt in Hamburg, in der Nähe ihrer Eltern, denn die hatte sie gebraucht.

Sie beendete an der Uni Hamburg ihr Studium zwei Jahre nach Leons Geburt als Jahrgangsbeste und fand schnell eine Anstellung beim Hamburger Tageblatt.

Im Arbeitszimmer öffnete sie ihren Laptop und begann ihre Recherche mit dem Stichwort Ahnenforschung.

Katharina war in ihrem Element. *Mach den nächsten Schritt erst, wenn du dir sicher bist, mehr zu wissen als der andere.*

Dazu musste sie nur tun, was sie konnte: Recherchieren. Telefonieren. Einmal musste sie persönlich erscheinen, sich ausweisen, auf einem Meldeamt.

Dann kannte sie die Namen der Lebenden und der Toten: Ruth, Elisabeth, Ella, Georg, ihr Urgroßvater.

Wusste von dem Ort Józefów.

Wusste von der Tat.

*

Katharina parkte ihr Auto vor dem restaurierten Gebäude. Wie an jedem der letzten fünf Tage. Es erinnerte sie an ihr altes Schulgebäude. Zwei Geschosse, symmetrisch angeordnete Fenster, heller Putz, Sandsteinplatten.

Das Café öffnete jeden Morgen um 8.00 Uhr. Es war ideal für ihre Beobachtungen. Sie saß jeden Morgen am selben Platz, mit freiem Blick auf die Tür. Rucksack, Stiefel und Outdoor-Funktionskleidung tarnten sie als Wanderin.

Die Haustür des Hauses schräg gegenüber öffnete sich wie jeden Morgen um 8.45 Uhr. Ella, ihre Schwester, welch ein Wort, betrat schlicht gekleidet den Gehsteig und machte sich auf den Weg zu ihrem Arbeitsplatz, der Apotheke im Ort.

Sie kam jeden Tag um 13.15 Uhr zur Mittagspause und um 18.45 Uhr zum Feierabend zurück. Danach verließ sie das Haus nicht mehr, empfing keinen Besuch, lebte offensichtlich allein. Kein Zweifel, Ella war anders als sie, war das Minus-Ich.

Heute blickte Ella in Richtung des Cafés, als ahnte sie, dass sie beobachtet wurde? Katharina blieb ruhig. Selbst wenn, sie würde sie nicht erkennen. Wie auch? Sie kannte sie ja nicht. Noch nicht.

Am fünften Tag trat sie vor das Haus, kaum dass Ella gegangen war, prüfte nachdenklich das Klingelbrett. Da stand er, ihr Geburtsname. Sie nahm den vorbereiteten Briefumschlag, öffnete den Deckel des Briefkastens, und ließ den Brief hineinfallen.

Sie sah sich um. Es war niemand auf der Straße, der sie beobachtet hatte. Ein letzter Blick auf das Namensschild. Was empfand sie beim Lesen dieses Namens? Was fühlte sie für die Frau, die ihre Schwester war?

Wenn sie ehrlich war: nichts.

September 2017

„Wir nehmen Sie vorläufig fest wegen des Verdachts des Mordes an Christian Kraft, Peter Behring und Thomas Bekemeier sowie wegen der Entführung und des geplanten Mordes an Victor Holzer", hatte einer der Polizisten gesagt.

Ella hatte nur genickt, hatte damit gerechnet, dass sie irgendwann kommen würden. Sie durfte noch einmal zur Toilette. Dann nahmen sie sie mit, legten ihr sogar Handschellen an. Als ob sie den Polizisten etwas tun würde. Die hatten ihr ja nichts getan. So einfach war ihre Welt. Aber das wussten die beiden natürlich nicht, sie machten nur ihre Arbeit. Die Polizisten hatten sie sie nach Köln zurückgebracht, in diese Zelle, dieses Loch.

Sie würde das aushalten. Diese Zelle, diese Nacht und die nächste. Ihre Großmutter Ruth hatte ganz etwas anderes durchstehen müssen.

Jetzt war sie hier. Zusammen mit anderen Menschen in diesem kleinen Raum. Die Frau, die sich neben sie gesetzt hatte, kannte sie nicht, interessierte sie nicht.

„Das ist Ihre Verteidigerin, Frau Gröger", hatte ein Polizist zu ihr gesagt, als sie heute Morgen aus der Zelle geholt wurde. Sie roch so komisch. Nach Mottenpulver, das ihre Mutter immer in ihrem Kleiderschrank verteilt hatte.

Die Frau hatte mit ihr geredet, sie musste einen Zettel unterschreiben, und dann wich sie ihr nicht mehr von der Seite. Fehlte noch, dass sie mit in ihrer Zelle sein würde.

*

Tobias und Barbara saßen in einem der kleineren Besprechungsräume am Tisch nebeneinander und warteten auf Ella Winter. Victor lehnte an der Wand hinter der geöffneten Tür, sodass er nicht gleich zu sehen war.

Sie hatten in Absprache mit den zuständigen Richtern sowie der Staatsanwaltschaft Aachen und Staatsanwalt Brehmer die Verdächtige noch am gestrigen Abend in das zentrale Polizeigewahrsam Köln direkt neben dem Präsidium bringen lassen. So konnte die erste Vernehmung in ihren Räumen stattfinden.

Eine Frau betrat den Raum und stellte sich als Verteidigerin vor. Dann betrat Ella den Raum. Tobias sah eine Frau, aus der sämtliche Spannkraft verschwunden war. Der schwarze Pullover hing an ihr ohne Form. Mit ihrem streng zurückgekämmten und mit einem Gummi zusammengebundenen Haar erinnerte sie Tobias an seine Deutschlehrerin.

Eingeschüchtert wie ein Hundewelpe saß Ella schließlich vor ihnen am Tisch und schien die Umgebung nicht wahrzunehmen. Sie starrte mit zusammengepressten Lippen auf einen imaginären Punkt auf dem Tisch. Seit sie den Raum betreten und sich gesetzt hatte, hatte sie kein Wort gesagt. Tobias war irritiert. Irgendetwas fehlte, dachte er, aber was?

Er startete das Aufnahmegerät sowie die Kamera und begann mit der Vernehmung.

„Warum haben Sie Christian Kraft, Peter Behring und Ernst Bekemeier getötet und Victor Holzer entführt?"

Tobias und Victor hatten beschlossen, Ella mit konkreten Fragen direkt zu konfrontieren.

Kein Drumherumreden, sie wollten sie überrumpeln, auch mit Victors Anwesenheit, denn sie konnte nicht wissen, dass er inzwischen gefunden und befreit worden war.

Ella Winters Reaktion irritierte Tobias und Victor. Selbst als sie Victor bemerkte, hatte sie keine Regung, kein Erkennen vermuten lassen und nur starr auf den einen Punkt auf dem Tisch geblickt.

Victor trat neben Tobias, beugte sich zu ihm, ohne seinen Blick von ihr zu lassen. „Sie hat sich in Trance versetzt. Wir müssen sie erst wieder da herausholen."

Sie reagierte, legte ihre Hände auf ihren Schoss, schloss die Augen und lächelte.

*

Ella hob den Kopf und schaute trotzig wie ein Kind, das sein Vergehen seinem Teddybär zuschieben will, wenn es der Mutter Rede und Antwort stehen soll. Fragend blickte Tobias Victor an, der nur unmerklich mit den Achseln zuckte, was heißen sollte: weiterfragen, nicht irritieren lassen.

Sie senkte wieder den Blick, starrte auf die Tischplatte vor sich. Eine gefühlte Ewigkeit. Die einzige Bewegung im Raum und der Zeit war der Gang des Uhrzeigers der Wanduhr. Ihre Hände begannen zu zittern. Aber sie blieb stumm, hielt die Stille aus.

Tobias musste abwarten. Die meisten Menschen können Nichtssagen nicht aushalten. Ella war anders, kapselte sich einfach ab, verschwand in eine innere Welt.

Tobias tauschte erneut einen Blick mit Victor und versuchte dann, Blickkontakt mit Ella Winter aufzunehmen, um überhaupt wieder einen Zugang zu ihr zu bekommen.

„Erzählen Sie etwas von sich", begann er sanft. „Wo haben Sie gelebt, wo sind Sie aufgewachsen?"

Ella hob den Kopf, richtete ihren Blick auf Victor, und Tobias hatte den Eindruck, dass sie Victor erst jetzt richtig wahrnahm. „Du bist hier?", flüsterte sie. „Wie kann das sein?"

„Wieso ich hier bin?", Victor starrte Ella Winter an, „weil ich euch entkommen konnte. Du hast mich betäubt wie die anderen vor mir, mich in dieses Loch gesteckt, damit ich dort elendig verrecke." Victors Stimme wurde schärfer. „Und warum? Sag mir, warum?"

Tobias merkte, dass Victor sich nur mit Mühe beherrschte. Das Erlebte steckte ihm doch mehr in den Gliedern, als er gedacht hatte. Vielleicht wäre es besser gewesen, ihn nicht mit in die Vernehmung zu nehmen. Jetzt war es zu spät.

*

„Frau Winter, vielleicht fangen wir von ganz vorne an." Barbaras ruhige Stimme setzte alles auf null. Sie, die jüngste im Raum, lenkte Victor ab und entlockte der Frau ein erstes freundliches Lächeln.

Es schien, als empfinde Ella Winter Barbaras Intervention als Erlösung und Aufforderung, endlich alles, ihre Version zu erzählen und wie sie sich gefühlte hatte, als sie sich endlich wehrte. Von dem Brief, mit dem alles begann, und wie sie zum ersten Mal in ihr wirkliches Leben getreten war.

„Was geschah am 13. September 2014?" Da war sie wieder, diese freundliche junge Stimme, eine Zuwendung, die sie vermisst hatte.

Erinnerungen kamen hoch an diesen Abend in Hannover. Wie konnte sie es auch vergessen. In ihren Gedanken saß sie wieder zitternd in der Duschtasse ihres Badezimmers. Drehte wieder den Duschkopf in Richtung Rot. Rot wie Blut. Spürte wieder den reinigenden Schmerz, als das heiße Wasser ihren Körper überflutete.

Bis heute wusste sie immer noch nicht, wie sie in ihre Wohnung gekommen war. Die Stunden vorher waren nur noch bruchstückhaft da, Erinnerungsfetzen an die Tat, an das Unvermeidbare, Ungewollte, und doch Geschehene. Dabei hätte sie es verhindern können. In dem Moment im Lokal, als sie sich seinem sanften Drängen, zu ihm zu gehen, nicht verweigert hatte. Sie hätte nur dem warnenden Blick des Kellners folgen müssen, als sie mit Christian das Lokal verlies.

Wie konnte ich mich nur täuschen lassen? Oder hatte ich es selbst auch gewollt? Alles wirkte ja auch so vertraut. Er war einfach gut gewesen, hatte ihr das Gefühl gegeben, sich schon lange zu kennen.

Zum ersten Mal in ihrem Leben hatte sie einen Joint geraucht, sich frei und gut gefühlt. Und er hatte ihr zugehört, als sie erzählte. Von sich und ihrer Geschichte. Es tat ihr gut, sich zu öffnen. Ob das an der Droge lag oder an ihm, es war jedenfalls gut gewesen.

Und wenn er etwas gesagt hatte, fand seine warme Stimme die richtigen Worte. Sie hätte nur irgendwann aufstehen und gehen müssen. Bevor es zu dem kam, was sie bereits in dem Moment gewusst hatte, als sie mitging.

Er wollte sie küssen, und sie wollte es nicht, und er wollte mehr, und sie wehrte sich. Seine Hände waren plötzlich überall. Immer wieder hatte sie NEIN, NEIN, NEIN gerufen, und er hatte einfach nicht aufgehört.

Plötzlich hatte sie die Weinflasche in der Hand, schlug zu. Hörte das Geräusch, als die Flasche das erste Mal den Hinterkopf traf, und hörte das Zerbersten der Flasche beim zweiten Schlag. Sie war noch nie so wütend, so zornig gewesen.

Rote Farbe legte sich wie ein Schleier vor ihr Gesicht. Überall war die rote Farbe. Rotwein? Blut? Dann stand sie wieder in seinem Badezimmer, musste ihre Schuld abwaschen und sah im Spiegel ihr Gesicht, wie es sich in das Gesicht ihrer Großmutter verwandelte. In ihrer Not griff sie um sich. Ihre Hand fand die Rasierwasserflasche und schleuderte sie ihrem Spiegelbild ins Gesicht. Sie hörte das Zersplittern des Spiegels. Adrenalin schoss durch ihre Blutbahn, gab ihr die Energie für ihre Flucht.

Sie hatte alle ihre Spuren in einen Müllbeutel gepackt. Weder im Treppenhaus, noch auf der Straße war ihr jemand begegnet. Ihr Auto hatte noch ordentlich geparkt in der Nähe des Restaurants gestanden, sodass sie unbemerkt ihr Hotel erreichen konnte.

Unterwegs entsorgte sie die Gegenstände ihrer Schuld. Wusste nicht, ob er tot oder nur schwer verletzt war, hielt an einer Telefonzelle und wählte den Notruf.

Die Beute hatte den Kampf gegen den Jäger gewonnen.

„Frau Winter, was ist mit Ihnen? Geht es ihnen nicht gut? Brauchen sie eine Pause?" Die junge angenehme

Stimme holte sie aus ihrer Erinnerung. Erleichtert, aber abgekämpft ließ sie den Blick über Barbara Sieger gleiten, streifte Tobias und blieb an Victor hängen.

„Ja, ich habe ihn getötet, aber ich spüre keine Schuld. Bin ich deshalb ein böser Mensch? Wer kann mir diese Frage beantworten?" Ella sah Victor an. Er war Psychologe, hatte er gesagt, damals in Berlin.

„Und Schuld? Habe ich wirklich Schuld?" Sie schüttelte den Kopf. „Nein, und ich schäme mich auch nicht, keine Schuld und nur meine Befreiung und Erlösung zu empfinden. Ich schulde niemanden etwas. Das hat sie mir auch gesagt. Ich solle immer an das denken, was der Großmutter angetan wurde. Schuld darf kein Vergessen kennen."

*

„Kann ich bitte ein Glas Wasser haben?", fragte Ella. Sie trank einen langen Schluck. Die Anwältin blieb stumm.

„Ich muss erst die Geschichte meiner Großmutter Ruth erzählen", begann sie wieder.

„Von der Frau, die meine Mutter wurde. Und ich werde die Geschichte so erzählen, wie Großmutter sie mir erzählt hat. Das ist wichtig. Es wird doch aufgezeichnet?", sie blickte sich um.

„Ja", beschwichtigte Tobias, „aber was hat das mit den Taten zu tun, die Sie begangen haben?"

„Stopp!", unterbrach die Anwältin zum ersten Mal das Gespräch, „ob meine Mandantin die Taten überhaupt begangen hat, müssen Sie erst noch beweisen. Vor Gericht."

Die Stimme der Anwältin erinnerte Tobias wieder an seine Deutschlehrerin. Er schüttelte sich gedanklich, nickte Ella zu.

„Die Geschichte beginnt am 13. Juli 1942 in Józefów, einem kleinen Dorf in Polen."

Tobias beugte sich zurück. Seit sie angefangen hatte zu erzählen, bemerkte er eine Veränderung an Ella. Jetzt saß ihnen eine andere Frau gegenüber. *Ihr zweites Ich? Das sie immer wieder erwähnt hatte?* Daran, dass es diese zweite Person gab, die sie steuerte, hatte er keinen Zweifel.

Ella erzählte frei und flüssig und wurde von niemandem unterbrochen. Schließlich war es vorbei. Tobias spürte, wie das erzählte Grauen alle erschütterte. Barbara blickte fassungslos Ella Winter an, Victor stand regungslos an die Wand gelehnt, seine anfängliche Aggressivität im Blick war verschwunden. Er empfand Mitgefühl mit ihr und musste erkennen, dass in seiner Familie nie über die Zeit des Weltkrieges gesprochen worden war, auch die Zeit danach war ein Tabu gewesen. Doch bei aller Empathie entschuldigten die grausamen Taten der Polizisten damals nicht die Taten der Gegenwart.

Nach einem Moment der Stille unterbrach Tobias das Schweigen. „Es gibt da noch zwei Punkte, die sie nicht wissen oder wissen können."

Er blickte zu Barbara. Sie wirkte betroffen und müde. „Das Leid der Menschen endet nicht mit dem Ende eines Krieges", flüsterte sie. Es klang wie ein persönliches Fazit.

„Sie deuteten etwas an", wandte die Anwältin sich zu Tobias, „was wollten sie meiner Mandantin und mir noch sagen?"

„Es gibt eine signifikante Übereinstimmung der DNA eines der Opfer mit Frau Winter."

„Was heißt signifikant?" Mit dieser Nachfrage der Anwältin hatte Tobias gerechnet.

„25% Übereinstimmung. Und das deutet darauf hin, dass Thomas Bekemeier mit hoher Wahrscheinlichkeit ein Cousin von Frau Winter war. Sie besaßen demnach denselben Großvater."

Alle blickten zu Ella Winter. Die saß auf ihrem Platz, hatte die Augen geschlossen, seit sie aufgehört hatte, zu erzählen. Jetzt hob sie den Blick, und Tobias blickte in dunkelbraune, hellwache Augen.

„Das ändert nichts", entfuhr es ihr mit fester Stimme.

„Und was war das Zweite, was sie uns noch zu sagen wollten?", fragte wieder die Anwältin mit der Stimme der Deutschlehrerin.

„Wir wissen, dass Frau Winters zweites Ich, von dem sie immer wieder spricht, tatsächlich existiert", beantwortete Victor, der lange Zeit nur still zugehört hatte, die Frage. Ella Winter drehte den Kopf in seine Richtung. Mechanisch. Ihre Augen starrten ihn an. Tobias hielt den Atem an. Verstand sie, was Victor gesagt hatte?

„Sie scheinen viel Fantasie zu haben", versuchte die Anwältin, sich über Victor lustig zu machen.

Victor ignorierte sie. „Kennen Sie den Namen Katharina Frielinghaus?"

Ella Winter drehte sich zu ihm und schüttelte den Kopf.

„Katharina Frielinghaus ist die Meisterin. Sie erinnern sich? Ich gehe davon aus, Sie haben Milarepa gelesen."

„Noch mehr Quatsch!", polterte die Anwältin.

„Nein", wies Tobias sie zurecht, und wandte sich an Ella. „Katharina Frielinghaus ist Ihre Zwillingsschwester!"

*

Sie sah die Bewegungen des Mundes. Der ältere Polizist sagte etwas. Sie verstand es nicht. *Was hatte er gesagt? Zwillingsschwester?*

Alle Gefühle, die sie am Leben erhalten hatten, verwandelten sich in ein Chaos. Liebe wandelte sich in Wut, Rache zu Hoffnungslosigkeit. Augenblicklich erkannte sie auch, dass ihre Einsamkeit, ihre Sehnsucht einen Grund hatte.

Es gab es also, ihr zweites Ich. *Aber warum hatte es sich mir nie gezeigt?*

„Ich bin schuldig", flüsterte sie für alle verständlich.

Es war alles gesagt. Es war vorbei. Endlich.

Sie legte die Hände in ihren Schoß und lächelte.

*

„Victor, was kannst du uns über Ella Winter sagen?", fragte Tobias. Das Team hatte sich nach der Vernehmung von Ella im Besprechungsraum versammelt.

„Ella Winter", begann Victor mit ruhiger Stimme, „ist traumatisiert und psychisch sehr krank. Sie ist ein Mensch mit zwei Gesichtern. Gesicht eins wurde geprägt durch ihre Kindheit. Sie ist unfähig, eine Partnerschaft einzugehen, lebt allein und ist entsprechend einsam. Sie sehnt sich nach Autorität."

Victor blickte in die Runde und fuhr dann fort:

337

„Wir wissen, wie sie aufgewachsen ist, nämlich bei ihrer Großmutter. Die hat Ella streng nach Lehrbüchern erzogen, wie sie im Dritten Reich empfohlen wurden. Da stellen sich einem heute die Nackenhaare hoch, so gruselig lesen die sich."

„Aber das allein machte sie doch noch nicht zur Mörderin, oder? Dann liefen hier bei uns ja Tausende potenzielle Mörder oder Mörderinnen frei herum", entgegnete Andreas Müllers.

Victor wartete wieder einen Moment. Er empfand sogar ein wenig Sympathie für Ella Winter, weil er sich mit den Erziehungsmethoden der Kriegselterngeneration beruflich auseinandergesetzt hatte. Und es hatte ihn entsetzt, dass diese verschrobenen Ansichten noch bis weit in die 80iger Jahre veröffentlicht und praktiziert wurden.

„Es war kein Wunder", fuhr er fort, „dass sie so zurückgezogen und einsam lebte. Sie fühlte sich weiter in der Welt ihrer Großmutter gefangen. Sie lebt ja auch noch immer da, wo sie aufgewachsen ist."

Tobias blickte zu Barbara und Heinrich, den jüngsten im Kreis. Es war schon hart, was sie hier verdauen mussten. Deren Eltern gehörten sicher zu den moderneren Eltern. Zumindest soweit er wusste. In ihren Gesichtern erkannte Tobias, wie sehr sie die Lebensgeschichte von Ella Winter und ihrer Großmutter berührte.

Victor trank einen Schluck seines kalten Kaffees.

„Und dann trat Katharina in ihr Leben. Die ihre Einsamkeit verdrängte, aber gleichzeitig vollständig Besitz von ihr nahm und sie für ihre Rache manipulierte", ergriff Helen Kramer das Wort.

Victor nickte. „Und in Ellas Denken ihr zweites Ich war. Das Krankheitsbild von Ella Winter wird als dissoziale Identitätsstörung bezeichnet. Bei Menschen, die darunter leiden, und das sind ungefähr 15 von 1000, übernehmen verschiedene Persönlichkeitszustände, also die dissoziativen Identitäten, die volle Kontrolle über die Betroffenen. Sie bemächtigen sich ihres Denkens, Fühlens und Handelns, und der Betroffene kann sich oft hinterher nicht daran erinnern, was seine andere Identität gemacht hat."

Victor trank einen Schluck Wasser.

„Um auf Ella Winter zurückzukommen: Mit dem Tod der Großmutter verschwand ihre einzige Bezugsperson, die sie je hatte, die ihr ein Gefühl von Liebe, Nähe und Zugehörigkeit geboten hatte. Plötzlich tauchte aus dem Nichts der Mensch auf, der ihr immer gefehlt hatte. Ob real oder nur in ihrer Innenwelt, spielte dabei keine Rolle. Wie gesagt, sie konnte es noch nicht mal selbst erkennen."

„Dadurch wurde sie zum seelischen Spiegelbild und Werkzeug ihrer Zwillingsschwester", warf Barbara ein.

„Womit wir beim Thema Zwillingsschwester wären", nahm Tobias ihren Themenwechsel auf.

„Aber sie kannte doch ihre Schwester bis dahin gar nicht. Sie wusste nicht einmal, dass es sie gab", verwunderte sich Heinrich Degen.

„Man nennt es Vanishing Twin Syndrom, wenn Zwillinge, bei denen der zweite Zwilling vor der Geburt gestorben ist, von dem Gefühl berichten, von jemandem Kenntnis zu haben, der nicht da ist, aber mal da war und ihnen dauerhaft fehlt. Diese Menschen fühlen sich für immer unerklärlich und unauflösbar einsam."

„Ellas Zwillingsschwester", unterbrach Barbara Sieger Victor.

„Richtig, Katharina, sie war nicht gestorben, aber für Ella fühlte sich das so an. Und dann taucht jemand auf, der ihr vom ersten Moment an so nahe ist, wie sie glaubt, sich selbst zu sein." Victor fühlte sich sichtlich wohl. Er war in seinem Element, konnte dozieren, und alle folgten ihm.

Es hatte sich gelohnt, Victor ins Team zu holen. Ein Gedankenblitz, der Tobias lächeln ließ.

„Eine Person, die immer für sie da war und der sie bedingungslos vertrauen konnte", ergänzte Tobias.

„In ihrem Chat wird das deutlich. Im Grunde nutzte sie diesen wie ein Tagebuch." Andreas hatte den Laptop von Ella Winter durchforstet und den Chat IchbinDuDubistIch bald gefunden.

„Und so konnte Katharina Ella als Werkzeug benutzen, wie sie es brauchte."

„Das ist schon verrückt", Heinrich Degen schüttelte den Kopf. „Wie kann sich ein normaler Mensch nur auf all so etwas einlassen?"

„Ella ist kein normaler, sondern ein kranker Mensch", korrigierte Victor. „Du, wie wir anderen auch, denkst analytisch, hast eine Struktur im Leben. Bei dir geht immer alles vorwärts in eine klar abgesteckte Richtung. Du hast Familie, Freunde, uns. Okay, wir können nicht hinter deine Stirn blicken", Victor sah zu Heinrich, der verlegen zu Boden blickte.

„Wahrscheinlich bist du wie jeder andere von uns auch ein Normalo mit der einen oder anderen Schwäche, die du manchmal auslebst. Oder auch nicht", sagte Tobias. Er hatte den Blickwechsel zwischen Victor und Heinrich bemerkt. *Hatte das einen Grund? Warum verzog sich Heinrichs Gesicht so merkwürdig?*

„Und dann ist man trotzdem nicht psychisch krank", beendete Victor den Moment der Irritation.

„Aber jetzt war da Katharina alias IchbinDuDubistIch. Eine Person, die sich nahm, was sie brauchte. Das galt auch für Männer. Und die manipulieren konnte."

Tobias wandte sich an Victor.

„Und das spielte sich alles in ihrer Fantasie ab, oder habe ich das falsch verstanden? Weil sie nicht begriffen hat, dass es tatsächlich eine zweite Ella Winter gab."

„Können wir ihr das beweisen?", fragte Helen.

„Wir haben doch ihr Geständnis", erwiderte Andreas.

„Aber von wem? Von Ella oder von ihrem zweiten Ich? Und, was davon können wir Katharina beweisen?" fragte Heinrich Degen.

Eine berechtigte Frage, dachte Tobias. Genau die Frage trieb ihn um, seit Ella ihr Geständnis abgelegt hatte.

„Bis wir Katharina Frielinghaus befragen können, konzentrieren wir uns auf Ella Winter und den ersten Mord an Christian Kraft. Bisher gibt es keine Hinweise, dass Katharina Frielinghaus damit etwas zu tun hat."

„Stimmt und stimmt nicht", Victor sah nachdenklich drein. „Nein, Katharina hatte mit diesem Mord nichts zu tun. Wir wissen ja inzwischen auch, dass Kraft nichts mit den anderen Opfern zu tun hatte. Aber die Tat zeigte Ella, dass sie töten kann und die Macht hat, sich zu wehren. Endlich konnte sie wirksam werden und aus der Rolle von Duldsamkeit und Ausgeliefertsein ausbrechen. Eine Erkenntnis, die es Katharina so leicht machte."

„Für ihren eigenen Racheplan gegen Victor, dem sie die Schuld am Tod ihres Sohnes gegeben hat. Sie hat alles arrangiert: die Nachfahren gefunden und Ella alles auf einem Tablett serviert. Ella musste nur noch tun, was sie schon einmal getan hatte. Sich wehren. Gegen die Dämonen ihres Lebens in Person der Enkel", ergänzte Tobias.

„Dabei wurde ihr alles wieder präsent, ihre Kindheit und das ganze Familiendrama. Aber jetzt hatten ihre Dämonen Gesichter. Und Namen", ergänzte Heinrich Degen.

„Aber noch einmal", ließ Barbara nicht locker, „wie beweisen wir Katharina Frielinghaus ihre Anstiftung zu den Taten und zum geplanten Mord an Victor?"

*

Irgendwann waren alle erschöpft und Tobias schickte sie in einen wohlverdienten Feierabend. Victor kam auf ihn zu und wollte mit ihm sprechen. Irgendetwas beschäftigte seinen Freund. *Was hatte er? Hatte das mit mir zu tun? Was hatte er gemerkt und wie?* Damit wollte er sich jetzt nicht beschäftigen. Er war sich sicher, Victor würde nie etwas tun, was ihm schaden würde. Nie. Es gelang Tobias, ihn zu vertrösten.

Er betrat seine Wohnung. Stille empfing ihn. Gerade heute fiel es ihm wieder auf. Ohne die Jacke auszuziehen, setzte er sich auf einen Stuhl in der Küche. Sein Blick fiel auf das Foto, auf das Gedicht.

Irgendwie war es ihm in den letzten Wochen gelungen, Christines Tod nicht mehr den Raum zu geben, der ihn sonst in seinem Alltag lähmte. Sogar seine Schuld, dass der Fahrer noch ungestraft leben durfte, hatte er verdrängt, aber nicht vergessen. Die Schuld musste beglichen werden. Dann konnte es wieder ein *Du und ich* wie in dem Gedicht für ihn geben. Vielleicht mit Birgit? Sie hätte Christine gefallen.

Die Stunde gestern bei Birgit hatte ihm gutgetan und ein Gefühl von Sehnsucht geweckt. Er fühlte sich lebendiger. Das war gerade einen Tag her. Ein Tag, der sich anfühlte wie eine Woche.

Sollte er anrufen? War er frei von Gedanken an die Ereignisse des Tages?
Konnte er sich heute auf Birgit einlassen? Ihrer jungen Beziehung gerecht werden? Nein. Ganz sicher nicht. Nicht heute.

Sie hatten Ella Winter. Aber der Kloß in seinem Magen sagte ihm, dass sie noch nicht am Ende waren. Irgendwas irritierte ihn an der Täterin. Er hatte schon viele Einzeltäter erlebt, meistens aus dem Umfeld der Opfer.

Diese Täter waren nach dem Aufdecken ihrer Verantwortung erschöpft und ängstlich. Sie waren häufig selbst erschrocken über das, was sie getan hatten, und hatten Angst vor dem, was auf sie zukommen würde. Die Haftstrafe, die Einsamkeit, die Stigmatisierung durch die Freunde, die Familie und die Gesellschaft.

Aber Ella Winter war anders. Sie wirkte entrückt, zeigte keine Angst vor der Einsamkeit. Wahrscheinlich kannte sie die zu gut.

‚Ich bin schuldig.' Tobias hatte die Augen geschlossen. In seinen Gedanken spielte sich die Schlussszene noch einmal ab. Er sah sie wieder die Hände in den Schoß legen und ihr Lächeln. Sie hatte ausgesehen, als wenn sie ein Spiel gewonnen, nicht ihre Freiheit verloren hätte.

Gedankenverloren stand er auf und öffnete den Kühlschrank, fand eine Flasche Kölsch, öffnete sie, ging ins Wohnzimmer und setzte sich auf sein Sofa. Dachte daran, sich ein Neues zu kaufen, vielleicht mochte Birgit ihn beraten? Der Gedanken brachte ihn zum Lächeln.

Das Klingeln seines Handys zerstörte den Augenblick.

Er nahm das Gespräch an, hörte nur zu. Als der Anrufer aufhörte zu reden, ließ er sein Handy fallen.

Ihm wurde schlecht. Er schaffte den Weg ins Badezimmer und erbrach alles, was er im Laufe des Tages gehört, gesehen, gegessen hatte. Als alles raus war, spülte er seine Wut, seine Angst, seine Schuld mit dem Erbrochenen in den dunklen Schlund der Kanalisation.

*

„Ella Winter hat sich in der Zelle vergiftet. Vermutlich mit Pentobarbital", berichtete Helen Kramer.

Tobias schlug die Hände vor die Augen und versuchte, das Bild zu verdunkeln, das ihn vorhin so gerührt hatte. Blind gemacht hatte?

Wie Ella die Hände in ihren Schoß gelegt hatte.

Was er für ein Bild des Friedens gehalten hatte.

Er hatte es gesehen, aber nicht ernst genug genommen. *Habe ich Schuld? Hätte ich ihren Suizid vermeiden können? Müssen?*

Er nahm die Hände herunter, blickte in die müden Gesichter seines Teams. Sie waren alle sofort ins Präsidium gekommen. Nach dieser Nachricht hätte keiner Ruhe gefunden.

„Wie war das möglich?", unterbrach Degen das Schweigen der Fassungslosigkeit.

„Reingeschmuggelt", Tobias strich sich verlegen über das Kinn, „bei einer Gewahrsamsnahme findet ja keine Leibesvisitation statt wie bei der Einlieferung in U-Haft."

„Und nun?"

„Schließen wir die Akte Ella Winter zwangsläufig ab. Brehmer sieht das auch so", antwortete Tobias.

„Und der Fall Katharina Frielinghaus?", fragte Victor, dem das jetzt doch etwas zu schnell ging. Immerhin wollten die beiden Schwestern ihn töten. Die anderen Opfer waren nur Beiwerk gewesen. Kollateralschäden sozusagen, sogar der Suizid von Ella.

Hätte Victor ihn vorhersehen müssen? Nein.

„Können wir irgendwas davon beweisen? Ella Winter hat doch alles gestanden, und für einen Nachweis der Anstiftung gibt es nichts Belastbares. Die Chats geben nichts her. Selbst wenn wir einen Account mit Katharina Frielinghaus in Verbindung bringen können, heißt das ja nur, dass sie Kontakt mit Ella hatte. Was glaubt ihr, warum die Dossiers alle per Post kamen? Überhaupt die Dossiers. Da wusste Ella doch nicht mal, ob die nicht sogar von ihr selbst verfasst, verschickt oder zugestellt worden waren."

„Und selbst ein möglicher DNA-Fund bringt nichts, da die DNA von Zwillingen gleich ist", ergänzte Helen.

„Fehlanzeige auf der ganzen Linie." Victor merkte selbst, wie enttäuscht seine Stimme klang.

„Andreas, gibt es irgend etwas, einen Hinweis bei der Handyortung?", suchte Tobias nach einem neuen Ansatz.

„Im Zeitraum von vier Wochen vor den Taten war ihr Handy sowohl auf Sylt als auch in Köln eingeloggt", antwortete Andreas nach einem kurzen Zögern.

„Sylt, wie Tausende Touristen in diesem Zeitraum ebenfalls, und dass sie in Köln war, wissen wir auch. Beruflich. Auf Recherche im Auftrag ihrer Zeitung." Er stöhnte. „Ich höre jetzt schon ihren Anwalt."

Wir werden sie nicht kriegen. Sie hat alles zu gut geplant. Wenn sie nicht doch einen blöden Fehler begangen hat oder noch begehen wird, dachte Tobias und spürte die Enttäuschung.

„Victor, bist du dir sicher, dass deine Ex, Katharina, tatsächlich bei dir in der Hütte war, als sie dich da eingesperrt hatten?" Tobias hob beschwichtigend seine Hände. Er wusste, sein Freund war empfindlich.

„Ja klar. Ich bin doch nicht blöd oder habe schlecht geträumt", antwortete Victor. „Was glaubt ihr denn? Ich weiß genau, wer mich so gedemütigt hat und mich umbringen wollte."

„Aber du standest unter dem Einfluss von K.o.-Tropfen. Das haut uns jeder Anwalt um die Ohren", wandte Heinrich Degen ein, „und erklärt uns für Dilettanten."

Da hatte Degen recht. Victor musterte den Kollegen. Er wirkte heute entspannt, ausgeruht wie ein Vater eines kleinen Kindes sein konnte. Er hatte ihren Deal wohl ernst genommen.

„Bleibt die Zeitung", warf Helen Kramer ein. „Leider ohne Fingerabdrücke, ohne DNA-Spuren. Kann jeder X-beliebige dahin gelegt oder vergessen haben."

„Wir haben nur das Erscheinungsdatum und gehen davon aus, dass Katharina Frielinghaus die Zeitung dort liegen gelassen hat. Aber wenn die alles leugnet, haben wir nichts in der Hand", folgte Degen ihren Gedanken.

„Und warum sollte Katharina etwas zugeben, was wir nicht beweisen können? Das wird sie nicht tun. Da bin ich mir sicher. Dazu ist sie viel zu intelligent."

Tobias spürte, wie sich Resignation in ihm breitmachte. Und wenn er in die Gesichter der anderen schaute, sprühte keiner vor Optimismus. Kein Wunder. Sie wussten, wie alles zusammenhing und abgelaufen war. Aber statt einer Schuldigen hatten sie nur eine Tote und eine Lebende, an die sie nicht herankamen.

„Woher wusste Katharina Frielinghaus von der Hütte?", fragte Barbara. Sie hatte der Diskussion bisher nur zugehört, gelegentlich die Stirn gerunzelt, aber nichts kommentiert.

„Nach allem, was wir bis jetzt über die beiden Frauen wissen", Tobias schaute Victor an, „hat Ella Winter Victor nicht allein entführt und Katharina Frielinghaus um Hilfe angerufen. Weil sie keine Ahnung hatte, wohin mit ihm, nachdem sie ihn betäubt hatte. Denn es war ja nicht geplant, dass Victor plötzlich vor ihrer Tür stand. Da muss die Winter ganz schön in Panik geraten sein."

Victor nickte und lachte bitter.

„Und auch die Frielinghaus musste das weitere Vorgehen improvisieren", schlussfolgerte Andreas. „Sie hatte die Idee, denn sie wird bei ihrer Recherche dieses Gebäude gefunden haben und wusste, dass es verlassen war."

„Das klingt plausibel", nickte Tobias nachdenklich, „aber wir können es ihr nicht beweisen." Er sah Andreas an. „Es sei denn, wir finden bei den Handydaten von Ella zu dem Zeitpunkt, als du in ihrer Wohnung warst, den Anruf, mit dem sie Katharina um Hilfe bat."

Victor schüttelte den Kopf. „Ich glaube zwar nicht, dass sie einen solch kapitalen Fehler gemacht und ihr persönliches Handy für ein derart brisantes Telefonat benutzt hat. Aber einen Versuch ist es wert."

Andreas Müllers begann sofort zu suchen, und es entstand eine Pause, in der sich die einen mit Kaffee, die anderen mit Mineralwasser versorgten, bis Andreas sie in den Besprechungsraum zurückrief.

Kopfschüttelnd berichtete er.

„In den Listen der Handys, die ich habe, kann ich keine Verbindung finden."

„Das heißt, wenn wir Katharina Frielinghaus vernehmen und sie gesteht nicht, müssen wir sie gehen lassen", fasste Tobias zusammen.

*

Die Luft war raus. Das spürte auch Victor auf dem Weg ins Parkhaus. Und plötzlich war er da, der Gedanke und mit ihm die Angst.

Er kannte Katharina zu gut. Erst recht, wenn sie so einfach davonkam, würde sie ihre Rachepläne nicht aufgeben. Sie war sicher weiterhin gewillt, diese umzusetzen.

Am Tag danach

Mit einem leisen Klick hatte sich die Tür des Besprechungszimmers geschlossen. Katharina Frielingsdorf war eingetreten und durchquerte mit festem Schritt und ihrem Schatten, dem Anwalt Dr. Langhaus, den Raum.

Victor stand in der Ecke des Raumes. Tobias saß auf einem Stuhl am Besprechungstisch und blickte zu Victor.

War es ein Fehler, ihn, den Berater und gleichzeitig Opfer, bei dieser Vernehmung dabei sein zu lassen? Er hatte lange mit dem Staatsanwalt darüber diskutiert, und sie hatten sich mit dem Argument dafür entschieden, dass seine Anwesenheit Katharina Frielinghaus aus der Reserve locken oder sie zu Fehlern provozieren könnte.

Aber war Victor dem gewachsen? Was ging in ihm vor, wenn die Frau vor ihm saß, die einmal seine Freundin gewesen, die Mutter seines Sohnes war und die Frau, die ihn hatte töten wollen?

Victor nickte Tobias selbstsicher zu, als ob er dessen Gedanken gelesen hätte.

*

Katharina trat an einen Stuhl. Der quietschte auf dem Linoleum, als sie ihn zurückschob, als wollte sie sich setzen, aber stehen blieb. Auf Augenhöhe mit Victor.

Tobias musste zu ihr auf sehen.

Victor sah sie prüfend an. Was fühlte er? Mitleid, Mitgefühl, Zuneigung, Hass, Verlust? Wenn er ehrlich war, musste er sich eingestehen, dass er es nicht beschreiben konnte. Klar, er war in sie verliebt gewesen. Und er hatte sich geschmeichelt gefühlt, dass sie ihn wieder verführen wollte. Nach 25 Jahren.

Dass sich ihr Sohn das Leben genommen hatte, war traurig und tat ihm leid. Natürlich, das eigene Kind zu verlieren, war hart. Das wünschte er keinem Menschen. Dass Leon sein Sohn gewesen war, hatte keine Bedeutung. Trauer, Verlust konnte er nicht empfinden. Er konnte nichts verlieren, von dem er nicht gewusst, dass er es besessen hatte.

Er bemerkte Tobias' fragenden Blick. Sein Freund musste jetzt wissen, ob er sich die Befragung zutraute. Ohne den Blick von der Frau zu wenden, nickte er.

Victor beobachtete, wie Tobias Katharina taxierte, ruhig und entschlossen. Er registrierte aber auch, dass Tobias selbst in dieser Situation nicht umhinkam, sie zu bewundern. Sein Blick verriet ihn. Locker saß er zurückgelehnt auf seinem Stuhl. Fast schon zu lässig. Und Katharina zeigte, dass sie es wusste. Sie konnte damit spielen, das wusste Victor. Ihre Haltung, ihr Blick zeigten keine Spur von Angst. Es erschien Victor, als freue sie sich sogar auf das Duell.

„Bitte setzen Sie sich. Wollen Sie etwas trinken? Kaffee, Wasser?" Tobias eröffnete das Gespräch. Langsam kam sie der Aufforderung nach und setzte sich neben ihren Anwalt, der bisher dem Eröffnungsgeplänkel wortlos beigewohnt hatte. Sie lehnte sich ebenso lässig in ihrem Stuhl zurück, überkreuzte ihre Beine und legte die Hände gefaltet in ihren Schoss. Ich beherrsche die Situation, war ihre Botschaft.

„Nein, im Moment nicht."

Beeindruckt spürte Victor die Anspannung, die den Raum durchströmte. Wie elektrostatische Aufladungen, meinte er, die leichten Luftbewegungen zwischen ihr und sich knistern zu hören. Die Situation wirkte wie der Auftakt zu einem Schachspiel. War er der weiße König, den sie als schwarze Dame zu Fall bringen wollte?

„Wo waren Sie vergangenen Freitag ab 17.00 Uhr?", begann Tobias die Befragung.

„Können Sie uns bitte erst einmal sagen, warum meine Mandantin befragt wird?", unterbrach der Anwalt.

„Es geht um offene Fragen im Zusammenhang mit den Morden an Peter Behring und Thomas Bekemeier, sowie der Entführung und dem geplanten Mord an Victor Holzer. Der im Übrigen hier anwesend ist."

„Meine Mandantin kennt weder einen Peter Behring noch einen Thomas Bekemeier. Wer sind diese Männer?"

Tobias fasste die Tathergänge zusammen. „Dass Ihre Mandantin Victor Holzer kennt, bestreitet sie aber nicht?"

„Natürlich nicht. Was haben die genannten Taten mit Frau Frielinghaus zu tun, und wie können wir helfen?"

„Beantworten Sie einfach unsere Fragen."

Oder gestehe deine Beteiligung, dachte Victor, der aufmerksam das Scharmützel zwischen dem Rechtsanwalt und dem Kommissar verfolgt hatte. Er wusste nur noch nicht, wann er das Spiel taktisch klug unterbrechen und ein Ausbrechen aus der Routine provozieren sollte.

„Also, wo waren Sie letzten Freitag?", wiederholte Tobias mit ruhiger Stimme die Frage an Katharina Frielinghaus.

„An diesem Freitag war ich in Köln bummeln, danach in der Flora. Eine schöne Anlage. Kennen Sie die?"

„Gibt es Zeugen?"

„Anders herum. Gibt es Zeugen, dass ich nicht dort war?" Ihre Stimme klang selbstsicher und beherrscht.

„Kennen Sie Ella Winter?"

„Natürlich. Sie ist meine Schwester."

„Wie gut kennen Sie sich?"

„Ich habe erst vor einigen Jahren erfahren, dass ich überhaupt eine Schwester habe. Getroffen haben wir uns nie."

„Haben Sie anderswie Kontakt?"

„Ja, wir schreiben uns."

„Telefonieren Sie auch mit einander?"

„Nein."

Das war gelogen, das wusste Victor. Katharina würde aber nur so antworten, wenn sie sich absolut sicher war, dass sie ihr keine Telefonate nachweisen konnten. Sie musste ein zweites Prepaid-Handy gehabt haben. Das würden sie jetzt natürlich nicht mehr bei ihr finden.

„Waren Sie schon mal auf der Insel Sylt?"

„Ja. In diesem Sommer erst. Wie Tausende andere Touristen auch. Die genauen Daten kann ich Ihnen nennen, falls Sie das unbedingt wissen müssen."

„Und kennen Sie auch das Café Badezeit?"

Katharina lehnte sich zurück, schloss die Augen und schwieg für Sekunden. Tat so, als ob sie sich erinnern müsse. „Wahrscheinlich, ich war in vielen Cafés. Kann mich aber nicht an alle erinnern."

Der Anwalt machte sich bemerkbar. „Wenn ich es richtig verstanden habe, geschah der Mord an Herrn Bekemeier Anfang September, und das ist nun Mal nicht der Frühsommer. Es sei denn, sie können beweisen, dass meine Mandantin auch im September, zur Tatzeit auf Sylt war." Er räusperte sich süffisant. „Und um die nächste Frage schon vorweg zu beantworten. Meine Mandantin war im Sommer auch schon einmal in Köln. Beruflich. Aber auch das ist nicht ungewöhnlich. Und wenn sie also sonst nichts haben, würden wir gern gehen."

Tobias drehte das Foto um, das bisher verdeckt vor ihm gelegen hatte. „Kennen Sie dieses Gebäude?"

Katharina Frielinghaus nahm das Foto.

Jetzt überlegt sie, ob sie zugeben soll oder nicht, dass sie es kennt, dachte Victor, gespannt, wie Katharina sich entscheiden würde. Sie hatte ja sicher nicht damit gerechnet, dass sie ihn so schnell finden würden. Lebend.

„Nein." Klar und bestimmt kam die Antwort.

„Du lügst. Du hast mich dorthin entführt", entfuhr es Victor. Seine Stimme klang fremd, gepresst. Sein Puls raste, entfachte Unruhe in seinem Denken. Er wusste, er musste sich beherrschen.

„Wie können Sie so etwas behaupten?" Der Anwalt sprang von seinem Stuhl auf. „Haben Sie Beweise, Fingerabdrücke, eine DNA-Probe? Zeugen?"

„Mich. Katharina war da. Hat mit mir gesprochen."

Der Anwalt lachte schallend auf und setzte sich wieder. „Sie sind ein kräftiger Mann. Wie bitte schön könnte meine Mandantin Sie dorthin gebracht haben?"

„Ich wurde betäubt. Von ihrer Schwester." Im Moment, als der Satz raus war, wusste Victor, dass sie verloren hatten. Er hatte sich benommen wie ein Anfänger.

„Stopp!", unterbrach ihn Tobias. Es war zu spät.

Wie konnte er nur so die Kontrolle verlieren? Verfluchte sich Victor. Er, der Psychologe, der Profi.

„Sie glauben allen Ernstes", amüsierte sich der Anwalt, „dass ein Richter einer Zeugenaussage glaubt, wenn der Zeuge nach eigenen Aussagen unter Drogen oder Medikamenten stand?"

Diese Vorlage musste der Anwalt nutzen. Es war wie ein geschenkter Elfmeter oder der entscheidende falsche Zug im Schachspiel.

„Kennen Sie diese Zeitung?", versuchte Tobias das Unvermeidliche noch zu korrigieren, und hielt sie hoch.

„Natürlich kenne ich die Zeitung. Und ich kenne auch diese Ausgabe, diese Seite, die Todesanzeige meines, unseres Sohnes." Katharina blickte Victor hasserfüllt an. „Aber wie sie in Ihre Hände gekommen ist, keine Ahnung."

Wieder schaltete sich der Anwalt ein. „Lieber Herr Kommissar, haben Sie irgendwelche Beweise, dass diese Zeitung jemals in den Händen meiner Mandantin war? Nein?"

Tobias zuckte mit den Schultern. Was sollte er auch machen.

„Dann war es das jetzt endgültig."

„Eine Frage habe ich noch." Tobias zeigte auf das Foto. „Wie würden Sie, wenn sie müssten, den Eigentümer einer solchen Immobilie finden?"

Katharina schien überrascht. *Jetzt überlegt sie, wo die Falle in der Frage ist.* Victor hatte die Falte auf ihrer Stirn bemerkt.

„Wenn ich wüsste, wo ungefähr die Immobilie liegt, würde ich in die nächste Kneipe gehen, zu einem Bauern oder den zuständigen Förster fragen. Beim Kataster- oder Grundbuchamt bekommen Sie nämlich, ohne dass Sie ein berechtigtes Interesse nachweisen, keine Auskunft. Sie brauchen sich aber nicht bemühen. Einen Zeugen, dass ich danach gefragt hätte, werden Sie nicht finden."

Tobias nickte resignierend, der Rechtsanwalt stand auf, als Victor dicht an Katharina herantrat. Er konnte ihr Parfum riechen, und ihren Schweiß. Seine körperliche Nähe machte sie sofort nervös.

So cool bist du also doch nicht. Victor konnte sich ein kurzes Lächeln nicht verkneifen. Er wusste noch von damals, dass sie, wenn sie nicht mehr in führender Position war, schnell verunsichert wurde, sich provozieren ließ. Das war ihre letzte Chance.

Victor beugte sich neben sie, stützte seine Hände auf dem Tisch ab und drehte den Kopf zu ihr. Sein rechter Oberarm berührte leicht ihre linke Schulter,

„Du bist gut", sagte er, dass man es kaum verstand, „aber du bist genauso krank wie Ella. Ihr habt Menschen getötet, die für dein und für Ellas Leid genauso wenig konnten, wie du selbst. Und auch wenn die Getöteten nicht meine Freunde hätten werden können, es waren Menschen mit Familien und Freunden."

Victor richtete sich auf, blieb aber dicht an Katharinas Seite. „Dein Plan war doch, eigentlich nur mich zu bestrafen. Warum dann auch die anderen, die mit unserer Geschichte nichts zu tun hatten? Welchen Sinn hatte das? Du hättest es verhindern können. Auch wenn du diese Taten nicht selbst begangen hast."

„Lass. Mich. In. Ruhe." Ihre Stimme war kalt und klar. Sie hatte sich gefangen.

Victor bemerkte, wie sie sich entspannte. Seine Nähe hatte die Wirkung verloren. Sie war wieder sie selbst und ließ sich nicht aus der Reserve locken.

Aber er war noch nicht fertig mit ihr, konnte sich noch nicht geschlagen geben. Der weiße König war noch nicht schachmatt.

„Weißt du, was ich glaube, was passiert ist? Und welche Rolle du gespielt hast?" Victor hatte seine Umgebung ausgeblendet und konzentrierte sich nur auf Katharina.

„Du hast durch deine Mutter, oder soll ich besser Stiefmutter sagen, erfahren, dass du eine Zwillingsschwester hast. Deine Gefühle der Einsamkeit und des Verlassen-seins hatten endlich einen Namen. Nachdem du sie gefunden hattest, war es dir egal, dass sie deine Zwillingsschwester war. Wie dir jeder Mensch egal ist.

Du steckst jeden in eine Schublade. Gebrauchen oder Nichtgebrauchen. Mich brauchtest du als Vater für Leon und Ella als Werkzeug für deine Rache."

Victor bemerkte keine Regung bei Katharina, und fuhr deshalb heftiger fort: „Du hast Kontakt mit ihr aufgenommen. Anonym. Und Ella war voller Sehnsucht nach Liebe, Vertrauen und Rückhalt. Endlich war da jemand, ihre erste Freundin. Das machte sie steuerbar, und du brachtest sie dazu, Rache zu wollen, für sich, für ihre Geschichte."

*

Victor macht das gut, dachte Tobias. Nur bezweifelte er, dass Katharina sich zu einer unüberlegten Handlung provozieren lassen würde. Sie war gut vorbereitet. Nur eines hatte sie nicht mitplanen können.

„Ihre Zwillingsschwester hat sich gestern Abend das Leben genommen."

Für einen Moment erstarrte ihr Gesicht in einem Schockzustand, eingefroren zu einer Maske. Keine Tränen, keine Reaktion. Nur Härte.

„Kann ich jetzt gehen, oder haben Sie noch etwas?"

Alle standen auf. Tobias bemerkte, wie Katharina sich dicht an Victor drängte, blitzschnell ihren Kopf zu ihm neigte, ihm einen Kuss auf die Wange gab und ihren Mund an sein Ohr legte. Er sah den Kuss und das Flüstern, erkannte in ihrem Blick die nicht vergessene Liebe, aber auch die Wut über seinen Verrat, die nie überwundene Verletzung.

Tobias sah, wie sein Freund erblasste. Sie musste ihm etwas gesagt haben, womit Victor nicht gerechnet hatte.

*

Victor hatte Katharinas Bewegung auf ihn zu nicht bemerkt. Hatte keine Gelegenheit gehabt, ihrer Nähe auszuweichen. Spürte nur den Kuss auf der Wange. Kalt und trocken. Hörte ein Rauschen im Ohr und ihre Worte, leise, nur für ihn bestimmt.

„Ich weiß, wo deine Tochter lebt. Pass gut auf sie auf. Aber du wirst sie nicht immer beschützen können. So wenig, wie ich Leon beschützen konnte."

Er spürte seinen Puls schneller schlagen, Schweiß lief ihm über den Rücken. Noch hatte sie sein Erschrecken, seine Angst nicht bemerkt.

Er hatte recht gehabt. Katharinas Bedürfnis nach Rache war noch nicht gestillt.

Katharina Frielinghaus trat einen Schritt zurück, drehte sich lächelnd noch einmal um und ging zur Tür. Ihr Schatten folgte ihr.

Ohne ein weiteres Wort verließen sie den Raum.

Ihr Bild verschwand vor Victors Augen, löste sich auf, ihm wurde schwindelig, er wankte, er stürzte.

Den Aufprall auf den Boden spürte er nicht mehr.

Epilog

Zwei Wochen später

Staatsanwalt Brehmer erhob keine Anklage gegen Katharina Frielinghaus. Obwohl sie alle überzeugt waren, dass sie die eigentlich Schuldige war. Aber Brehmers Einschätzung nach war die Indizienlage zu dünn, von Beweisen ganz zu schweigen. Widerwillig hatte Tobias das akzeptiert.

Victor hatte sich von seinem Zusammenbruch erholt, und Tobias von Katharinas Drohung erzählt. Aber was konnten sie tun? Im Moment nichts. Victor hatte mit Anne, seiner Tochter gesprochen und ihr aufgetragen, achtsam zu sein. Für den Fall, dass ihr etwas verdächtig vorkäme, hatte er ihr die Rufnummer von Tobias gegeben.

Tobias nahm die Drohung ernst und war trotzdem überzeugt, dass Katharina Frielinghaus Anne nicht hinterrücks und zeitnah etwas antun würde. Sie war keine Täterin mit Messer oder Schusswaffe.

Andreas überprüfte weiter alle Berichte, fütterte sein VICLAS. Sie wären wohl nie auf die Spur von Ella Winter gekommen und die Taten wohl nie aufgeklärt worden, wenn es diese Datenbank nicht gäbe. Danach würde er sich auf seinen Ruhestand vorbereiten. In 3 Wochen begann für ihn ein Leben ohne VICLAS.

Was werde ich ohne Andreas machen? Dass das ihr letzter gemeinsamer Fall gewesen war, wurde Tobias erst auf dem Weg zu Victor klar, mit dem er seit der Anhörung nur telefoniert hatte.

Die anderen aus dem Team feierten ihre Überstunden ab. Wechselweise waren Degen oder Barbara Sieger im Büro, quasi als Stallwache. Degen schien wieder der alte zu sein. Selbstbewusst, akribisch, loyal. Irgendwer hatte wohl den richtigen Einfluss auf ihn gehabt.

Jetzt war er auf dem Weg zu Victor. Endlich.

Tobias brauchte Hilfe. Sein Albtraum war nicht zurückgekommen, seine Schuld aber noch nicht beglichen.

*

„Du spürst, wie deine Arme schwerer werden, deine Arme immer schwerer werden." Tobias saß in einem der modernen Relaxsessel in Victors Arbeitszimmer.

Mit jedem Satz fiel er tiefer in einen Zustand, den er so noch nie erlebt hatte. Alles fühlte sich leicht an. Er spürte, wie der Entspannung die Auflösung des Willens und aller Grenzen folgte.

Die Stimme von Victor klang seltsam, ganz anders als sonst. So tief, so einfühlsam. Sie führte ihn auf einer Holztreppe nach unten, langsam immer tiefer. Stufe für Stufe, immer tiefer in sein Unbewusstes.

„Gleich bleibst du stehen, noch ein wenig tiefer. Alles ist still, alles ist ruhig. Jetzt kannst du stehen bleiben. Du bist jetzt ganz tief."

Victors Fingerkuppen berührten seine Schulter. „Komm, wir setzen uns auf die Bank da drüben. Siehst du, wie schön die Aussicht ist?"

Tobias öffnete die Augen und nickte.

„Wir haben einen schönen Blick in das Bergische Land. Du erkennst die Landschaft?"

„Ja."

„Erkennst du die Landstraße, die Felder, den Wald? Kannst du die Straße beschreiben?"

„Die Landstraße ist glatt, der Asphalt sieht grau aus. Das Grau zerschneidet das Grün der Wiesen. Neben der Straße fließt ein Bach. Der Himmel ist blau." Er fühlte seinen Mund, sich bewegen, hörte seine Stimme merkwürdig eintönig.

„Und jetzt erzähl mir, was du hörst."

Tobias saß auf der Bank und hörte das Surren der Freiläufe von zwei Rennrädern. Er blickte in die Richtung der Geräusche, sah sie kommen. Vorne fuhr eine Frau, die nur mit gelegentlichen Tritten ihre Geschwindigkeit hielt. Der Mann hinter ihr hatte Schwierigkeiten, ihrem Tempo zu folgen. Fasziniert beobachtete er, wie dicht die beiden hintereinander herfuhren. „Komm, lass dich fallen, du hast genug gezogen", hörte er den Mann rufen.

„Hörst du ein Auto?"

Tobias stutzte. Ein sonores Brummen wurde immer lauter. Das Auto kam aus derselben Richtung wie die beiden Rennradfahrer. Es kam schnell näher. Zu schnell.

„Welche Farbe hat das Auto?"

„Es ist rot."

„Kannst du die Marke erkennen?"

Tobias kniff die Augen zusammen, musste blinzeln, die Sonne blendete ihn.

„Ist ein Volvo, wie deiner."

„Erzähl mir von dem Fahrer."

„Das Fenster ist runtergekurbelt, den Fahrer kann ich nicht erkennen, sehe nur seinen Arm aus dem Fenster hängen. Die Musik ist ganz laut. Und jetzt hebt er die Hand.

In der Hand hat er ein Handy. Will er ein Selfie machen? Beim Fahren?" Seine Unterlippe zitterte.

„Was passiert jetzt?", hörte er die Stimme fragen. „Das Auto kommt näher. Jetzt ist es neben den beiden, viel zu dicht." Tobias bäumte sich auf, sein Herz fing an zu rasen. Er spürte die Angst vor dem, was gleich passieren, was er gleich sehen würde.

„Tobias", flüsterte Victor, „du brauchst keine Angst zu haben, ich passe auf dich und die beiden auf. Kannst du das Nummernschild lesen?"

Tobias Blick folgten dem Auto. Er sah das Nummernschild, konnte nur verschwommene Zeichen erkennen.

„Nein. Es ist zu weit weg."

„Dann geh näher heran."

Tobias konzentrierte sich, beugte sich vor. „Das Nummernschild wird immer größer, jetzt kann ich es sehen."

„Du kannst die Nummer erkennen. Kannst du sie mir vorlesen?"

„Da ist ein G und ein L, dann ein Strich, dann ein A. Vier Ziffern."

„Lies mir die auch vor."

„5936, nein die dritte Zahl ist eine 8. Aber wo sind die Beiden? Ich kann sie nicht mehr sehen." Tobias zitterte am ganzen Körper.

„Tobias, bleib ganz ruhig." Er spürte Victors Hände auf seiner Schulter, die ihn festhielten. „Wir werden jetzt wieder nach oben gehen. Ich werde von fünf abwärts zählen, und bei eins öffnest du die Augen."

„Fünf, strecke deine Arme ganz weit, als ob du aus einem Schlaf erwachst.

Vier, tief Luft holen.

Drei, strecke deine Beine und Füße, alle Muskeln einmal ganz fest anspannen.

Zwei, noch einmal tief Luft holen, und bei Eins öffnest du die Augen und bist wieder im Jetzt und Hier.

Eins!"

Tobias sah sich um, irritiert. Victor saß auf seinem Stuhl ihm gegenüber und betrachtete ihn stumm. *War etwas passiert? Warum sagte Victor nichts? Hatte die Hypnose nicht funktioniert?*

„Wie geht es dir?", unterbrach sein Freund die Stille.

„Gut. Ich war wohl kurz eingenickt, wann fangen wir denn an?" Tobias sah erstaunt ein Grinsen in dem Gesicht gegenüber. Demselben Grinsen, das Victor draufhatte, wenn er sich über jemand lustig machte. So überheblich, es besserwissend. Victor eben.

„Was ist los, warum grinst du so?"

„Du hast das Kennzeichen erkannt?"

Tobias schloss die Augen. „GL-A 5986 oder nein, kann auch 5936 sein." Das Grinsen fiel in sich zusammen. Victor wurde blass.

„Danke für alles Victor, ich muss jetzt los." Tobias stand auf und ging zur Zimmertür.

*

Victor erstarrte, hörte das Zuschlagen der Wohnungstür. Er hatte die Nummer ebenfalls erkannt. Auch er kannte den Wagenbesitzer. *Ich muss ihn warnen.* Er griff nach seinem Handy. Seine Finger zitterten. Hatte er ihn unter dem Vornamen oder Nachnamen gespeichert? Kostbare Zeit verging.

Victor war klar, dass Tobias die Adresse schnell herausfinden würde. Ein Anruf würde genügen. Andreas keine Fragen stellen. Tobias würde keine Kollegen anfordern. Er würde das allein regeln.

Victor musste Andreas erreichen. Aus dem Lautsprecher klangen die Freizeichen. Irgendwann sprang der Anrufbeantworter an. „Andreas, hier ist Victor. Ruf mich zurück. Sofort. Es ist dringend."

Seine Festnetznummer kannte Victor nicht. Sie telefonierten nur über Handy. Aber er wusste, wo er wohnte, denn er hatte ihn einmal auf dem Weg ins Stadion abgeholt.

In dem Moment klingelte sein Telefon. Na endlich, dachte Victor. Es war Andreas.

„Hast du für Tobias die Adresse eines Autohalters über dessen Kennzeichen herausfinden sollen und ihm die Adresse gegeben?"

„Ja, war kein Problem. Stimmt was nicht?"

„Ich fürchte, Tobias ist auf dem Weg, eine Dummheit zu begehen."

„Und jetzt?"

„Hol mich ab. Ich komme runter an die Straße."

*

Tobias stand vor der Haustür des Mehrfamilienhauses. Sein rechter Zeigefinger lag auf dem Klingelknopf. A. Frey.

Ein Druck der Fingerkuppe wäre der Punkt, dachte er, an dem es kein Zurück mehr gäbe. Noch konnte er zurück. Noch konnte er Andreas anrufen, ihm alles schildern und die Kollegen ihre Arbeit machen lassen. Er brauchte nur die Handschuhe ausziehen, sich ins Auto setzen und wegfahren. Die Pistole würde er einfach in den Rhein versenken. Das wär's. Kein Risiko, alles wäre gut.

Der letzte Hauch Druck mehr hatte gereicht. Die Haustür öffnete sich. Er ging hinein und die 35 Stufen hinauf bis in die dritte Etage. Die Wohnungstür war nur angelehnt.

„Einen Moment, ich komme gleich." Die Stimme kannte er. Woher?

„Tobias", staunte der Mann, und das Frettchengesicht verzog sich zu einem Grinsen. „Du hier? Habe ich einen Termin verpasst?"

„Lass uns reingehen", forderte Tobias ihn auf.

*

Andreas brauchte fünf Minuten, bis er neben Victor stoppte. Das Blaulicht, der Freifahrtschein im Straßenverkehr, wirkte fremd in der Straße, aber auf Victor beruhigend. Sie nickten sich zu, brauchten keine Worte.

Victor nahm sein Handy und tippte die Nummer von Tobias ein. Der Ruf ging raus, eine Weile, dann sprang der Anrufbeantworter an. Victor fluchte.

Es war Sonntagabend und kein FC-Spiel, die Straßen für Kölner Verhältnisse leer. Dennoch zeigte ihnen das Navi eine Fahrzeit von 25 Minuten an. Das Blaulicht setzte alle Ampeln auf Grün. Am Barbarossaplatz hatte sich ein Ortsfremder falsch eingeordnet und versuchte, seinen Fehler zu korrigieren, und setzte mit angeschaltetem Warnblinker zurück, um auf die richtige Spur zu kommen. Da half ihnen auch Blaulicht nichts.

Andreas gab Gas, und dennoch hatte Victor das Scheiß-gefühl, zu spät zu kommen.

*

Alex machte einen Schritt in die Wohnung. Tobias folgte ihm und gab der Wohnungstür einen leichten Kick mit der Hacke. Das fehlende Geräusch einer schließenden Tür bemerkte er nicht. Er war in einem Tunnel. Sah nur noch Alex Frey, den Mann, den er bei Victor getroffen und der Christine getötet hatte.

Seit er das Haus betreten hatte, war er nicht mehr der korrekte Polizist, sondern nur noch ein Mann auf seinem persönlichen Rachefeldzug.

Im Wohnzimmer drehte sich Alex um. Aufmerksam beobachtete Tobias ihn.

Ob er ahnt, weshalb ich hier bin?

In diesem Augenblick schlug Alex die Augen nieder. Schlagartig wurde Tobias bewusst, dass Alex wusste, warum er hier war, was er wollte. Und, dass er schon länger wusste, wer Tobias war.

Alex stellte sich dumm. „Also, was ist los? Womit kann ich dienen?"

„Mit der Wahrheit." Tobias sah Alex' Augenlider zuckten, die Pupillen wussten nicht, auf was sie sich fokussieren sollten.

Alex schüttelte den Kopf, öffnete die Arme. „Ich habe keine Ahnung, was du meinst."

„Du hast Christine umgebracht, sie einfach liegen gelassen und bist abgehauen. Warum?"

Die Fassade brach zusammen. Alex sank in einen Sessel. „Weil ich es nicht bemerkt habe. Ich habe Euch überholt, ja, daran erinnere ich mich. Aber an mehr nicht. Dass die Frau deshalb gestürzt war und daran gestorben ist, habe ich erst hinterher in der Zeitung gelesen. Aber da war es zu spät. Was hätte ich denn da noch tun sollen? Sie war ja schon tot. Wem hätte es denn geholfen?"

Dann klingelte wieder Tobias Handy.

*

„Tobias geht immer noch nicht dran", stöhnte Victor.

„Egal", brummte Andreas, „wir sind gleich da."

Sie bogen von der Subbelrather Straße ab und fuhren die Landmannstraße durch bis zum Ende. Ein U-Turn später folgten sie der Hauffstraße.

„Scheiß Einbahnstraßen", fluchte Andreas, der den Dienstwagen so schnell durch die engen Straßen trieb, wie es ihm möglich war.

Den Wohnblock mussten sie nicht suchen. Der Mazda von Tobias stand auf der Straße, abgestellt in der zweiten Spur.

„Scheiße, wir sind zu spät." Andreas stoppte den Wagen. Sie stürmten auf das Haus zu, fanden das Klingelschild, die Haustür war zu.

Panik machte sich in Victor breit. Die Angst, dass Tobias außer Kontrolle geraten könnte, machte ihn unfähig, rational zu denken.

„Drück alle Klingeln außer der von dem Frey. Einer wird schon aufmachen." Andreas besonnene Stimme holte ihn zurück. Er drückte Sturm auf vielen Knöpfen.

Und dann klang der Summer der Haustür.

*

Tobias ignorierte das Handysignal. Griff stattdessen in die Innentasche seiner Jacke, holte die Pistole heraus und zielte auf Alex, der zu zittern begann. Er roch die Angst. Schweiß ran Alex über die Stirn, sein T-Shirt bekam dunkle Flecke.

„Vielleicht mir? Woher wusstest du, wo Christine begraben ist?"

„Ich habe die Anzeige gelesen. Und ab und zu fahre ich dahin", stammelte Alex, der die Waffe mit seinem Blick fixiert hielt. Als ob er dadurch etwas ändern könnte, schoss es Tobias durch den Kopf.

Tobias drückte den Spannhebel der Vis wz. 35 mit dem Daumen gut hörbar langsam nach unten.

„Und hast gehofft, dass ich dich nicht finde?"

Tobias´ Zeigefinger fand seinen Platz auf dem Abzug, sein Atem ging hörbar, bis er ihn anhielt. Für einen kurzen Moment fror alles ein. Dann beendete Freys Stöhnen die Stille.

Tobias hob den Lauf der Pistole und zielte auf die Stirn von Alex.

Alex sank auf die Knie. „Bitte ..."

*

Die Stufen bis in die dritte Etage nahmen sie im Laufschritt. Die Wohnungstür war nur angelehnt.

„Okay, wir gehen rein. Ich gehe vor", flüsterte Andreas und machte erste Schritte in den Flur. Hörte eine Stimme, erkannte die von Tobias und dann eine in weinerlichem Ton: „Bitte ..."

Zwei Schritte, dann sah er Tobias. Mit einer Pistole in

der Hand, gezielt auf den Kopf von Alex Frey, der am Boden kauerte.

„Nein, Tobias", fuhr Andreas Tobias an, und Victor ergänzte: „Mach keinen Scheiß."

Andreas trat vorsichtig auf Tobias zu. „Lass die Kollegen das machen. Bitte."

Auch Victor trat näher. „Hör auf Andreas. Du fängst gerade ein neues Leben an. Denk an Birgit. Christine wird auf diese Weise auch nicht mehr lebendig."

„Du hast ihn gefunden", versuchte es Victor weiter, „das ist das Wichtigste. Du bist Polizist, Tobias. Und mein Freund."

„Und auch mein Freund", flüsterte Andreas. „Bitte, nimm die Waffe runter."

Victor beobachtete, wie Tobias den Spannhebel der Pistole wieder zurückschob und ohne ein Wort zu sagen, die Pistole in seine Jackentasche steckte.

Victor und Andreas atmeten hörbar aus, als Tobias sich umdrehte und mit tief gesenktem Kopf wortlos an ihnen vorbei das Zimmer verließ.

Kaum weg, erschien Tobias noch einmal in der Tür und drehte sich zu Alex. „Hör gut zu", drohte er, „ich gebe dir einen Tag Zeit, dich freiwillig bei der Polizei zu stellen. Wenn nicht, komme ich dich holen."

Dann war er zur Tür hinaus.

„Du hast gehört, was Tobias gesagt hat", wandte sich Victor an Alex Frey. „Du verbesserst deine Aussichten bei Gericht, wenn du seiner Aufforderung folgst. Das ist deine Chance. Aber kein Wort von heute."

*

„Glaubst du, Tobias hätte geschossen, wenn wir nicht gekommen wären?", fragte Andreas.

Victor schüttelte den Kopf. „Niemals."

Tobias stand an seinem Mazda, sah Andreas und Victor aus der Haustür treten.

Was wäre gewesen, wenn sie nicht gekommen wären? Tobias wusste es nicht. Spürte nur, wie der Druck auf seiner Brust nachließ und er mit großer Mühe Tränen zurückhalten konnte.

Tobias ging auf sie zu.

Er umarmte erst Victor, dann Andreas, sagte mit fester Stimme „Danke", zog den Autoschlüssel aus der Tasche, ging zurück zu seinem Wagen und fuhr davon.

Der Schmerz war noch da.

Doch die beiden hatten ihm die Zukunft gerettet.

Worte zum Schluss

Als ich die Idee zu diesem Roman entwickelte, konnte ich nicht ahnen, welche Aktualität dieses Thema bekommen sollte. Das, was 1942 in Polen passierte, geschieht heute an zahlreichen Orten dieser Welt: in der Ukraine, im Nahen Osten und in vielen anderen Ländern, wo die Zivilbevölkerung unter den entsetzlichen Folgen eines Krieges leiden muss.

Das Leid, das Gräueltaten an Mitmenschen verursacht, hört nicht auf, wenn der Krieg beendet ist, sondern lebt weiter.

Wenn auch die Sachverhalte in diesem Roman nach bestem Wissen und Gewissen recherchiert sind, so sind die auftretenden Figuren frei erfunden mit Ausnahme des Major Trapp. Die Geschichte von Ruth entstand nach Erzählungen meiner Mutter.

Großer Dank gebührt der großartigen Schriftstellerin und meiner Mentorin Gisa Klönne. Mit ihrer fachlichen Expertise und vielen kreativen Anregungen hat sie mich in die Lage versetzt, dieses Buch zu schreiben, und mich immer wieder ermutigt, mein Projekt voranzutreiben. Der Austausch mit meinen Dienstagsdichter*innen motivierte mich jeden Monat neu. Dank an Michael, der mir wertvolle Hinweise zur Hypnosebehandlung gegeben hat.

Ohne die Bereitschaft des Verlages Bücken & Sulzer, meine Geschichte zu veröffentlichen, würde ich diese Zeilen nicht schreiben können.

Johanna und Rouven haben zum Design des Covers beigetragen.

Der größte Dank gilt Karla. Nicht nur dafür, dass ich ihr Gemälde als Coverbild benutzen darf, sondern weil sie mich so lange mit meiner Geschichte geteilt hat. Ihrer Geduld und Ermutigung habe ich es zu verdanken, dass der Roman geschrieben wurde. Und sie ist die beste Testleserin ever.

Besonders in den letzten Monaten hat mich die große Anteilnahme vieler Menschen in meinem näheren Umfeld an meinem Projekt berührt. Ich hoffe, ihr habt jetzt genauso viel Freude am Lesen, wie ich beim Schreiben hatte.

Weitere Titel bei Bücken & Sulzer

Marianne Tieves

Berta

Was von den Worten

übrig bleibt.

Berta ist das achte Kind einer niederrheinischen Großfamilie. Sie
wächst im Kneipen- und Arbeitermilieu auf. Beginnend in der Wei-
marer Zeit bis in die achtziger Jahre hinein, beschreibt der Roman
den Alltag der Familie, erzählt von ihrem Kampf ums Überleben,
ihrer Anpassung und ihrem Anderssein. Die Anweisungen der Mutter gelten den sehr unterschiedlichen Geschwistern als Gesetz. Der
gutmütige Vater neigt zum polternden Widerstand, vor allem unter
Alkoholeinfluss. Belastet durch erfahrene Demütigungen und gele-
gentliches Stottern sucht Berta nach Worten, sich selbst und die aus
den Fugen geratene Welt zu begreifen. Mit Fantasie und dem ihr
eigenen Humor findet sie ihren Weg. Dabei muss sie sich mit Her-
kunftsschranken in der Liebe ebenso auseinandersetzen wie mit
Hunger, Faschismus, Krieg, Nachkriegselend und dem in Stalingrad
traumatisierten Ehemann.

ISBN 978-3-947438-54-9

16,80 Euo

Erscheinungsjahr 2024

428 Seiten

Kartoniert

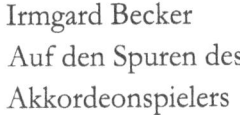

Irmgard Becker
Auf den Spuren des
Akkordeonspielers

Zu Beginn des 2. Weltkriegs wird der Bauer Hermann Kirschner wegen Führerbeleidigung an die Front strafversetzt. Seine beiden jungen Töchter müssen von da an den Hof im Eifeldörfchen Buschrath allein bewirtschaften , was ihnen nur leidlich gelingt. Ortsvorsteher Bocksiefen stellt ihnen nicht uneigennützig den polnischen Fremdarbeiter Maciej Kopatschek als Hilfe zur Verfügung. Die jüngere Tochter Johanna und Maciej verlieben sich, was unter Todesstrafe verboten ist. Johanna wird schwanger und im Dorf als „Polenliebchen" verhöhnt. Bocksiefen war schon für Hermann Kirchners Strafversetzung verantwortlich und ist es auch für Maciejs Ermordung und Johannas zwei Jahre Straflager, wo sie ihren Sohn Michel zur Welt bringt. Mit Johannas Überleben in der Lagerhölle und ihrer Entlassung beginnt Michels ein Vierteljahrhundert dauernde Suche nach Spuren seines Vaters, ehe es zu einer Aussöhnung mit der Vergangenheit kommt, als er sich nach Limanowa aufmacht, der Heimat seines Vaters, und seine polnischen Großeltern und seine Tante Hanka kennenlernt.

ISBN 978-3-947438-51-8
14,80 Euro
Erscheinungsjahr 2024
340 Seiten
kartoniert

Weitere Titel bei Bücken & Sulzer

Petra Werner
Die Frau des Inseljungen
- Band 3
In ein neues Leben
1992 - heute

In den dieser Biographie vorausgehenden Bänden Gemeinsame Wege und Wahrheit tröstet nicht, erzählen Petra Werner und Alexander Malzahn in der seltenen, aber hochspannenden Erzählform des Dialogs – kontrapunktisch gesetzt – von ihrem Kennenlernen, Leben und Leiden bis zu ihrer Trennung. Anders in In ein neues Leben.
Petra Werner vollendet die beiden ersten Bände zur Trilogie und folgt ihrem Lebensentwurf, auf den ihr Leben lange keinen Einfluss zuließ, bis heute mit Fragen wie: „Was geschieht mit einem Menschen, wenn alles, an das er geglaubt hat, plötzlich nicht mehr da ist?" Antwortversuche und Antworten auf diese und viele weiterer Fragen gibt die Autorin in ihrer Biographie auf offene, ehrliche und packende Art in einer Weise, die ein unberührtes Außenvorbleiben nicht zulässt, ohne Ratgeberin sein zu wollen.
Die Kenntnis der vorausgehenden Bände ist nicht nötig.

ISBN 9783947438563
14,80 Euro
384 Seiten
Erscheinungsjahr 2024
Kartoniert

Walter Herzog
Wenn Hass blind macht

Fall zwei für Kriminalhauptkommissar Alexander Braun, der bei der Kripo Köln für Kapitalverbrechen zuständig ist. Eine erfolgreiche Strafverteidigerin wird in ihrem Haus ermordet aufgefunden. Im privaten und im beruflichen Umfeld des Opfers ergeben sich erste Ansatzpunkte. Nur wenige Tage später ereignet sich ein zweiter Mord. r. Dem Ermittlerteam bleibt nichts anderes übrig, als den Kreis der Kontaktpersonen weiter zu ziehen.

Als sich dann neue Ansatzpunkte ergeben, bleiben jedoch etwaige Motive zunächst im Dunkeln. Tief in der Suche nach möglichen Beweggründen für die beiden Morde ahnen Braun und sein Team nicht, dass bereits ein drittes Opfer in Gefahr schwebt.
Es entwickelt sich ein Kopf-an-Kopf-Rennen, bei dem die Gefahr selbst für das Ermittlerteam immer näher rückt.

ISBN 978394738440
12,80 Euro
Erscheinungsjahr 2023
321 Seiten
kartoniert